Venda Proibida

O
compositor
de tormentas

Esta obra foi finalista do

**VIII Prêmio de Romances
na Cidade de Torrevieja em 2009**

ANDRÉS PASCUAL

O compositor de tormentas

Música, aventura e alquimia
em busca da melodia original

TRADUÇÃO
Clene Salles

PRUMO
leia

Título original: *El compositor de tormentas*
Copyright © 2009 by Andrés Pascual

Todos os direitos reservados. Nenhuma parte desta obra pode ser reproduzida ou transmitida por qualquer forma ou meio eletrônico ou mecânico, inclusive fotocópia, gravação ou sistema de armazenagem e recuperação de informação, sem a permissão escrita do editor.

Direção editorial
Soraia Luana Reis

Editora
Luciana Paixão

Editora assistente
Deborah Quintal

Assistente editorial
Elisa Martins

Preparação de texto
Rebecca Villas-Bôas Cavalcanti

Revisão
Gisele Conçalves Bueno Quirino de Souza

Capa, criação e produção gráfica
Thiago Sousa

Assistentes de criação
Marcos Gubiotti
Juliana Ida

Imagem de capa: © James Adams /Trevillion Images

CIP-Brasil. Catalogação-na-fonte
Sindicato Nacional dos Editores de Livros, RJ

P288c   Pascual, Andrés, 1969-
        O compositor de tormentas / Andrés Pascual ; tradução de Clene Salles. - São Paulo : Prumo, 2010.

        Tradução de: El compositor de tormentas
        ISBN 978-85-7927-088-8

        1. Ficção espanhola. I. Salles, Clene. II. Título.

10-1769.   CDD: 863
                                                                                  CDU: 821.134.2-3

Direitos de edição para o Brasil: Editora Prumo Ltda.
Rua Júlio Diniz, 56 – 5º andar – São Paulo/SP – CEP: 04547-090
Tel: (11) 3729-0244 – Fax: (11) 3045-4100
E-mail: contato@editoraprumo.com.br
Site: www.editoraprumo.com.br

À Cristina,
meu silêncio, minha melodia.

Sonhamos com viagens através do universo
Mas... Não está o universo dentro de nós?
Desconhecemos as profundezas do nosso espírito.
O caminho mais enigmático conduz para o interior.
Em nós, ou em parte alguma,
Estão a eternidade e seus mundos,
O passado e o futuro.

Novalis

*Opera Garnier, Paris,
1º de setembro de 2010, 20h*

Michael fechou os olhos e aspirou a essência de tangerina. Todos sabiam que ele não seria capaz de reger se antes não inalasse o frescor ácido de sua colônia. Alguns músicos da orquestra haviam decidido imitá-lo e, depois dos ensaios, discutiam se aquilo se tratava desta ou daquela outra marca. Olhou-se no espelho do camarim. Seu porte dominador não correspondia em nada ao aroma que exalava. Examinou as rugas do rosto e seus cabelos brancos penteados para trás, como quem furtivamente analisa outra pessoa. "A gravata não está bem alinhada", pensou. Recolocou-a com cuidado, evitando manuseá-la demais para que conservasse o branco impoluto. O fraque está bom. Olhou para baixo. Os sapatos, tudo bem.

Bateram à porta. Era Fabien Rocher, o diretor do teatro.

– Entre, por favor.
– Como está?
– Com vontade de sair.
– Querido amigo...

Aproximou-se e lhe deu um abraço. Depois, sentou-se numa poltrona de couro negro e o contemplou com orgulho.

– Não comece a ficar sentimental – queixou-se Michael. – Somos dois velhos.

– Estamos na idade perfeita para nos exibirmos como pessoas sentimentais. São tantas lembranças... – trocaram um sorriso. – Quando foi a sua primeira vez?

– Aqui?

– Acredito que tenha sido quando regeu algo de Wagner...

– Lohengrin, em 17 de março de 1976.

– Isso mesmo. Rachel estava...

– Estava magnífica, uma joia. Sentada no palco, parecia um anjo.

– Era uma grande mulher.

Ambos se calaram durante alguns segundos. Michael lançou um olhar fugaz ao amigo.

– Fabien...

– Já vou deixá-lo sozinho. Vou dar atenção ao ministro da Cultura, que está muito inquieto. A escadaria central está abarrotada de celebridades e jornalistas! – exclamou, antes de abandonar o camarim. – Sorte, Michael! Mostre a todos a sua essência, deixe todos arrepiados, como só você sabe fazer!

Enquanto Fabien fechava a porta, infiltrou-se um rumor crescente que provinha da plateia. Os aficionados que ocupavam as quase duas mil poltronas de veludo vermelho haviam se virado para olhar uma fileira de chefes de estado de todos os cantos do mundo que, seguindo um cuidadoso protocolo, encaminhavam-se para as primeiras filas. Nos últimos dias, Paris havia hospedado uma frutífera reunião da cúpula política que culminou com a assinatura de uma série de acordos para a proteção do meio ambiente, que até então se consideravam meras utopias, um fato histórico que aquela pitoresca plêiade de governantes se propunha a celebrar lado a lado naquele majestoso edifício.

"Mesmo que seja por duas horas, mas, pela primeira vez desde que o homem tem memória, seremos todos um, numa condição de irmandade, graças à música", havia dito Fabien Rocher aos meios de comunicação.

Não se tratava de um concerto a mais de Michael Steiner, o grande compositor e virtuoso violinista que, acima de tudo, era considerado o melhor regente de orquestra vivo: aquele seria seu último concerto. Por isso, no rosto de seus admiradores se refletia, além da alegria que sentiam por conseguir uma entrada para o espetáculo, a aflição pelo afastamento do mito. Pelo menos alguns se consolavam pensando que, segundo o que Steiner revelou durante a coletiva de imprensa, ao finalizar a apresentação, Michael interpretaria com seu violino uma breve composição guardada a sete chaves durante anos. Ia ser seu presente final, que fecharia uma carreira inigualável com chave de ouro.

O tão esperado momento chegou. Michael Steiner saiu do camarim, fechou a porta atrás de si, como já havia feito tantas outras vezes no passado, e caminhou pelo estreito corredor que levava aos bastidores. Passou ao lado das salas de maquiagem. Os empregados do teatro o saudaram com um leve movimento de cabeça. Viu como o chefe de segurança dava as últimas instruções por seu rádio comunicador. Por detrás da cortina estufou o peito, avançou com firmeza e se lançou em cena.

O público explodiu numa ovação estrondosa. Michael se inclinou em cumprimento várias vezes. Mais parecia um final de concerto do que um princípio. Sentiu um nó no estômago. Virou-se e saudou os 96 professores que formavam a Sinfônica de Paris. Em seus rostos havia agradecimento, carinho, fascinação, respeito. Os aplausos foram diminuindo gradativamente. Escutavam-se suaves rangidos arrancados do verniz do palco pelos saltos de borracha das cadeiras, o surdo retumbar dos violoncelos ao serem erguidos do chão. Alguns músicos deram uma olhadela em suas partituras, outros fecharam os olhos por algum instante para murmurar rápidas orações, votos ou íntimas dedicatórias. E, depois de um sinal conhecido por muitos, fez-se um absoluto silêncio e todos concentraram seus olhos no maestro.

Michael foi levantando pouco a pouco os braços. Manteve-os suspensos numa altura mediana.

Permaneceu assim por um tempo a mais do que o esperado.

Ninguém nem sequer respirava.

Deixou cair a batuta.

Os músicos observaram com incredulidade como a pequena vareta de cedro quicava contra o estrado de madeira enquanto o maestro permanecia inerte, com um olhar perdido, como um boneco de cera suspenso no tempo.

Michael abandonou o palco diante de centenas de olhos atônitos. Ele o fez com calma, mas se percebia sua tensão, acompanhada pelo ressoar de seus próprios passos. Passados alguns segundos, atravessou a cortina negra que levava aos bastidores e desapareceu por trás do emaranhado de luzes e cabos, entre os enormes e sombrios cenários de um país imaginário.

Enquanto isso, o teatro inteiro se fundia numa maré de murmúrios, cada vez mais audíveis. Michael entrou por uma porta de serviço e subiu aos trancos a escadaria que levava ao último andar do teatro. Atravessou com toda a pressa o corredor pintado de ocre e se ocultou naquela que era conhecida como "Sala de Patinação", uma abóbada circular situada abaixo da cúpula do edifício que os coreógrafos utilizavam para lapidar os últimos detalhes com seus bailarinos, sem que ninguém os incomodasse. Por ali, através de alguns grandes olhos das claraboias, infiltrava-se o resplandecer sutil da Lua, e era possível ver os telhados do centro de Paris. Naquele lugar se sentia seguro. Soltou o botão do colarinho do fraque, ajoelhou-se no piso negro encerado e começou a tossir e a soluçar.

Dali a poucos minutos, durante as primeiras notas da *Sinfonia do Novo Mundo* de Antonin Dvorak que se insinuavam a distância, ouviu vozes por trás da porta. Alguém a abriu com cautela. Era Fabien Rocher, seguido pelo chefe de segurança do teatro e alguns membros da polícia.

– Eu cuido dele – Fabien os acalmou.

– Afaste-se – ordenou um inspetor que pretendia tomar conta da situação.

– Este é meu teatro – opôs-se o diretor, com uma equilibrada combinação de deferência e autoridade. E esse é Michael Steiner. Por Deus, o que o preocupa?

Fechou a porta, deixando do outro lado o gesto resignado do inspetor, e foi sentar-se no chão junto ao amigo. Permaneceram alguns minutos em silêncio, contemplando seu reflexo obscurecido em um grande espelho que se erguia junto à porta. Escutavam-se buzinas longínquas através dos vidros. A abóbada vibrava de forma tênue a cada soar do timbale.

– Sinto muito – conseguiu por fim falar Michael.

– Seu substituto é um bom regente – tranquilizou Fabien. – Mas, se a qualquer momento você quiser voltar...

Michael lhe ofereceu um olhar de desamparo.

Fabien soube que ele não iria reger naquela noite.

Ninguém escutaria sua melodia secreta.

– Daremos uma desculpa qualquer à imprensa. Deixe isso por minha conta – disse, com suavidade. Chamarei meu chofer para que leve você ao hotel.

A expressão facial de Michael se descompôs. Levou as mãos ao rosto.

– É que... – soluçou. – O que acontece é que...

– Não é preciso dizer nada agora – disse Fabien, convencido de que, seja lá o que fosse que torturava seu amigo, deveria ser grave demais pela maneira como o atingira, especialmente naquele momento.

– Talvez seja esse o problema – continuou, com os olhos ainda cobertos. – Fico tanto tempo sem dizer nada... – e mostrou as palmas das mãos... – Nem consigo desprender-me do seu cheiro.

Aquilo pegou Fabien desprevenido.

– Do que você está falando?

– Levo anos me impregnando com sua colônia – levantou a voz – Necessito de Rachel! Eu nunca consegui fazer nada sem ela!

Fabien tratou de encontrar uma frase qualquer para dizer.

– Rachel está dentro de você, você sabe disso.

– Está dentro de mim, está ao meu redor... E em toda parte!

– Como?

– Por causa dessa melodia maldita.

– Você está se referindo a...

– À peça de violino que ia tocar esta noite. A enigmática melodia secreta – disse, em tom de ironia.

– O que tem a ver essa peça com Rachel?

Michael respirou de forma entrecortada.

– Faz dez anos que eu a compus – começou – E, enquanto a tocava, me dei conta de que se tratava de uma obra única. Não se parecia com nada que eu jamais criara antes. Em princípio, me perguntava se eu não estaria plagiando de forma inconsciente alguma composição alheia. Quando me dei conta de sua extrema perfeição, não pude crer. Cheguei até a pensar que se tratava de uma melodia que algum Deus havia deixado em uma dimensão paralela e que Ele mesmo havia me chamado para que eu a trouxesse a este mundo.

– Você nunca me contou isso – disse Fabien, aproveitando uma pausa.

– Fui correndo encontrar Rachel – continuou. Durante um instante, um sorriso se desenhou em seus lábios. – Eu me lembro que ela estava sentada junto à mesinha que tínhamos em frente ao terraço, escrevendo um de seus contos. Toquei a peça, ali mesmo. Ela ficou tão maravilhada que, quando terminei, permanecemos vários minutos trocando olhares. Estávamos presos um ao outro, eu parado no meio do salão com o violino na mão e ela em sua cadeira, com a caneta tinteiro suspensa no ar em uma de suas mãos. – Michael mudou o tom. – No dia seguinte chegaram os resultados dos exames. Bem, você já sabe o diagnóstico. Fiquei louco. Fiquei obcecado com a ideia de que o câncer era um tributo que me foi exigido em troca de ter sido escolhido para compor aquela melodia.

– Como você pode pensar uma coisas dessas...?
– Você não a escutou – cortou, grave.
– Michael...
– Desculpe-me... Rachel também se aborrecia quando eu insinuava isso. Ela me superava em tudo. Via as coisas com tanta clareza... Dizia que qualquer um daria a vida em troca de escutar algo tão belo. – Fabien não pôde evitar um nó de emoção em seu peito. Apertou o ombro do amigo.

– Eu jurei a ela que nunca mais voltaria a interpretá-la. Ela se aborreceu muito, mas eu precisava oferecer-lhe algo naquele momento. A melodia ia permanecer neste mundo, enquanto ela... Nenhum outro ouvido humano, nem divino, devia jamais escutar aquela melodia maldita.

— Continue — insistiu o amigo.
— Rachel concordou, mas me pediu uma única coisa. Pediu-me que... — a angústia lhe impedia de falar. — Pediu-me que, quando ela morresse, a tocasse mais uma vez. Só uma vez.
Uma lágrima furtiva escorreu pelo rosto e caiu sobre o peitilho branco.
— Disse que a melodia seria seu guia, que as notas traçariam uma vereda mágica no céu e que, graças a ela, sua alma caminharia segura em direção ao paraíso.
Em seguida, explodiu em lágrimas.
— Michael...
— Faz dez anos que Rachel se foi, e ainda não fui capaz de tocá-la. Não posso, não consigo deixá-la partir, eu necessito dela aqui, ajudando-me a suportar esta solidão que me faz perder a cabeça. Sei que ela queria partir, não tem sentido prendê-la neste mundo. Sou o ser mais egoísta que você pode imaginar! O mais egoísta!
— Não diga isso...
— Essa é a verdade. Sou consciente desse egoísmo, mas não consigo lutar contra mim mesmo. Deus! Rachel me pediu, ela me pede a cada dia, mas, se eu tocar essa melodia, eu a perderei para sempre.
Os dois fundiram-se em um profundo abraço.
— Não se preocupe... Rachel estará esperando por você em uma ilha da Lua — sussurrou Fabien em seu ouvido.
Ambos permaneceram calados por alguns segundos. No interior do teatro, os violinos impeliam aquele público todo a se entregar ao clímax do Quarto Movimento da Sinfonia. Michael, por fim, atreveu-se a perguntar.
— A que você se refere?

Nesse mesmo instante, o chefe de segurança abriu a porta da Sala de Patinação. Ele tentou entrar sem fazer nenhum ruído, mas as dobradiças chilrearam mais do que o esperado.

Fabien aproveitou a interrupção.

– Venha comigo. – ajudou Michael a levantar-se. – Quero que você veja algo.

– Estou bem, pode acreditar em mim – desculpou-se, aparentando um ar de mais serenidade. Irei caminhando ao hotel.

– Agora sou eu quem vai pedir a você uns minutos de atenção. Acompanhe-me até o arquivo da biblioteca.

– Qual arquivo?

Michael conhecia a biblioteca-museu do primeiro andar, mas não sabia da existência de nenhum arquivo no edifício.

– Confie em mim.

Quando saíram ao corredor, encontraram um grupo de funcionários do teatro especulando sobre o que poderia ter acontecido ao maestro. Fabien ordenou que regressassem a seus postos entre os bastidores. Quando ficaram a sós, conduziu Michael através de uma série de escadas metálicas e depois por um estreito corredor que terminava em uma porta sem indicação nenhuma em seu exterior. Ele a abriu com uma chave que tirou do bolso interior do paletó do smoking e acendeu as lâmpadas fluorescentes. Desde o primeiro momento, Michael soube que se encontrava diante do verdadeiro tesouro do Palácio Garnier. Naquele depósito com ar de austeridade eram guardados mais de trezentos anos de história, tudo o que se podia imaginar desde que Luís XIV, o Rei Sol, inaugurara a Academia Real de Música: vestidos, maquetes decoradas, desenhos e pinturas que evocavam a vida musical de Paris, centenas de partituras e libretos, com textos a partir dos quais eram compostas óperas originais.

– Eu nunca entrei aqui – disse Michael, surpreso.

– Temos muitos e muitos materiais sem classificação – confessou Fabien no mesmo momento que entravam em uma galeria repleta de estantes por todos os lados –, mas ao menos conseguimos conservar todas essas coisas em nosso poder.

Afastou alguns quadros embalados que o impediam de chegar a um armário.

– O que você procura?

– Perdoe-me por esta quantidade de pó – disse ele, sem responder-lhe, afastando a cabeça para não respirar a nuvem de pó que se formou ao mover os volumes.

Esticou-se para abrir uma gaveta e tirou dali uma caixa protegida por uma capa de tecido. Colocou-a sobre a mesa do arquivo e a abriu com delicadeza.

– Aqui está.

Mostrou com orgulho um manuscrito simples, tão somente quatro folhas costuradas pela margem para evitar que se separassem.

– Por que está me mostrando isto?

– É uma peça única.

– Parece uma carta.

– Não é uma carta; na verdade está mais para um testamento. Uma desgastada declaração de princípios, escrita no leito de morte por um personagem fascinante.

Fabien segurava um sorriso.

– Quem é esse personagem? – perguntou Michael, cedendo sutilmente diante da emoção do amigo.

– O Rei Sol.

– Como?

– Isso mesmo que você acaba de ouvir. Estas páginas foram escritas por ele mesmo, exatamente ele, Luís XIV, o Rei Sol.

Michael negou com a cabeça.

– Isso é impossível.
– Impossível? O que o faz pensar dessa forma?
– Não estariam aqui se tivessem sido escritas de verdade por seu próprio punho. O manuscrito não pode ser autêntico.
– Você já pensou que talvez a sua real importância não resida em saber se é ou não autêntico?
– Como?
– Nossa vida não se torna mais enriquecida por aqueles sonhos em que realmente acreditamos, mesmo que nunca cheguem a se converter em realidade?
Michael segurou firme o manuscrito entre as mãos.
– O que você quer que eu faça?
– Quero que o leia.
Ele o olhou desconcertado.
– Você não pretende que eu o leia agora.
– São apenas quatro páginas.
– Fabien, hoje não estou para...
– Quando você terminar, compreenderá.
Fabien Rocher abanou o pó de um par de cadeiras dobráveis e as colocou junto à mesa. Pressionou o botão interruptor da luminária de mesa, e um círculo amarelado se desenhou sobre o manuscrito.
Michael deslizou a ponta dos dedos sobre a primeira frase:

Sou um rei derrubado em uma cama, de lado sobre a perna ainda sã...

Olhou seu amigo nos olhos.

– Eu ficarei aqui contigo – sussurrou Fabien. – Limite-se a ler.
Era pouco o que ele pedia depois de tudo o que havia acontecido no teatro. Sem dizer mais nada, deixou escapar um suspiro entrecortado e começou novamente:

Sou um rei derrubado em uma cama, de lado sobre a perna ainda sã... Estou carcomido por uma gangrena, e enquanto escrevo estas linhas me invade um medo atroz. Muito mais medo do que Matthieu sentia quando as ondas estavam a ponto de levá-lo ao fundo do oceano. Eu tremo de terror, mas não ante a morte, e sim ante a vida que me será ofertada no outro mundo. Tremo tanto que, a cada momento, entendo e aceito que hei de deixar a pena de lado, porque, de tanto que tremo, derramo a tinta e mancho aquilo que escrevi.

Cheguei ao trono da França quando tinha apenas cinco anos. Dispus de três mães para meus dezessete filhos, combati em guerras vitoriosas, dominei a Europa e multipliquei as colônias. Converti Versalhes, de um antigo refúgio de caça ao palácio mais deslumbrante do mundo conhecido, vislumbrei os embaixadores estrangeiros, um lugar esplêndido para os artistas que em seus jardins representavam músicas, danças e teatro. Como posso não conservar nenhuma pétala desprendida de tanta magnificência? E agora, em qual canto da minha alma reside tudo aquilo? O final é um paradoxo: vou morrer das queimaduras do mesmo sol de quem recebi o nome. Maldita gangrena, e maldito o corpo mortal!

Meu sangue mesclado com os Habsburgos e os Médicis se corrompe, e eu não posso, não posso evitar. Todos os meus filhos legítimos morreram, e somente um bisneto de cinco anos poderá suceder-me. Meu legado se constituirá em uma luta vã de ambições por sua regência, por minhas posses, pela França. E Versalhes se desvanecerá comigo, pedra a pedra.

Por isso escrevo sob a luz tênue das velas, respirando esta nova mistura de aromas com que o perfumista real trata de mitigar o fedor de minha carne pútrida. Minha postura para escrever é ruim, apoiando os pergaminhos no colchão coberto de seda. Contudo, nada é a dor da perna comparada com o que me inflige a infecção que me decompõe a alma. Morro atormentado por apenas uma lembrança: os olhos do jovem músico da corte a quem mandei à África sem uma gota sequer de piedade. Matthieu Gilbert, assim se chamava aquele homem excepcional, exclusivo, único, o violinista a quem impedi de mostrar-me o caminho que conduzia à ilha na Lua. Ele sim, e não eu, foi quem nasceu da semente derramada por algum deus. Ainda assim, mesmo depois de tudo o que eu fiz a ele, me ofereceu o melhor que possuía. E eu o desprezei, o desprezei... Torturava-me cada uma de suas palavras tão cheias de beleza, de intacta candura, de pureza. Seu perdão foi o meu castigo. Por que você não me odiava, maldito Matthieu?

Recomponho-me, afasto-me com apatia dos pergaminhos e olho ao redor: as tapeçarias de caçadas que cobrem as paredes de meu quarto particular, a mesa com mapas das últimas vitórias, os sapatos artesanais com fivelas de pérolas que minha esposa comprou na ponte de Saint-Michel, e eu sei que tenho me enganado com tudo. Sua música era como a vida: era paixão, poder e dor. Por que eu não percebi, não me dei conta de que em seu violino estava minha salvação, e também a da França, e do resto do mundo?

Que distinta haveria de ser a morte! Sei que me restam apenas algumas horas antes de converter-me em um fardo de pele ressequida sobre esta cama, e só penso na noite em que Matthieu compôs sua primeira tormenta...

Primeiro Ato

1

Matthieu foi concebido em 1664 em um bairro abarrotado de ratazanas e violinos. Sua mãe, a jovem Marie, trabalhava como criada na casa de um tabelião que cometeu a torpeza de deixá-la ir ao baile que encerrava a festa da primavera. Seu pai poderia ser qualquer um dos três soldados que vigiavam a entrada leste da praça para evitar alvoroços. Marie nunca soube com qual deles havia terminado a noite, tal era a quantidade de cerveja que a haviam feito beber, seguindo as regras de um jogo improvisado.

Mesmo antes de seu nascimento, estava determinado que a música regeria a vida de Matthieu. Durante os nove meses de gestação, teve a sorte de escutar desde o ventre da mãe como o organista Marc-Antonie Charpentier, um dos compositores mais importantes da história da França, extraía do teclado suas melhores obras. Quem não teria sucumbido ante semelhante feitiço? Charpentier era irmão do tabelião para quem trabalhava Marie, se bem que ambos tivessem muito pouco em comum. Enquanto o tabelião personificava a burguesia de uma Paris mais conformista, Charpentier vivia no limbo do mundo dos músicos, regido somente pelas normas do solfejo. Por isso aquele irmão, em pleno conhecimento de que os gênios cuidam pouco de si mesmos, enviava a cada novo dia sua jovem criada à igreja de Saint-Louis, onde ensaiava o músico, para assegurar-se de que ele comeria algo.

– Se Marie não enfiasse a comida em sua boca, acabaria morrendo de inanição sobre o teclado do órgão – costumava queixar-se o tabelião.

A primeira vez que a jovem Marie o viu interpretar uma de suas obras, ficou fascinada, mas não somente pela beleza da melodia e da perfeição harmônica. Também lhe deixou muda a impressão que exibia no coro da igreja. Parecia o arquiteto do mundo, sentado lá no alto, dedilhando as teclas e pulsando os pedais com exatidão naquele seu órgão de tubos. A partir de então, Marie adotou o costume de ficar um pouco mais depois de deixar o almoço na mesinha onde Charpentier tinha o lápis e as partituras em branco para escutar aquelas obras parcialmente escritas, e ele ia dando forma a suas composições. Ela se encolhia ao pé do confessionário vazio, fechava os olhos, acariciava o ventre dilatado e, aos poucos, voava pela nave, mexida por aquela música que invadia tudo.

Na casa do tabelião, tratavam Marie como parte da família. Por isso, todos estavam com ela no dia do parto, quando seus gritos se fundiram com os primeiros prantos de Matthieu. A jovem criada sabia que estava morrendo, e somente queria que a senhora lhe prometesse que trataria o bebê como se fosse seu.

– Será como se eu tivesse tido gêmeos, Marie – tranquilizou-a a esposa do tabelião, que uns poucos dias antes havia dado à luz um menino chamado Jean-Claude.

Marie fechou os olhos para sempre e Matthieu acomodou-se em uma casa que não lhe pertencia. No lar de um intelectual acomodado, que ganhava a vida confeccionando documentos oficiais para os membros do Parlamento. Certo é que ele não era o tipo de pai que desejaria para o filho adotivo uma vida consagrada ao violino, mas com certa rapidez aceitou que ninguém poderia desviá-lo de seu destino.

Desde o dia em que nasceu, Matthieu demonstrou uma atração doentia por tudo aquilo que se relacionava à música. Guinchava, até que os ouvidos de sua mãe ficassem doloridos, para que o levantassem à janela quando passava pela rua algum flautista ambulante, e era capaz de chorar durante horas até conseguir que alguém o levasse para ver o ensaio de seu tio. Parecia que conseguia extrair som de tudo aquilo que chegava a suas mãos: rapidamente fazia ulular as bordas dos copos com a ponta do dedo indicador, passava horas batendo uma colher, tentando alcançar o ritmo de alguma peça que havia escutado apenas uma só vez, e que sua mente repetia de forma obsessiva. Mas foi na festa em que celebraram seu quinto ano de idade que ocorreu algo que o marcaria para sempre.

Naquela tarde de agosto o sol açoitava a casa. Quando chegou o último convidado, o pequeno Matthieu – a quem ninguém havia visto por certo tempo – se apresentou na sala mostrando no rosto a emoção que os artistas exibem na primeira vez diante de seu público. Levava na mão um pau de meio metro, com o qual sua mãe remexia a água, a gordura e a soda na panela que usava para fazer sabão. Colocou-o no ombro, olhou de soslaio para os demais e começou a simular que tocava violino enquanto cantarolava uma melodia popular francesa. Os movimentos que executava com um arco imaginário sobre o pau eram, surpreendentemente, acordes que um profissional teria executado para interpretar aquela canção.

— Já temos outro músico na família — diziam entre risos, só para enraivecer o pai. — Um violinista de cinco anos!

— Corre perigo a sua pretensão de perpetuar a estirpe de escrivãos! — todos brindaram com hidromel mesclado com especiarias. — Começa agora a estirpe de compositores!

— Vocês podem me fazer o favor de se calar? — repetia o mestre tabelião, com ares forçados de desânimo. — Todos vocês são mais crianças do que ele.

Marc-Antonie Charpentier não levou na brincadeira aquela primeira atuação pública de seu sobrinho. Não havia passado despercebido que Matthieu ouvia as coisas de maneira distinta de todo o resto. Mais de uma vez, ficara observando-o enquanto o pequeno se concentrava para não perder o fio de algum som perceptível, ou enquanto reproduzia uma sequência rítmica da percussão produzida pelo vento contra a roupa estendida ou do bater do martelo de um longínquo ferreiro. Colocou-o sobre os joelhos. Não havia como dissimular um sorriso sincero de satisfação. Aproximou seu grande nariz do pequeno e arrebatado nariz do menino.

— Algum dia ensinarei a você como se deve amar a música para que possa receber seu amor de volta — ele prometeu.

— Mas ainda bem que seu tio se conformou em amar a música — ironizou o tabelião, do lado extremo da sala, defendendo-se das chacotas dos restantes. — Não há mulher em toda a França que o suporte.

Os demais soltaram uma gargalhada.

— O que acontece é que as mulheres francesas não estão preparadas para tanta sensibilidade — uma de suas primas o defendeu.

– Outra jovem donzela que lê Shakespeare! – protestou o tabelião. – Esse inglês tem enfeitiçado a todos com seus versos.

– Meu querido irmão não entende que a música nos invade de forma dupla, em uma orgia de carne e espírito – sentenciou Charpentier. – Que mulher poderia me proporcionar isso?

– Já basta de falar sobre orgias e mulheres francesas! Vamos tratar de comer, senão o leitão esfriará! – ordenou a mãe.

Charpentier se dirigiu novamente ao sobrinho, que permanecia docilmente sentado sobre seus joelhos, o pau de remexer o sabão na mão.

– Matthieu, escute bem o que vou falar – pediu, com toda a profundidade que sua voz poderia alojar. Havia chegado o momento de compartilhar um segredo que lhe havia sido revelado há muitos anos, e pelo qual havia consagrado sua vida à composição: – A música é o veículo escolhido por Deus para projetarmos nosso amor. Nunca se esqueça de que cada nota, e também cada silêncio, é o amor divino em estado puro.

Amor divino em estado puro...
Em estado puro...

Aquelas palavras ressoaram em sua mente durante alguns segundos. Foi como se seus pais, seus outros tios, seu irmão Jean-Claude e as primas adolescentes tivessem interrompido suas comemorações e emudecido instantaneamente para deixar passar aquela revelação que marcou sua existência futura.

O tabelião aceitou que Charpentier ensinasse a Matthieu e a Jean-Claude os rudimentos do solfejo, e já no primeiro dia aconteceu o inevitável; os dois irmãos descobriram que queriam dedicar cada minuto de sua existência à música.

Aprenderam a ler uma partitura ao mesmo tempo em que memorizaram o alfabeto. Para eles as notas não eram senão outras letras que, sobre a pauta, moldavam palavras e frases que transmitiam sentimentos. Durante os anos que seguiram, Charpentier também ensinou a eles harmonia, arranjo e composição, os fundamentos do contraponto e a história da música, e, além disso, acompanhou de perto sua evolução com o violino. Não tinha como estar mais orgulhoso de seus sobrinhos, ainda que estivesse bem consciente de suas diferenças. Não havia dúvida de que Jean-Claude era um bom intérprete, mas o rebelde Matthieu fora tocado pelo bastão mágico de algum deus. Era como se o próprio Apolo lhe tivesse brindado o amor incondicional das nove musas de seu coro celeste.

O compositor sabia bem como educá-los, mais além das aulas e das longas horas de exercícios. Gostava de levá-los para a casa de um fabricante de instrumentos de corda, um *luthier* parisiense que tinha a fama de fabricar os violinos mais delicados da França, para que se familiarizassem com o instrumento desde quando era apenas um pedaço de madeira. Matthieu se regalava observando como o artesão acariciava as peças com a escova, furtando pequenas e finíssimas lascas, tão finas que permaneciam flutuando no ar durante alguns segundos antes de cair no chão, e passava as pontas dos dedos em cada cantinho, em cada ângulo do violino recém-polido, como se examinasse as curvas de uma mulher. Tempos depois, o próprio Matthieu se surpreenderia, em mais de uma ocasião, acariciando suas amantes como se o que ele tivesse nas mãos fosse um instrumento da mais refinada madeira de cedro.

As visitas à casa do *luthier* não eram o único passeio que os três faziam juntos. Quando Jean-Claude e Matthieu saíram da puberdade, começaram a acompanhar o tio às reuniões dos eruditos que ocorriam todas as quartas-feiras no palacete da Duquesa de Guise, mecenas do compositor. Madame de Lorraine, assim se chamava a Duquesa, abriu as portas de sua casa a Charpentier no mesmo dia em que este, muitos anos atrás, havia regressado da Itália depois de aprender tudo o que poderiam ensinar-lhe os mais afamados músicos romanos da época. Charpentier vivia desde então sob sua proteção, por isso não se permitia faltar a nenhuma daquelas reuniões semanais que convocavam a seu palacete os músicos e pensadores mais audaciosos da cidade. Jean-Claude e Matthieu esperavam com ansiedade cada reunião. A eles fascinava estar no mesmo ambiente que todos aqueles gênios das artes, mesmo que seu tio os obrigasse a permanecer discretamente em um canto do palacete.

Nos últimos tempos, o tema recorrente das reuniões era a alquimia, uma matéria obscura que fascinara ao tio e aos seus companheiros de debates. Matthieu se recordaria para sempre do que ocorreu na última reunião a que assistiu antes de tudo em seu universo se transformar. Os convidados já começavam a discutir quando apareceu o doutor Evans, um médico inglês que há pouco se fixara em Paris e se agregara ao grupo recentemente.

— Pensavam que começariam sem mim, companheiros ingratos? — exclamou o doutor Evans ao passar pela porta, retirando a capa em um movimento estudado.

— Quem mais, senão você, poderia nos guiar pelos intrincados caminhos da alquimia? — respondeu a Duquesa, seguida por um sorriso de todos.

— Abra logo seu maldito livro! — exclamou Charpentier com impaciência, referindo-se a um fascinante volume que recebera o título de *A fuga de Atalanta*, e que o inglês trazia debaixo do braço a cada reunião.

Tratava-se de uma obra escrita meio século antes por um alemão chamado Michael Maier, que mesclava de uma forma muito sugestiva a alquimia com a música. Era lógico que conseguira enfeitiçar o grupo da Duquesa. Estava repleta de textos ilustrados com inumeráveis gravuras e cinquenta partituras de fugas compostas por ele próprio, Maier, o que incitava o leitor a pensar, contemplar e escutar ao mesmo tempo. Matthieu nunca vira seu tio tão obcecado com algo como estava naquele momento, com tais enigmas musicais.

O doutor Evans abriu o livro numa página marcada, e todos começaram a dissertar sobre o mistério que encerrava um dos epigramas. Logo Charpentier se sentou ao cravo para interpretar a peça hermética que acompanhava o fragmento. Pouco depois, quando todos os assistentes e a própria Duquesa achavam-se ausentes, num estado muito próximo ao da hipnose e capazes de chegar ao fundo do hieróglifo alquímico, o doutor Evans se levantou de sua cadeira, aproximou-se de Charpentier e lhe disse algo no ouvido. Não esperou resposta. Continuou andando com dissimulação até o outro extremo da sala sem que os demais, salvo Matthieu, percebessem o que fazia.

Naquela noite, Matthieu e Jean-Claude regressaram à pequena casa que compartilhavam em um bairro do centro de Paris sem saber que aquelas palavras furtivas pronunciadas com sotaque inglês ao ouvido de seu tio haveriam de mudar não somente suas próprias vidas, como a de todos aqueles que os rodeavam.

2

Tudo começou alguns meses depois, em pleno verão de 1684. Matthieu completou 20 anos, e, entre as intermináveis horas de estudo, dias inteiros praticando a digitação musical, as visitas à casa do *luthier* e as reuniões no palacete da Duquesa de Guise, ele se havia convertido em algo mais do que uma promessa do violino. Matthieu poderia então já ser considerado um verdadeiro maestro, com uma brilhante carreira pela frente. Contudo, seu tio estava cada dia mais preocupado: o jovem músico se deslumbrava naquele ambiente de festa, com o luxo e o delírio que invadia a corte de Luís XIV. Sua única meta era fazer parte o quanto antes da orquestra conhecida como "Os Vinte e Quatro Violinos do Rei" para, com o tempo, chegar a converter-se no intérprete solista das funções reais. Essa ambição cega não satisfazia em absoluto a Charpentier. Ele teria dado qualquer coisa para que Matthieu fosse como Jean-Claude, que se concentrava em melhorar sua preparação como violinista sem pensar em outra coisa que não fosse a música por si mesma. O pior de tudo era que, ainda que quisesses, jamais poderia ajudar o amado sobrinho a realizar seu sonho de Versalhes.

O prestígio de Charpentier como compositor era indubitável e reconhecido por todos, apesar de sua maestria musical nunca ter ascedido aos círculos dos cortesãos, tampouco aos cobiçados cargos institucionais que o rei concedia aos mais notáveis maestros. Todos em Paris conheciam a razão: a Duquesa de Guise, sua mecenas, era considerada a mais feroz crítica do governo de Luís XIV.

O repúdio nunca preocupou Charpentier. Ele até o considerava benéfico, já que submergiu em um hermetismo que favoreceu sua criatividade e concentrou seu talento em outras músicas mais dignas que as empregadas para exaltar o soberano ou satisfazer seu suntuoso prazer. O verdadeiro problema era que, se ele estava vetado na corte, seu sobrinho Matthieu também o estaria, e o mesmo haveria de acontecer com qualquer membro de sua família.

Matthieu nunca aceitou essa imposição. Amava e admirava o tio como compositor, mas não queria parecer-se com ele como homem. Por que haveria de aceitar sua condição de eterno repudiado em Versalhes quando todos os que faziam parte das orquestras reais tinham talentos infinitamente menores que os dele? Por ele, iria continuar perseguindo seu sonho por qualquer meio que fosse. Havia inclusive sido capaz de não revelar a ninguém sua relação de parentesco com o grande compositor. Nem sequer havia comunicado isso aos maestros da escola em que recebia aulas na qualidade de aspirante a músico da corte.

– Como pode negar seu sobrenome diante dos demais? – irritava-se o tio.

– Mesmo Pedro negou três vezes Jesus Cristo – respondia Matthieu, com zombaria – e agora tem como incumbência a custódia das chaves do céu.

Aquela manhã viu o jovem Matthieu seguir empenhado em alcançar seu próprio céu ao preço que fosse. Sabia que seu encanto pessoal era uma arma tão poderosa como seu violino, por isso não fazia nenhuma censura em utilizar-se dele a fim de introduzir-se em Versalhes. Desta vez mirou alto. Matthieu se encontrava na casa da soprano real, deitado sobre sua cama, a nuca apoiada contra o barrote de madeira que segurava o dossel.

Ainda não era meio-dia, e o verão debruçava sobre Paris uma luminosidade paradisíaca. Talvez isso se devesse ao fato de que a monarquia se achava em seu máximo esplendor. O dormitório da soprano era decorado ao estilo dos cômodos de Versalhes. Mantinha uma requintada ordem, desde os quadros de um perfeito feitio até o porta-joias sobre a penteadeira, com suas gavetinhas entreabertas para que se pudessem ver as transbordantes pérolas. Ao redor da cama, jogado no solo, percebia-se todo o protocolo ornamental. Uma sobre a outra, enrugavam-se as três saias que toda dama vestira: a exterior, conhecida como "a modesta", adornada por grandes quantidades de tiras; "a enganadora", que servia de barreira para os amantes impacientes, e "a secreta", cujos encaixes ocultos Matthieu havia descoberto fazia um bom tempo. Seus olhos pousaram sobre o ombro da soprano, depois deslizaram seguindo a curva do pescoço, até se encontrarem com os dela.

— Por que me olha assim?

— Você é uma deusa.

— E você, um arrogante aspirante a músico real que se permite adular a primeira soprano.

Matthieu passou a mão pelo quadril desnudo da cantora.

— E por acaso você não gosta?

– Você se aproveita de minha condição de esposa subjugada.

A soprano Virginie du Rouge havia se casado com um capitão da guarda pessoal do Rei Sol a quem todos conheciam como Gilbert, "o Louco". Era um herói da guerra dos Trinta Anos muito mais velho do que ela, que conservava intacto o aspecto marcial de quem luta na linha de frente, o bigode atravessado por uma cicatriz que lhe percorria o rosto desde o olho direito até o queixo. Era necessário ter ousadia para enfiar-se em sua cama.

– Eu também estou a seus pés – disse ele. – Se você me pedir, agora mesmo, posso jurar que jamais tocarei violino para nenhuma outra mulher.

– Não jure em vão. – Ela lhe segurou a mandíbula com certa violência – Você é tão lindo...

– Vai cantar no próximo domingo no Bosque de Cascalhos de Versalhes? – ele a cortou, fazendo com que lhe soltasse.

– Quando começar a cantar a ária, colocarei a mão em meus seios. Seria como se você os acariciasse diante de todos, diante do próprio rei.

Matthieu se recostou, olhando apenas para o teto, como se desdenhando da boca ansiosa de Virginie. Ela lhe lambeu o peito.

– Em pouco tempo você se esquecerá de mim – seguiu dizendo a soprano – e não sei se poderia suportar.

Ele não replicou. Limitou-se a separar-lhe as coxas, que com o passar do tempo não apresentavam mais resistência, confiando que cada centímetro de pele acariciada seria um centímetro a mais que o aproximava dos "Vinte e Quatro Violinos do Rei", ou como um primeiro passo a qualquer outra das orquestras do palácio. Havia os músicos da Capela, cerca de oitenta cantores e intérpretes que tocavam motetos, peças nas quais cada vogal corresponde a uma nota; os da Câmara, que incluíam os "Vinte e Quatro Violinos" e os "Pequenos Violinos", além de um clavicórdio, alaúdes, flautas e vários cantores; e os da Cavalaria, um grande grupo de trompetes, oboés, as pequenas flautas transversais chamadas pífaros e tambores que, além de apoiar os da Capela e os da Câmara quando a magnitude da obra exigia, interpretavam música ao ar livre a qualquer hora do dia.

Depois de algum tempo, Matthieu se levantou da cama. Enfiou com toda a pressa a blusa e as calças, que estavam mais apertadas do que folgadas, como se de repente lhe repugnasse fazer parte daquela cena. Depois de cobrir sua nudez, terminou de arrumar-se com mais calma. A soprano o contemplava de queixo caído. Observou como o violinista prendia seus cabelos em um rabo de cavalo com uma cinta de couro, como abotoava cada botão do peitilho e como se agachava para calçar as botas. Observou através do tecido das calças a maneira como os fortes e bem delineados músculos de suas pernas ficavam marcados. Como podia sair uma música tão doce de um corpo tão viril? Os braços de Matthieu eram fortes, mas terminavam em dedos alongados que a todo o momento mantinham uma formação similar às mãos das esculturas gregas.

Agora a abandonava, como toda vez. No rosto da soprano se desenhou um ar de desdém.

– Eu gostaria de ficar – ele se desculpou –, mas...

– Não se justifique. Quando você me toca, não está comigo. Sei bem quando faço alguém tremer, seja um nobre ou um moleque presunçoso como você.

– Você me faz tremer, sim. Você é a rainha da ópera francesa.

– Quando você se converter em rei, mandará cortar minha cabeça antes que eu termine a ária – afirmou, passando o dedo indicador pelo pescoço.

– Tenho de ir – disse Matthieu, colocando fim à conversa enquanto vestia a casaca.

– Vai passar o dia com aquela jovenzinha?

– Não sei a quem você se refere.

– Faz algumas semanas, quando saía da casa de minha modista em La Cite, vi como você acompanhava Nathalie até sua carruagem, a sobrinha cega de André Le Notré, o desenhista de jardins do rei.

– Creio que você esteja equivocada.

– Não me insulte, por favor. Essa garota é bela, move-se como uma ninfa. Parece mentira que não possa ver.

– Deixe isso para lá!

– Suponho que precisou propor-lhe melífluos projetos de vida em comum no palacete de seu tio em Tulherias – insistiu, em tom de chacota.

– Preciso ir ver Jean-Claude – confessou ele.

– Trata-se de seu querido irmão Jean-Claude? O que está acontecendo desta vez?

– Não estou certo – respondeu Matthieu, olhando-a nos olhos, num surto espontâneo de confiança. – Pode ser que tenha voltado a se apaixonar... – soltou uma breve risada para recuperar o controle. – Estou seguro de que não é isso. Não é esse tipo de inquietude que o invade ultimamente.

– Se você não entende... – ela murmurou.

– Compartilhar o mesmo teto e tocar violino juntos não significa dizer que pensamos em uníssono – contrapôs.

Ao dizer aquilo, sentiu uma pontada de culpa. Jean-Claude era mais do que um irmão para ele. Ele o havia acompanhado em todos os momentos de sua vida, já que para ambos a vida era uma partitura vazia que ansiava saciar-se com notas e silêncios.

– Você tem tanta pressa assim, de verdade? Onde irá encontrá-lo?

Matthieu estava quase respondendo que o ponto de encontro era na igreja de Saint-Louis. Mas isso poderia ser um erro imperdoável. Ela, que andava cheia de perspicácia, relacionaria logo em seguida aquele lugar com o maestro Charpentier, já que era público que o maestro utilizava pelas manhãs o imponente órgão do templo jesuíta para compor suas missas com tranquilidade. E, se Matthieu não podia revelar a seus mestres da escola de música o parentesco com aquele grande, porém repudiado, compositor, muito menos poderia falar dele com sua amante cortesã. Seria bastante arriscado que Virginie soubesse da existência de Jean-Claude, a quem conhecera no mesmo baile de carnaval de Matthieu, no qual ambos os irmãos entraram de penetra com tamanho descaramento e altivez que os guardas nem sequer acreditaram ser necessário confirmar se estavam na lista de convidados.

— Tenho de ir agora — disse, por fim.

Nesse momento ouviram-se ruídos que provinham do outro extremo da casa.

— Seu marido chegou?

Imaginou o oficial desprendendo a espada, tirando o casaco e avançando em direção ao dormitório com a cicatriz lhe cruzando o rosto. Surpreendeu-lhe que Virginie se mantivesse tão serena, sabendo que, se Gilbert — a quem apontavam como o Louco, o que possivelmente não seria em vão — os pilhasse ali, cortaria o pescoço de ambos. Tomando aquela atitude da soprano como um desafio improvisado a sangue frio, dominou a reação instintiva de se pôr a correr e se dirigiu para a porta com calma.

— Você não o teme? — perguntou ela com regozijo, dissimulando um leve tremor nos lábios.

Matthieu saiu pela parte de trás da casa. Como havia feito outras vezes, saltou pelo pátio vizinho e atravessou o estábulo até a rua. O odor do esterco se confundia com um forte aroma de amêndoas tostadas. Sentiu fome e olhou para cima, buscando a janela de onde provinha a fumaça adocicada. Em determinado momento percebeu que já estava tarde e subiu a encosta que conduzia até Nôtre Dame.

3

A igreja não ficava longe. Beirou a catedral e cruzou pela ponte vermelha que unia a Cite à ilha de Saint-Louis. Ele gostava de pegar aquele atalho pelo terreno, que já estava há décadas em obras. Durante séculos a ilha foi conhecida como "*Île aux Vaches*" – por serem as vacas as únicas que viviam por ali –, porém um esperto empreiteiro percebeu que a proximidade com o centro da cidade lhe augurava um futuro próspero e começou a erguer um edifício após outro. Matthieu pensou que seria um bom lugar para morar, ainda melhor que o palacete do tio de Nathalie, a que a soprano se referia com deboche.

Chegou ao templo pela parte posterior. Contornou-o e se deteve sob as seis imponentes colunas que guardavam a escadaria da entrada. A música crescia no interior. Charpentier estava ali, e, ao que parece, especialmente inspirado. Era tanta a intensidade do órgão que parecia que as notas iriam romper os vidros. Escutou por alguns segundos antes de entrar. Ele gostava de ouvi-lo tocar partes de suas novas composições. Brincava de completá-las na cabeça e, passado um tempo, comprovava se o resultado final da obra se assemelhava em alguma coisa ao que havia imaginado.

Quando empurrou o portão, atravessaram-lhe o peito as quatro linhas melódicas que seu tio era capaz de interpretar ao mesmo tempo, utilizando as mãos e os pés como se fossem peças conjugadas daquela complexa engrenagem de foles e tubos.

Subiu pela estreita escada em caracol que levava até o corredor onde se encontrava o órgão. Charpentier estava debruçado, olhando sobre o teclado. Matthieu se aproximou devagar e permaneceu em pé, sem interrompê-lo.

– Eu deveria ter terminado esta missa há dias – queixou-se o maestro de repente, sem desgrudar os olhos do que fazia.

– Vá com calma.

– Estão me pressionando, e não gosto de sofrer pressões quando trabalho.

– Quem lhe pressiona?

– Os jesuítas. Emprestaram-me este órgão e agora me pedem em troca, me imploram – sublinhou com ironia, voltando-se ao sobrinho com um gesto de desagrado – que componha os intermédios musicais para as representações teatrais do colégio Louise-le-Grand.

– O teatro floresce na França, e a ordem também gostaria de estar presente nesse progresso.

– Não é próprio dos homens de Deus. Tem de ver suas montagens e decorações. São as mais suntuosas de Paris!

– Para o senhor, não é nada demais compor uma melodia. Ou melhor, utilize alguma que tenha descartado e cobre deles uma boa quantia...

– Não é pelo que me pagarão ou não. Simplesmente não quero fazer parte dessa farsa. Não fazem nem religião, nem política...

Calou-se de repente e se concentrou em sua composição. Riscou uma tercina de colcheia que acabava de escrever. O fez com um movimento nervoso, borrando ainda mais a partitura.

– É a quatro vozes? – perguntou Matthieu, desviando a conversa e aproximando a vista do papel, por cima do ombro do tio.

– Quatro vozes, quatro violinos, duas flautas e dois oboés – respondeu Charpentier, oferecendo um sorriso pela primeira vez.

– Flautas e oboés em uma missa... – murmurou Matthieu, fascinado.

– Tenho escolhido estes sopros pela semelhança com alguns registros do órgão. Quero vários músicos interpretando simultaneamente esta obra, não somente um organista que se ocupe de todas as linhas melódicas.

– E o resultado final se enriquecerá de matizes...

Charpentier se lembrou dos tempos em que seu sobrinho vinha correndo escutar como tocava o órgão sem outra preocupação que a de evitar que seu pai ficasse sabendo. Agora Matthieu tinha mais ou menos a mesma idade que ele naquele tempo. Como havia se transformado! Charpentier reconhecia a si mesmo quinze anos antes: o mesmo ímpeto transbordante, a sensibilidade que envolvia cada movimento imperceptível nas mãos, como naquele mesmo instante, enquanto lia a partitura.

– Ficará perfeita! – comentou Matthieu, após examinar as páginas que se desdobravam no apoio reclinado da pequena estante.

O compositor depositou com cuidado o lápis sobre a tecla branca do *lá* agudo. Virou-se em sua banqueta e repetiu os movimentos com o pescoço, relaxando a tensão que acumulava quando não acertava terminar um fragmento.

– Você veio da escola de música?

– Hoje eu não fui – respondeu Matthieu de forma despreocupada, simulando concentrar-se de novo na partitura cheia de traços inteligíveis somente para eles.

Charpentier o olhou severamente.

— Você contou ao maestro Lully que é meu sobrinho?

Referia-se ao diretor da Academia Real de Música, que por sua vez tinha destinado um edifício para que alguns mestres dessem ali suas aulas particulares com o intuito de controlar desde o princípio os novos talentos da interpretação. Lully era o compositor mais famoso da época; havia se transformado no conselheiro pessoal do Rei Sol e, com isso, na pessoa mais influente da música na França.

— Parece que o senhor está querendo que ele me expulse! – queixou-se Matthieu, com um tom que soou um tanto infantil, virando-se de costas como se tivesse sofrido uma afronta.

— Você me prometeu que o faria! Além do mais, para quê necessita dele? Abandone sua escola e acabe com esse problema. Eu o tenho ensinado mais do que um milhão de Lullys poderiam fazê-lo.

— Não frequento a escola dele porque necessito aprender a tocar.

— Essas malditas cortesãs estão virando a sua cabeça, e falo da cabeça para não mencionar o que existe mais em baixo.

— Por favor! O senhor sabe que quem toca em Versalhes tem as portas da Europa abertas, e quem confronta o maestro Lully somente vê aberta a tampa de um poço seco. Necessito desse favorecimento para entrar na corte! Quer que me aconteça o mesmo que aconteceu ao senhor?

Charpentier sofria quando Matthieu falava assim. Os cortesãos terminariam por aceitá-lo, ainda que fosse o protegido da Duquesa de Guise, tal era a qualidade de suas composições; mas Lully, temeroso de que lhe arrebatasse seu pódio, havia se ocupado de mantê-lo afastado da corte.

— Fale com Lully – suplicou –, e seja o que Deus quiser. Mas não prossiga com essa mentira. Acredito que esse arrogante não será tão estúpido a ponto de abrir mão do seu talento pelo simples fato de você ser meu sobrinho.

— Não o subestime — pensou Matthieu. A inimizade entre os dois compositores tinha aumentado com os anos. Mais ainda desde que o popular Moliére escolheu Charpentier para musicar suas comédias após discutir com Lully, com quem já havia trabalhado antes. O jovem e ambicioso Matthieu tinha claro que todo músico que conquistava o maestro Lully também conquistava o Rei. E, no final das contas, ambos cresceram juntos. Lully chegou a Paris com 14 anos, pouco depois que Luís XIV subira ao trono. Desde então já era um fantástico violinista e um bom bailarino, o que lhe permitiu partilhar o palco com o próprio Rei no *Ballet Royal de la Nuit*. Com o tempo, lhe foram concedidos múltiplos privilégios. A monarquia aumentava seu prestígio, e o Rei Sol ambicionava uma aliança inquebrável entre a música e o poder, motivo pelo qual converteu Lully em seu conselheiro. Como se não fosse suficiente, criou a Academia Real de Música e o nomeou diretor, um cargo que exercia de forma tão tirânica a ponto de proibir que fossem cantadas quaisquer peças musicais sem sua permissão, tanto em francês como em outras línguas, sujeito a pena de multa de 10 mil libras. Por isso Matthieu, após comprovar que Lully aplicava essa despótica atitude em todos os seus atos, nem sequer considerava a ideia de revelar que era sobrinho de seu eterno inimigo.

— Acreditei que Jean-Claude estivesse com o senhor — falou Matthieu, enquanto dava uma olhada na nave e repassava um por um os bancos, esperando encontrar ali o irmão.

— Ele veio e foi embora rapidamente. — queixou-se Charpentier. — Eu teria gostaria de tê-lo a meu lado durante a composição desta missa. Gosto de trocar algumas ideias com ele; satisfaz-me ver o quanto vocês têm aprendido, porém

Jean-Claude também está se afastando de mim, como você. Que dupla de mal-agradecidos!

– Sei que o senhor não pensa o que fala.

– Pois claro que não – explodiu. – E ainda menos em relação a seu irmão! Ele ao menos segue meus conselhos e realiza suas aspirações musicais longe da corte. Jamais se inscreveria na maldita escola de Lully.

– Há algo mais por trás de seus aborrecimentos? Algum dia o senhor terá de me dizer.

Charpentier engoliu a saliva e desviou o olhar.

– Indigna-me comprovar que, depois de ensinar-lhe tanta música, falhei no essencial. Como aproveitará os meus conhecimentos no futuro? Compondo melodias adocicadas para que o rei Luís seduza a madame de Maintenon?

– Jean-Claude disse aonde iria? – perguntou Matthieu, captando a indignação do tio. – Creio que quisesse me ver...

– Ele deixou esta mensagem.

O tio mostrou com certo desprezo uma pequena prateleira situada num dos extremos do teclado. Matthieu desdobrou o papel lentamente, como se adivinhasse que continha algo inesperado.

– Disse que me espera na adega do Mercado Novo. Que diabos ele faz ali?

Charpentier não respondeu. Não queria continuar falando com o sobrinho. Já fazia certo tempo que falar significava discutir. Quando via no que ele estava se convertendo, sentia uma pressão no peito que somente diminuía quando o escutava tocar. Matthieu estava deslumbrado com os privilégios de Versalhes, com seu luxo ostentoso, suas pérolas e suas sedas bordadas com fios de ouro, mas também era capaz de extrair do violino verdadeiros lamentos e suspiros de prazer, e gritos de emoção: era capaz de convertê-lo num objeto frio como gelo ou fazer acreditar a quem assistia sua apresentação que o instrumento estava a ponto de arder em chamas. Charpentier discutia com Matthieu porque o amava. Era seu pupilo, em quem depositara sua essência.

O maestro se virou para a partitura, meditou um instante e voltou a escrever ao final da pauta a mesma tercina de colcheias que havia apagado, dotando-lhe de uma harmonia arriscada. Depois lhe acrescentou um silêncio, e, após suspender por alguns segundos o lápis a escassos centímetros do papel, desenhou com cuidado a circunferência da nota tônica.

– Agora sim, tenho um final. Agora sim! A... go...ra... sim!

Releu o que tinha escrito, fechou os olhos, aspirou o ar pela boca e tangeu no órgão sete teclas que despertaram um acorde retumbante.

A igreja de Saint-Louis se transformou então em uma antessala do Divino. Durante esse instante mágico, eles sentiram como se um coro de anjos revoasse sobre suas cabeças.

4

Atravessou o portão e desceu os degraus de dois em dois. Estava ansioso para saber o que de tão importante Jean-Claude queria contar-lhe. Como comentou com sua amante cortesã, havia algo em seu comportamento nos últimos dias que o intrigava, e não parecia estar relacionado com suas habituais e pouco calculadas conquistas amorosas. Quis pegar o atalho por trás da igreja. Ao virar a esquina, quase deu um encontrão em Nathalie, a jovem cega a quem Virginie se referiu momentos antes de Matthieu abandonar seu quarto. Ela chegava no mesmo momento, de braço dado com sua dama de companhia.

– Nathalie...
– Matthieu! É você?

Estendeu o braço para tocar-lhe o rosto. Ele pegou sua mão e a pôs em seu pescoço. Ela acariciou as mechas onduladas de cabelo que caíam sobre seus ombros. Logo em seguida, um sorriso se abriu em seu rosto ebúrneo, não pela maquiagem, mas pela delicadeza de sua pele.

Matthieu sentia algo especial cada vez que a via. Tirando Jean-Claude, tinha muito mais em comum com ela do que com qualquer outra pessoa. Nathalie era órfã como ele, e também havia sido adotada por uma família que a amava. Seus pais foram assassinados em um assalto à carruagem que os trazia de volta a Paris, após participar de uma festa no campo, e foi seu tio André Le Nôtre quem lhe dispensou os cuidados e o afeto especial que uma pessoa cega requer. Le Nôtre era muito mais do que um desenhista de jardins de Luís XIV, que converteu em Éden o lamaçal de Versalhes. Ele havia conquistado a amizade sincera do Rei Sol, com certeza por ser a única pessoa em toda a corte que não o adulava. Graças a isso, a dura infância de Nathalie se viu compensada por uma existência mais ajustada, com uma rica vida noturna em teatros e concertos, entre o reconhecimento e o respeito que todo mundo brindava ao artista da pá e das tesouras de podar, como o próprio Le Nôtre se denominava, com uma humildade desconcertante.

Como acontecia sempre que saía de casa, Nathalie vinha acompanhada por Isabelle, a jovem dama de grandes peitos e cabelos castanhos que se convertia em seus olhos durante os passeios por Paris. Todas as suas preceptoras anteriores haviam sido senhoras de idade avançada que a cultivaram com perícia em várias artes e ciências, mas com as quais não chegou a estabelecer nenhum elo de carinho. Le Nôtre terminou por perceber-se da tristeza que transparecia no belo rosto de sua sobrinha, e sem dúvida acertou ao pensar que a jovem necessitava de uma amiga com quem pudesse conversar. A seleção não teria sido mais afortunada. Isabelle se converteu desde o primeiro dia em sua amiga. De fato, Matthieu conheceu Nathalie graças a ela, já fazia dois anos. Dois anos, os melhores de suas vidas! A espirituosa e esperta dama de companhia havia nascido no mesmo bairro em que vivia a família do tabelião e sempre fora apaixonada por Jean-Claude. Por isso, quando começou a trabalhar no palacete do jardineiro Le Nôtre e lhe incumbiram de acompanhar dia e noite a sua sobrinha, adquiriu por costume levá-la à igreja de Saint-Louis, onde costumavam comparecer os dois irmãos, para que pudesse estar mais próxima de seu jovem amado. Os quatro se tornaram íntimos amigos. A plebeia Isabelle tentou sem êxito conquistar Jean-Claude, enquanto a nobre Nathalie e Matthieu forjaram uma ligação quase mística. Ela dizia que, na primeira vez em que escutou a voz do músico, sentiu poder enxergar, dizia poder imaginar cada palavra com formas que se enlaçavam no ar, com cores imaginárias que estralavam como um caleidoscópio. Matthieu somente a havia beijado em uma ocasião, algumas semanas depois de conhecê-la. Fez isso na ruela perto da igreja por onde costumavam passear sem que ninguém os pudesse ver, escondidos junto à loja do confeiteiro, cujos sacos de açúcar pareciam derrubar-se por completo em seus lábios. Nunca havia voltado a fazê-lo, apesar de desde então compartilharem cada minuto que suas diferentes circunstâncias sociais lhes permitiam, sempre de forma furtiva e graças à ajuda de Isabelle, a responsável por criar os álibis mais variados para que Nathalie dispusesse de tempo livre para passá-lo com Matthieu.

– O que você faz aqui a esta hora?
– Queria deixar-lhe um bilhete – disse Nathalie.
– O que aconteceu?
– Vou a Versalhes com meu tio André.
– A Versalhes...
– Ficaria encantada se você pudesse vir...
– Quando voltará a Paris?
– Depois da estreia do *Amadis de Gaula*.
– A nova ópera de Lully?

Nathalie assentiu.

– O rei está preparando uma grande festa nos jardins para apresentá-la dentro de duas semanas, e quer meu tio à sua disposição 24 horas por dia. Ele está redecorando alguns dos canteiros para o evento, e você não sabe como ele fica quando faz reformas assim.

– E Le Nôtre pediu que você o acompanhasse... – se limitou a murmurar Matthieu.

– Ele faz isso por mim.

– Sim, já sei disso.

Nathalie o notou um tanto ausente.

– Você está bem?

– Por que não haveria de estar? – respondeu, com o tom de voz mais cortante do que desejava.

Matthieu se sentia culpado por ter estado há pouco tempo com sua amante e, mais ainda, por falar de Nathalie com ela. Era como se, ao fazê-lo, a conspurcasse. Mas se justificava pensando que não havia cometido infidelidade alguma, pelo fato de não existir nenhum compromisso formal entre eles, ainda que fosse o que ela mais desejava no mundo, mas Matthieu de certo modo sentia que a estava enganando. Como vinha insistindo Jean-Claude, se não desejava formalizar a relação, era melhor esquecê-la para sempre e não lhe dar falsas esperanças. Nathalie não merecia sofrer. A verdade é que muitas vezes ele havia estado a ponto de sucumbir ao magnetismo de seus olhos azuis, que não podiam ver tanta luz que deles se desprendia. Ela, desde a obscuridade do dia e da noite, lhe entendia melhor do que ninguém. Quando Matthieu tocava violino a seu lado, ela fechava os olhos e juntos escutavam a melodia em todas as suas dimensões, não somente as notas como também os imperceptíveis rangidos da madeira e as beliscadas sobre as cordas, que faziam cada interpretação ser diferente da anterior; ou escutavam de algum canto escondido os sons da rua, a roda da carruagem salpicando gotas ao avançar sobre a terra molhada pela chuva, os pássaros ciscando as casquinhas dos grãos, o bater dos sapatos de uma mulher andando depressa; ou suas próprias vozes quando falavam sussurrando, cada matiz que acompanhava as palavras, o sibilar dos lábios entreabertos ou o roçar sensual do ar retido na garganta. Para que ver, podendo ouvir?

Além de sua beleza, e de personificar a ternura e o refinamento mais exigentes, Nathalie abrigava outro atrativo incontestável para Matthieu: seu tio André Le Nôtre era a porta que o levaria de imediato a satisfazer suas ambições musicais. Se ele se casasse com sua sobrinha, dado o afeto incondicional com que o Rei Sol brindava seu paisagista, teria como assegurar o lugar que ansiava nas orquestras da corte. Por que não aceitar? Era ela quem pedia isso a cada dia. Insistia que jamais o julgaria por não ser inteiramente correspondida, que bastava saber que enquanto ele estivesse a seu lado aproveitaria de seus privilégios. Matthieu não podia evitar sentir-se tentado. Seria tão fácil viver com Nathalie em seu grande jardim de sons tão límpidos... Ele estava seguro de que, a seu lado, tudo seria harmonioso. Talvez o futuro não lhe reservasse grandes aberturas nem apoteóticos finais, mas tampouco existiriam notas dissonantes que salpicassem sua existência. E não era verdade que ele, a seu jeito, também a amava?

Afinal de contas, como saber se alguém ama de verdade? Matthieu não desejava Nathalie com a mesma paixão que se desprendia das personagens das óperas, mas tinha certeza de que nunca se sentiria tão próximo de alguém como conseguia se sentir ao estar ao lado dela, quando ambos fechavam os olhos e se dedicavam a escutar o universo inteiro.

Novamente deixou de lado aquela ideia. Não era o momento de pensar nisso, não era o momento de propor casamento. Na realidade, nunca seria o momento oportuno.

– Preciso ir.

– Por que você tem tanta pressa?

– Jean-Claude me espera no mercado.

– Quer que o acompanhemos? – soltou Isabelle de imediato.

– Melhor não. Veremos-nos quando você voltar de Versalhes – disse a Nathalie com suavidade, acompanhando suas palavras de uma carícia quase imperceptível.

– Mas...

– Eu estarei aqui, como sempre. Não se preocupe comigo e desfrute da estreia.

Ele a beijou no rosto e dedicou a Isabelle um sorriso um tanto forçado antes de seguir rua abaixo em direção ao mercado.

5

Matthieu se pôs a correr ao dobrar a esquina. Queria chegar logo ao encontro com seu irmão, mas, antes de qualquer coisa, necessitava distanciar-se de Nathalie, de seu rosto perfeito e da condenação que ele, supunha, sofreria, ao ter de escolher por onde haveria de transcorrer sua vida. No meio do caminho, deparou-se com uma procissão que obstruía a rua. As paróquias proliferavam. Paris era um campo salpicado de cruzes enferrujadas. Escolheu outro caminho naquele labirinto de ruelas e rapidamente chegou à rua Saint-Barthélemy. Ele conhecia cada canto daquela cidade, que, segundo afirmava com tanta ousadia e convicção, logo se renderia à sua música.

Cruzou toda a Cité e se aproximou da margem do Sena. O rio fendia o centro da cidade, engalanando-a como um rosário de barcaças espalhadas sobre suas águas turvas. Passou junto à ponte Saint-Michel, que estava envolta em uma suave bruma, sem deter-se ante o espetáculo de um atirador de facas que cravava aquelas pontas de aço muito rente ao rosto sardento de uma garota. Circundou uma roda de gente que escutava um sargento recrutador e submergiu na confusão do Mercado Novo, caminhando entre o fedor dos montículos de carne em decomposição. As vísceras se misturavam com a palha e o barro enegrecido que cobria o chão, formando uma massa malcheirosa. Teve de afastar-se para não ser atingido por um dos barris que escapou a rolar, depois que os carregadores o levaram com dificuldade pelas escadarias de pedra.

Foi direto procurar Jean-Claude na adega. Ao abrir a porta, deu de cheio com a fumaça da carne requentada e o vapor das verduras fervidas. Teve de abanar para afastar a fumaça com as mãos e para conseguir ver algo. Jean-Claude estava sentado em uma das mesas do fundo. Sozinho, diante de um copo de madeira. O físico de ambos não podia ser mais diferente. Matthieu era moreno e musculoso, e Jean-Claude, loiro como um adolescente de Flandres, de pele clara e demasiado magro. A seu modo, também era um jovem charmoso. Os dois desprendiam a luz que emana dos homens seguros de si.

Matthieu sentou-se à sua frente e bebeu do copo com ânsia.

— Espero que seja importante, irmão — começou dizendo, enquanto secava os lábios com o dorso da mão.

— Por que está vindo com esta agora? — queixou-se Jean--Claude.

— É que tenho pressa. Prometi ao nosso pai que passaria pelo Parlamento.

— E precisa ser hoje?

— Ele quer que eu conheça o oficial do arquivo. Já deveria estar com eles a esta altura.

— O nosso ingênuo pai ainda acredita que pode arrancá-lo da vida artística para que você se converta em um respeitado tabelião — declarou Jean-Claude, enquanto a moça enchia novamente o copo.

— A terceira geração... – ironizou Matthieu.

— Ele sabe que você é uma causa tão perdida quanto eu, mas nunca abandonará sua cruzada particular. E você continua pensando que lhe deve algo.

— Jean-Claude, outra vez não...

— Mas você pode esperar mais um pouco, não? Asseguro que não vai acreditar no que vou mostrar a você! – exclamou, mudando o tom e abrindo os olhos de par em par em um gesto teatral. – Por que demorou tanto? Esteve com Nathalie?

— Não – disse, sem pensar. – Bem, a verdade é que acabo de vê-la na saída de Saint-Louis, mas apenas nos falamos por alguns minutos.

Jean-Claude franziu o cenho.

— Maldito enrolador, você vai partir o coração dela.

— Se eu soubesse que ia brigar e me censurar em tudo, não teria vindo.

— Faço isso por você. Se Le Nôtre for informado de que sua sobrinha está enamorada de um músico plebeu, que além do mais se permite o luxo de desprezá-la, ele o atravessará com uma estaca bem no meio de um de seus jardins.

— Irmão...

Jean-Claude ficou sério.

— Vocês não são apenas amigos, Matthieu. Nathalie ama você.

— Você acha que eu agiria melhor se aceitasse casar-me com ela, mas sem desejá-la de verdade? Quem sabe é o que eu deveria fazer...

Jean-Claude percebeu algo no modo como baixou os olhos.

— Já não terá feito isso, não? – perguntou, atordoado.

— Não...

— O que eu quis dizer é que deveria afastar-se dela de uma vez por todas, por Deus!

– Não estou comprometido. Pode ficar tranquilo.
– Não a faça sofrer. Somente lhe peço isso.
– Nathalie enxerga muito mais do que você e eu. Eu lhe asseguro que ela pode decidir por si mesma aquilo que fará de sua vida.

Jean-Claude fixou o olhar nele.

– Talvez seja você quem não sabe o que fazer com a sua.
– Diga-me agora por que marcou um encontro comigo aqui – insistiu Matthieu, cortando a conversa pela raiz.
– Quero que você compartilhe comigo um momento único. – disse Jean-Claude, abrindo um sorriso impossível de ocultar.
– Do que se trata?
– Siga-me. Já deve estar tudo preparado.
– Aonde?

Ele se levantou e bebeu o que restava no copo.

– Vamos! Estamos bem próximos!
– Diz-me, onde?
– Tenha paciência!

Saiu da adega e correu rua abaixo. Quando Matthieu o alcançou, envolveram-se em uma briga fingida, bateram no cesto de uma vendedora de verduras e derramaram pelo chão alguns vegetais. A jovem se abaixou para recolhê-los. Jean-Claude se desculpou com uma reverência exagerada, e, ao levantar-se, retirou os cachos avermelhados que caíam sobre o rosto dela. A jovem segurou seu punho com uma rapidez felina. Ele lhe lançou um beijo e os dois seguiram correndo entre a multidão, provocando queixas dos vendedores como quando eram crianças. O que seria que seu irmão tinha de mostrar? Fazia tempo que não via Jean-Claude tão emocionado. Saltaram por cima de uns tonéis de peixe em salmoura e andaram por um beco estreito no qual vertiam as águas de todos os edifícios vizinhos do mercado. O ambiente era repugnante. Aos poucos, Jean-Claude se deteve diante da parede traseira de um depósito de feno.

– Chegamos – sussurrou. – Viu como estávamos bem ao lado?

– O que estamos fazendo aqui?

– Baixe a voz. Vou ver se chegou.

Subiram com cuidado pela escada que levava ao telhado e debruçaram-se numa janelinha. Dali se podia obter uma visão completa do interior. Pouco a pouco seus olhos se adaptaram à obscuridade do palheiro, transpassada pelos feixes de luz que se infiltravam entre as ripas de madeira mal colocadas. A figura de um homem foi tomando forma entre as sombras. Estava coberto com uma capa. Ele se movia entre os fardos de feno com parcimônia e elegância, como se cada gesto fosse parte de um ritual bem ensaiado. Matthieu distinguiu diversos apetrechos de laboratório. Aquilo era um sistema de destilação, com um pequeno forno e um suporte para um cadinho no qual aquele homem despejou um pó esbranquiçado.

– Um alquimista...

– É o doutor Evans – informou Jean-Claude.

– Quem?

– O doutor Evans, o inglês que conhecemos na casa da Duquesa de Guise.

– Eu me lembro perfeitamente dele – Matthieu o cortou. – Mas o que ele está fazendo ali?

– Está nos esperando.

– A nós?

– Siga-me.

Matthieu o olhou desconcertado, mas algo o impediu de dizer no que estava pensando. Subitamente, começaram a escutar gritos que provinham do outro lado do palheiro. Os dois irmãos voltaram a se debruçar pela janelinha para ver o que acontecia. Um homem com as costas mais largas do que a anca de um cavalo atravessou a porta após derrubá-la com o ombro, arrancando parte da parede de barro. Ele se lançou sobre o doutor Evans e o prendeu por ambos os braços, ao mesmo tempo em que entravam outros dois. Aquele que parecia dar as ordens lhe perguntou algo sobre uma suposta partitura. Ao ver que Evans se negava a responder, o outro começou a bater em seu rosto com uma fúria desnecessária. Nem sequer lhe deu a opção de esquivar-se dos punhos. O sangue e a saliva salpicaram o cadinho e se mesclaram com o preparado. Os homens o jogaram ao chão e chutaram seu corpo.

Jean-Claude estava horrorizado.

— Deus meu, vão matá-lo...

— Mas o que é isto? — conseguiu articular Matthieu, sem entender nada.

Os homens o levantaram de novo e o sacudiram para que não perdesse a consciência. O chefe voltou a perguntar-lhe várias vezes pela partitura, mas o doutor Evans se limitou a cuspir em sua cara. Sem alterar-se e com um gesto de tédio, tirou uma adaga e a afundou em seu ventre.

— Não...! — exclamou Jean-Claude antes de levar a mão à boca.

O assassino levantou a vista até a janelinha onde estavam os dois irmãos. O coração de ambos deu um pulo.

— Corre!

Desceram aos tropeços pela escada, pularam por cima de uma tábua que servia de corrimão e se afastaram pelo beco inundado de barro, olhando assustados para trás para comprovar se alguém os seguia. Correram em ziguezague pelas ruas adjacentes e saíram em uma pracinha onde se vendia potes de cerâmica. Os irmãos se misturaram com as pessoas da praça, na tentativa de passarem despercebidos. Matthieu sentia que as pessoas no mercado o perscrutavam. Sua respiração falhava. Nunca em sua vida tinha presenciado algo assim. Ambos procuraram um canto afastado, por trás de um grupo de barraquinhas vazias. E se apoiaram em um murinho para recuperar o fôlego.

– Trate de me explicar imediatamente o que está acontecendo! – exigiu-lhe o irmão ofegante.

– Que vou fazer agora? – murmurou Jean-Claude, com a mente em outro lugar.

– Você tem de me explicar isso!

– Ia contar-lhe antes. Trata-se de uma partitura...

– Mas que partitura? Jean-Claude, por Deus! Acabam de matar aquele homem!

– A partitura da melodia original.

– Deus, nem sei do que você está falando... O que o doutor Evans fazia ali? O que você tem a ver com ele?

A íris azulada de Jean-Claude pareceu mudar de cor, como a de um gato que se põe em guarda.

– Evans havia encontrado a chave alquímica. Eu só o estava ajudando.

Matthieu levou as mãos ao rosto.

– Ajudar-lhe? Que diabos você sabe sobre alquimia? – perguntou, agitando as mãos violentamente, enquanto se afastava para tentar pensar com clareza.

– Eu sei sobre música. – Jean-Claude se recompôs e falou com veemência, como se de repente houvesse recuperado a presença de espírito. – A música é o segredo.

– A música?

– Irmão, assim é que são as coisas. A música é a origem e o fim de tudo – sentenciou. – Nela está o segredo que os alquimistas vêm perseguindo durante séculos. Por isso estou aqui, e por isso trouxe você comigo. Não podia ocultar-lhe isso por mais tempo...

Nunca havia se sentido assim ao lado de Jean-Claude. Sua relação não tinha nada a ver com camaradagem, nem com um compromisso fraternal imposto; era amizade incondicional, eles não precisavam demonstrar sua entrega, cada um sempre estava à disposição do outro. Mas naquele momento Matthieu não via seu irmão. Era como se não o conhecesse. Todos supunham que era ele quem havia herdado a veia sonhadora de sua mãe biológica, a inconsciente criada Marie, e que Jean-Claude era o irmão responsável, o ilustrado. Agora, sem dúvida, parecia estar na frente de um maluco.

– Jean-Claude – sussurrou com carinho, pousando a mão em seu braço –, o que tem a ver o som que extraio de meu violino com a busca da pedra filosofal? Que têm a ver as composições de nosso tio com o ocultismo?

Jean-Claude riu estrondosamente.

– Não estou falando de ocultismo, Matthieu, muito menos da pedra filosofal. Falo da ligação originária do homem com Deus, de uma música jamais escutada que nos elevará ao conhecimento pleno e terminará com o sofrimento do ser humano. A música nos mostrará, por fim, o Céu na Terra.

Um sopro de vento trouxe o odor pútrido das margens do Sena.

– O que está dizendo?

Jean-Claude olhou para ambos os lados com nervosismo.

– Precisamos nos afastar daqui.

Matthieu percebeu que estava desconcertado demais para sentir medo.

– Quem eram aqueles homens? Conhecem você?
– Veremo-nos ao entardecer na oficina do *luthier* San Giacomo.
– Na casa do fabricante de violinos?
– Ali você compreenderá tudo. Agora fuja!
– Mas... Jean-Claude, por favor, me diga: você está em perigo?
– Vá ao tal encontro com nosso pai e aja como se nada tivesse acontecido. Vamos! Se nos encontram aqui...

Deixou a frase suspensa e começou a correr em direção à pracinha.

– Jean-Claude!
– Não diga nada! – gritou, enquanto se distanciava. – Não falte esta tarde!

Ele se perdeu entre a multidão. Matthieu teve de novo a sensação de que todas as pessoas do mercado se voltavam para olhá-lo. Deu uns passos incertos com a cabeça abaixada e, em determinado momento, também começou a correr, mas em direção ao Parlamento.

6

Matthieu se mostrou ausente durante todo o diálogo que mantiveram no escritório do arquivista. O tabelião lhe lançava alguns olhares de soslaio. Sabia que a seu filho não interessava nem um pouco o trabalho de aprendiz que lhe ofereciam, mas não cederia em seu empenho de encontrar-lhe um emprego seguro. Não acreditava que fosse um gênio, como afirmava Charpentier. Ou talvez não quisesse acreditar. Era melhor músico que Jean-Claude, mas lhe amedrontava que se destacasse demais e terminasse se tornando uma estrela, uma celebridade. De qualquer modo, estranhava que se comportasse daquela forma tão pouco coerente em relação ao momento. Desconhecia que a mente de seu filho estava monopolizada pelas obscuras palavras do irmão, nublada pelo sangue do doutor Evans.

Quando terminou sua exposição, o arquivista os acompanhou pelo corredor ladeado por colunas de mármore até a porta de saída.

– Fico à sua disposição – disse, sem nenhuma convicção.

Matthieu se despediu dele com uma leve inclinação de cabeça, ao mesmo tempo em que percebia que algo acontecia na praça situada em frente à porta do Parlamento. Havia se formado um círculo onde várias pessoas falavam ao mesmo tempo. Duas mulheres punham as mãos na cabeça. Balbuciavam frases desconexas sobre um assalto ocorrido a alguns quarteirões dali. Algo monstruoso, segundo um velho que agitava um jarro vazio. Uma carruagem se deteve diante deles após fazer um rodopio violento. O ocupante, um homem de idade mediana, enfeitado com uma capa marrom arrematada nas bordas com pele de coelho, desceu sacudindo o pó que se havia levantado.

– É horrível, horrível... – lamentava, dirigindo-se a outro cavalheiro.

Matthieu e seu pai se aproximaram para escutar a conversa.

– O que aconteceu?

– Foi um rapaz. Os dedos de suas mãos foram cortados e eles os introduziram em sua boca.

– Santo Deus! – exclamou o tabelião.

– E isso não é tudo – acrescentou o outro, conferindo-se importância. – Atravessaram a garganta dele com um arco de violino.

Representou a brutal ação com um gesto exagerado.

– Não é possível...

– Esse rapaz agonizou em frente ao portão da igreja de Saint--Louis e.. – engoliu a saliva em seco. – Se o vissem... Trata-se sem dúvida de um ato executado pelo mesmo demônio.

Os lábios de Matthieu estavam cada vez mais apertados.

– O demônio não vagueia pelas ruas de Paris no meio da tarde – indignou-se o tabelião. – Já prenderam os autores?

– Ainda que pareça incrível, ninguém viu como aconteceu. Esta cidade está se arruinando. O rei Luís tão somente se preocupa em conquistar novas terras e esquece as penúrias por que atravessa seu povo. Aqui a desordem se impõe e ninguém faz nada para evitá-la. Todos nós, habitantes de Paris, poderíamos infectar-nos de uma peste e o soberano nem sequer chegaria a inteirar-se disso.

— Está morto? — perguntou Matthieu, com o rosto transfigurado.

— Talvez agora esteja, mas, num caso ou noutro, não creio que dure muito. Parecia um jovem tão frágil.

Jean-Claude...

— Filho, o que disse?

— É ele, pai. É Jean-Claude! — gritou, lançando-se rua abaixo.

— Espere! Por que haveria de ser ele? É uma loucura!

— Corra! — seguiu correndo sem voltar-se, enquanto uma garra lhe oprimia o peito, impedindo-o de respirar.

Matthieu chegou exausto à Rua Saint-Antoine e atravessou a calçada. Uma mula que puxava uma carroça esteve a ponto de atropelá-lo. Ele se lançou pela escadaria de Saint-Louis. Um trovão ecoou no céu, que agora estava coberto por um manto cinza envernizado ocre. Matthieu introduziu-se entre os curiosos que se aglomeravam ao redor do moribundo.

— Afastem-se!

Era Jean-Claude.

Seu irmão.

Ficou a ponto de cair desmaiado sobre ele. Junto ao portão da igreja, o irmão estava todo desconjuntado, com as mãos e os pés atados. Um rastro de sangue escorria pelos cinco degraus. Como o cavalheiro da capa já havia informado, alguém havia amputado seus dedos das mãos, enfiado alguns deles na boca e descartado os outros sobre o peito; a garganta estava atravessada de lado a lado com um arco afiado de violino. Ninguém se atrevia a tocar-lhe. Todos pensavam que aquela cena, mais parecida com uma ilustração sacada de um livro ritual de magia negra, era a culminação de algum tipo de maldição.

Depois de superar o terror que o manteve imobilizado durante alguns segundos, Matthieu se ajoelhou junto a ele. Afastou o cabelo que caía sobre seus olhos. Ainda estava vivo! Jean-Claude o reconheceu e sua primeira expressão de medo e incompreensão se desvaneceu, dando lugar a um gesto exausto de aflição, vergonha, desgosto e dor. Agora já tinha com quem chorar. Ergueu as mãos sem dedos.

– O que fizeram com você, Deus meu! Quem poderia ser capaz de fazer algo assim? – disse Matthieu, irrompendo em lágrimas com ele.

Pediu aos gritos que alguém fosse buscar um médico. Uma dama que tapava a boca com um lenço – talvez para conter o enjoo – respondeu dizendo que já havia enviado o cocheiro para que trouxesse o seu. Enquanto tentava reter a ânsia a duras penas, com pressa foi retirando os dedos amputados da boca de Jean-Claude. Parecia impossível que o irmão ainda pudesse respirar. Da garganta jorrava sangue aos borbotões.

De repente, a expressão de Jean-Claude se tornou serena. Matthieu supôs que o irmão iria morrer, e, dentre todas as recordações que se amontoavam nele, não escolheu imagens, escolheu sons. Recordou as melodias das cordas do maestro Biagio Marini que ambos tocavam no estúdio: um era a voz principal e o outro solava volteios por cima, as improvisações sobre canções populares que as camponesas de Nantes entoavam, e as missas de seu tio Charpentier, algumas das quais tinham começado a tocar mesmo antes de a tinta da partitura secar. Juntos pela última vez sobre a escada de Saint-Louis, os dois estavam interpretando todas aquelas peças sem seus violinos, apenas na troca de olhares.

Naquele instante, a multidão que se aglomerava sobre ele, e que se debatia entre a compaixão e a atração mórbida, foi desaparecendo. E o céu cinzento se abriu ao azul infinito e os deixou ver ao mesmo tempo o sol e as estrelas. Escutaram as trombetas do paraíso, enchendo o universo de sons elegantes para marcar o momento da despedida. Jean-Claude se foi após a música. Era uma melodia diferente de tudo aquilo que Matthieu já havia escutado antes: não chegava de parte nenhuma e penetrava com força, causava êxtase, se fazia enamorar. Será que por acaso aquela música era o amor divino em seu estado mais puro que seu tio Charpentier lhe falou no dia do seu aniversário de cinco anos? Por acaso ele também já a havia escutado alguma vez e por isso era capaz de compor da forma especial como fazia? Se pudesse, ficaria ali para sempre, e invejou seu irmão por fundir-se na morte com aquele canto único, mas sabia que deveria fechar os olhos, e, quando os abrisse novamente, Jean-Claude já não estaria mais ali.

E assim foi. Matthieu voltou o olhar de forma súbita pelas escadarias ao lado daquele charco de sangue. A multidão de vestimenta acinzentada o contemplava com receio. De novo sentia seu fôlego abatido e seu mau hálito. A noite se arremessou sobre Paris, e explodiu a tormenta. As primeiras gotas o despertaram por completo, e ele se viu ajoelhado junto a um corpo vazio. Acariciou pela última vez a testa esbranquiçada. Escutou tosses e murmúrios, o golpeio surdo da chuva batendo contra o chão de terra. Não podia ser assim tão simples. Tapou os ouvidos e apertou os olhos para submergir de novo naquele sopro mágico dos trompetes celestiais, mas de nada adiantou. Aquela música foi-se embora, e com ela a alma fulgurante de seu irmão.

– Por que me deixou só? – chorou debaixo da chuva, aterrorizado ao comprovar que não havia ninguém em todo o mundo a quem ansiasse ter a seu lado num momento assim.

7

O tabelião chegou em pouco tempo, na carruagem do homem da capa, que havia gentilmente se oferecido para levá-lo. Saltou da cabine.

– Não... não pode ser... Não, não, não... – soluçava, enquanto se aproximava com passos cada vez mais incertos.

Matthieu o alcançou no primeiro degrau e pressionou o rosto do pai contra o peito, para evitar que ele tivesse a visão horrenda do corpo mutilado de Jean-Claude.

– Solte-me! – gritava o pai, tentando escapar de Matthieu com movimentos lentos e carentes de força.

– Não podemos fazer nada, pai. Nada.

O tabelião soltou um grito em direção ao céu, um grito que levava junto toda a dor que um homem poderia sentir.

Matthieu viu correr a seus pés o sangue de Jean-Claude, diluído na água que se perdia rua abaixo. E viu o sangue em suas mãos, em seu rosto e sobre suas roupas. Por um momento, acreditou que o sangue do irmão cobria seu corpo por inteiro, e esteve a ponto de gritar também. Mas não o fez. Por alguma razão sutil, compreendeu que manter-se sereno era sua obrigação. Seu pai não parava de bater com os punhos cerrados em suas costas.

— É apenas um rapaz... Vocês dois o são, apenas rapazes... Por que nos fazem passar por isso? — lamentou-se de forma inconsciente e espontânea, dirigindo-se a todos os filhos de um mundo assolado pelas guerras, um mundo em que os jovens morriam antes dos pais. — O que vou dizer à sua mãe?

Pouco a pouco, deixou cair os braços.

— Senhor meu pai, sempre sabe o que deve ser dito — Matthieu lhe disse com carinho.

Durante um bom tempo, nenhum dos dois se moveu. Mantiveram-se na mesma posição. A tempestade caía, mas o grupo dos curiosos era cada vez mais numeroso. Então, metade de Paris já havia se inteirado do ocorrido. Chegou uma patrulha de soldados comandada pelo próprio Nicolas de La Reynie, tenente que dirigia todas as forças policiais. Seu particular olfato e sua ousadia, que inclusive o levaram a investigar certos crimes sem solução praticados por membros da nobreza de Versalhes, jamais iriam permitir que perdesse um assassinato com características desse tipo. Um ancião lhe contou uma versão fantasiosa e apontou para Matthieu e seu pai. Reynie se aproximou para interrogá-los. Começou a falar conforme o protocolo. Não o escutavam, nem sequer se voltaram para olhá-lo. Permaneceram abraçados, superando de uma vez por todas a distância que habitualmente os separava.

— Vá para casa, senhor meu pai. — falou Matthieu, aos poucos e com calma. — É melhor que sejam informados pelo senhor.

— Quero ficar...

Matthieu observou como as pálpebras semicerradas do pai tremiam.

— Não se submeta a isso, pai. Eu esperarei até que levem o corpo.

O proprietário da carruagem a cedeu de novo, com amabilidade. O cocheiro fez estalar o chicote. Enquanto os cascos trotavam em direção ao sul, o tabelião debruçou-se na janelinha e lhe dedicou um olhar que Matthieu desconhecia. Foi a primeira vez que o olhou daquela forma.

Virou-se para a escadaria. Viu como um policial batia com a unha do dedo indicador no arco do violino cravado na traqueia de Jean-Claude. O restante dos homens fazia valer sua autoridade para manter longe os curiosos e preparava uma carruagem para levar o corpo. Matthieu o contemplou pela última vez, pensando que a tormenta havia devolvido certo brilho à pele azeitonada. Em seu rosto havia se estampado uma expressão risonha.

— A casa do *luthier*... — ocorreu-lhe.

Rogou aos policiais que tratassem o corpo com cuidado e saiu correndo através do manto de chuva para a casa do fabricante de violinos. Saltou o muro dos jardins do norte para não perder tempo. Torceu o tornozelo, mas seguiu adiante. Pegou um novo atalho, cruzando a taberna dirigida pelo amigo de Isabelle, saindo pelo pátio traseiro diretamente na rua dos artesãos. Em pouco tempo chegou à porta de *luthier*. Tratou de recuperar o ritmo da respiração, tentando manter-se erguido, mas apoiando as mãos nos joelhos. O rabo de cavalo se desfez e seu cabelo molhado grudou no rosto. Estava suando e tinha frio. Mas, antes de qualquer coisa, tinha medo, muito medo. Agiu depressa, sem parar para se perguntar o que haveria de encontrar no interior daquela casa de ladrilhos enegrecidos.

Pegou o trinco para abrir, e o que pensava fazer logo em seguida era chamá-lo, mas viu que a porta estava aberta. Após titubear por uns instantes, entrou na sala escura, fechou a porta atrás de si e embrenhou-se em seu interior. Localizou o candelabro, apalpando sobre as bordas da estante da parede. Conhecia aquele lugar como a palma de sua mão. A luz trêmula revelou o ambiente. Tudo estava como no primeiro dia em que seu tio os levou ali para que vissem como se fabricava um violino. Ao fundo se encontrava o armário com as caixas e as hastes ainda sem montar, de um lado o baú em que se guardavam as tábuas virgens, de bordo para o fundo e de abeto branco para a tampa superior, e no meio da sala o mostruário sobre o qual o *luthier* exibia a seus clientes os violinos terminados. Todas as paredes estavam cobertas de ferramentas suspensas com pregos e pequenas estantes abarrotadas de frascos de óleo. O ambiente cheirava a madeira seca e também madeira fresca, preparada para ser tensionada até o ponto em que parecia que iria se quebrar.

Assegurou-se de que não havia ninguém no piso superior e começou a remexer as estantes com nervosismo, esperando achar algo fora de lugar que lhe desse alguma ideia. Abriu várias gavetas e tirou desenhos de violinos que pareciam mapas anatômicos cheios de anotações, esboços e projetos para novas cravelhas, onde se enrolam ou retesam as cordas dos violinos para afiná-los. Viu também algumas gravuras que representavam os trabalhos terminados, dos quais o *luthier* tinha mais orgulho. Então lhe ocorreu olhar o compartimento abaixo do estrado, onde o artesão escondia os instrumentos mais valiosos e já terminados. Agachou-se, levantou a tábua correta e, após uma nuvem de pó e serragem, encontrou um maço de partituras enlaçadas.

Colocou-as sobre o mostrador.

Devia haver mais de cem.

Recordou que o assassino do doutor Evans lhe perguntara sobre uma partitura antes de cravar-lhe a adaga. Sem dúvida, tinha nas mãos o que buscavam. Examinou os traços e logo soube que haviam sido escritas por seu irmão. Estremeceu. Quando ele havia composto tal quantidade de melodias? Por qual motivo? Começou a examinar uma por uma. A única luz disponível era a do candelabro. De repente, levado por um inesperado ataque de fúria, afastou as partituras com o braço e as jogou no chão. Não conseguia entender o que via. Negava-se a admitir que seu irmão estivesse envolvido com aquilo. Estava diante da obra de um louco. Todas as partituras eram idênticas. Todas e cada uma tinham copiada a mesma melodia em uma mesma pauta, sem harmonias.

Procurou se acalmar. Respirou fundo e se concentrou em uma delas, que ainda estava sobre a mesa. Seguiu a pauta com o indicador para ler com mais detalhes. Angustiou-se ainda mais. Por algum motivo muito estranho, não conseguia reproduzir na mente a linha melódica. Fizera isso durante a vida inteira; estudou todos os ditados musicais desde quando tinha seis anos, e com sete já era capaz de cantar uma partitura na medida em que lia, mesmo que fosse pela primeira vez. O que estava acontecendo?

– Estou alterado – disse em voz alta, como se quisesse convencer-se de que aquilo se devia ao fato de estar impressionado pela morte do irmão.

Pegou outra partitura do chão para tentar de novo. Grudou os olhos no papel, e foi então que se deu conta: não era exatamente igual à anterior. A que agora segurava em suas mãos tinha um silêncio de colcheia na terceira linha da pauta, enquanto na outra o silêncio era de semicolcheia, que, por sua vez, modificava a duração da nota seguinte. Repassou detalhadamente as demais e comprovou que, apesar de todas conterem melodias aparentemente idênticas, cada uma abrigava uma ínfima *nuance* que a diferenciava do resto.

– Jean-Claude... o que é isso? – murmurou.

– Nada que lhe interesse – respondeu uma voz profunda que vinha da porta.

Voltou-se, assustado, e percebeu a figura de um homem. Pouco pôde ver, já que este varreu com uma espada o ar cheio de serragem e destruiu o candelabro. A oficina do *luthier* sumiu na escuridão. Matthieu raciocinou depressa e se lançou certeiro pela escadaria do fundo, que levava ao piso superior. Antes de chegar em cima, deu-se conta: a partitura... Parou de súbito e se concentrou, para escutar algum ruído que indicasse se o estranho ainda o seguia. Talvez não mais. Somente percebia o estalar dos frágeis degraus de madeira que ele mesmo pisava e o eco da chuva que alagava a rua. Atreveu-se a saltar por cima de uma grade na parte detrás da estante. Manteve-se de novo bem quieto, com as pernas flexionadas, na mesma posição em que caiu. Escutou como a porta da casa batia várias vezes no batente, sem fechar-se totalmente. "Meu Deus, ele se foi...", pensou. Girou devagar até a frente da estante e se aproximou do mostrador. Esticou a mão para pegar a partitura que havia lido. Apalpou com nervosismo e agarrou a primeira que encontrou. Naquele mesmo instante, o silvo da espada rasgou a escuridão. Cravou-se no mostrador a poucos centímetros de seus dedos, guilhotinando a quina do papel. Matthieu o puxou e saiu correndo para o piso superior, agora com a respiração entrecortada do estranho a poucos centímetros de seus ombros. Acreditou que seu coração iria arrebentar quando girou antes de atravessar o alçapão e deu um pontapé no ar. Golpeou o homem com o salto da bota. Em seguida, observou o estranho rolando escada abaixo. Por fim, saiu no piso superior. Encolheu-se para atravessar o batente da janela e pulou, mesmo com toda aquela chuva. Havia uma pilha de sacos cheios de lã de ovelha, que o artesão vizinho utilizava para fazer colchões. Isso não diminuiu em nada o impacto da queda, porque Matthieu sentia como se tivesse quebrado a coluna. Já fizera isso antes, quando ainda era menino, em companhia de Jean-Claude, mas agora seu corpo de adulto pesava muito mais. Olhou para cima, tentando não se importar com a dor, e viu o estranho o encarando pela janela. Correu rua abaixo em direção ao canal. Levava a partitura na mão, aferrada com toda a força que podia. Cada vez que entrava numa rua ou cruzava uma praça, olhava para trás, confiando que o tivesse despistado, mas o estranho sempre aparecia em tempo suficiente para ver que direção tomava. Enfiou-se por uma ruela estreita e saiu no mercado. Naquele momento, pareceu-lhe uma boa ideia esconder-se entre os fardos empilhados, mas no mesmo instante se deu conta de que os comerciantes que se resguardavam do aguaceiro debaixo dos toldos poderiam vê-lo e informar a seu perseguidor. Decidiu seguir correndo, mas somente foi capaz de dar mais alguns poucos passos. Estava exausto. Percebendo que não havia outra alternativa, encaminhou-se até o atracadouro e esperou que a correnteza aproximasse da plataforma uma das barcaças amarradas. Tomou impulso e saltou com as últimas forças que ainda lhe restavam. Num ponto em que já estava bem próximo, pisou na borda e conseguiu passar para seu interior, mas a partitura lhe escapou das mãos.

– Não...! – sufocou um gritou, enquanto a folha era levada pelo vento.

Espremeu-se entre os fardos para tentar alcançá-la, mas já era tarde demais. Viu como ela caía no canal e como as notas desenhadas com tinta começavam a diluir-se, formando um borrão. Pouco a pouco a enigmática música de Jean-Claude separou-se do papel, que, de novo em branco, precipitou-se ao fundo.

8

Passadas algumas horas, Matthieu reuniu coragem suficiente para sair do esconderijo. Havia acumulado raiva, estava esgotado e empapado pela chuva que não cessava. A dor pela morte de Jean-Claude lhe queimava o peito e o impedia de respirar. Era como se, ao desaparecer o irmão, ele também se convertesse em um espectro que vagava por Paris, fora do alcance dos olhos do restante das pessoas.

Convenceu-se de que iria regressar à casa do *luthier* para comprovar se as partituras de Jean-Claude continuavam ali e pegar outra delas, mas a imagem do corpo mutilado sobre a escadaria o fez descartar essa ideia. Não sabia o que estava enfrentando. Considerou mais prudente dirigir-se ao palacete da Duquesa de Guise para falar com o tio. Por que não se lembrou disso antes? Pensou que Charpentier, ainda que tenha sido um maestro inflexível e excessivamente moderado em suas demonstrações de afeto, professava a eles um amor incondicional. Quem melhor do que ele poderia dizer o que fazer num momento assim?

Quando se colocou à frente da porta, estava tão esgotado que apenas conseguia levantar o braço para empunhar a maçaneta e bater. A criada informou que *monsieur* Charpentier não estava em seus aposentos. Já ia embora quando apareceu um mordomo vestido de camisolão comprido, com uma vela na mão.

– Siga-me – pediu a Matthieu.

Cruzaram o saguão e entraram na área de serviço. Charpentier, após inteirar-se da notícia, vagou pelo palacete, afastando-se de todo mundo, até que terminou refugiando-se na cozinha, sentado no chão com a cabeça caída, junto à lareira. Restavam apenas algumas brasas e fazia frio. O mordomo os deixou a sós.

– Levou um bom tempo até eu encontrar uma única palavra que pudesse descrever o que sinto – disse o compositor de repente.

Matthieu sentou-se a seu lado.

Charpentier fez rolar uma garrafa vazia que emanava um cheiro denso de aguardente. O roçar do vidro nos ladrilhos de pedra produzia um som agudo que permanecia flutuar no ambiente por alguns segundos. Soltou uma risada nervosa.

– Nem sequer poderia explicar com música! – exclamou, o olhar perdido fixando o nada no fundo da cozinha escura. – Até hoje as pautas foram a via pela qual eu expressei meus estados de ânimo, até os mais complexos. Mas isso que sinto agora... não é humano. Creio que jamais voltarei a compor.

– Quem teria feito isso?

– Quem pode saber?

– Acreditava que o senhor teria alguma ideia...

Charpentier virou-se.

– O que está insinuando?

– O que havia entre Jean-Claude e o doutor Evans?

– Como?

– O alquimista que frequentava as reuniões da Duquesa de Guise...

— Sei quem é. Por que me fala nesse tom de voz? E o que tem a ver esse inglês com o que aconteceu?

— Esse inglês está morto. Jean-Claude me chamou para nos encontrarmos com ele, mas não chegamos a tempo. Aqueles homens... Estou certo de que foram os mesmos que depois...

— Que importa? — cortou Charpentier, deixando cair a cabeça como um vagabundo bêbado.

— Ainda há algo a mais.

— Não me torture, eu suplico...

— Estive na casa do *luthier*.

Matthieu notou que aquelas palavras produziram em seu tio uma leve reação, quase imperceptível.

— O que teria isso de estranho, salvo o fato de que você se dirigiu para lá enquanto seu irmão jazia despedaçado na escadaria de Saint-Louis? — perguntou, com sarcasmo ferino.

— O senhor sabia...? — e deu ao tio a oportunidade de completar a frase, mas ele não disse nada. Inclinou-se para colocar-se de joelhos diante dele. — Sabia que Jean-Claude havia preenchido mais de 100 partituras com uma melodia quase idêntica? — Charpentier brincou com a garrafa, como se aquilo não fosse com ele. — Não sei como explicar; trata-se de algo obsessivo, a mesma melodia repetida até não poder mais e alterada sem método, variando com matizes tão ínfimos que nem sequer modificavam o resultado final.

— Eu rogo uma vez mais, deixe isso de lado!

— Na realidade — seguiu, colocando a frase num tom de mais gravidade —, o que Jean-Claude havia escrito nem sequer se podia cantar.

Charpentier fechou os olhos.

— O que espera conseguir com isso? — perguntou, sem abri-los.

— Como?

— Aonde quer chegar?

— Eles estão atrás de mim... Quase me mataram, e eu quero apenas...

— Querem matá-lo? Você? – o compositor se surpreendeu, saindo pela primeira vez da letargia. – O que está dizendo?

— Eu tinha acabado de encontrar as partituras na oficina do *luthier* quando chegou alguém que também as queria.

Charpentier negou e escondeu o rosto entre as mãos trêmulas. Seu peito estremeceu durante alguns segundos, como se estivesse resistindo à vontade de chorar.

— Jean-Claude não era como você.

— Por que isso agora?

No rosto do compositor esboçou-se uma expressão semelhante à de alguém que iria sorrir.

— Ele dizia que cada minuto que passava distante de seu violino lhe dava a sensação de que a morte se aproximava. Sua vida era tocar. Desde que despertava, pensava somente em agarrar seu violino, roçar o arco na primeira corda e atingir o êxtase.

— Aprendemos juntos – balbuciou Matthieu.

Não sabia por que seu tio o atacava por aquele lado.

— No seu caso, a música não é o fim. Ambos sabemos que você tem o dom, mas utiliza sua genialidade para alcançar objetivos diferentes.

— Mas...

— É sua escolha, apenas uma escolha sua. Vamos deixar isso de lado.

Matthieu não podia acreditar no que ouvia.

— Como o senhor pode dizer-me isto depois do que aconteceu?

— Vá embora.

— Tio, eu...

– Quero ficar sozinho.

Matthieu levantou-se, indignado, e saiu sem olhar para trás. Estava farto dele. Para que perder tempo com alguém assim? Nem mesmo naquele momento seu tio era capaz de distanciar-se daquele maestro inabalável, do grande compositor arrogante e ensimesmado que não via nada mais além de suas criações.

Charpentier o contemplou enquanto Matthieu se afastava pelo corredor. Escutava seus passos arrastados e algo se dilacerava em seu interior. Como poderia explicar a seu sobrinho amado que se comportava daquela forma para protegê-lo?

Esperou até que Matthieu saísse do palacete. Então virou a cabeça em direção à porta entreaberta de uma pequena despensa situada ao lado do fogão.

– Pode sair – disse. – Ele já se foi.

Logo, emergiu uma sombra. Foi tomando forma à medida que se aproximava da luz do candelabro, que queimava azeite aos pés do compositor. Era um homem de idade mediana e porte distinto. Vestia-se com discrição, mas o veludo e a seda de suas roupas denotavam uma condição de nobreza.

– Você fez bem – declarou com um forte sotaque inglês.

– Como pode dizer isso? – lamentou-se Charpentier, abaixando a cabeça. É meu sobrinho, meu menino querido. Acaba de perder o irmão e eu me comportei como se não tivesse acontecido nada de grave, como se não me importasse. Ele não merece isso...

– Nada nem ninguém deve inteirar-se do nosso projeto. Você me ouviu bem? Já cometi um erro deixando que Jean-Claude participasse...

– Jamais me perdoarei por tê-lo colocado nisto. Uma vez mais levou as mãos ao rosto, mal acomodado como estava no chão da cozinha. – Deus meu, juro que eu acreditei que seria bom para ele!

– Não foi culpa sua – corrigiu o outro, com certa condescendência. – Somente Deus sabe onde estará a fissura. Precisamente por esse motivo, deve continuar mantendo Matthieu à margem disso tudo.

– Esperemos que Evans resista.

– Pobre homem... No seu caso, fui eu quem o empurrou até aqui. Não sei como conseguiu arrastar-se até a rua depois que os atacantes o deram como morto, com o ventre dilacerado. Percebi que você não disse a Matthieu que ele continua vivo.

– Prefiro que ele não saiba. Quem sabe deixe de se intrometer.

– Ótimo!

O inglês se apoiou na parede e seu olhar perdeu-se nos restos de brasas incandescentes da lareira.

– É verdade que você não tem ideia de quem está por trás disso? – perguntou Charpentier.

– Qualquer alquimista que soubesse da existência da melodia original mataria para conseguir sua partitura. O que não entendo é como chegaram a saber que você estava procurando transcrevê-la e que Jean-Claude o ajudava. Você acredita que o marinheiro falou?

– Aposto que não.

– Eu também não acredito que tenha sido. Ele recebeu muito mais do que poderia ganhar em toda a sua vida.

– Deveríamos procurá-lo?

– Envie-lhe um bilhete explicando tudo o que tem acontecido, e para que se mantenha oculto, mas não chegue muito próximo de sua casa.

– Não quero que sigam você até ele. Seja lá quem for que tenha contratado esses assassinos, se dará conta em breve de

que o experimento não confere com nenhuma das partituras roubadas, e voltará a procurá-la. Maldito seja! – exclamou. – É triste precisar depender de um marinheiro descuidado em um projeto desse porte!
– O que vai fazer?
– Voltarei à Inglaterra imediatamente. Seria um verdadeiro desastre alguém me relacionar com isso tudo.
– Ninguém sabe que você está aqui, e duvido que alguém em toda a França fosse capaz de reconhecê-lo somente por seu rosto.
– Nunca se sabe.
– Então... Não vai passar no hospital para visitar Evans antes de ir?
– Não posso arriscar-me. Eles o levaram ao Hotel Dieu, em frente à Nôtre Dame, e você já sabe a quantas andam os acontecimentos. – Descruzou os braços de repente, adotando uma postura teatral. – Imagine o que as pessoas diriam sobre mim: 'O grande Isaac Newton associado a uma série de assassinatos, apenas por causa de uma fantasia alquímica...'.

Isaac Newton. Aquele homem continuava impressionando o compositor a cada vez que o escutava. Mantiveram demoradas conversas desde que o doutor Evans os apresentara, mas ainda assim Charpentier se fascinava pelo feito de compartilhar com o famoso cientista um projeto de alquimia de tamanha envergadura. Seus contemporâneos o consideravam um dos maiores gênios da humanidade e, por que não, o mais afortunado, já que sozinho foi capaz de descobrir o sistema que rege o mundo. Mas, por trás do homem da ciência que revolucionava a matemática, a ótica e a mecânica a partir de sua teoria sobre a gravidade universal, escondia-se o último dos grandes magos. Isaac Newton era um alquimista incurável e um teólogo herético, duas obsessões que o vinham consumindo por anos na solidão de seu laboratório secreto, em busca dos indícios místicos que Deus disseminara pelo mundo, para que algum dia o ser humano compartilhasse com ele seu infinito conhecimento.

— Não creio que nada possa prejudicar-lhe a esta altura — o compositor disse, para que relaxasse. — Você é a encarnação viva da ciência.

Newton negou com a cabeça. Havia escrito inúmeros tratados alquímicos que, por terem vindo à luz, não somente foram repudiados pela comunidade científica como o condenaram à morte. Nestes, ele assinava como *Ieova Sanctus Unus,* que representava tanto um lema antitrinitário, negando o dogma da Trindade — Jeová Único Santo — como um anagrama de seu próprio nome latinizado, Isaacus Neuutonus. Dirigiu-se a Charpentier, como lhe era característico, com uma expressão que demonstrava riso forçado de desagrado.

— Ninguém neste mundo sabe que tenho escrito muitos e muitos mais textos sobre alquimia que sobre qualquer outra das ciências que me trouxeram fama. Ninguém — reforçou —, salvo meu fiel amigo Evans, conhece as atividades proibidas que venho desenvolvendo há décadas em meu laboratório. Só de pensar, meus cabelos se põem em pé. Se em Cambridge se inteirassem da existência de um só de meus experimentos alquímicos, me expulsariam da cátedra!

Charpentier inspirou, mas não disse nada. Não tinha forças para discutir. Como podia aquele homem temer por sua cátedra quando acabavam de assassinar um rapaz e estava a ponto de morrer a única pessoa do mundo que ele mais confiava?

— Esperemos que as coisas se acalmem e depois finalizaremos o experimento — continuou Newton. — Agora, limite-se a seguir sua vida com normalidade. Deixe que os assassinos acreditem que, após a morte de seu sobrinho, você decidiu distanciar-se da melodia. Que acreditem que tudo está terminado.

— Mas a verdade é essa mesmo.

— O que está querendo dizer?

— Que não quero mais prosseguir com isto.

Newton se agachou e olhou em seus olhos, com ar persuasivo.

— Não irá lhe acontecer nada. Quem quer que seja o autor desses crimes, sem dúvida sabe que sem você nunca haverá partitura.

— Eu não temo por mim...

— Pense naquilo que conseguiremos no dia em que você finalmente transcrever a melodia correta! – insistiu. – Nosso êxito implicará um *antes* e um *depois* para toda a humanidade...

— Não posso fazer isso – insistiu Charpentier.

O cientista se levantou e caminhou em círculos pela cozinha, com as mãos nas costas.

— Não me obrigue a renunciar a você – suplicou de repente, deixando de lado a arrogância. – Quando Evans me informou que havia aceitado trabalhar conosco, supus que finalmente todos os astros haviam se alinhado. Teríamos a fonte da melodia e a pessoa capaz de transcrevê-la. Minha genialidade aliada à sua, unidas no projeto supremo! Quiçá dentro de um tempo...

Agora foi Charpentier quem o olhou fixo nos olhos.

— É preciso que entenda: uma parte de mim morreu. Daqui para a frente, sempre estarei incompleto.

O cientista respirou fundo.

— Prometa que ao menos pensará melhor sobre isso. Escreva-me à Inglaterra dentro de alguns dias.

O compositor não quis contestar. Newton vestiu uma capa que havia cuidadosamente dobrado sobre a mesa e caminhou em direção à porta.

— Espere!

– O que aconteceu?

Charpentier enfiou a mão no bolso interior do camisão e tirou um papel dobrado.

– Leve-o!

– O que é?

– O epigrama.

Referia-se a um hieróglifo alquímico copiado em um pergaminho.

– Mas...

– Eu já o li mil vezes e não consigo extrair nem um significado coerente sequer. Leve-o, por favor. Não quero perto de mim nada que esteja relacionado com a morte de meu sobrinho.

Newton o olhou com muita atenção.

– Cometi um equívoco ao acreditar que este hieróglifo guardava algum segredo relacionado à melodia. São apenas frases, uma atrás da outra. Mera poesia.

– Não se engane – replicou Charpentier. – Jean-Claude escreveu mais de 100 partituras. Se não tiver deixado algo pelo caminho, alguma delas teria de servir.

– Não farei outra coisa senão esperar pela sua carta – limitou-se a dizer o cientista. – Sei que seguiremos juntos até o final. Assim, ao menos você dará sentido à morte de seu sobrinho.

Deu meia-volta sem pegar o papel e saiu do palacete da Duquesa de Guise pela mesma porta de serviço pela qual havia entrado uma hora antes. Cruzou o amplo jardim dos fundos sem deter-se e subiu numa carruagem que o esperava em um canto tão escuro como os quatro cavalos que, galopando durante toda a noite, haveriam de levá-lo ao porto a tempo de subir ao primeiro barco que cruzasse o canal.

9

Após separar-se de seu tio na cozinha do palacete, Matthieu se dirigiu à escola de música. Quase sempre levava consigo seu violino, mas, no dia anterior, sabendo que deixaria de lado os ensaios para estar com Virginie, o havia deixado ali. A raiva estava se apoderando dele, e precisava sentir o quanto antes o instrumento entre seus dedos, fosse para tocá-lo, fosse para arrebentá-lo contra a parede e ferir-se com os estilhaços.

Ainda era noite fechada quando chegou ao edifício que abrigava a escola. Sua frente estava enfeitada com anjos em relevo, algo mais apropriado a uma capela. Bateu à porta principal, mas ninguém atendeu. Levantou os olhos para ver as janelas do piso superior, onde vivia um casal de bretões que se encarregava da manutenção. Não havia luz. Pulou a grade do pátio para entrar pela porta dos fundos. O cachorro saiu disparado de sua casinha de tábuas. Por um instante, o jovem músico se sentiu bem. Permaneceu um momento ajoelhado no jardim, abraçado ao pescoço daquele gigante que cheirava a barro.

Uma vez dentro, acendeu uma lamparina de óleo e foi direto buscar seu violino. Abriu a vitrine onde o havia guardado e o contemplou por alguns instantes, com certa adoração. Passou resina no arco e o afinou com cuidado. Sempre o distendia quando acabava de tocar. Colocou o violino com suavidade sobre o ombro e apoiou o queixo na madeira. Inspirou fundo. Os cabelos não chegaram a encostar-se às cordas. Ainda não estava preparado.

Pegou a lamparina e deu a andar pelo interior do edifício, tratando de relaxar. Entrou na sala em que seu maestro dava aulas. Duas cadeiras vazias, partituras carentes de alma sobre a mesa, meras notas criadas para atingir uma técnica melhor. Avançou pelo corredor. Deteve-se diante da porta da sala que o maestro Lully ocupava quando aparecia na escola. Nenhum aluno entrava ali a menos que tivesse sido chamado, algo que não costumava ser um bom sinal. Levou a mão à maçaneta de forma inconsciente e comprovou que não estava fechada com a chave. Enquanto entrava, um calafrio subia por sua coluna. Sem pensar, já estava dentro.

Fico surpreso com a ornamentação, própria de um gabinete de Versalhes. A mesa do maestro se erguia no centro sobre quatro pernas curvas. Os entalhes da poltrona eram igualmente delicados. Ao fundo havia uma lareira e, sobre ela, uma reprodução do quadro de Mercúrio em seu carro, com o capacete de asas e os pés alados, exatamente igual ao original que decorava uma das câmaras do rei.

Aproximou-se da mesa e examinou um maço de folhas costuradas entre si com um bilhete em cima, que somente dizia: *Monsieur* Lully.

– O novo libreto... – sussurrou com fascinação.

Era o texto definitivo do *Amadis de Gaula*, a versão para a ópera recém-corrigida pelo poeta Quinault. Sentiu-se emocionado por tê-la nas mãos; nem sequer o próprio maestro Lully a havia lido ainda.

Como dissera Nathalie quando se encontraram na saída de Saint-Louis, o rei queria apresentar a obra na festa que aconteceria 14 dias depois nos jardins de Versalhes, aproveitando a recepção aos embaixadores de Sião, à qual também atenderiam outras delegações estrangeiras. Fazia tempo que Luís XIV ansiava escutar uma ópera francesa que eclipsasse a ópera italiana que invadiu a Europa, e todos estavam nervosos com a apresentação.

– Quem poderia querer isso pronto em duas semanas... – resmungou entre os dentes, vendo que Lully não dispunha de tempo para fazer as últimas correções musicais no libreto e ensaiá-las como era devido. – Logo jogará a culpa nos intérpretes da peça.

Sentou-se na cadeira do maestro e começou a ler. O *Amadis* narrava uma história medieval sobre um menino a quem os pais, um rei e uma jovem plebeia se viram obrigados a abandonar em uma barca; um cavaleiro o recolheu e, já como um valente rapaz que queria saber mais sobre suas origens, se lançou numa grande aventura, tornando-se um verdadeiro herói que, com a ajuda de Urganda, sua fada protetora, chegou a enfrentar exércitos e monstros pelo amor de uma princesa chamada Oriana. Matthieu estava maravilhado. Ficou emocionado quando leu as passagens escritas para Floristán, meio-irmão de Amadis, de quem este era um reflexo atormentado. Ele também queria indagar sua própria origem, queria adorar para sempre a seu irmão Jean-Claude, ver-se protegido por uma fada e amar uma princesa após cruzar um bosque repleto de monstros.

Havia chegado o momento. Necessitava envolver de música aquele texto mágico.

Foi buscar algumas folhas com pautas em branco e regressou à sala do maestro. Colocou-as sobre a mesa e revisou de novo o libreto. Decidiu-se por começar pelos primeiros versos da ópera, quando a fada Urganda percebe que havia chegado o momento de atender ao chamado inconsciente de Amadis e canta em dueto com seu esposo Alquif. Respirou fundo e recitou em voz alta:

Ouço um ruído que me insta
a buscar-lhe.
Rompe-se o feitiço.
Despertemo-nos.

Sem perder tempo, começou a tocar. Enquanto deslizava o arco, pensava somente em Jean-Claude; em seu corpo molhado e descolorido, vagando entre dois mundos como um pobre náufrago, e ao mesmo tempo, na felicidade que havia alcançado a seu lado durante tantos anos, ao longo dos quais nunca sentiu estar ocupando seu lugar. Provinham de embriões diferentes, mas o seu destino era único. Tinha a música como princípio e como fim, apesar do que lhe dissera Charpentier. Não deveria ele estar morto, o filho não natural do tabelião? De repente, parou de tocar e abriu os olhos arregalados. Estava assombrado com a frase que acabava de arrancar de seu violino. Repetiu com vagar, por três vezes, e deixou o instrumento sobre a mesa para transcrevê-la antes que desvanecesse. Começou a preencher a pauta. O lápis corria entre as linhas, deixando anotações apenas inteligíveis para ir mais depressa. Voltava a tocar e improvisava sobre o que já havia criado, alguma variação que o fazia estremecer. Não era como das outras vezes. Não se tratava de colocar uma nota após outra como quem coloca os ladrilhos de um previsível castelo harmônico. Naquela noite, sentiu que a melodia já existia em outra dimensão, à espera de ser descoberta. Sentia como se a cada compasso lhe explodisse o coração, e aquela melodia se precipitava sobre o mundo dos sentidos, celebrando por fim, ao saber-se livre.

Foi tamanho o êxtase alcançado, e tamanho o seu esgotamento que, quando desenhou a última nota, caiu esgotado sobre o estrado de madeira. Com as partituras espalhadas e as pontas dos dedos enegrecidos pelo lápis, consumiu-se em um sono em que a morte não cabia.

Pouco tempo depois, alguém abriu o portão da escola. Os raios horizontais do amanhecer se apressaram, disparando pelo corredor até o escritório. Seu escritório. Era o maestro Lully em pessoa. Haviam lhe comunicado que o novo libreto do *Amadis de Gaula* estava pronto, e queria ler as correções o quanto antes.

Quando entrou e viu o jovem violinista encolhido aos pés de sua mesa, esteve a ponto de despertá-lo aos pontapés. Mas lhe pareceu pouco digno. Conhecia outras formas mais eficientes de ferir. Plantou-se ao lado de Matthieu e fincou o bastão em suas costas. O jovem músico abriu os olhos. A princípio não compreendeu nada. Olhou para cima e foi reconhecendo a vestimenta mesclada e brilhante, cheia de sedas e rendas, a comprida peruca de cachos castanhos. Então, saltou como uma mola, erguendo-se e começando a balbuciar.

– Sinto muito, maestro, eu...
– Quem é você?
– Sou aluno de *monsieur* Le Pautre, o maestro de câmara.
– Eu nunca vi você!
– Eu me chamo... Matthieu Gilbert.

Fazia tempo que preferia utilizar o sobrenome de sua mãe biológica. Era a única coisa que conservava da desafortunada criada Marie. Dessa forma, trataria de honrá-la e, ao mesmo tempo, evitava que o meio musical cortesão o relacionasse com Charpentier. O maestro Lully nem sequer poderia imaginar que tinha diante dele um sobrinho de seu arquiinimigo.

– Explique-me o que faz aqui – cortou o maestro. – E trate de convencer-me, senão...

Matthieu agiu com rapidez. Talvez não tenha feito a coisa mais convincente, mas foi a única que poderia tirar-lhe daquele aperto. Colocou-se em pé e organizou com toda a pressa as partituras recém-escritas. Olhando diretamente nos olhos do maestro, ofereceu-as.

– O que é isso? – perguntou ele, com desprezo.

– É um dueto, maestro. Entraria justamente depois da abertura.

Fez outro gesto para que o maestro as pegasse, mas este se mantinha imutável.

– Um dueto?

– Utilizei uns versos do novo libreto – explicou, de forma apressada. Assinalou o texto. – Nesta passagem, a fada Urganda sente que chegou o momento de tirar o herói da noite eterna em que se acha sumido e canta em dueto com seu esposo Alquif. Ocorreu-me começar com linhas de cordas fundidas com os trovões para que, pouco a pouco, introduziam as frases da soprano e o baixo. Cria-se assim um clima apropriado para que, no ato seguinte, os coros dos espíritos repitam os versos! – À medida que explicava, sua emoção se exacerbava cada vez mais, sendo difícil controlá-la. – Desde o início se saberá que Amadis somente quer encontrar a si mesmo...

Os lábios de Lully se contraíram em um trejeito horrível, que vinha se desenvolvendo em seu rosto enquanto Matthieu falava.

– Mas como teve a ousadia de entrar aqui e colocar seus dedos de estivador em meu libreto? – explodiu, carregado de fúria, enquanto arrancava das mãos de Matthieu as partituras que ele havia escrito.

Bateu-as contra a mesa com um golpe brutal e empurrou Matthieu para o lado. Depois, enquanto apontava para ele com seu bastão como se empunhasse um sabre, não pôde evitar uma olhada furtiva sobre as pautas com os escritos borrados e desalinhados.

– É um bom dueto... – aproveitou para insistir Matthieu.

Sem querer, o maestro se viu atraído pela melodia. Todavia, com o bastão em riste, leu rapidamente a primeira folha. Não pôde evitar que seus lábios se movessem sutilmente enquanto reproduzia na mente a música do papel.

Voltou-se para Matthieu com uma expressão confusa em duas ou três ocasiões e, após resmungar entre os dentes algo nada compreensível, leu a composição completa.

– Vou levar comigo – disse de repente.

– De verdade, gostou?

– Quem disse isso? – exclamou o maestro, enfurecido. – E como se atreve a dirigir-se a mim desse modo?

– Mas...

– Fora! Saia daqui agora mesmo!

Matthieu obedeceu sem dizer absolutamente nada. Saiu de cabeça baixa e dirigiu-se à casa que durante anos havia compartilhado com Jean-Claude.

Deitou-se de supetão em sua pobre e rústica cama. A seu redor, as quatro paredes de tijolo caiado e outra cama igual, mas vazia.

Sentia seu irmão longe, distante.

Como se nunca tivesse existido.

Levou as mãos às têmporas. Apertou com força. A dor era insuportável. Abriu a boca até quase desencaixar a mandíbula e quis chorar tanto que não saíram nem lágrimas e nem gemidos. Se acaso Jean-Claude havia sido real alguma vez... O que restara dele agora? Um assassino havia mutilado seu corpo e Lully se apropriou da partitura onde havia abrigado sua alma. Já não estava em lugar nenhum. Nem sequer o silêncio que nele cabia.

10

O tempo, depois disso, converteu-se em mera cadeia de dias vazios e noites intermináveis. O tabelião e sua esposa permaneciam reclusos em casa, sem receber visitas. Sentavam-se um em frente ao outro e envelheciam em uníssono a uma velocidade vertiginosa, ao mesmo tempo em que o cheiro desagradável de vinho ácido invadia a sala. As investigações sobre a morte de Jean-Claude seguiam sem nenhum resultado. Por mais que os amigos mais influentes da família pressionassem o lugar-tenente De la Reynie a fim de esclarecer o ocorrido, não se avançava nem um passo sequer. Havia aqueles que foram convencidos, como foi dito pela rua, que o próprio diabo cometera o crime horrível de Saint-Louis, o que não estimulava os investigadores, acostumados a se retirar de qualquer caso que exibisse o menor sinal de feitiçaria.

Matthieu havia tentado conversar com Charpentier em várias ocasiões, sem sucesso. Estava convencido de que o tio guardava para si alguma informação sobre o assassinato. Passou uma semana quando, por fim, conseguiu que a governanta da Duquesa de Guise liberasse sua entrada no palacete.

Durante um curto período lançou contra a porta fechada daquela residência algumas perguntas desesperadas: por que Jean-Claude falou sobre alquimia? Que tinha a ver com o doutor Evans? Que mistérios abrigavam as partituras escondidas na casa do *luthier*? Por que sentia que, a cada segundo que passava sem o irmão, sua própria morte também o cercava? ... Pensou ter ouvido um choro do outro lado, mas a porta não foi aberta. Já se afastava da casa quando escutou a voz do mordomo, que o chamava do jardim.

Trazia uma carta escrita pelo tio.

Matthieu a arrancou de sua mão e leu ansiosamente os traços incertos, salpicados de gotas de tinta, que faziam com que as frases ficassem ainda mais difíceis de ler. Aquela carta parecia uma de suas composições para órgão, direta e profunda, e ao mesmo tempo carregada de poesia. Ele dizia que o amava, mas que não poderia voltar a vê-lo enquanto não recuperasse seus próprios olhos, aqueles que viam violas onde havia arcos e harpas nos teares; que não poderia voltar a escutá-lo se não recuperasse seus ouvidos, aqueles que ouviam prantos nos guindastes do porto e risadas na água; que não poderia dar-lhe mais conselhos enquanto sua garganta seguisse amaldiçoando cada uma das melodias arremessadas aos céus a partir de seu órgão de tubos.

Pela primeira vez desde que enfrentou a imagem de Jean-Claude prostrado na escadaria de Saint-Louis, Matthieu deixou de sentir angústia. Releu umas 100 vezes o bilhete e umas 100 interpretações diferentes extraiu dele. Mas havia algo que não lhe deixava nenhuma sombra de dúvida: as palavras de Charpentier estavam impregnadas de culpa. Aquilo provocou uma onda de compaixão. "Por que me empenho em remexer estas coisas?", pensou. Nada nem ninguém devolveria a vida a Jean-Claude. Para que produzir mais sofrimento? Assim, entre a sonolência e o peso de viver quando o sangue se contamina de tristeza, afinou seu violino, passou um pano seco pela caixa e começou a tocar, tratando de concentrar-se nas aulas de câmara que havia deixado abandonadas.

Em princípio lhe pareceu uma boa solução. Como se deu conta de que não podia fazer com que o mundo deixasse de girar, fingia ser capaz de seguir adiante sem mostrar sequelas. Mas, em seu íntimo, sabia que era uma tarefa impossível. Alguma coisa mudou. Em todas as melodias que interpretava percebia a ação de suas próprias mãos, podia prever as pueris ordens de seu cérebro. O que saía do violino era somente um ato mecânico; pior ainda, era um som simplesmente físico, fruto do atrito de quatro cordas feitas de tripa contra uma faixa composta por cem fios de crinas de cavalo.

O que tocava não tinha alma.

Não era música.

11

Uma noite antes da estreia do *Amadis de Gaula,* o rei não dormiu. Não porque não pudesse conciliar o sono, mas porque preferiu desfrutar cada minuto imaginando que surpresas poderiam acontecer naquele espetáculo. Havia seguido com atenção a montagem do rio nos jardins do palácio, mas o maestro Lully não quis revelar sequer um detalhe do balé, e apenas escutou umas poucas notas soltas de música.

As primeiras óperas de Lully foram apresentadas, vários anos antes, no teatro da rua Saint-Honoré, que o rei fez construir para que seu compositor tivesse um cenário à sua altura. As seguintes se deslocaram aos palácios que a corte possuía em Marly, Saint-Germain e Fontainebleau. Mais tarde foi Versalhes que acolheu as estreias em suas formosas salas e inclusive nos parques, como naquela ocasião, com o céu servindo de cenário. Não havia nenhum edifício que o superasse a céu aberto para apresentar uma grande ópera. Nenhum lugar melhor que a fonte de Apolo, diante da Avenida Real, para um *Amadis* repleto de fantasia e capricho.

O rei se emocionava só de pensar. A orquestra tocaria no meio da tarde, e a montagem se veria favorecida com as mudanças de luz que propiciava o pôr do sol, levando a história do aventureiro medieval desde o azul pálido na abertura até o laranja intenso, e dali até a noite profunda, já no terceiro ato, quando cem tochas desobedeceriam o negror para encher o bosque de magia.

– Já deve ter amanhecido... – disse, sem poder aguentar mais.

Afastou os lençóis, passou por cima da pequena balaustrada que delimitava a cama no centro de seu quarto dourado e foi até a janela, suspendendo o camisolão.

Debruçou-se.

Cinza.

Abriu e fechou os olhos várias vezes. Não podia acreditar no que estava vendo.

Cinza! Cinza! Cinza!

Emitiu um berro. Um pajem abriu a porta assustado.

– *Sire*!

Essa era a forma de tratamento dirigida aos reis da França, senhores feudais e imperadores.

– O que é isto? – exclamou o rei, com espanto. – Onde está o sol?

– Amanheceu nublado, *sire*.

– Os físicos do palácio asseguraram que não choveria. Onde estão eles? Quero vê-los agora! Nunca estão quando mais se necessita deles! – Debruçou de novo na janela. – E você? Onde está, sol traidor?

Nas últimas semanas, céus limpos e temperaturas muito mais altas do que era habitual no verão parisiense sucederam-se, por isso o rei decidiu que aquele amanhecer cinza-chumbo pesado e soturno não era senão uma brincadeira macabra.

– A qualquer momento uma luz celestial reduzirá as nuvens a pó, e despertará no céu uma abóboda de intenso azul – tratou de convencer-se.

Quando os físicos confirmaram que se equivocaram e que em breve desabaria uma tempestade, caiu desolado. Poucas vezes ao longo de seu reinado sucumbiu ante a adversidade, algo a se valorizar a quem viu morrer esposas, filhos e netos, mas cujas principais campanhas militares perdiam o ímpeto. Havia colocado todas as expectativas na representação do *Amadis*. O cancelamento da estreia era o pior que poderia ocorrer.

O próximo a chegar foi o maestro Lully. Os físicos culpavam-se uns aos outros no centro da antecâmara real. Lully se aproximou do marquês de Louvois, o ministro da guerra. Desde a morte de Colbert, com quem manteve encarniçadas disputas sobre a maneira de dirigir o país, Louvois desfrutava de uma situação privilegiada, que lhe permitia estar em contato pessoal com o soberano a todo momento; mais ainda desde que havia sido nomeado superintendente de construção, arte e indústria, cargo que levava acoplada a direção das obras do palácio de Versalhes.

– Como está Sua Majestade? O senhor falou com ele?

– Ele não escuta a razão – respondeu o ministro Louvois. – Inclusive me pôs para fora de seus aposentos.

– Temos de fazer algo...

– Que podemos fazer contra os elementos naturais? O rei considera isso uma tragédia, crê que está preso a uma maldição. Chegou a dizer-me que as nuvens de hoje simbolizam que em breve se apagará sua própria luz.

Lully não estava disposto a deixar as coisas assim. Pediu licença ao ministro, afastou sem considerações o lacaio que se postava em frente à porta, bateu levemente com o cabo de seu bastão e entrou no aposento real sem esperar autorização. Encontrou o soberano mais apagado do que nunca, uma estrela extinta no meio daquele quarto de ouro que resplandecia como o coração do sol. Estava sentado em uma cadeira junto à janela, o camisolão amassado e empapado de suor, seguindo o movimento das nuvens milímetro a milímetro com os olhos avermelhados.

— Majestade...

O soberano reconheceu a voz do amigo e falou-lhe sem voltar-se.

— Que vou dizer agora aos embaixadores de Sião? Como poderei desculpar-me com os demais convidados de outras nações, aos quais prometi uma noite inesquecível?

— Somente podemos esperar e confiar que não venha a tempestade. Ademais, *sire*, o Rei Sol não necessita de minha música para impressionar os mandatários. Eles governam pequenos territórios, ainda que tenham pretensões de império.

O rei girou o pescoço como se fosse uma ave de rapina, mantendo as mãos apoiadas nos joelhos.

— Parece mentira que confunda a adulação com a condescendência. Não me trate como ao cachorro de uma cortesã. Tampouco tente escapulir desta tragédia! Levamos meses preparando a estreia desta ópera e você vai responder por ela.

— Responder por...?

— Que parte não entendeu? — gritou, levantando-se de súbito e varrendo com o braço tudo o que havia sobre uma mesa próxima. — Faltando horas para a representação, os astros arrebataram minha grande ópera, minha honra, minha glória!

Lully compreendeu que tinha que deixá-lo sozinho.

A incredulidade e a raiva iniciais se transformaram em desespero. O rei não queria que ninguém o visse chorar. Vestiu uma capa sobre o camisolão e saiu por uma porta secreta do aposento, sem sequer colocar a peruca. Por ali, havia uma pequena carruagem sempre pronta para qualquer eventualidade. Cruzou os jardins percorrendo a margem do canal, e se fechou no primeiro Trianon, o palacete de porcelana de aspecto chinês que se levantava no lado extremo do parque. Ao menos ali poderia lamentar-se com privacidade e solidão. O Trianon havia sido construído anos antes para acolher seus amores com a Marquesa de Montespan e ainda continuava sendo um refúgio sobre o qual os cortesãos não tinham permissão nem para dar uma simples olhada.

O soberano não imaginava que, enquanto dedicava suas lágrimas ao lenço, seu querido Lully, tão déspota com os demais mas tão fiel e entregue à Coroa, aguçava todas as habilidades para tocar a estreia em frente. Mas, se havia algo que ninguém poderia prever, nem mesmo o rei, era que as nuvens cinzentas que cobriam o palácio mudariam de forma decisiva o destino de Matthieu, um jovem músico de Paris que, desde pequeno, havia sonhado em tocar violino para seus régios ouvidos.

Não só o de Matthieu.

Aquelas nuvens iriam mudar o destino da França.

12

Matthieu queria se convencer de que *Monsieur* Le Pautre, seu maestro de música de câmara, terminaria por indicá-lo para alguma vaga nas orquestras da corte. Após o incidente ocorrido na noite em que morreu seu irmão, temeu que o expulsassem, mas ninguém mencionou nada. Quando o mensageiro se apresentou na escola, o jovem músico mostrava ao maestro seus avanços em um complexo exercício de mecanismo. Ouviram gritos no corredor e saíram apressados.

– Que aconteceu?

– *Monsieur* Le Pautre? – perguntou o mensageiro, esquecendo-se de qualquer protocolo.

– Eu mesmo.

– Venho para acompanhá-los até Versalhes.

– Agora? Quem lhe pediu isso?

– O maestro Lully. Requer vossa presença imediata no Jardim das Flores.

– O maestro Lully? – estranhou. – A apresentação não começará até o meio desta tarde.

— Quiçá não tenha estreia, nem apresentação — disse o mensageiro, assinalando que estava se retirando.

O maestro de câmara, que havia entrado na escola antes do amanhecer e não abandonou o recinto desde então, saiu à rua.

— Oh, Deus... Vai chover...

— A qualquer momento.

— E que posso fazer eu?

— O maestro Lully quer transferir toda a cenografia da ópera antes que caia a tempestade.

— Transferir para onde?

— Da fonte de Apolo, onde está montada, para a estufa de inverno da Orangerie.

— Para a estufa? — exclamou.

— A uma estufa? — repetiu Matthieu logo em seguida.

— É no pavilhão da Orangerie que ele pretende fazer a estreia — acrescentou o mensageiro, sem muita convicção.

— Mandou chamar os músicos e colaboradores de confiança, e também os cenógrafos e artesãos. E não somente os que vivem na aldeia situada junto ao palácio. Todos, sem exceção, foram mobilizados.

Tanto o maestro de câmara quanto Matthieu ficaram estupefatos. A decoração do cenário era enorme, além de muito delicada. De que forma Lully iria desmontá-los, deslocá-los e voltar a montá-los em tão poucas horas? E a Orangerie não era uma sala de concertos. Era uma grande estufa de inverno, com galerias abobadadas, que o rei havia desenhado para acolher as plantas mais exóticas e, sobretudo, para preservar suas laranjas das mudanças de temperatura. Ali não havia lugar. Havia centenas daquelas árvores, cada uma em um vaso de barro, preparados para serem movidas segundo o capricho do desenhista de jardins, ou para o interior do palácio, ou a qualquer canto do parque que precisasse de sua cor mediterrânea.

– Por que na Orangerie? – insistiu *monsieur* Le Pautre. – Tem certeza de que o maestro Lully disse isso?

– Já fizeram apresentações em outras salas do palácio – respondeu o mensageiro, encolhendo os ombros.

– Mas é uma estufa, por Deus!

Matthieu queria intervir. O maestro de câmara não conseguia enxergar que uma ópera não era somente música. Também eram roupas e cenários; uma história surpreendente, ou apaixonada, ou dramática; acompanhada de uns odores determinados, ou de pólvora, se necessário. O maestro Lully, sim, tinha isso muito claro. Para que a estreia do *Amadis de Gaula* estivesse à altura tanto do libreto como das expectativas que haviam sido criadas, ele necessitava de algo novo, radical. Uma vez que fracassou sua ideia inicial de representá-la nos jardins, não poderia limitar-se a revestir com distintas tapeçarias as mesmas salas de concertos usadas no passado. Por isso decidiu converter aquele depósito de laranjas no universo de fantasia de que precisava. Seria a melhor maneira de impressionar a seu rei e, ao mesmo tempo, honrar sua própria música.

O maestro Le Pautre, resignado ante o que considerava uma loucura, foi buscar seu bastão e se encaminhou à carruagem.

– Maestro! – gritou Matthieu.

– Não vê que não posso me distrair? – queixou-se, com um pé apoiado na escadinha da cabine.

– Deixe-me ir com o senhor.

– O que disse?

– Posso ajudar – afirmou com segurança.

Monsieur Le Pautre permaneceu em dúvida por alguns segundos. Matthieu havia concentrado todo o seu poder de persuasão naquelas palavras, mas temia que não fosse suficiente. Não podia deixar escapar aquela oportunidade. Nunca havia

| 109

cruzado as grades de Versalhes. *Diga que sim*, suplicava com o olhar. Posso fazer qualquer coisa para ajudar! Ali estariam todas e cada uma das pessoas de Paris vinculadas à música. *Diga que sim!* Estava consciente de que não lhe permitiriam ficar na apresentação, mas o mero fato de imaginar-se atravessando os jardins reais até a Orangerie para contemplar com seus próprios olhos os cenários luxuosos do *Amadis* lhe produzia uma emoção difícil de disfarçar.

– O maestro Lully mandou avisar a todos – interferiu, sutilmente, o mensageiro –, inclusive aos aprendizes de carpinteiro.

Monsieur Le Pautre não pôde deixar de refletir sobre a conveniência de atender melhor àquele chamado com quatro braços do com apenas com dois. Pensou uma última vez e acedeu, com gesto de resignação. Matthieu, sem dar-lhe tempo para arrepender-se, correu para guardar o violino na estante e se lançou ao estribo traseiro da carruagem, enquanto os quatro cavalos arqueavam entre relinchos e apontavam rumo a Versalhes.

13

O jovem músico sentiu um estremecimento, e não foi pela neblina úmida que invadia o caminho, quando entrou nas divisas do bosque que rodeava o palácio. Esperara tanto por aquele momento que olhava de um lado para outro com nervosismo, como se fosse sua única oportunidade de contemplar tanta maravilha acumulada. Versalhes era um hino à perfeição; era o detalhe de cada caule recortado em diagonal e um disparate de dezenas de labirintos de cercas vivas; era uma bolha banhada de condimentos aromáticos trazidos da Ásia; cervos e também estranhas criaturas marinhas que surgiam nos reservatórios de água. Versalhes era a vida dos deuses, uma vida que jamais deveria ter existido fora do mundo dos sonhos.

Saltaram da carruagem. Matthieu compreendeu por que o tio de Nathalie havia anos era distinguido pelos favores reais. Ao maestro de câmara não passou despercebida a expressão de assombro de seu pupilo, e falou pela primeira vez desde que saíram de Paris.

– Trinta mil jovens do nosso exército deixaram sua pele construindo estes jardins sob as ordens de Le Nôtre.

– Trinta mil...

– Houve mais baixas do que em muitas guerras; muitos morreram pelas febres que contraíram nos pântanos. Mas olhe agora! – exclamou, com sincera emoção – Quem poderia superar este espetáculo? Entre imensas superfícies de gramado aparado na direção do vento se repartem jardins de flores, bosques e pracinhas com desenhos fantásticos que parecem ter sido trazidos do céu, e os jorros das duas mil fontes dançam de forma sincronizada.

– Ao som das melodias do maestro Lully – completou Matthieu.

– Trabalhe bem e talvez algum dia bailem à marcação do seu compasso.

Matthieu agradeceu esse comentário, que interpretou como um verdadeiro anseio de seu maestro. Adentraram os jardins da ala norte do palácio. Deixaram de lado o Tanque do Dragão e a Pirâmide e atravessaram o Jardim das Águas, que refletia as nuvens cada vez mais carregadas. Matthieu avançava a passos largos. Olhava de um lado ao outro, em mais de uma ocasião tropeçou e esteve a ponto de cair. Tentava se manter equilibrado diante das esculturas de animais, das ninfas, alguns temas extraídos das fábulas de Esopo e outras cenas mitológicas que simbolizavam as vitórias do exército francês.

– É ali! Não pare! – ordenou o maestro, ofegante.

Mas Matthieu parou. Seus pés empacaram, e ele se emocionou até umedecer os olhos quando presenciou ao longe o cenário do *Amadis de Gaula*. Ao fundo da Avenida Real se alçava um enorme cenário, que representava o paraíso inventado que os protagonistas da ópera haveriam de percorrer: meias colunas no castelo da princesa, estalactites de pedra para a gruta da feiticeira e um falso rio que desembocava em um mar de brumas. Abaixo do cenário, dezenas de atores e bailarinas, alfaiates que arrastavam carros repletos de trajes cintilantes e cavalos enfeitados com chifres de unicórnio, e duas crias de elefante com seus domadores, presente de um rei mongol. Um universo de fantasia que desesperadamente pedia música.

Quanto mais olhava, mais se assombrava. Lully mandou colocar plataformas nas árvores para subir alguns músicos, que tocariam por cima dos cantores, como anjos nas macieiras do éden; atrás do cenário se haviam posto uns suportes para segurar os fogos de artifício que se previa acenderem ao final da apresentação, depois dos quais vinha a parte da decoração que recriava o castelo do monstro.

Matthieu levantou a vista para o céu. A qualquer momento começariam a cair as primeiras gotas. Como não haveriam de estar todos tão nervosos? Seria uma tragédia. Tanto esforço desperdiçado...

Ia seguir *monsieur* Le Pautre quando viu diante deles o maestro Lully. Não sabia dele desde que o surpreendera em seu escritório. Estava dando instruções a um grupo de pessoas de diferentes ofícios, que assentiam com profissionalismo. O maestro de câmara se aproximou e se juntou a eles. Matthieu permaneceu distante, surpreso ao ver a energia que esbanjava Lully, tão diferente daquele que pensava conhecer. Podia de repente repreender um cenógrafo que então se apressava a pregar uns tablados, ou gritava aos domadores para que recolhessem os excrementos dos elefantes. E, sem se deter, recobrava sua veia mais refinada e desenhava com a batuta delicados círculos no ar, apontando as nuvens de papel machê para explicar como deviam soltar os fios que sustentavam o bando de pássaros.

– Não o trouxe para que ficasse aí parado! – gritou o maestro de câmara. – Ajude a levar estas cadeiras para a estufa! E não bata nenhuma delas!

Matthieu pegou as cadeiras e foi até onde indicaram. Rodeou os canteiros com jardins e flores e desceu a Escadaria dos Cem Degraus, que levava à Orangerie, construída em nível inferior e dividida em duas áreas: o jardim ao ar livre, onde colhiam as laranjas no verão, e, ao fundo, as galerias cobertas, onde se conservavam pelo restante do ano. As enormes janelas envidraçadas, dispostas de forma tal para que entrasse o sol, ainda cheiravam à pintura ocre que haviam dado recentemente aos batentes para que estivessem em sintonia com os frutos. Matthieu cruzou o portão, deixou as cadeiras a um canto e uma vez mais se surpreendeu com tanta magnificência. Lully era um gênio! Aquelas naves abobadadas com aspecto de igreja desprendiam toda a magia de que precisava a apresentação. A nave central, que abrigava o cenário, deveria medir mais de 150 metros. Havia laranjas por todas parte, como também palmeiras, loureiros rosados e romãzeiras, que contrastavam com a pedra austera.

Enquanto cruzava o jardim para buscar mais cadeiras, viu um papel que, levado pelo vento, estava a ponto de cair no tanque. Correu, esticando o braço, e o agarrou na primeira tentativa. Logo percebeu que se tratava do esquema de uma cena de balé, um emaranhado de linhas retas com marcas para os passos e aspirais semicirculares para as piruetas.

Olhou para ambos os lados e reconheceu entre um grupo de pessoas aquele que sem dúvida era o dono daquele documento. O coreógrafo oficial. Tratava-se de uma figura admirada em toda Paris. Os balés eram o elemento diferenciador da ópera francesa, porque o êxito das apresentações dependia em grande parte deles. O coreógrafo estava sentado sobre o vaso de uma laranjeira, frente a uma janela da Orangerie, discutindo com os bailarinos com tanto ardor que parecia que iriam se envolver numa briga. Ao que parecia, não encontrava a forma de adaptar os passos ao novo cenário. Matthieu se aproximou deles.

– Que quer aqui? – alfinetou.

– Lamento a interrupção – disse, desembaraçado, virando-se como quem ia embora. – Supus que isto seria do senhor...

Mostrou o papel de soslaio.

– O esquema do segundo ato! – o coreógrafo se surpreendeu. Matthieu ocultou uma risada maliciosa. – Onde o encontrou?

– A um passo de levar um banho.

Lançou uma olhadela até o tanque. O coreógrafo pegou o papel, fechou os olhos e engoliu a saliva antes de dar uma bronca nos bailarinos.

– Nenhum de vocês se tinha dado conta de que o segundo ato havia voado? Agora! Devem ir agora ensaiar as mudanças! – gritou de repente, passando a folha de anotações a um deles. – Não quero vê-los mais por aqui!

– Estou certo de que tudo sairá impecável – despediu-se Matthieu. – Foi um prazer conhecê-los!

– Espere!

– A seu dispor.

O coreógrafo o examinou com insolência.

– Quem é você? Nunca o havia visto por aqui.

– Matthieu Gilbert. Sou violinista.

– A qual orquestra pertence?

– Neste momento tenho me conformado em tocar para as quatro paredes da sala em que recebo aulas da orquestra de câmara.

Ambos riram.

– Você salvou o segundo ato. Se puder fazer algo por você...

– Não se preocupe, senhor – disse Matthieu, com humildade. – Bastará saber que o vosso balé tenha triunfado, como sempre!

– Diga-me isso quando a apresentação terminar.

– Não acredito que seja possível...

– Por acaso não vai assisti-la?

– Digamos que somente tenham me trazido até aqui para carregar umas quantas cadeiras – respondeu, descarregando toda a sua ironia.

O coreógrafo tirou um papel em branco de um de seus bolsos e escreveu umas poucas frases, que rubricou com uma assinatura vistosa. Entregou-o a Matthieu.

– Quando terminarmos todos de mudar as coisas de lugar, se é que terminaremos, procure um lugar ao fundo da Orangerie. Se perguntarem algo, diga-lhes que eu pessoalmente o convidei e mostre isto.

Matthieu ficou sem palavras.

– Verdade? Eu posso?...

– Agora vá e continue trazendo as cadeiras, não há tempo a perder.

O jovem músico lamentou não ter ninguém próximo a quem participar o que sentia. Era um sonho! Iria assistir à estreia do *Amadis de Gaula* na companhia dos cortesãos, dos melhores músicos e dele mesmo, o soberano da França! Tratou de acalmar-se. Agora, com muito mais estímulo, tinha de ajudar ao máximo para levar a um bom fim aquela empreitada antes do fim do dia. Assim, esqueceu-se das ninfas e dos cercados em espiral desenhados por Le Nôtre e se concentrou em fazer tudo o que estivesse a seu alcance. O dia foi avançando: a cada minuto se fazia mais viscosa a atmosfera da tempestade, crescia a dor nas mãos por transportar tanto peso durante horas, e de vez em quando lhe invadia um riso nervoso pela mudança nos acontecimentos, vendo como a Orangerie se convertia, passo a passo, em um reino de lenda.

Ao final, tudo foi júbilo e satisfação. Por algum tipo de milagre, aquele grupo de trabalho heterogêneo teve tempo suficiente para transportar até a última peça da montagem. Era o meio da tarde, e Versalhes reluzia abaixo das nuvens de bronze. Lully interrompeu os abraços e toda aquela gritaria confusa que, depois do esgotamento, irrompeu entre os que haviam colaborado. Sem exagerar noutro gesto de cortesia, salvo agradecer-lhes de forma sucinta pela colaboração, ordenou que saíssem da estufa de imediato. O maestro de câmara foi até Matthieu pedir-lhe que fosse com os demais.

– Aproveite alguma carruagem que regresse a Paris – aconselhou. – Eu não tenho tempo para ir e voltar! – queixou-se, enquanto examinava a si mesmo. – Pareço ainda mais velho do que sou!

Matthieu contou sobre o encontro com o coreógrafo e lhe mostrou a carta. *Monsieur* Le Pautre, após comprovar que se livrara de uma responsabilidade, encolheu os ombros e deu meia-volta.

O jovem Matthieu se ajeitou entre um monte de laranjas encostadas num canto. Contemplou os artesãos se abrigando da chuva. Guardou seu salvo-conduto no bolso. Havia chegado o dia. Assistiria por fim a uma estreia operística do grande Lully, na mesma sala onde em breve pisaria o Rei Sol.

14

Durante todo o dia, o rei não quis sair de seu refúgio. Haviam lhe informado o que o maestro Lully pretendia fazer, mas em nenhum momento acreditara que ele fosse capaz de conseguir. Daí sua surpresa quando um pajem o avisou de que tudo estava pronto para a apresentação. Saltou da cama na qual permaneceu em letargia durante horas e ordenou que levassem sua roupa. Aos poucos, um enxame de assistentes invadiu seus aposentos. A impaciência o corroía. Lavou as mãos com álcool ao mesmo tempo em que uma donzela espalhava o pó em seu rosto com uma pluma de cisne; o mestre do guarda-roupa real tirou-lhe a manga direita do camisolão; o primeiro servidor do guarda-roupa real tirou a da esquerda e o primeiro cavalheiro da câmara teve a honra de trazer-lhe a camisa limpa envolta numa capa de tafetá branco. A cada instante que passava, estava mais nervoso. Não via o momento que terminasse aquele ritual. Seu médico pessoal observou o conteúdo da pequena bacia dourada – para examinar sua urina – e a colocou numa bandeja de prata que outros dois nobres – que esperavam seu turno há semanas – se retiraram com solenidade.

A lentidão dos pajens o enlouquecia. Por que não traziam as meias e os sapatos? Ante o assombro de todos, ele mesmo se aplicou a maquiagem nos olhos e marcou uma de suas pintas, como se pusesse um ponto final em sua desdita.

Ainda soavam as batidas de um martelo tardio quando os guardas abriram as portas. Os convidados foram entrando seguindo uma ordem meticulosamente preestabelecida: primeiro os de menor linhagem, amontoados na porta central da Orangerie, que Lully havia mandado cobrir de folhas e pétalas recém-arrancadas. Passavam junto ao palco dos músicos e se encaminhavam até as cadeiras, reservadas conforme suas diferentes categorias de classe. Em pouco tempo somente estavam livres, no centro da nave, os lugares destinados ao rei e aos membros de sua família.

Matthieu nunca imaginou que existiriam tantos tipos de joias, nem tecidos com tantas texturas e cores. A estufa de inverno estava povoada de trajes confeccionados em Paris, cujas costureiras possuíam muito mais reputação que as de Versalhes. Eles vestiam túnicas de seda, abotoadas de cima a baixo, gravatas largas com nós na garganta e sapatos de salto alto, vermelhos, com fivelas e laços, condizentes com tal espetáculo. Elas, trajes de brocado ou lisos de veludo, decotados e justos ao extremo, e imponentes penteados e perucas com arames para suportar o peso.

Entre aquela maré de maquiagens, não lhe custou reconhecer a palidez sem adereços de Nathalie.

Não havia voltado a vê-la desde que se encontraram na parte posterior da igreja de Saint-Louis, no dia em que Jean-Claude morreu. Ela chegava acompanhada de André Le Nôtre, o paisagista do rei. Matthieu ficou pasmo. Estava acostumado a vê-la enfronhada em um corpete simples que permitia adivinhar o nascimento de seus peitos, com o cabelo louro com fios soltos e escorridos presos num simples coque. Naquela tarde parecia outra mulher. Reluzia num justo vestido violeta que realçava ainda mais sua beleza, fazendo-a parecer mais um membro da família real.

Enquanto a contemplava, o jovem músico se deu conta de que, em pouco tempo, Virginie Du Rouge sairia ali no cenário. Após uma pontada de culpa, convenceu-se de que seus flertes com a soprano nunca haviam nublado a conexão formada com Nathalie no mundo dos sons. Foi até ela com discrição, como um pajem a mais entre aqueles que recolocavam os assentos. Abriu espaço entre os cortesãos e lhe disse algo ao ouvido, pouco mais do que um sussurro. Nathalie apenas pôde dissimular sua surpresa. Que estava fazendo ali o humilde músico a quem amava secretamente? Le Nôtre a acompanhou até seu lugar. Matthieu regressou ao fundo e se encolheu, escondido entre as laranjas, comprovando que ela não resistia à tentação de girar a cabeça uma ou outra vez para trás, como se pudesse vê-lo. Parecia um anjo perdido em meio a um baile de máscaras.

O Rei Sol fez sua aparição às portas da Orangerie. Aguentou-se estoico por alguns segundos perante aquela improvisada obra de arte. O coração palpitava com força debaixo da camisa. Tomou ar e foi direto ao trono que lhe haviam preparado.

– Lully, meu querido Lully... – sussurrou, com voz trêmula, enquanto se acomodava em sua almofada.

Por fim, começou a ópera. E, com sua abertura, estourou a tempestade. Matthieu não recordava ter visto chover assim. O imperturbável maestro Lully apenas pôde conter uma lágrima de emoção quando os raios recortavam o céu ao mesmo tempo em que os timbales davam seu primeiro rufar.

– Sei que algum dia pagarei um tributo por isto, Senhor – murmurou, lançando um rápido olhar para cima, vendo como a natureza engrandecia o espetáculo já por si assombroso.

Quando a soprano entrou em cena, Matthieu ficou impressionado com seu porte. Parecia, na verdade, uma fada embaixo daquele vaporoso vestido que brilhava como uma constelação inteira. Em nada se parecia com a nudez lasciva que ele contemplava em seus encontros clandestinos. Dirigiu seu olhar para Gilbert, o louco, que a contemplava orgulhoso do extremo de uma das filas do módulo central. Saboreava aquela mulher, que acreditava ser somente sua, a barba erguida como seu sabre de oficial, como a cicatriz vertical de seu rosto.

Virginie desdobrou os braços e começou a cantar, fundindo sua voz com a do baixo que interpretava o papel de Alquif.

Ouço um ruído que me insta a buscar-lhe...

Matthieu se deu conta.

Rompe-se o feitiço. Despertemo-nos.

Não podia acreditar.
Analisou cada nota, cada arranjo da voz sobre a linha dos violinos.

Lully havia substituído a música original por aquela que ele havia escrito na partitura, e que levou da escola.

– É o meu dueto... – murmurou.

Um dos pajens, sentado a seu lado, não entendeu nada.

– É o meu dueto! – repetiu. – Eu o compus!

O pajem se voltou, incomodado, e manteve de novo a atenção no palco. Matthieu percebeu que havia elevado em demasia o tom de voz. Repassou as filas dos assentos mais próximos e comprovou que nenhum dos cortesãos havia se movimentado. Sua vontade era levantar e se colocar a gritar, mas não era o momento nem o lugar para arranjar um escândalo. A soprano e o baixo seguiam entoando em uníssono suas frases. Fechou os olhos com força, capturado por uma ansiedade repentina que o levou a remexer-se em seu lugar. – É o dueto que escrevi para meu irmão – repetia para si. – É sua lembrança transformada em música!

O pajem se afastou dele com discrição. Matthieu tratou de se controlar e varreu de novo com o olhar as filas de assentos, confiando que não tivesse chamado a atenção. Parecia que ninguém percebera nada.... Salvo uma pessoa que tinha os ouvidos preparados para apreciar os matizes mais tênues e a quem, além disso, um sentimento de culpa havia mantido alerta desde que soou a primeira nota do dueto: o maestro Lully. Enquanto todo o auditório se rendia às vozes justapostas da soprano e do baixo, ele permanecia alheio à sua própria ópera e atravessava Matthieu com o olhar, lá no fundo da Orangerie, por cima de todos os penteados coloridos, com aquela contração no rosto com que intimidava os músicos.

– Por quê? – perguntou Matthieu, derrotado, fazendo-se entender com gestos. – Cale-se! – respondeu Lully sem falar, na base do cenário. Matthieu precisava de uma explicação, não podia deixar isso passar. – Você me roubou o dueto! – acusava com os olhos. Bastaria um olhar do maestro para denotar um instante de arrependimento por ter agido de forma tão baixa. Mas Lully era convencido demais para ceder e se despediu com uma careta de desprezo, antes de voltar-se para seguir dirigindo a representação.

Matthieu se sentiu mais humilhado do que nunca. Sua mente fervia; de súbito voltaram a raiva e o cansaço acumulado depois de duas semanas nas quais apenas havia dormido, com as imagens de um Jean-Claude que já não existia mais. Levantou-se e procurou se aproximar de Nathalie, mas foi impossível chegar até o assento que ela ocupava no centro da nave. Necessitava contar a alguém o ocorrido para descarregar a angústia que fazia com que suas mãos tremessem. Viu o maestro de câmara em um lugar mais acessível, próximo à lateral do palco, e foi até ele. Dada a longa duração das óperas-balés de Lully, era habitual que o público se levantasse durante as representações, mas *Amadis* acabava de começar e todos permaneciam sentados, deslumbrados ante a beleza harmônica e visual daquele espetáculo engrandecido por sua instalação na estufa de inverno. Havia lugar apenas para passar entre as cadeiras e o muro, e, na medida em que avançava, ia roçando o braço de alguns cavalheiros, que se afastavam com repulsa. Agachou-se à altura da fila em que estava sentado o *monsieur* Le Pautre e começou a sussurrar para que virasse. Ele se virou, perplexo. Matthieu tratou de explicar-lhe o que ocorria em sussurros cada vez mais audíveis. O maestro não queria ouvi-lo, aturdido pelo que poderiam pensar aqueles que os rodeavam. Limitava-se a pedir com gestos discretos que lhe deixasse em paz e regressasse a seu lugar.

Lully, que não havia perdido de vista Matthieu nem um segundo sequer, indicou aos membros da orquestra que continuassem e abandonou o cenário. Aproximou-se de dois guardas que se mantinham em posição firme junto a uma das portas, comentou com eles algo ao ouvido e apontou o jovem músico.

– Não pode ser... – pensou ele, horrorizado. – Vai fazer com que me prendam...

Por um momento planejou aproximar-se deles e explicar o ocorrido, mas olhou ao redor e compreendeu a gravidade da situação. Sem pensar duas vezes, dirigiu-se até o fundo da estufa de inverno. Passou junto ao canto em que havia sentado e se ocultou atrás de umas plantas frondosas que, sem dúvida, não teriam nascido em solo francês. Pensou que, uma vez fora de vista, talvez se esquecessem dele, mas os guardas seguiram avançando. Os cortesãos começaram a agitar-se, perguntando o que estava acontecendo. Os murmúrios alcançaram o palco. Tanto os dois cantores como os músicos começaram a cometer pequenos erros. O coreógrafo oficial apareceu, com o cenho franzido. Matthieu pensou em escapar por uma escadaria que surgia numa intersecção entre duas galerias, mas decidiu que, se entrasse nos sótãos do palácio, seria impossível escapar depois. Lançou-se então por uma das janelas que davam ao pátio do tanque para fugir através dos jardins, mas o capturaram outros dois guardas que não havia visto. Desvencilhou-se dos dois e correu até a nave mais próxima, em que haviam guardado a maioria das laranjas. Subiu com nervosismo a um vaso de barro para poder entrever de um plano mais alto suas possibilidades de fuga, mas com tanta má sorte que derrubou a árvore, provocando um efeito dominó que derrubou várias outras mais sobre as últimas fileiras de cadeiras do público. O estrondo superou a força das cordas da orquestra, e então a apresentação foi interrompida.

– Prendam este homem! – explodiu Lully.

Não foi nada difícil. Matthieu ficou preso debaixo de um emaranhado de ramos e galhos espinhentos. Os guardas o tiraram aos puxões, provocando-lhe cortes no rosto e nos braços. Outros cinco guardas se amontoaram ao redor do rei para protegê-lhe. Ninguém sabia se aquilo era um ataque premeditado contra a Coroa ou contra os convidados estrangeiros, se depois apareceriam partidários daquele demente ou se era apenas um bêbado que havia inexplicavelmente entrado de penetra. Os cortesãos, em pé, levavam as mãos à boca com gestos afetados. Os do fundo tratavam de retirar as laranjas caídas sobre si. Algumas damas choravam histéricas. Os atores e os músicos ficaram paralisados em meio à cena.

– Levem-no! Levem-no! – seguiu gritando Lully.

Matthieu se debatia. Os guardas o socaram com as empunhaduras de suas espadas, mas nem assim puderam impedir que gritasse de forma desesperada. Tudo estava fora de controle. Ele já não media as consequências de seus atos. Dirigiu-se ao soberano sem se amedrontar, confiando nele como o último fiador da verdade.

– Majestade! Escute-me! Lully me roubou o dueto que acaba de tocar! Este dueto é meu! Meu dueto! Nos pertence! Pertence a mim e a meu irmão!

– Façam-no calar-se! – esgoelava-se Lully. – Levem-no!

– Basta! – gritou o rei, afastando aos empurrões os guardas que o protegiam. Estava encolerizado. Haviam interrompido sua ópera. Só pensava em acabar com aquele jovem com as próprias mãos, diante de toda a corte. – Tragam-no aqui!

Os guardas o arrastaram pelo chão, abrindo passagem entre os cortesãos, e o golpearam uma vez mais, fazendo-o ficar de joelhos aos pés dele mesmo, Luís XIV.

– Majestade – insistiu, apesar de que lhe retorciam o braço à altura da coluna, até quase quebrá-lo –, é minha...

– Quem você pensa que é para dirigir-se a mim? Quem você pensa que é para se achar no direito de fazer o que fez?

O rei fechou os olhos com raiva, emitiu um berro agudo e esbofeteou o rosto de Matthieu com o dorso da mão.

Ninguém ousava se mexer. Inclusive o grande Rei Sol permaneceu um segundo congelado, com a mão dolorida. Ele bufava, era somente o que se podia ouvir. Não sabia com que cara se voltaria a seus cortesãos, nem o que diria aos embaixadores de Sião. Levantou a vista até o palco e observou as poses interrompidas dos cantores. Girou devagar e contemplou desolado como várias de suas laranjas haviam sido derramadas entre as cadeiras do fundo. Pouco a pouco foi repassando com o olhar toda a estufa de inverno. Nenhum dos nobres parecia ter sofrido qualquer tipo de lesão. Um e outro examinavam com tristeza os rasgos em seus caríssimos trajes de gala. Ante o estupor de todos, desembainhou o sabre de um dos guardas. O lento roçar do aço ao sair da bainha rasgou a tensão acumulada. Aproximou a ponta afiada do pescoço de Matthieu, arrancando algumas gotas de sangue. Suas mãos tremiam pela ira. Estava decidido a cortar aquele pescoço quando o jovem músico ergueu a cabeça.

Desde esse instante, o rei percebeu a profundidade que se abrigava em seu olhar, que, ao mesmo tempo, transmitia uma densa sensação de desamparo. O ódio que sentia diluiu-se rapidamente. Por acaso não era lógico pensar que, por trás de todo o ocorrido, haveria algo que merecesse ser considerado? Decidiu dar-lhe uma oportunidade. Ao final das contas, justificou, talvez pudesse salvar sua honra fazendo uso da nobre virtude da clemência.

Afastou a espada.

– Qual é o seu nome? – perguntou, dando à frase um forçado tom clérigo.

– Matthieu... Gilbert.

– Explique-me o que ocorreu aqui.

Matthieu pareceu recobrar as forças de imediato, ainda que pudesse abrir apenas o olho direito por causa dos golpes recebidos.

— *Sire*, eu compus esse dueto. Eu juro, *sire*! Sou um aluno da escola do maestro Lully. Ele levou a partitura quando...

O rei se voltou com uma expressão gélida. Lully ficou inerte a certa distância, engolindo o orgulho.

— O maestro Lully folheou minha partitura recém-terminada e a levou consigo — continuou Matthieu. — Eu tinha certeza de que ele havia gostado. Supunha que depois a examinaria com mais detalhes e me daria sua opinião, mas não me fez saber de nada até que a soprano começou a cantar.

— Majestade, o senhor acredita nesse homem? — vociferou Lully com indignação, voltando à carga. — Se é verdade que ele é aluno do maestro de câmara, também é verdade que, até este momento, nunca havia falado com ele.

Todos os presentes seguiam a conversa como se fosse parte do recitativo da ópera.

— Pode provar o que disse? — perguntou o soberano a Matthieu.

— Ninguém, a não ser ele, viu a partitura. Naquela noite ocorreram muitas coisas... — fechou os olhos e fez uma pausa. — Assassinaram meu irmão e eu estava destroçado. Dirigi-me até a academia e escrevi o dueto até cair de sono e de cansaço. O maestro Lully chegou ao amanhecer para recolher o novo libreto de *Amadis*. Primeiro se aborreceu porque eu havia mexido em seus versos...

Algo lhe dizia que aquele jovem estava falando a verdade, mas não poderia aventurar-se a dar crédito a sua intuição em um assunto tão delicado.

— Disse que compôs o dueto após a morte de seu irmão. Como se chamava? Há alguém entre os presentes que possa confirmar isso?

Matthieu se deu conta que havia entrado num terreno pantanoso, mas estava sendo obrigado a responder.

— Ele se chamava Jean-Claude.
— Jean-Claude? — interveio o astuto Lully, com um arroubo de prazer. — Jean-Claude Charpentier, aquele que assassinaram na escadaria de Saint-Louis?

Matthieu baixou a cabeça.

— Sim.

— Quer dizer então que é sobrinho de Marc-Antoine Charpentier e não informou isso ao vir à minha escola? Como pôde se manter calado em relação a algo assim? Você acreditou que não o admitiria como aluno, infeliz? — Lully se voltou para o rei resoluto. — Inclusive ao Senhor, Majestade, ele ocultou seu sobrenome! Que crédito se poderia outorgar a um homem que renega sua própria família?

— Encarcere-o! — mandou o soberano, um tanto abatido.

— Estou dizendo a verdade! — explodiu Matthieu.

— Levem-no de imediato para a cela mais profunda da Bastilha, e que o arrependimento o corroa até a morte!

— Não, não... Majestade! — gritou Matthieu, desesperado.

— Espere...

— Terminemos com isto já!

Enquanto os guardas o tiravam dali, Matthieu olhou para Nathalie. Precisava de seu apoio se quisesse sair daquele aperto, já quase irreparável. Mas viu seu rosto desfigurado, o pescoço estirado buscando alguma explicação, sozinha na obscuridade e no tumulto, e decidiu não comprometê-la. Preferiu valer-se da soprano, que ainda continuava parada no meio do palco.

— Virginie, diga a eles que é verdade! — gritou de repente.

A palidez que se apoderou do rosto da soprano atravessou a capa de maquiagem. Como podia ter a coragem de pô-la em evidência diante de todos?

— Eu não...

— Diga a eles, Virginie! Você sabe que só eu posso compor algo assim! Diga a eles o que tem dito a mim, tantas vezes!

Os cortesãos esboçaram um único e malicioso sorriso. Gilbert, o louco, teve de fazer um esforço sobre-humano para manter a compostura. Com a capacidade de reação própria de um militar que sobreviveu a 100 emboscadas, pensou que, se ficasse de pé e mandasse o músico se calar, não haveria como arrancar o estigma de esposo desonrado. Mas, enquanto continuasse sereno – e inclusive ausente –, os demais pensariam que se tratava de uma manobra inventada por aquele jovem ou, no pior dos casos, de uma alternância conjugal consentida. Logo teria tempo para esclarecer as coisas como era devido com sua mulher. Um murmúrio espesso se estendeu pela nave. A soprano estava paralisada. Virginie tentava responder, rebater de qualquer forma, mas não era capaz de pronunciar uma só palavra. Matthieu continuava repetindo seu nome uma e outra vez mais. Ela correu envergonhada para esconder-se atrás das decorações do palco. Nathalie se levantou chorando, tateando a seu redor para sair dali. André Le Nôtre não compreendia nada. Tratou de acalmar a sobrinha, mas ela suplicava que a levasse para casa. O capitão da guarda aproveitou a desordem e golpeou Matthieu na fronte antes de levá-lo, como se fosse uma marionete desconjuntada.

O rei desmoronou na cadeira e pegou a mão de Marie Anne, uma de suas filhas.

— Não se preocupe, meu senhor – ela o tranquilizou, notando em seus olhos um sentimento de derrota que lhe parecia desconhecido. – Está tudo bem.

— Como é possível estar 'tudo bem'? Acaso meus cortesãos e eu não parecemos personagens de uma grande tragicomédia? Onde começa e onde termina o palco?

Lully o olhou de soslaio. Agitou a batuta, e os músicos, como se tivessem sido acionados como uma mola, tocaram o primeiro acorde do ato seguinte. Os pajens começaram a arrumar as árvores caídas. Os cortesãos voltaram para seus assentos, mas não deixavam de murmurar por cima da música. Teriam muito que falar para as próximas semanas! Assim era o universo de Luís XIV, uma colmeia de ataviados espectros que prefeririam um rumor sobre adultério do que as mais belas harmonias emanadas de 100 violinos. Ninguém recordaria do *Amadis de Gaula* por seus versos, ninguém sonharia em confrontar os monstros ou amar uma princesa. Versalhes somente abrigaria uma fantasia: a execução pública do louco da estufa de inverno.

15

Matthieu despertou sobre a carruagem que o transportava. O que o arrancou da inconsciência foi o arrepiante chiado das correntes da ponte levadiça da Bastilha. Ele também estava acorrentado. As argolas produziam uma dor atroz. A primeira visão que teve foi dos soldados que faziam guarda no alto das torres com ameias, as aberturas feitas no parapeito das muralhas do castelo. Cruzaram o fosso e adentraram o pátio interior. A obscuridade fria o envolveu, salvo por algumas esquinas, onde o fogo das tochas trazia alguma luz. Os guardas o tiraram da carruagem e o arrastaram entre as confusas colunas daquela estrutura imunda e hermética, com algumas poucas janelas gradeadas que se abriam a corredores ainda mais tenebrosos. Pela primeira vez na vida sentiu pânico, ao ver-se tragado por aquele enorme animal de rocha.

A prisão tinha uma área destinada aos burgueses que haviam cometido algum delito, outra na qual se amontoavam os criminosos comuns e, para os presos insubordinados, um corredor de celas de castigo. Matthieu foi levado a uma delas. O capitão da guarda bem sabia que o autor de uma altercação como a da Orangerie merecia um tratamento exemplar. O jovem foi obrigado a descer por uma escadaria em cujos lados havia vigas frisadas de madeira, que vinham do chão até o teto, por entre as quais emergiam braços ossudos que tentavam agarrar-lhe as roupas. Os guardas arrastaram Matthieu por todo o corredor e o arremessaram com violência ao interior da masmorra mais distante. Fecharam num só golpe a porta e a selaram com um cadeado. Apesar do fedor e do frio, durante alguns segundos Matthieu sentiu alívio. Pelo menos não tinha de dividir aquele buraco úmido com ninguém. O tênue reflexo das tochas se infiltrava pela pequena janela gradeada por onde se introduzia a comida. Encolheu-se no único canto que não estava coberto de excrementos, imobilizado pelo peso de toda a pedra existente na Bastilha, tratando de compreender por que havia agido daquele modo. Ainda não sabia até onde o homem é capaz de chegar quando ama de verdade! E Matthieu amava seu irmão, amava o dueto que compôs para deixá-lo partir.

Quando, de puro esgotamento, caiu no sono, já não sabia se era dia ou noite.

Horas depois, um sussurro que acreditava ser parte de seus pesadelos lhe roçou de leve o ouvido com um quê de sons conhecidos.

— Matthieu...

A cela pareceu iluminar-se quando comprovou que se tratava de seu tio, Marc-Antoine Charpentier. Vinha escoltado pelo carcereiro.

Lançou-se até a janelinha.

— Graças a Deus!

— Que fizeram com você?

— O senhor falou com alguém? — num tom de urgência.

— Preciso que me tirem daqui...

Com um gesto leve carregado de autoridade, Charpentier pediu ao carcereiro que lhe deixasse por alguns minutos a sós com seu sobrinho. Bastaram algumas moedas para terminar de convencê-lo.

Agarraram-se pelos braços, tocaram o peito com ânsia, como para constatar que ambos estavam ali.

– E esse sangue?

Aproximou a mão da crosta que se havia formado entre o cabelo e o rosto.

– Diga que vai me tirar daqui... – Matthieu começou a tremer. – Como cheguei a isto? Envergonha-me que o senhor me veja assim...

Charpentier refletiu durante uns segundos sobre o que ia dizer.

– Sou eu quem deveria me envergonhar.

– Por que diz isso?

– Durante todo o tempo estive a par do que seu irmão fazia – confessou, sem mais demora.

Matthieu ficou petrificado.

– Até onde sabia?

– Sabia que Jean-Claude estava em contato com o doutor Evans, que estava escrevendo todas aquelas partituras. Meu Deus, arrependo-me tanto! Seu irmão está morto e Evans agoniza no Hotel Dieu...

– O inglês está vivo?

– Sim.

– Mentiu para mim em tudo, maldito seja! Por acaso falou-me com sinceridade alguma vez em sua vida? Por que me conta isso agora?

– Eu só queria protegê-lo...

– Está bem claro que não conseguiu.

Charpentier lutava para que não escorressem as lágrimas.

– Não dificulte as coisas mais ainda. Já perdi um dos meus...
– Dos seus sobrinhos? – gritou Matthieu, enfurecido. – Ou dos seus pupilos, como nos considerava? Olhe bem aonde nos levou sua maldita música!

Golpeou a parede com raiva e lhe deu as costas. Charpentier mal conseguia falar.

– Nunca pensei que Jean-Claude estivesse brincando com a vida – conseguiu articular. – Ambos estávamos tão emocionados...

– Cale-se!

Levou as mãos ao rosto.

– Suplico que escute o que venho dizer a você. Temos pouco tempo...

Matthieu havia perdido toda a pose. De repente, parecia esgotado e indefeso. Respirou fundo e falou sem voltar-se.

– Não quero morrer.

Charpentier ficou com o coração partido.

– Não vai morrer.

– E como pode evitar? Se o rei não me matar, o marido da soprano o fará.

– Tenho uma oferta que nem mesmo o rei pode recusar.

– Ele já tem a Lully.

– Não se trata da minha música.

– O que mais poderia oferecer-lhe?

– A partitura da melodia original.

Matthieu por fim virou-se.

– Do que está falando?

– Oferecerei a partitura da melodia original – repetiu, com uma voz veemente que pareceu inundar cada canto da cela. – A melodia que foi inspirada por Deus no princípio dos tempos. – aproximou-se para falar-lhe ao ouvido. – A melodia da alma.

Matthieu o encarou com o olhar fixo.

– Deus meu, sua loucura voltou definitivamente e serei eu a pagar por isso...
– Sei que parece difícil de acreditar, mas me deixe explicar. Nesse momento, o jovem acreditou sentir uma pequena rajada de vento. Não havia nenhuma fenda por onde pudesse infiltrar-se. Fechou os olhos, procurando fundir-se com aquele sibilo que havia passado impune pelos enormes muros da prisão.
– Que importa se eu creio ou não? Conte-me o que quiser – disse, por fim, com resignação. – Ninguém jamais conseguirá me tirar daqui.
Charpentier aproveitou que seu sobrinho se acalmava para colocar a mão em seu ombro e fazê-lo sentar-se com ele no chão, com as costas apoiadas na parede mofada. Tomou ar e falou de forma cadenciada, como se recitasse uma poesia.
– Já na antiga Pérsia se dizia que Deus utilizou a música para encerrar a alma neste corpo de carne, que nos vemos obrigados a transportar.
– Agora vai começar a me contar sobre a Criação?
O compositor assentiu.
– Conta a lenda que Deus moldou uma estátua de barro à sua semelhança e que depois quis insuflar-lhe uma alma. Mas a alma era etérea e Ele não conseguia apanhá-la, tampouco encontrava argumentos tão convincentes para que ela entrasse no corpo por si mesma. A alma, que havia nascido livre, sabia que aquela estátua de barro se converteria em sua prisão, e assim volteou durante muito tempo ao redor daquele corpo inerte sem morder a isca. Mas um dia Deus teve uma ideia: pediu a seus anjos que interpretassem a melodia mais bela jamais cantada. E assim o fizeram, e a melodia invadiu o universo. Ao escutá-la, a alma sentiu-se tão extasiada que decidiu entrar no corpo para perceber aquela música de

forma mais direta, para senti-la em toda a sua plenitude através dos ouvidos de barro.

— Somos música... — murmurou Matthieu, por fim entregando-se.

— Esse é o segredo. Quem contava essa lenda dizia que a alma, ao escutar essa canção, entrou no corpo. Mas o certo é que a alma em si era a canção.

Matthieu escondeu o rosto entre as mãos enegrecidas.

— Sinto-me mergulhando em um sonho.

Charpentier se ajoelhou diante dele.

— Terminarei a partitura da melodia original, custe o que custar, e a entregarei ao soberano em troca de sua vida! Basta uma audiência com o ministro Louvois e...

— Um momento... — cortou Matthieu, despertando do feitiço.

— O que foi?

— Essa é a tal partitura que Jean-Claude estava tentando transcrever? A mesma que buscavam os assassinos?

— Sim.

— Meu Deus! Que estou fazendo? Jurei esquecer qualquer coisa que tivesse a ver com a morte de meu irmão...

— É o único modo que tenho de tirar-lhe daqui... — respondeu Charpentier, grave.

Matthieu se pôs de pé.

— Rogo que me deixe.

— Como?

— Vá!

Lançou um olhar rápido ao portão da cela. Charpentier também se levantou e o pegou em ambos os braços com força.

— Por acaso não escutou o que...?

— Vá! — repetiu, do fundo de seu coração.

O corredor se inundou daquele grito de lamento desesperado. Charpentier caiu de joelhos e se agarrou à perna de seu sobrinho.

– Por que não pode perdoar-me? Faço isso por seus pais! Matthieu apertou os lábios.
– Que têm eles a ver com isso?
– Não merecem perder você também.
Matthieu o contemplou durante alguns segundos. Por sua mente passou um milhão de ideias. Voltou a sentar-se no chão e começou a chorar como uma criança indefesa, sem rancor nem raiva, desejando fazer sair toda a dor que havia acumulado por semanas. Era como se estivesse aprendendo a respirar, como se recuperasse a vida a baforadas. Fundiram-se num profundo abraço.
– Eu lhe asseguro que absorveria cada gota de seu sofrimento se pudesse – soluçou Charpentier. – Daria toda a minha vida passada e futura para ver seu irmão só uma vez mais...
Matthieu claudicou. Pediu que lhe contasse tudo. De outra masmorra emergiu um uivo que não era composto nem de palavras nem de choramingos queixosos, mesmo assim, o jovem músico só escutava a voz profunda do tio. Charpentier narrou como o doutor Evans o introduziu naquela aventura alquímica e como aos poucos apareceu em cena seu mentor, Isaac Newton. Matthieu não podia acreditar que fosse verdade. O cientista inglês, um alquimista enfermo e Jean-Claude compartilhando com ele seu projeto definitivo, ao qual havia dedicado sua genialidade e o fruto de décadas de estudos...
– Newton crê com fervor que Deus depositou nos textos da Antiguidade numerosas pistas – explicava Charpentier – pequenos fragmentos de Sua Verdade Suprema que, chegado o momento, se revelarão a alguns poucos escolhidos.
– E suponho que ele se considera cegamente um dos privilegiados...
– O certo é que, após intermináveis imersões em seus livros, achou esse diamante que até então se mantinha oculto: a melodia original

Matthieu o olhava assombrado.

– É extraordinário conhecer sua existência, mas... que utilidade se pode extrair dela? Que tanto valor possui para que alguém mate para conseguir pôr as mãos nela?

– A melodia contém a fórmula para confeccionar a Pedra Filosofal e alcançar a meta alquímica suprema.

– E qual é essa meta?

– A transmutação do espírito.

Sentiu uma breve comoção.

– Peço-lhe que explique melhor.

– Newton quer que sua alma, tão corrompida como a de todos os humanos, volte a recuperar a pureza original. Imagine só o que seria voltar àquele estado anterior, antes de morder a maçã do pecado? Ter a sua disposição os frutos da árvore do conhecimento, da árvore da vida...

– Eu acreditava que os alquimistas buscassem a transformação dos metais em ouro...

– Eu achava o mesmo – sorriu. – Mas Newton está muito acima dos alquimistas clássicos. De tudo o que se pode atribuir à Pedra Filosofal, o ouro é o que menos importa. Sabemos que a pessoa mais inteligente do planeta levou a cabo descobrimentos até hoje impensáveis, mas se sente constrangida dentro de uma mente mortal. Por isso sonha que algum dia seu cérebro funcione sem travas, limpo como o primeiro homem que chegou ao mundo. Ele mesmo disse que, por mais inteligente que se considere, não é senão uma criança brincando à beira-mar e se diverte buscando de vez em quando uma concha mais bonita que o normal, enquanto o grande oceano da verdade se expõe diante dele, completamente desconhecido. – Fez uma pausa. – A transmutação alquímica se baseia na morte de uma matéria determinada, e sua ressurreição, em outra mais nobre; e ele dá um passo a mais ao afirmar que o mesmo pode ser feito com a alma. Considera que o corpo humano é um metal vil que precisa de um agente que lhe faça despertar, que faça ver a luz e se aproxime de Deus.

– Isso soa a filosofia ou a religião, não a química – murmurou Matthieu, entrando definitivamente na conversa.

– Durante séculos ciência, filosofia e religião caminharam de mãos dadas – declarou Charpentier, com satisfação. – Newton está convencido de que aquele que confeccionar a Pedra Filosofal seguindo a fórmula que se extrair da melodia original se elevará a um estado sobrenatural: seu cérebro atuará a uma velocidade vertiginosa, seus sentidos explodirão numa infinidade de percepções, seus órgãos se regenerarão e sua vida se prolongará. Essa pessoa viverá um despertar, enquanto o resto da humanidade permanecerá adormecido. O eleito alcançará a verdade – concluiu o compositor. – Poderá olhar para Deus cara a cara.

Matthieu estava assombrado.

– Não sei... Esse discurso confunde a espiritualidade com a magia. Falar de lutar contra a natureza...

– Newton só pretende acelerar o processo natural. Todo o universo provém de uma substância original, e, do mesmo modo que os metais terminarão sendo ouro graças ao funcionamento do cosmos, em constante transformação, o homem se aglutinará com Deus quando conseguir restabelecer sua alma corrompida. A Pedra Filosofal é um mero agente que suprime etapas intermediárias e provoca a transmutação imediata. É uma volta ao princípio de tudo, ao momento em que os anjos interpretaram a melodia original para a alma entrar no corpo de barro.

Matthieu se levantou e começou a andar em círculos, um tanto confuso.

– Mas como ele encontrou o paradeiro da melodia?

– Desde seus primeiros estudos, Newton deduziu que ela havia de estar resguardada em uma ilha, num paraíso intacto, sem ter sido adulterada pelo homem. Tinha de encontrar aquele lugar em que surgiu a primeira vida, onde a melodia haveria soado pela primeira vez. Mas não passou desse ponto. Newton não parava de consultar um livro após outro à luz das velas de seu laboratório secreto, e continuava a se perguntar: em que ilha, dentre todas essas que se dispersam pelos imensos oceanos? Foi então que alguns marinheiros franceses trouxeram para a Europa as últimas notícias sobre Madagascar.

– Madagascar... – repetiu Matthieu, fascinado.

– A inexplorada ilha de terra vermelha do Índico. Aquilo o fez acreditar ser uma verdadeira revelação. Madagascar correspondia com o máximo de detalhes às descrições que Newton havia extraído de seus estudos: era tão imensa que podia se considerar um continente, o que favorecia o desenvolvimento do ciclo completo da vida. E, mais ainda, sem ingerências estranhas!

– Uma ilha que se tem mantido virgem ao longo dos milênios...

– Exato. Newton decidiu que seu passo seguinte devia ser entrevistar os poucos marinheiros que, depois de terem sido obrigados a fazer uma escala em suas perigosas praias, haviam regressado vivos à França. Mas, dada sua popularidade, não poderia fazer as entrevistas em pessoa. Por isso, para conservar o anonimato, enviou a Paris seu único discípulo e companheiro de Cambridge, o doutor Evans. O médico inglês se fixou aqui e instalou um consultório em que atendia gratuitamente os marinheiros que regressavam de ultramar afetados pelas enfermidades tropicais. Desse modo, com a desculpa de utilizar o inventário médico para fins de pesquisa, podia aos poucos investigar os que estiveram em Madagascar e buscar, por meio deles, quaisquer vestígios da melodia.

– E a informação que ansiava não tardou a chegar...

– Segundo o que lhe contou um contramestre, enfermo de malária e que conseguira sobreviver aos ataques dos nativos, um dos reis do sul submeteu as demais tribos valendo-se do canto de uma deusa encarnada em mulher. Ele contou que, quando ela entoava sua melodia, todos caíam enfeitiçados a seus pés. Newton havia encontrado! E o melhor de tudo foi que um marinheiro da expedição, que sempre viajava com um violino às costas, aprendeu a melodia de cor! Ao que parece, ficou tão fascinado ao escutar aquelas notas que não parava de repeti-las uma e outra vez, e outra vez mais, como se estivesse enfeitiçado. Evans disparou em busca do marinheiro e depois... Foi aí que eu entrei em cena.

– Por quê?

– Newton precisava do melhor músico, o único capaz de passar para o papel com total exatidão a melodia que o marinheiro memorizou, já que o mínimo equívoco na duração ou na colocação de uma nota, ou na duração de um silêncio, faria com que a fórmula alquímica que se esconde na partitura não saísse de forma correta. Ele me escolheu; eu, desafortunadamente, aceitei e pensei em... Acreditei que seria uma boa oportunidade para seu irmão – lamentou. – Jean-Claude passou semanas tentando produzir a partitura correta, sem sucesso. Por desgraça, os assassinos deviam pensar que ela já estava terminada.

A mente de Matthieu tratava de assimilar com rapidez o que seu tio lhe contava. Nesse momento, Charpentier se voltou de novo para a janelinha. Ouviram ruídos de botas se aproximando pelo corredor.

– Bem, está na hora de ir, já estão aí...
– Não pode ir embora agora, tio. Ainda não me contou quem matou Jean-Claude...

A porta da cela se abriu rapidamente. O carcereiro vinha acompanhado de dois guardas.

– *Monsieur* Charpentier! Deve sair já!
– Não se preocupe! – gritou, enquanto o levavam aos empurrões, como se fosse um prisioneiro a mais. – Voltarei em breve para buscá-lo!

O carcereiro ameaçava a Matthieu com uma espada para que se mantivesse encostado ao fundo da cela.

– Espere! Não me deixe aqui!
– Vou expor minha proposta ao ministro...!

Charpentier fez um gesto com ambas as mãos para tranquilizar o sobrinho. No mesmo instante, fecharam a porta com força.

– Soltem-no! – gritou Matthieu, pressionando o rosto contra as grades da pequena janela da cela.
– Você não vai morrer! – foi a última coisa que ouviu.

Com os passos de seu tio, desvaneceram-se a emoção e a fantasia. O sentimento de culpa por haver desperdiçado uma vida que recebera de presente o feria como um dueto de violinos desafinados; e a recordação muda de Jean-Claude mutilado sobre a escadaria de pedra aumentava ainda mais seu desvario. Gritou para não escutar as vozes de seu cérebro, nem o silêncio de Jean-Claude, nem o inquietante lamento daquele preso, aterrorizado ao pensar que talvez a eternidade também se reduzisse a mofo e obscuridade.

16

O ministro contemplava os jardins através de uma janela do salão de Marte. Era o maior ambiente dos sete que formavam o Grande Apartamento do rei, a área destinada aos atos oficiais. Marte, Vênus, Mercúrio... Cada salão, um planeta; e todos girando ao redor do Sol, o emblema real. Haviam se dirigido a Luís XIV tantas vezes como o Rei Sol que sua mente envaidecida chegava a acreditar que seria capaz de incendiar um campo de trigo apenas com o olhar.

O maestro Charpentier se deteve a uma distância prudente. Louvois permanecia debruçado na janela. Vestia sua figura arredondada com um traje recoberto de rendas, bordados e ombreiras acentuadas – com as quais tentava perfilar o tronco, se bem que só conseguiam acentuar a redondeza de sua cara –, uma apresentação mais adequada para um jantar de gala do que para uma sessão de trabalho com seus assessores, que havia acontecido um pouco antes. O compositor olhou para ambos os lados. Assegurou-se de que não havia ninguém mais no ambiente. As plataformas de mármore, nas quais se acomodavam os violinistas quando o soberano ia até ali para escutar um concerto ou desfrutar de um balé privado, estavam vazias.

Somente dois criados permaneciam num canto, quietos como estátuas. Elevou a vista ao teto, de onde contemplava o deus da guerra, em seu carro puxado por lobos.

– O grande Marc-Antoine Charpentier! – exclamou Louvois, virando-se rapidamente.

– Excelência... – saudou, fazendo uma reverência.

O compositor estava convencido de que o marquês de Louvois era a pessoa a quem devia expor seu plano. Além de ocupar o Ministério da Guerra, desde a morte de Colbert ele se convertera na figura preponderante do Conselho Real, a quem o soberano consultava sobre qualquer assunto, incluindo os relacionados às colônias.

– Nunca havia me visitado. Até hoje tinha de conformar-me em ouvi-lo nas missas de Saint-Louis – queixou-se, referindo-se às ocasiões em que Charpentier apresentava ao público suas composições litúrgicas. – Aposto que sei por que veio. Quer que interceda para que o soberano o encarregue de alguma peça para a boda de sua filha ilegítima, *mademoiselle* de Nantes, com o Duque de Bourbon! Por acaso não ganha o suficiente da Duquesa?

– Meus motivos são bem diferentes, senhor – disse Charpentier, esquivando-se de fazer comentários sobre sua mecenas –, e asseguro que bem merecem esta visita.

– Um pouco de chá? – perguntou Louvois, tratando de recuperar o controle. Apontou com seus dedos roliços uma mesa auxiliar na qual fumegava um delicado bule de chá de porcelana. – O rei desdenha o chá, por isso prefiro bebê-lo sozinho.

– Não, obrigado!

Seu anfitrião aspirou ao vapor.

– Se eu fosse você não o desprezaria. Foi trazido da China... a setenta luíses a libra! Uma fortuna, setenta moedas de ouro por meio quilo de chá!

Charpentier não perdeu tempo com rodeios. Narrou do princípio ao fim a história da melodia original, do projeto alquímico do doutor Evans, limitando-se a ocultar o nome de Newton por mera prudência.

Para o ministro, tornou-se difícil controlar o assombro.

– Espero que esse doutor Evans não seja outro farsante como aquele charlatão que nos enganou alguns meses atrás – disse, pondo-se na defensiva. – O rei inclusive lhe concedeu uma casinha em Montreuil com mais equipamentos do que sonhariam os melhores alquimistas da Arábia, e ele não fez outra coisa senão derreter pedaços de chumbo e soltar discursos vazios aos cavalheiros que chegavam para conhecê-lo. Ao menos – riu-se – manteve os cortesãos entretidos durante algumas semanas!

– Isto não é nenhuma farsa. E estou certo de que o rei saberá apreciar o tesouro que se esconde por trás desta quimera espiritual. A todos consta que o rei Luís está vivendo uma transformação...

– Que transformação? – interrompeu Louvois, batendo à mesa e derramando o chá.

Charpentier não quis seguir por esse caminho. Bem sabia ele, e melhor ainda o conselheiro, que talvez a idade ou a influência da *madame* de Maintenon, sua nova esposa, o estavam afastando dos prazeres mundanos, fazendo florescer sua parte mais piedosa. Dizia-se que ia todos os dias ao confessionário e à missa porque precisava buscar uma saída daquela vida de faustosidade, cujos pilares se desintegravam como se fossem feitos de areia. Não era estranho que o ministro, entregue à uma existência teatral igual a dos demais cortesãos, estivesse atemorizado ante o aparecimento de um novo Luís XIV, obscuro e místico.

Louvois estava acometido das mesmas dúvidas que, do outro lado de Paris, na Bastilha, oprimiam o jovem Matthieu.

– Como saber se a melodia que você estava transcrevendo é a verdadeira?

– Quando souber quem é a pessoa que descobriu seu paradeiro, não caberá nenhuma dúvida sequer.

– De quem está falando?

– Ele mesmo se apresentará quando o experimento estiver pronto para ser realizado. O importante agora é saber que essa melodia, e não outra, foi a que se cantou na África selvagem quando surgiu a vida.

– E como explica que tenha chegado até nós ainda intacta?

– Foi graças a uma estirpe de sacerdotisas nascidas para perpetuá-la. Há milênios elas a têm aprendido de suas antecessoras e transmitido a suas filhas.

– Sacerdotisas africanas?

– As Grandes Mães da Voz. A cada geração nasce uma, a que chamam de A Garganta da Lua, com condições vocais sobrenaturais, necessárias para cantar a melodia original nas cerimônias sem alterar nenhum de seus inestimáveis matizes. As demais se encarregam de fazer com que a escolhida jamais escute outro canto que possa influenciá-la. Assim, nunca irão adulterar a melodia que têm gravada a fogo em sua memória.

– Custa-me acreditar que um grupo de mulheres possa sobreviver na África. Ali só há desertos e selva. Onde habitam? Talvez no Egito?

Charpentier negou com a cabeça.

– Em uma ilha tão única como a melodia que preservam, situada além do Cabo da Boa Esperança.

– Em Madagascar? – surpreendeu-se Louvois.

– Sim. Nessa ilha inexplorada, onde vivem os mais estranhos animais e plantas – fantasiou Charpentier, movendo os braços, como se quisesse confundi-lo com as artes de hipnotizador. – Dizem que na região costeira se alojam insetos portadores de terríveis enfermidades que fazem enlouquecer os marinheiros, e que suas montanhas estão cobertas por uma bruma densa, impregnada da magia dos feiticeiros.

– Essa ilha é tão diferente... e tão rica... – murmurou Louvois, sem dissimular a cobiça. – Durante décadas tentamos consolidar ali uma colônia, mas os nativos arruinaram os planos da Companhia mais de uma vez – confessou, sem pudores.

O ministro se referia à Companhia Francesa das Índias Orientais. Fazia 20 anos que fora criada para competir com a inglesa e a holandesa em diferentes flancos: no econômico, lutava por melhorar as redes comerciais; no político, contribuía para o desenvolvimento da marinha francesa e reafirmava a presença da monarquia nos mares; ao mesmo tempo, ampliava os domínios de sua língua e se dedicava à nobre empreitada de evangelizar os pagãos. Foi um brilhante plano idealizado por Colbert, que o Rei Sol adotou com decisão. E, se bem assentaram florescentes colônias em Bengala e em outros enclaves na terra dos grandes Mongóis, não ocorreu o mesmo em Madagascar. Os nativos daquela suculenta ilha, cujas riquezas permaneciam imunes à voracidade dos ingleses e holandeses, haviam forjado um escudo inquebrantável contra o qual as bandeiras do rei também fracassaram em diversas oportunidades.

– Sem dúvida as Grandes Mães da Voz escolheram um bom lugar para se resguardarem – murmurou Louvois.

– Ao longo do tempo, elas vêm desfrutando da proteção dos reinos mais florescentes da ilha. Agora é o filho de um rei Anosy, a tribo dominante do sul, quem lhes oferece o tratamento de deusas que merecem. Esse indígena...

– Já conheço esses malditos guerreiros Anosy! – explodiu o ministro, doído pelas sucessivas derrotas sofridas pelos expedicionários franceses. – Faz 10 anos que nos expulsaram de Fort Dauphin, e o pior é que não vejo como seja possível voltar a estabelecer o assentamento!

Charpentier esperou alguns segundos até que seu interlocutor se acalmasse. Tinha conhecimento de que a presença francesa em Madagascar era um programa pendente da Coroa. A Companhia Francesa das Índias Orientais construiu um bastião ao sul da ilha, ao qual batizou de Fort Dauphin, em homenagem ao Delfin da França, e conseguiu mantê-lo ativo durante anos com um pequeno agrupamento militar, mas nunca foi possível fundar uma verdadeira colônia, por se verem incapazes de subjugar os nativos. O governador do forte e todos os seus homens foram expulsos definitivamente em 1674, e desde então as únicas notícias sobre os guerreiros Anosy chegavam dos poucos marinheiros sobreviventes da Companhia, após terem sido obrigados a ancorar em suas costas. Os capitães conheciam o enorme perigo que isso implicava, mas, se demorassem para cruzar o cabo da Boa Esperança, e se os ventos alísios os pegassem, não haveria outro remédio a não ser esperar algumas semanas em Madagascar antes de cruzar o Índico.

– Foi o marinheiro de um barco que regressava de Bengala quem trouxe a melodia – declarou Charpentier.

– Um marinheiro?

– Sim. Seu navio precisou fazer uma escala na ilha para consertar várias partes danificadas em uma feroz tempestade. Ainda que tenham cruzado com os nativos, conseguiram voltar sãos e salvos. Atracou no início do ano no porto de La Rochelle com seus porões repletos de pimenta e seda, mas o mais importante é que o marinheiro trouxe seu violino na trouxa e a melodia encravada na memória.

– Como conseguiram escapar? E como você conseguiu escutá-la? – urgiu.

Charpentier sentiu prazer em ver como o ministro caía em sua rede paulatinamente.

– Como eu dizia antes – relembrou, orgulhoso –, um filho do rei dos Anosy, chamado Ambovombe, enfrentou o próprio pai para conquistar o poder de toda a região sul de Madagascar. Conseguiu submeter os clãs graças a um encantamento feito por sua sacerdotisa, além de possuir um exército sanguinário. Segundo narrou o marinheiro, já não se tratava de enfrentar camponeses que empunham uma lança para defender suas terras, como acontecia nos tempos do governador Flacourt. Falava de nativos organizados, que lutavam contra membros de sua própria tribo para conquistar mais glória a seu reinado. Foi o próprio Ambovombe quem, como demonstração de poder, obrigou os homens da Companhia a assistir à cerimônia em que a sacerdotisa cantou a melodia.

– Sem dúvida, queria utilizar a tripulação desse barco como portadora de uma mensagem de advertência para qualquer um que pensasse em se aproximar da costa – supôs Louvois.

– Sim. O que lhe salvou foi se converterem em seus emissários.

– E onde se encontra esse marinheiro?

– Tenho de encontrá-lo e continuar fazendo o trabalho do ponto em que meu sobrinho Jean-Claude parou. Preciso que ele toque, e enquanto isso eu a copio até acertar a partitura correta.

O ministro matutou por alguns segundos. Abrigava o lógico temor de que a melodia poderia não ser autêntica, mas, se por sorte funcionasse e o soberano alcançasse o despertar alquímico, ele também teria sua participação nesse feito histórico.

| 151

– Mais alguém sabe disso?

– Está claro que sim. – Baixou a cabeça, cedendo um pouco de terreno. – Meu sobrinho Jean-Claude...

– Ah, sim, o horrível crime de Saint-Louis. Ainda não encontramos os assassinos.

– Esse é o problema. Nem meus colaboradores nem eu temos ideia de quem está por trás disso tudo; nem sequer sabemos como puderam se inteirar de que estávamos envolvidos neste projeto. Por isso temos de agir rápido – persuadiu-o de maneira sutil, recuperando a urgência. – No dia em que conseguirmos a melodia, nosso Rei Sol terá conquistado seu lugar no Olimpo.

– Não teme que lhe aconteça o mesmo que aconteceu a seu sobrinho?

– Confio que o soberano me permitirá desenvolver o que resta do trabalho em uma sala do palácio, onde o marinheiro e eu possamos estar em segurança.

Louvois afofou os cachos da peruca num movimento mecânico.

– O que quer em troca dessa partitura?

– Neste momento, uma audiência privada com o rei.

– De acordo – sorriu, benevolente. – O soberano aprecia sua música, apesar de nunca ter entendido a estreita relação que você se obstina em manter com a Duquesa de Guise. Se o que você quer é encontrar-se com ele para discutir o preço em pessoa, eu cuidarei de tudo.

– Nesta audiência também quero que venha meu sobrinho Matthieu – atalhou o compositor.

– O louco da Orangerie? Isso sim é difícil!

– Está bem.

Charpentier fez um gesto de dar a volta e sair.

– Espere!

– Faço isto por ele, não por mim! – exclamou Charpentier. – Consiga que o rei conceda a liberdade de Matthieu e eu a troco por uma luz mil vezes mais intensa que o sol que ele tanto adora.

Louvois não contava com isso. Pensava que se trataria de uma permuta quantificada e considerável em luíses de ouro, mas agora custava algo à parte. Deu voltas pelo salão com um palpável nervosismo e parou junto à lareira apagada.

– Marcaremos a audiência no prazo de dois dias – concluiu. – Ajudarei você e seu sobrinho. Desde já, verei como posso convencer o soberano; que seja ele quem decida o que fazer com vocês.

Charpentier assentiu.

– Depois de amanhã, então.

– Vou transmitir tudo com detalhes. Agora me deixe terminar meu chá – disse, tentando em vão não transparecer a importância da surpreendente conversa que acabava de manter com ele. – Está frio! – gritou, de súbito.

Um dos criados se dirigiu até a mesinha e levou a bandeja. Charpentier escutou às suas costas o tilintar de uma xícara enquanto cruzava a porta do salão de Marte.

17

O ministro Louvois esperava impaciente o momento de transmitir ao soberano aquilo que Charpentier havia lhe contado. Anunciou que tinha um assunto urgente a tratar e foi mandado chamar durante o almoço. Quando entrou na sala, o rei mastigava uma coxa de perdiz e remexia com curiosidade o creme de cogumelos escolhido como acompanhamento. Fez um gesto a seu conselheiro para que se aproximasse enquanto limpava os dedos com o guardanapo úmido que um cortesão – distinguido por um dia com tal honra – lhe ofereceu sobre uma bandeja de prata.

– Que assunto pode merecer que dedique meu tempo ao teimoso Charpentier? – brincou, após escutar as primeiras palavras do ministro. – Seria melhor provar isto.

Apontou, entre tudo o que estava à mesa, seu prato preferido: presunto com tiras de toucinho e cravo-da-índia, aromatizado com canela e polvilhado com açúcar.

– Na realidade – pontuou Louvois –, Vossa Majestade dedicará seu tempo a alguém mais além do compositor.

– Por que não fala de forma mais clara? – protestou. – Isso pode me provocar má digestão.

— Charpentier exige que o acompanhe à recepção seu sobrinho Matthieu, o jovem que ocasionou a confusão na Orangerie.

O rei dissimulou com uma gargalhada forçada o acúmulo de sentimentos contraditórios que o assaltaram.

— Exige? Foi isso o que eu escutei?

— Com todo o respeito, *sire*, não creio que pareça um preço muito alto quando Vossa Majestade houver por bem escutar o que eles querem propor — opinou Louvois, convicto.

— Que tinha aquele jovem músico? — perguntava-se o rei. Por que o tema regressava de novo a ele? Não queria voltar a enfrentar seus enigmáticos olhos, mas ao mesmo tempo o seduzia, por mais desatinada que pudesse parecer a ideia de reencontrar-se com eles.

Louvois explicou com detalhes a história da melodia original. O soberano permanecia calado, mas se mostrava fascinado por aquele relato inesperado que fazia seu ministro.

— Está me dizendo que o que acaba de narrar é verdadeiro? — perguntou, com esforço.

— Tenho meditado, *sire*, e acredito que Vossa Majestade não deveria deixar passar a oportunidade de comprová-lo.

O soberano acariciou seu próprio queixo.

— É possível que ao colaborador de Charpentier, quem quer que seja, não lhe interesse o ouro, porque suas aspirações sejam mais transcendentes. Mas asseguro que me interessa tudo o que essa pedra possa me dar: riqueza infinita, conhecimento absoluto... onde está a diferença? São diferentes formas de dispor do poder. — Esboçou um sorriso malicioso, que se rompeu com um gesto de aversão. — Quem mais sabe sobre esse assunto?

— Charpentier achava que mais ninguém, mas o brutal assassinato de seu outro sobrinho demonstra que estava equivocado.

— Está claro que esse tal doutor Evans pôde comprar os serviços do marinheiro, como qualquer outra pessoa poderia fazer. Estamos falando de um rude homem do mar, de quem não podemos exigir um comportamento honrado. Sem dúvida foi ele quem os traiu...

– A ruptura pode estar em qualquer parte, *sire*. Por isso será melhor esquecer nossos adversários e nos concentrar em transcrever a partitura correta o quanto antes. Quem sabe o que poderia acontecer se esse tesouro caísse em mãos erradas?

O rei permaneceu pensativo durante alguns segundos, a cabeça de lado, acariciando a barba com extrema delicadeza.

– É um sinal! – soltou de repente.

– A que se refere?

– Um sinal! Esse Matthieu é um mensageiro do destino! Os astros propiciaram o desastre do *Amadis de Gaula* para que eu, levado pelo desenrolar das coisas, terminasse por ter acesso à melodia original!

– Tem razão, *sire*...

– É uma fantasia arrebatada da mitologia e posta ao alcance da minha mão! – deleitou-se, extremamente exaltado. Seu instinto curtido, calejado por um trono ao qual fora levado muito pequeno, com cinco anos de idade, dizia-lhe que havia chegado o momento da verdadeira glória. Era preciso que Charpentier transcrevesse para ele a partitura, queria sentir-se inundado pela música dos anjos e abrir sua privilegiada mente de semideus ao conhecimento e ao poder absoluto! – O Pai Celestial e eu nos encontraremos face a face e o mundo inteiro cairá a meus pés. Estava escrito que isto haveria de ocorrer algum dia – concluiu, com a expressão alienada.

– Então marcarei a audiência para amanhã.

– Eu a quero para esta mesma tarde!

– *Sire*, o rapaz ainda está na Bastilha...

O rei conteve uma reprovação. Contrariado por ter de esperar até o dia seguinte, estava emocionado demais para gritar com seu conselheiro.

– Prepare tudo para sua liberdade... – deixou suspensa a frase durante uns segundos – ... provisória.

– Provisória?

– Que todos pensem que ele continua preso. Afinal, depois de tudo, regressará a seu buraco.

Louvois não ocultou um sorriso ardiloso.

– Assim será feito.

18

Charpentier se debruçou sobre a janela da carruagem. Estavam próximos da *Cité*. Ordenou ao cocheiro que parasse no Hotel Dieu, o antigo hospital para onde haviam levado o doutor Evans após a agressão que sofrera no mercado. Seguindo as instruções de Newton, não havia aparecido por ali nem uma vez sequer, mas, agora que iria seguir adiante com o projeto, devia comunicar sua decisão ao inglês. Não podia permitir que ele morresse pensando que tudo havia sido em vão. O próximo passo seria escrever ao cientista. Newton seria quem mais festejaria sua mudança de opinião, mesmo que, pelo rumo que as coisas haviam tomado, tivessem de compartilhar o conhecimento e a glória com o Rei Sol.

A porta do hospital estava aberta. Uma das irmãs agostinianas que o dirigiam o recebeu junto à entrada.

– *Monsieur* Evans, o inglês? A cada instante sua febre aumenta – informou. – Passa o dia delirando.

Charpentier supôs que não lhe restava muito tempo.

– Quero vê-lo!

Nunca esteve dentro do edifício. Bastou entrar no primeiro corredor e já suplicou aos céus que o levasse deste mundo antes que o permitisse cair enfermo. Fazia pouco tempo que o rei Luís suprimira as horrendas leprosarias medievais, porém pareceu a Charpentier que estava entrando na pior delas. Em cada sala havia quatro fileiras de camas, um altar e uma mesa para comer. As religiosas se ocupavam das tarefas da enfermaria sob as instruções de um boticário e um punhado de aprendizes de barbeiro-cirurgião. Passaram junto a um leito sobre o qual algumas matronas seculares ajudavam uma mulher a parir. O ar daquele ambiente cheirava a um cárcere salpicado de feridas supuradas e lamentos rançosos. O tratamento de todos os pacientes consistia em sangrias e lavagens intestinais, além de outros remédios que o boticário proporcionava àqueles que consideravam merecedores de tal despesa. Os pacientes moribundos recebiam os santos óleos e, deitados em suas camas, apenas voltavam a ser objeto de um simples olhar até que a morte chegasse.

Charpentier seguiu a freira até o canto onde jazia o doutor Evans. Uma enfermeira mantinha sua cabeça elevada enquanto tratava de fazer com que ele ingerisse um purê denso. O inglês cheirava a morte. Pendurado em seu pulso esquerdo, havia um cartão com seu nome. O lençol formava um círculo de sangue na altura do abdômen. Haviam lhe tapado os olhos com uma venda. Estava cego, como resultado dos golpes que recebeu. Mantinha sua fala a toda velocidade, cuspindo grumos de comida, como se no tempo de vida que lhe restava não coubessem tantas palavras como as que faltavam dizer. A infecção da ferida estava se apoderando de seu cérebro. Fazia-lhe ver coisas que não existiam e compor frases que esbarravam no absurdo. Porém, Charpentier viu que nem todas as fantasias que vertiam de sua boca de forma aleatória eram alucinações. As religiosas os deixaram a sós. O hálito de Evans permanecia ao redor da cama como se se tratasse de um acúmulo de névoa.

– Doutor, sou eu.

O inglês interrompeu sua ladainha. Fez um gesto mecânico como para remover a venda dos olhos, mas no mesmo instante deixou cair as mãos sobre o colchão e suspirou, como se esse leve movimento tivesse consumido suas últimas reservas de energia.

– Estou morrendo.

– Talvez elas ainda possam...

– Não venha discutir este tipo de assunto com um médico – disse Evans, em um surto de arrogância. Charpentier soube que de nada serviria disfarçar a situação com eufemismos. – Na realidade já estou morto; da próxima vez que vier, serei apenas um saco de pele e osso coberto de soda em uma cova comum.

– Não diga isso...

– Tem razão, meu maestro! – exclamou de repente, esboçando um sorriso macabro. – Quem pode ser tão inepto em acreditar que somos apenas um saco de pele e osso?

Charpentier emocionou-se ao comprovar que, apesar de seu estado de demência e sabendo que era Newton quem havia dado lugar àquela situação, o doutor Evans utilizava suas últimas forças para louvá-lo.

– Por isso estou aqui para vê-lo, doutor – consolou Charpentier. – Eu também creio que as respostas que o mestre busca merecem nossa entrega absoluta. Quero que saiba que sua morte não terá sido em vão.

Percebeu que se dirigia a ele como se falasse com um cadáver. O médico, longe de seguir com a conversa, retomou o rosário das incongruências. Seus lábios tremiam, e de seu discurso apenas se compreendiam umas poucas palavras soltas sobre suas aulas em Cambridge, entremeadas a outras sobre os meses passados em Paris e alguma vaga menção à melodia, o que fez estremecer o compositor.

– Por que voltou? – perguntou rapidamente o inglês.
– Como?
– Por que voltou? – repetiu. – Acabou de ir embora e está de novo aqui...

O compositor não compreendia nada.

– É a primeira vez que venho...
– Não diga isso – Evans o cortou com um tom de enfado, procurando sobrepor-se ao domínio da febre. – Estou a ponto de morrer, mas ainda sei se falei ou não com alguém.
– Asseguro-lhe que...
– Você estava comigo alguns minutos atrás e se foi – insistiu, cada vez com mais segurança. – Há pouco veio a enfermeira me dar esse grude para comer e você voltou bem na hora de salvar-me dessa inepta. Não me torture com mentiras! – gritou, alienado.
– Do que estávamos falando antes? – perguntou o compositor, com calma, temendo o pior.
– Do que estávamos falando antes, você pergunta agora! – gritou de novo, pondo-se a rir como se estivesse ébrio. Voltou a tentar arrancar a venda dos olhos. Ao levantar os braços, sentiu uma pontada de dor que o fez encolher-se como um novelo de lã. – Falamos daquilo que queria saber.
– E... o que me havia dito?
– Sobre o marinheiro.

Charpentier levou as mãos ao rosto, cuidando para que Evans não percebesse seu estupor.

– Onde encontrar o marinheiro. Já voltou a esquecer de novo? Parece mentira. Alguém tão inteligente como você...

Sofreu uma náusea e soltou sobre o lençol uma desagradável mistura de purê e sangue. O compositor pôs a mão em seu peito, sabendo que nunca mais o veria com vida.

– Adeus...

– Cumprimentarei seu sobrinho, onde quer que esteja. – Ele se recompôs de novo com um sorriso de louco, enquanto Charpentier se distanciava com pressa pela galeria de camas impregnadas de despojos.

Subiu à carruagem e ordenou ao cocheiro que esporeasse os cavalos em direção ao bairro onde vivia o marinheiro, um subúrbio numa das margens fétidas do rio, fora de Paris. Não podia ser verdade... Os assassinos estavam a ponto de arrebatar-lhe a fonte da melodia original. Tinha de chegar antes deles. De outro modo, sabia o que aconteceria: sequestrariam o marinheiro para que lhes desse a melodia correta, tentariam transcrevê-la com qualquer músico não qualificado e terminariam matando-o como mataram a Jean-Claude, relegando o projeto alquímico ao caixão das utopias e devolvendo Matthieu à sua vida na Bastilha.

– Que não seja tarde demais, por Deus...

Chegaram a um ponto na estrada em que a carruagem não podia passar, pela quantidade de troncos e galhos que se acumulavam no caminho, depois de que o rio transbordara por causa das chuvas. Os cavalos relinchavam e levantavam as patas dianteiras. O cocheiro temeu que pudessem tombar.

– Não podemos seguir! – advertiu, com um grito entrecortado, enquanto mantinha as rédeas firmes.

Charpentier saiu disparado da cabine e continuou a pé. Avançou sobre o barro e se introduziu entre as emanações que destilava um riacho, cujas margens estavam abarrotadas de fezes. Umas tantas crianças pequenas, sentadas com seus traseiros desnudos sobre a terra, ocupavam-se em amontoar verduras podres que alguém havia atirado a um canto. Por um momento, duvidou estar no local correto. Sua mente torturada eliminou quase todos os detalhes de seu primeiro encontro com o marinheiro. Como podia imaginar que aquela visita, que pressupunha o início de uma aventura poética, terminaria por trazer a morte e a desgraça à sua família? Uma ansiedade asfixiante foi se apoderando dele. Correu pelo bairro, dando uma olhada nas casas. Quando estava a ponto de desistir, pareceu entrever, entre outras idênticas que se separavam por uma encosta, a casa que o marinheiro compartilhava com o pai. Era uma pequena construção irregular de pedra, com telhado de palha e uma escada exterior para subir ao segundo andar. Parando em frente a ela, não teve a menor dúvida. Olhou para ambos os lados para ver se havia algum rastro do sanguinário criminoso. Uma mulher se debruçou na janela de um cortiço vizinho e voltou a fechá-la no mesmo instante. Bateu à porta, mas ninguém atendeu. Deu uma volta ao redor. Ao passar junto a um palheiro situado na parte traseira, acreditou ter escutado uma voz.

– É ele! – celebrou, enquanto se aproximava da entrada.

Antes de chamar, Charpentier se deu conta. Não havia uma voz, mas duas. O marinheiro estava envolvido numa discussão. Eles haviam se adiantado! Apertou os punhos e controlou a vontade de gritar. Grudou a cara na porta de madeira e aguçou o ouvido. O marinheiro repreendia o outro por ter pegado algumas moedas de uma caixa e este o desafiava, dizendo que a única maneira de viver ali era estando bêbado. Voltou a respirar. Tratava-se do marinheiro e de seu pai. Bateu com força. As vozes pararam de imediato. Dali a pouco, a cara magra do marinheiro se mostrou por uma fresta.

– Que faz aqui? – perguntou, arrastando um tom de enfado.

– Deixe-me passar – ordenou o compositor, empurrando o marinheiro para dentro. – E feche a porta com a chave.

No interior do casebre havia luz. O velho tinha as pálpebras caídas. As rugas atravessavam seu rosto em todas as direções. Estava sentado em uma cadeira desconjuntada junto a uns fardos de feno.

– Desculpe meu pai. Está...

– Talvez tenha manchado os sapatos, *sire* – balbuciou o velho, com sarcasmo.

– Cale-se de uma vez por todas! – gritou o filho.

– Este não é um bairro para um cortesão... – seguiu resmungando o velho. – Desde que pôs seus pés nesta casa meu filho não voltou a navegar. Agora que tem uma bolsa de moedas, acha que pode me dizer o que tenho ou não de fazer!

O marinheiro levantou a mão para lhe bater.

– Não se preocupe por ele – acalmou Charpentier. – Temos de sair daqui imediatamente.

– Por quê? O que aconteceu?

O compositor engoliu a saliva. Nesse momento, escutaram uma série de ruídos vindos de fora.

– Deus, não...!

Charpentier aproximou-se de uma janela para olhar entre a fenda deixada por duas tábuas.

– Diga-me já o que está acontecendo! – rugiu o marinheiro, grudando-se nele para olhar também.

– Fale baixo!

– Por quê?

– Estão atrás de você.

– De mim? Quem são eles?

– Os assassinos de Jean-Claude, os mesmos que atacaram o doutor Evans. – Voltou-se e olhou em seus olhos. – Querem a melodia.

– Malditos...

– Que vamos fazer?

O pai os observava com um inesperado ar de inocência, as mãos apoiadas sobre os joelhos. O marinheiro se lançou até um grande baú, de lá tirou uma adaga curta e a prendeu no cinto. Depois, agarrou uma forquilha de quatro pontas pendurada por um prego na parede. Voltou a olhar pela janela e viu três homens junto à porta. Um deles, enorme, estava mexendo na fechadura.

– Eles vão entrar daqui a pouco...

O compositor apontou um canto da sala.

– Esse portão se comunica com a casa?

– Antes de fugir, temos de fazê-los parar.

Lançou um olhar intenso a seu pai. Este também buscou no baú alguma ferramenta que pudesse lhe servir de arma. O marinheiro pediu que não fizesse nenhum ruído; pelo menos desfrutavam do elemento-surpresa. Charpentier se afastou para o lado justo quando o colosso derrubou a porta com o ombro. Antes que os estilhaços caíssem ao chão, o marinheiro cravou a forquilha na base do seu pescoço. O criminoso sanguinário desabou sobre a palha enegrecida. O marinheiro se agarrou com força ao cabo de madeira e tombou todo o peso de seu corpo sobre as quatro pontas, arremessando jorros de sangue por todo o casebre. O agressor seguinte acabara de aparecer na porta quando o pai, com uma força inusitada para um velho, cravou uma foice em sua coxa direita. Ele saiu aos gritos, com o ferro fincado na perna, fazendo retroceder seu companheiro.

— Corram! – gritou o pai, enquanto segurava uma enxada pontiaguda. – Eu os deterei!

Seus olhos voltaram a se cruzar com os do filho. O marinheiro, compreendendo que seu pai não podia acompanhá-los, cruzou com Charpentier pelo portão que se comunicava com a casa.

Atravessaram um quarto em cujo teto estavam penduradas algumas lebres para esfolar. O compositor sofreu um corte no ombro com um dos ganchos. Cruzaram outro salão, onde fumegava uma lareira, bateram numa caçarola, que esparramou um líquido fervente, e saíram à rua pela porta dianteira.

Olharam para ambos os lados em busca de ajuda. O bairro estava deserto, salvo por um mendigo molambento que os contemplava sentado sobre sua única perna junto a uma mureta. O marinheiro lembrou que todos foram assistir ao enterro do magistrado, morto por tuberculose na noite anterior. Correu em direção ao cemitério para misturar-se com os paroquianos. A Charpentier custava segui-lo. O campo santo estava do outro lado da colina. Servia tanto para enterrar os mortos como de cercado para os porcos de um proprietário vizinho. Charpentier descia a ladeira como podia, ajeitando a capa. Quando estava chegando próximo ao grupo que assistia ao funeral, deu um tropeção que o fez rodar até bater as costas contra uma lápide. O marinheiro voltou para ajudá-lo.

— Salve-se! – rogou o compositor, apertando com força o tornozelo, que havia torcido.

— Não vou deixá-lo aqui, maldição!

— Eu sou dispensável, mas precisamos de você vivo!

— Se não tivesse vindo ao meu encontro eu já não estaria mais vivo! Levante-se!

Quando ia agachar-se para ajudar o compositor, escutou um disparo.

Uma pontada no ombro.

Permaneceu inerte por uns instantes.

Um fio de sangue...

Charpentier contemplou boquiaberto como o marinheiro desabava de costas contra o barro. Voltou-se e olhou para a parte alta da ladeira. Ali estava o sanguinário criminoso, indo em direção a ele com uma pistola ainda fumegante.

Todos os que assistiam ao enterro se voltaram, mas Charpentier percebeu de imediato, horrorizado, que nenhum deles movia um músculo para socorrê-lo. Naquele bairro não tinham o costume de intrometer-se na vida dos outros. Começaram a dispersar-se lentamente, enquanto o clérigo observava a cena solenemente e o coroinha, um rapaz com coceira no couro cabeludo, interrompia o movimento pendular do incensário.

– Alguém me ajude! – suplicou, junto ao corpo do marinheiro.

– Por que iriam ajudar um traidor? – disse o criminoso, elevando a voz quando já estava quase em cima dele.

– Traidor...?

– Que tipo de homem se alia a um inglês sujo?

Ele se referia a Evans ou a Newton? Como poderia saber? O criminoso se deteve aos pés do compositor, que se sentia incapaz de mover-se, e recarregou a pistola com calma.

– A você não importa sua pátria! – Charpentier o reprovou, com um arrebatamento de raiva. – A única coisa que deseja é...

Nesse momento, o marinheiro se pôs de pé e o golpeou com um brutal pontapé na parte detrás das pernas, fazendo com que fincasse os joelhos contra a lápide. A pistola escapou de suas mãos e caiu a alguns metros de onde se encontravam. O marinheiro se precipitou sobre ele, golpeou-o no rosto com fúria, usando o punho do ombro são, e o imobilizou, sentando-se sobre seu peito. Agarrou a adaga que levava no cinturão e a espetou sobre sua cabeça.

— É isto o que você quer? Certo? – gritou, com os olhos arregalados. – Quer ir para o inferno, como esse gigante que vinha contigo?

— Não o mate! – rogou Charpentier. – Temos de saber para quem trabalha!

— Solte-me! – ordenou o criminoso, sem amedrontar-se. – Talvez assim consiga viver.

O marinheiro bateu com o punho da adaga em sua fronte e voltou a erguê-la. A mão tremia, queria afundá-la no peito do homem.

— Diga quem paga você e eu o deixarei ir embora!

Charpentier virou-se e voltou o olhar instintivamente até a parte alta da ladeira. Seu coração deu um pulo.

— É o outro!

O criminoso ao qual o velho havia ferido com a foice se aproximava mancando, com um torniquete e uma expressão de ódio na cara. Arrastava pelo barro a ponta da espada desembainhada.

— Como é possível...? – murmurou o marinheiro.

— Tinha de ter visto seu pai morrer! – gritou, sem deixar de andar até eles. – Suplicava como um cão!

— Parado! Fique onde está! Ou eu acabo com seu amigo!

— Cale-se e o solte de uma vez!

— Falo sério! Detenha-se!

Ele estava perto. O primeiro havia deixado de resistir. Charpentier se desesperou ao ver que tudo havia se descontrolado. Correu até a pistola que havia caído, meio submersa na lama. O criminoso percebeu e tratou de chegar até ela, mas a ferida na perna o impediu. O compositor se arrastou como uma cobra e se apoderou da arma. Apontou-a com a mão trêmula. Era a primeira vez que empunhava uma arma. Sentiu o frio do ferro entre os dedos e esteve a ponto de deixá-la cair.

– Solte-a! – ordenou o assassino, erguendo a espada cheia de lama.

– Atire! – esganiçou o marinheiro. – Ainda temos este vivo!

Pela mente de Charpentier passaram mil imagens que se entrelaçavam com a realidade. O criminoso se aproximava cada vez mais. Já estava a um passo. Apertou o gatilho. Nada foi como esperava. A arma não estava bem carregada, explodiu em sua mão, produzindo uma nuvem amarelenta. Levou as mãos ao rosto queimado, gritando de dor.

O marinheiro, vendo que haviam se acabado as possibilidades de vencer aquela contenda, não pensou mais e fincou toda a lâmina da adaga no peito daquele que estava imobilizado. Ouviu-se um estalo e um som gutural. Tentou arrancar a adaga para utilizá-la contra o outro, mas ela deveria ter se encravado em algum osso, e só conseguiria tirá-la dali com as duas mãos. Só teve tempo de levantar os olhos e ver como a imensa lâmina da espada traçava uma curva horizontal e o seccionava no pescoço.

O compositor seguia soluçando, com o rosto coberto. Lentamente recobrou a serenidade e retirou as mãos, suportando a queimação e girando os olhos para saber como havia terminado tudo. A primeira coisa que viu foi a cabeça do marinheiro, observando-o do chão, com uma expressão de incredulidade. O criminoso sanguinário permanecia em pé, apoiado na espada com as pernas separadas, a ferida da coxa coberta de sangue enegrecido e uma expressão de esgotamento no rosto.

– Reze – disse, com uma voz áspera, acompanhada de um odor acre.

Charpentier queria levantar-se, golpeá-lo, gritar, mas se limitou a apertar os dentes de tal forma que parecia que iriam partir-se uns contra os outros. O criminoso pareceu deleitar-se com sua atitude submissa, e continuou falando sem levantar a espada.
– De verdade, acredita que vou matá-lo? – disse.
– Como...?
– É óbvio que, morto, você não me serviria de nada.
– Então... posso ir? – disse Charpentier, com um fio de voz.
– Mas é claro que não!
– O que quer de mim? – resmungou, com as poucas forças que lhe sobravam, tratando de afastar as luzes que refulgiam em suas retinas queimadas para fixar na memória os traços daquele homem.
– Por que não me entrega a partitura e acaba logo com isso? – apontou o marinheiro morto. – Primeiro foi seu sobrinho, logo depois Evans e agora este desgraçado... Não parece que já causou estrago suficiente?
– Não a tenho, eu juro...
– Não acredito.
– Meu sobrinho não chegou a transcrevê-la – soluçou – Quem garante que este marinheiro ouviu a melodia original? Talvez ela nem exista...
– Não acredito – repetiu o homem, irascível. – Se não está terminada, sente ao órgão e a acabe de uma vez por todas, maldição!
Levantou a espada e colocou a lâmina cheia de barro no pescoço do compositor, que começou a tremer de forma incontrolável.
– Eu suplico...
– Vê o que se sente ao ter o aço tão perto? – Charpentier assentiu como pôde. – Pois é isso o que sentirá a esposa de

seu irmão, o tabelião, uns segundos antes de eu fatiar seu pescoço de cisne.

Seu coração parecia que iria explodir.

– Não pode fazer isso...

– Quem sabe eu me entretenha com ela um pouco antes de matá-la. Ainda tem a carne firme. Em seguida será seu irmão, e... Esqueci de alguém? Seu sobrinho Matthieu já encontrou a ruína por ele mesmo. Jamais sairá com vida da Bastilha.

– Meu Deus, eu não suporto mais...

O criminoso baixou a espada.

– Volte para Paris e ponha mãos à obra! E nem ouse pensar em tirar sua vida! Duvido que tenha coragem suficiente para tomar uma decisão dessas, mas quero que saiba que, se o fizer, exterminarei de igual maneira todos os membros de sua família. Eu os buscarei seja lá onde estejam e arremessarei um a um a sua cova.

– Você está louco... Como espera que eu transcreva a partitura correta sem a ajuda do marinheiro?

– Por acaso não é o melhor compositor da França? – respondeu o homem, enfurecido. – Você dispõe da informação que ele ofereceu e de sua própria genialidade para fazer as modificações sobre o esboço inicial, e tem tempo de sobra para escrever um milhão de partituras até encontrar a correta. Não me faça perder a paciência!

Charpentier não conseguia acreditar no que estava acontecendo. Nem sequer se alegrava por estar vivo.

– De quanto tempo disponho exatamente?

– Precisa estar terminada antes do equinócio de março – determinou o criminoso, com fastio, enquanto se virava para ir embora. – Logo terá notícias minhas.

Faltavam vários meses para aquela data. Newton concluía seus grandes experimentos no início da primavera, mas aquela exigência se devia a algum detalhe alquímico que lhes havia escapado.

– Espere! – o compositor se atreveu a perguntar. – Por que no equinócio de março?

O criminoso sanguinário caminhou de novo até ele com determinação, arrastando a perna ferida. O compositor se encolheu como um animal assustado.

– Deveria me agradecer por mostrar-me tão generoso! – disse, irritado, a poucos centímetros de seu rosto. – Mais vale cumprir a tarefa, ou, quando terminar com sua família, cortarei seus dedos, como fiz com seu sobrinho Jean-Claude. Pense como será viver sem poder tocar e com todos esses cadáveres às suas costas...

Charpentier queria dizer algo, mas o criminoso não permitiu. Com um movimento certeiro, pegou a espada e o golpeou brutalmente na cabeça com a empunhadura. Olhou para os lados para comprovar que não restava mais ninguém no cemitério que pudesse escutá-los e se distanciou, mancando entre as tumbas, deixando o compositor jogado com suas nobres roupagens sobre a lama dos porcos.

19

O cadeado da masmorra chiou ao abrir-se. Matthieu se pôs em pé. Tinha os músculos intumescidos.

– Cubra-se com isto! – ordenou o carcereiro, ao mesmo tempo em que arremessava uma capa. – A cabeça também.

Matthieu o seguiu, coberto como um monge, até o pátio interior da prisão. Por uma janelinha estreita se infiltrava um feixe de luz natural. Era como regressar à vida. Empurraram-no até a carruagem. O cocheiro o esperava com as rédeas na mão.

Seu tio estava dentro.

Eles se abraçaram. Os cavalos cruzaram a ponte e se lançaram a galope por um caminho enlameado que conduzia a Versalhes. Durante a viagem, Charpentier deu-lhe uma série de instruções de como deveria comportar-se ante o soberano. Matthieu escutou sem intervir, mesmo ainda endurecido pelo frio úmido da cela e abalado pelas queimaduras que cobriam o rosto do compositor, que se esforçava para manter a compostura. Estava aterrorizado pela ameaça do criminoso, e, o que era pior, não podia desabafar. Preferia que nem Matthieu, nem o tabelião, muito menos sua esposa estivessem tão próximos de

uma ameaça como aquela. Para que tornar as coisas mais difíceis? Logo encontraria um modo de falar a sós com o rei para conseguir sua ajuda. No final das contas, ao soberano também interessava aprisionar aqueles que perseguiam sua fantasia alquímica e dissipar tanta crueldade.
– O marinheiro está morto – limitou-se a dizer.
– O quê?
– Não se preocupe...
– Como não vou me preocupar? Que faremos agora? Como irá convencer ao rei de que...
– Deixe que eu fale com ele – cortou Charpentier, e não disseram mais nenhuma palavra até chegar a Versalhes.

Matthieu esquivou-se da torrente de imagens que o assaltaram ao entrever as grades dos portões de entrada. A Orangerie, o *Amadis de Gaula*, os guardas, Nathalie e até mesmo ele, sim ele mesmo, o Rei Sol mandando que fosse encarcerado. A carruagem cruzou o imenso Pátio de Armas que separava as cavalariças do Pátio Real e se deteve diante do vestíbulo da Grande Escadaria dos Embaixadores. Dois lacaios os acompanharam a um pequeno ambiente, e lhes deram roupas limpas e uma tina com água para que se limpassem. Dali subiram diretamente ao salão de Vênus. Matthieu emudeceu ao entrar. Nunca em sua vida imaginou que pudesse existir um ambiente tão luxuoso. Parecia vagar por uma galáxia em que resplandeciam os sóis de ouro que adornavam portas e paredes. O salão estava povoado de perfeitas estátuas e bustos. Uma série de colunas de mármore marrom sustentava a enorme abóbada em que a deusa do amor se distraía com seus súditos. Aproximou-se de uma das mesas que, dispostas por toda a sala, esperavam a noitada dos cortesãos repletas de frutas frescas e cristalizadas. Café, licores e marzipās. Estava há dias sem comer, mas deu meia-volta ao redor dela sem tocá-los. Charpentier o observava calado.

Quando anunciaram que o compositor e seu sobrinho haviam chegado, o rei se dirigiu com impaciência a um salão a que chamavam de Gabinete de Curiosidades e Objetos Raros. Havia pensado que, dado o caráter secreto da reunião, deveria afastar-se dos salões que utilizava no cotidiano para as recepções oficiais. Após discutir com o ministro Louvois, encaminhou-se por aquela sala que expunha as peças mais heterogêneas e variadas trazidas de todos os confins do mundo: jarras, pedras preciosas, armas decoradas por ourives otomanos, peças de marfim, incensários da Ásia.

– Por acaso essa melodia africana não é o objeto mais estranho e precioso que poderia se abrigar neste palácio? – perguntou a seu conselheiro, enquanto se colocava em posição estudada para receber os dois músicos.

Louvois também mantinha uma atitude altiva, com a qual procurava se dar importância. A um sinal seu, os guardas abriram as portas.

Charpentier fez uma reverência já na porta.

– Majestade...

Matthieu, a seu lado, morria de vontade de olhar para o rei, mas, seguindo as instruções de seu tio, mantinha os olhos grudados no reluzente piso do gabinete.

– O que aconteceu? – começou perguntando o rei, após notar o lamentável aspecto do compositor.

– Assassinaram o marinheiro, *sire*.

– O que sabia a melodia de memória? – interrompeu o ministro.

Assentiu.

– Fui avisá-lo de que os assassinos de meu sobrinho Jean-Claude o haviam localizado, mas ele não teve tempo de fugir.

— Consegue identificá-los?
— Dois deles estão mortos e ninguém sabe quem são. O terceiro... — o compositor recordou sua voz e isso lhe deu um nó na garganta — tampouco o havia visto antes.

O rei teve vontade de lançar-se sobre seu conselheiro. Havia passado a noite imaginando ser o dono daquela joia alquímica com a mesma candura que leva as crianças a pensar que podem entrar nos contos de Perrault. Mas não se permitiu explodir. Isso deixaria evidente a impotência que sentia. Controlou o tremor que se apoderava de si e falou, com estudada apatia:

— Parece que não há mais nada que os detenha aqui. Podem ir embora.

— Mas...

— É uma lástima — continuou, ocultando por trás de um fingido desinteresse a frustração que sentia ao ver como se esfumaçava nota a nota a melodia original, muito antes de chegar a escutá-la. — Já que meu circunspecto Lully não consegue dar-me uma ópera francesa com a qual poderia deixar boquiabertos os arrogantes italianos, estava encantado em submeter todos os exércitos da Europa à melodia dessa sacerdotisa. Atraía-me a ideia de terminar com as guerras graças à música — concluiu, com um sorriso afetado. — E o inspetor geral das Finanças também haveria de gostar.

Após décadas de conquistas, a ambição sem limites do Rei Sol estava levando o país a uma situação insustentável. O valor do luís de ouro caía ano após ano, e suas luxuosas baixelas de prata viam chegar o momento de passar pela fundição. Mas a Charpentier, o teimoso e repudiado compositor, não importavam as finanças da Coroa, mas sim a vida de Matthieu e do resto de sua família, e ele não estava disposto a perder a oportunidade de contar com o apoio real para ajudá-los. Enfrentou o olhar do soberano como não costumava fazer com ninguém.

– Majestade, conhecemos o lugar onde se preserva a melodia – expôs sua ideia como se tivesse ensaiado palavra por palavra.

– O que está insinuando?

– Se Vossa Majestade enviasse a Fort Dauphin alguém capaz de...

– Faz dez anos que não fica ninguém em Fort Dauphin.

– Eu sei, mas Vossa Majestade poderia incluir um verdadeiro músico na próxima expedição que parte até as Índias e ordenar que se faça uma escala em Madagascar. Que o músico escute a melodia e a aprenda como é devido. Estou convencido de que o marinheiro jamais chegou a interpretá-la bem, que estamos trabalhando a partir de um material viciado. Quando esse músico regressar à França, reunir-me-ei com ele e escreverei mil partituras se necessário, e asseguro que aí sim encontrarei a melodia correta.

– Estimado e ingênuo Charpentier – disse, em tom condescendente, o soberano –, não podemos desembarcar um pobre músico num território hostil e pretender que aguente vivo até encontrar esse reizinho indígena. E, ainda que assim fosse, como faria para que a sacerdotisa cantasse para ele?

– Vossa Majestade é o Rei Sol – improvisou Charpentier, oportuno. – Acaso existe algo que lhe será vetado?

O soberano sabia que o plano do compositor se desmontava por sua própria simplicidade, mas não foi capaz de rejeitar plenamente aquela aduladora afirmação.

– Humm...

– Eu me instalarei em uma sala do palácio e escreverei dia e noite – aproveitou para insistir num tom de súplica.

— Vossa Majestade, pense que, quando terminar meu trabalho, o senhor caminhará pelo paraíso.

Enquanto o rei se debatia entre liberar-se daquele sonho para evitar mais reveses ou afundar-se em uma longa espera que, no final da história, tampouco assegurava um final feliz, o obscuro cérebro de Louvois começou a engendrar um plano relacionado à inexpugnável Madagascar, cujo mero planejamento já lhe excitava.

— Majestade — disse-lhe Louvois ao ouvido –, permita-me interromper.

— Fale.

— Se não parece mal a Vossa Majestade, preferiria que...

Luís XIV sinalizou para Charpentier e Matthieu.

— Saiam — ordenou o rei.

Uma nova palmada e apareceram dois guardas. O compositor intuiu que nem tudo estava perdido. Agarrou o braço do sobrinho e saíram do gabinete sem falar. O ministro começou a falar com certa agitação enquanto as portas se fechavam.

— Majestade, sei que o senhor pensa que o plano de Charpentier é infantil, mas acredito que ele nos deu a chave não somente para conseguir a partitura, mas ao mesmo tempo conquistar por fim essa ilha.

Os olhos do rei se arregalaram por um instante.

— Explique-se!

— Aproveitaremos que esse novo rei sanguinário dos Anosy enfrentou seu pai e assim poderemos convertê-lo em nosso aliado – propôs.

— Sugere que a França se alie a um selvagem?

— Somente até conseguirmos nossos objetivos.

Aquilo o fez gostar mais da ideia.

— Siga.

— Sabemos que o usurpador Ambovombe se impôs aos clãs graças à fascinação produzida pelo canto de sua protegida, o que lhe permitiu ampliar seu domínio a todo o sul da ilha. Mas será difícil manter sua posição sem pólvora e armas. Tem apenas um punhado de mosquetes que conseguiu contrabandeando com alguns marinheiros da Companhia e com os piratas que povoam a costa oriental. Faremos um trato com ele. Vamos dotá-lo de um verdadeiro arsenal à base de pequenos envios que iremos introduzindo em cada um de nossos barcos, em troca da permissão para desenvolver nossa atividade comercial. Desse modo, nos adiantaríamos aos ingleses e holandeses... – olhou com audácia, voltando à origem da reunião – e, graças a nossa amizade com ele, estaremos em posição de ter acesso à melodia da sacerdotisa.

— É um plano bem idealizado, mas impossível de ser colocado em prática – decidiu o rei, com veemência.

— Majestade, já pensei em tudo...

— E também como fazer chegar uma expedição ao povoado do usurpador? Para fechar um acordo de tamanha envergadura, primeiro temos de chegar até ele e discutir as condições, e não acredito que nenhum de nossos capitães esteja disposto a entrar em Madagascar com um punhado de homens depois do que ocorreu em Fort Dauphin. Digo-lhe o mesmo que a Charpentier: desde que nos expulsaram da fortificação, os Anosy têm mandado para o inferno todo aquele que tenha posto um pé na ilha! Ambovombe não é um diplomata europeu. Jamais chegaria a escutar nossa proposta.

Louvois sorriu.

— Suponha que nos apresentássemos a ele, fazendo-o acreditar que o único fim da expedição é levar um presente como amostra de respeito ante seu crescente poder.

— Mostrar que eu o respeito? — explodiu o soberano, indignado. — A um selvagem? Que tipo de conselheiro é você? Meu querido Colbert — reclamou, olhando para o céu, referindo-se a seu antigo homem de confiança —, por que me abandonou?

— Deixe-me continuar, *sire* — Louvois pediu, sem se intimidar, convencido do acerto de sua proposta.

O rei percebeu segurança em seus olhos.

— Em que tipo de presente está pensando? O que poderia surpreendê-lo a tal ponto que o impedisse de terminar com a vida de meus emissários?

— Aqui é onde entra em jogo a ideia de Charpentier — retomou, satisfeito. — Entreguemos a ele como oferenda um músico de vossa corte.

— Um músico?

— Um dos melhores, capaz de tocar com maestria as mais belas melodias de nossos compositores. Que melhor presente poderíamos ofertar a um reizinho indígena que, após ter sucumbido ao canto de uma sacerdotisa, tenha chegado a convertê-la em sua deusa, em seu fetiche? Mostremos a ele que vosso reino é o paradigma da música, da beleza em si mesma, que Vossa Majestade tinge com o brilho do sol tudo quanto toca.

O rei não sabia se lhe fascinava mais a ideia do ministro ou suas palavras lisonjeiras.

— Como já disse Platão — recitou, demonstrando prazer —, quando as formas da música mudam, as leis fundamentais do Estado mudam com elas. Seria como introduzir nesse reino africano o germe da arte europeia...

— Seria a desculpa perfeita para ter acesso à sua corte de selvagens — repisou Louvois. — Uma vez ali, quando a música tiver estabelecido o vínculo de confiança de que precisamos, nosso capitão poderá negociar com tranquilidade o tratado

de apoio militar, enquanto o músico se dedicará a encontrar o modo de transcrever a melodia da sacerdotisa. Esse é meu plano, um plano duplo.
— É mais do que um plano — soltou o soberano. — É a arte em si mesma! A música nos abrirá as portas de Madagascar! Vamos esquecer os canhões e os mosquetes e utilizar os violinos para a glória da França. Colonizarei essa ilha... e a melodia será minha — sussurrou, ambicioso.
Louvois sorriu prazerosamente.
— Então...
— É preciso encontrar um capitão com suficiente arrojo e experiência para se empenhar numa missão de tamanho calibre — matutou o rei.
— Isso tampouco será um problema. Já tenho o vosso homem.
— Em quem está pensando?
— No capitão La Bouche — informou Louvois, em tom malicioso.
— É uma pessoa idônea... — murmurou o rei, pensativo.
— Farei com que venha esta noite mesmo.
— Faça entrar Charpentier! — ordenou o soberano, em júbilo.
— Majestade, creio que não seria conveniente comentar com eles os detalhes de...
— Não preciso que me lembre disso. Os objetivos econômicos da França não interessam aos artistas — deliberou o soberano, com um sorriso entre dentes. — Falemos de música!
Charpentier e Matthieu entraram de novo no Gabinete de Curiosidades e Objetos Raros. Seus rostos refletiam toda a ansiedade de que padeciam. O rei se divertiu fazendo-os esperar mais alguns segundos.
— Está bem — concedeu, por fim.
— Está bem? — duvidou Charpentier. A emoção o fez voltar-se para Matthieu. — Vossa Majestade aprova nossa expedição?

– De certo modo, sim. Aprovo enviar um músico a Madagascar, mas...

– Mas? – surpreendeu-se Louvois.

Não haviam comentado sobre nenhum "mas".

– Quem vai é você – disse, apontando o compositor.

– Como? – ele saltou.

– Charpentier? – exclamou Louvois.

– Eu não...

– Ousa contradizer-me? – gritou o rei, com o ar altivo que adorava. – Já estou farto de falsos músicos bêbados. Para quê arriscar-me com outro violinista comum, que possa não ser suficientemente sutil para aprender a melodia com segurança? Você mesmo irá a Madagascar, conquistará com sua música o coração de pedra desse selvagem, escutará o canto da sacerdotisa e copiará *in loco* a partitura para mim.

O rei se deleitava com seu próprio plano. Louvois não cabia em si de gozo. Enviar Charpentier em pessoa era a culminância do plano.

Matthieu esperava com estupor a resposta do tio.

– Majestade, jamais pensaria em contradizê-lo, mas é preciso que saiba que eu não posso fazer essa viagem.

O rei o olhou com desprezo.

– E eu que acreditava que você tivesse outra índole! Encare seu destino com dignidade, por Deus!

– Faria qualquer coisa para ajudar meu sobrinho, e pode acreditar Vossa Majestade quando digo que, neste momento de minha vida, a última coisa que temo são os perigos da expedição. Mas, se eu embarcar, os assassinos de Jean-Claude saberão que os estou enganando...

– O que pretende dizer? Enganando-os como?

– Existe algo mais que não contei a Vossa Majestade.

– E o que está esperando? – enfureceu-se o soberano.

Matthieu se voltou para o tio.

– O que acontece?

Charpentier deixou cair o olhar.

– Eles me ameaçaram com... – deteve-se por um instante. – Matarão a meu irmão e a sua esposa se eu não conseguir a melodia para eles.

Matthieu não podia acreditar.

– Meus pais... – foi a única coisa que saiu de sua boca.

– Pensava entregar a melodia a esses assassinos? – berrou o rei, indignado.

– Sem dúvida que não, *sire* – justificou-se, com rapidez. – Só não queria que meu sobrinho se inteirasse desse dado. Juro que ia dizer-lhes na ocasião adequada. Somente Vossa Majestade poderá dar a proteção de que necessita minha família.

– Quem são esses bastardos? – gritou o rei. – Quem ousa me desafiar? Essa melodia é minha! Minha!

– *Sire*, eles não sabem que vim pedir vossa ajuda...

– E não devem sabê-lo nunca – interferiu Louvois, tratando de acalmar as coisas. – Limite-se a transcrever a partitura correta e logo encontraremos a forma de resolver este assunto.

– Ainda há algo mais... – disse Charpentier.

– Deus Santo! – exclamou o rei.

– Exigiram que eu a entregasse antes do equinócio de março.

– Por quê?

– Não sei – respondeu, completamente enfraquecido, deixando cair a cabeça.

Houve um breve silêncio, em que todos aproveitaram para avaliar aquela mudança na situação. O rei procurou não parecer alterado, acariciando as pedras preciosas de uma bandeja que utilizava para depositar os documentos assinados.

– Eu irei – decidiu Matthieu, de improviso
– O quê?
Os demais o olharam surpresos. Nem sequer o próprio Matthieu sabia por que havia dito aquilo.
– Eu irei – repetiu, levado por um estranho impulso.
– Mas...
– Todos creem que continuo na prisão, por isso mesmo não chamaremos a atenção – dirigiu-se ao rei pela primeira vez. – Permita-me Vossa Majestade...
– Não irá a parte alguma – interrompeu Charpentier. – Majestade, esqueça, por favor, essa ideia absurda de meu sobrinho...
– Calados! – gritou, e parou para pensar por uns instantes, desfrutando do atrevimento de Matthieu. – Meu apreciado Lully jamais admitirá isso, mas tenho ouvido dizer que você tem um dom especial para o violino. Que pode me dizer?
– Sou o melhor violinista da França – respondeu Matthieu, com ares de herói.
O rei não pôde evitar uma gargalhada de satisfação.
– Majestade – insistiu Charpentier, desesperado –, meu irmão já perdeu um filho...
– Posso fazer isso, tio – insistiu Matthieu, tímido, concentrando-se em não elevar a voz.
O soberano permaneceu pensativo por alguns segundos, o olhar perdido em um canto escuro da sala.
– Traga um violino! – ordenou de repente.
– Um violino? – estranhou Louvois.
– Por acaso tenho de dizer duas vezes?
Um dos lacaios que esperavam junto à porta saiu disparado e regressou em pouco tempo com o instrumento de um dos músicos que suavizavam as noitadas dos cortesãos. Acercou-se do rei, estirando os braços, o violino em uma mão e o arco na outra, inclinando-se em uma meia reverência.

– Dê a Matthieu.
– Vossa Majestade quer que eu toque para vós.
– Quero algo mais concreto.
Matthieu olhou para ele sem acovardar-se.
– Vossa Majestade ordena e eu faço.
– Na Orangerie, na noite de estreia, você chegou a jurar que havia composto o dueto do *Amadis*.
– E continuarei jurando quantas vezes forem necessárias.
– Toque-o!
O músico estremeceu.
– Agora?
– Se for verdade que é seu, não haverá nada que o impeça.
Não havia voltado a interpretar aquela peça desde que a compôs na noite em que Jean-Claude morreu, justo antes de cair esgotado sobre o chão do escritório de Lully. Pegou o violino. Acariciou-o devagar, para sentir a espessura da madeira, e beliscou as cordas de forma sutil.
– Estou esperando – queixou-se o soberano.
Matthieu colocou-o sobre o ombro e fechou os olhos. Desde que o arco liberou a primeira nota, sentiu que a mão de Jean-Claude pousava sobre a sua e o ajudava a deslizar pela melodia. Aquele dueto era o fio dourado que os unia, de forma indestrutível, mais além da vida e da morte. Enquanto tocava, um momentâneo sorriso de paz se abriu em seu rosto esgotado. Foi como reencontrar seu irmão de alma, como respirar a música que inundava a sala, como regressar ao tempo que existiu antes da tragédia e sentir de novo seu calor e sua força.
O rei mal pôde controlar a emoção que produzia aquela música diabolicamente doce e tormentosa. Ela lhe atravessava o peito e penetrava até o mais profundo de um abismo que existia em seu coração e que até então ele não conhecia. Reteve uma lágrima a duras penas, procurando não pestanejar.

– Está decidido – sentenciou, antes que Matthieu terminasse a peça.

Charpentier tentou dissuadir o soberano de algum modo, mas as forças o haviam abandonado, e de sua garganta fluía apenas um gemido de pesar e tristeza. Ele mesmo havia provocado aquela situação de pura loucura. Por outro lado, estava consciente de que só alguém com a capacidade de Matthieu poderia captar a melodia em todas as dimensões e transcrevê-la com absoluta precisão. O ministro Louvois interveio, para evitar que qualquer circunstância modificasse uma decisão que o satisfazia plenamente.

– O soberano já deixou claro. Esconda seu sobrinho em um lugar seguro, enquanto trago o capitão que se encarregará da missão e mando equipar um navio da Companhia com tudo o que seja necessário para a viagem.

– Então não voltarei à Bastilha... – arriscou Matthieu.

– Momentaneamente – o rei pontuou, com sarcasmo.

– Deus meu, o que eu fiz? – lamentou-se Charpentier.

– Avisaremos quando o navio estiver pronto para zarpar.

– E faremos com que tudo caminhe o mais rápido possível – comentou Louvois, pensando no prazo que os assassinos de Jean-Claude haviam estabelecido.

– Dispomos de uns sete meses – lembrou o rei. – O barco terá tempo de sobra para ir e voltar dessa ilha endiabrada. Agora, saiam daqui, vão embora – concluiu, ainda confuso pela intensa sensação que havia experimentado.

Matthieu deixou o violino sobre uma mesa e de novo fechou os olhos por um segundo. Em sua mente ainda soava o dueto. Imaginou-se em um navio agitado pelas ondas, beirando o continente negro rumo ao Cabo da Boa Esperança, em busca da melodia original. Nesse momento, o Gabinete de Curiosidades e Objetos Raros se encolheu. As joias que os rodeavam mais pareciam quinquilharias; os quadros, meros borrões rabiscados; e os trajes e as perucas, ridículos. Todo o palácio de Versalhes lhe pareceu grotesco por um momento, um palácio que não era senão o fruto de uma ambição desmesurada e tristemente mais humana do que nenhuma outra.

20

Matthieu se cobriu de novo com a capa antes de sair do palácio. Subiu com seu tio na carruagem que os esperava no meio do Pátio de Mármore. Os cascos dos cavalos batiam na superfície polida enquanto o cocheiro estalava o chicote. Ingressaram no bosque sob o sombrio grasnar de pássaros noturnos. Matthieu fechou os olhos. Os acontecimentos haviam ocorrido a tamanha velocidade que o passado e o presente pareciam confundir-se, e ambos com o futuro imediato. Tão logo acreditava já estar a bordo do navio, e voltava a imaginar-se na Bastilha, ou até por alguns segundos se convencia de que nada daquilo havia ocorrido de verdade, que seu irmão o esperava em casa para praticar uma nova posição dos dedos sobre o braço do violino com arco. Não podia afastar da mente a imagem de seus pais, de mãos dadas, na sala junto à lareira. O estrondo de uma roda passando sobre um buraco o devolveu à carruagem, e seu olhar encontrou o de Charpentier. Foi como chegar perto de um abismo.

Para não levantar suspeitas entre os assassinos de Jean--Claude, eles deviam manter em segredo que Matthieu estava em liberdade, por isso procuravam incessantemente um lugar em que o jovem pudesse permanecer escondido. Não podiam ir aos aposentos que ambos os irmãos compartilharam, num pequeno bairro onde todos o conheciam; menos prudente ainda era ir ao palacete da Duquesa de Guise; tampouco podiam ficar próximos à casa do tabelião, já que a ameaça do sanguinário criminoso os fazia acreditar que ela estaria vigiada. Além disso, pensaram que era melhor que os pais de Matthieu acreditassem, como todo mundo, que seu filho seguia preso na Bastilha. Era cruel, mas necessário. Charpentier explicaria tudo a eles em seu devido tempo.

– O quarto junto à sacristia de Saint-Louis... – propôs Matthieu de repente.

Parecia uma boa ideia. Encaminharam-se até a igreja. Estava deserta. Cruzaram a nave e entraram na sacristia. Charpentier foi direto até uma cavidade entre os assentos, de onde pegou uma chave com que abriu uma porta camuflada. Ao entrar naquele quarto que raramente era utilizado, veio até eles um golpe de ar abafado, exalando um desagradável cheiro de incenso velho. Matthieu evitou fazer comparações com a cela. Havia um catre e uma cadeira com uma Bíblia. No chão, uma vela apagada se erguia sobre um montão de cera derretida.

– Amanhã trarei algo para comer e uma manta – disse o compositor, enquanto revisava a pequena janela que, na altura das vigas, servia de respiro. – Não poderá sair daqui até que eu volte. É pela sua segurança...

– Não tenho para onde ir.

Trocaram um forte abraço. Quando se separaram, Charpentier o olhou com todo o carinho que seus olhos poderiam expressar.

– Obrigado... – disse Matthieu, em voz baixa.
– Por quê?
– Por ajudar-me, por permitir que faça algum sentido a morte de meu irmão, por deixar que afinal eu faça algo por meus pais.
O compositor não podia continuar falando com ele sem emocionar-se.
– Virei logo, não se preocupe!
– Tio! – Matthieu o deteve. – Só quero saber uma coisa...
– Pergunte-me o que quiser.
– Por que escolheu Jean-Claude?
Engoliu em seco.
– Não era o que eu queria...
De imediato, arrependeu-se de ter perguntado.
– Sinto muito.
Mas Charpentier quis responder.
– Pensei que a Divina Providência havia dotado você da mais genialidade que caberia a um ser humano, e assim não necessitava de estímulos adicionais para realizar-se e ser feliz; seu irmão Jean-Claude, embora não tivesse seus dotes artísticos, também era um excelente rapaz, que merecia ser o protagonista de algo especial ao menos uma vez na vida.
O compositor abandonou o quarto assim que terminou a frase. Fechou a porta por fora e levou a chave. Matthieu desabou no catre. Olhou para o teto. O cansaço acumulado lhe caiu como uma avalanche de lodo que afogou todas as luzes e sons. Era perfeito. Só queria dormir.
Dormir...
Não era tão fácil. A imagem de Nathalie o assaltou, aproveitando aquele estado de relaxamento momentâneo. Olhou pela pequena janela.

Pensou em levantar-se à força, sair de qualquer forma, saltar para fora e correr até sua casa. Nathalie... Recordou o traje que vestia na noite da Orangerie; estava preciosa. Quanta angústia devia sentir! Como podia pensar em embarcar sem ter falado antes com ela? Em que tipo de homem havia se transformado, tão diferente daquele pelo qual ela se havia enamorado? Ela o amava? Não saber o desesperava. Revolveu-se no catre. Aguentava apenas uns segundos na mesma posição. Deveria pedir-lhe perdão? Deveria, de uma vez por todas, entregar-se a ela? Desejou aconchegar-se a seu lado para sempre, como um filhote debaixo das asas da mãe, para fechar os olhos e perderem-se juntos no universo dos sons.

Por que continuar tão empenhado assim em separar-se de alguém? O coração de Nathalie batia com uma suavidade que o angustiava, e seus lábios tinham o sabor de açúcar de confeiteiro, como no dia em que a beijou naquela ruazinha próxima à igreja. Nesse mesmo instante, teve uma revelação que abriu espaço em forma de pergunta e arrepio:

– Qual foi o primeiro som que escutamos juntos?

Não podia acreditar. Apertou os olhos na escuridão, como se assim pudesse pensar com mais clareza.

– Qual dentre todos? Como é possível que nosso primeiro som se tenha perdido entre aquele burburinho de vozes e ruídos?

Sentiu asco de si mesmo. Não a merecia. Nem sequer havia sido capaz de preservar a única coisa que pertencia aos dois e a ninguém mais. Como podia ser tão fraco, seguir convencendo-se por mera conveniência de que poderia chegar a amá-la? Insultou-se, seu desprezo ricocheteou pelas quatro paredes daquele minúsculo quarto. Nunca a havia amado, ao menos não como amava a seu irmão Jean-Claude ou a pele de madeira de seu violino. Acaso se podia amar assim a uma mulher, de forma tão desesperada? Acaso Amadis de Gaula amava assim a princesa? Havia somente uma forma de terminar com aquela história errática. Tinha de fazer que Nathalie o odiasse, e a melhor forma de conseguir isso seria não lhe contar que estava indo embora. Passaria o primeiro dia, depois outro e outro mais, e cada um deles seria um degrau que o aproximaria do esquecimento libertador.

Parecia não transcorrer nem um segundo quando notou uma mão que sacudia seu ombro.

Era Charpentier. Repetia uma e outra vez as mesmas frases.

– Não há tempo a perder! Vamos, Matthieu! Desperte, por Deus!

– Que foi? – perguntou, por fim, de forma automática, ainda ancorado em meio a um sonho confuso.

– Depressa! Precisa partir!

Como partir? Matthieu não era capaz de pensar com lucidez.

– Já é dia?

– Estamos no meio da tarde. Você ficou quase um dia inteiro dormindo.

Ergueu-se para ver o sol através da janelinha.

– Eu não podia mais...

– Levante-se, por favor.

– Aonde vamos?

– Louvois mandou chamar. Uma carruagem espera por você aí na porta.

Ficou petrificado.

– Já?

Charpentier lhe deu uns instantes para que despertasse por completo.

– Parece que o ministro está consciente da urgência a que estamos submetidos. Quando saímos de Versalhes, o rei fez chamar um tal capitão La Bouche e se reuniu com os responsáveis pela Companhia das Índias Orientais para que colocassem um navio a seu comando.

– Quem é esse capitão La Bouche?

– Em seus melhores dias, abriu vias terrestres e marítimas aos domínios do rei. A Coroa o considerou um de seus maiores servidores.

– Por que fala no passado? Que faz ele agora?

– Faz dez anos que perdeu quase todos os seus homens na última batalha que se travou em Fort Dauphin, o dia em que os nativos Anosy nos expulsaram definitivamente da fortificação. Aquilo foi considerado o princípio de sua decadência. Abandonou o exército e durante todo esse tempo tem se dedicado a traficar pela costa ocidental da África, esperando que o rei se decida a enviar outra expedição à ilha.

– Não parece ser a melhor companhia...

– Louvois ocupa o Ministério da Guerra há anos e sabe que La Bouche é o único capitão que aceitaria ir a Madagascar em uma missão tão...

Deteve-se.

– Sei que não vai ser fácil.

– Você vai embarcar num navio que já está pronto para zarpar rumo a Bengala.

Esfregou os olhos.

– Quem mais irá conosco?

– Eles lhe designaram um destacamento recém-chegado da Áustria. Todos os seus homens têm dado mostras de bravura, por isso você não poderia ter melhor proteção. O navio os deixará em Fort Dauphin e continuará em sua rota. Você terá três meses para terminar a missão antes que o navio os recolha no mesmo lugar, de regresso à França.

Aquilo não convencia Matthieu.

– Não poderia ancorar e ficar nos esperando?

– Não se preocupe com nada. O barco encherá seus depósitos de chá e regressará a tempo.

– Mas...

– Se ancorassem na costa, o novo rei dos Anosy se sentiria ameaçado e a missão estaria terminada antes de começar – confessou. – Além do fato de um navio ancorado em frente à praia durante tanto tempo ser presa fácil para os piratas que pululam pelas costas.

Matthieu gostaria de ter mais tempo para digerir tudo aquilo.

– De onde partiremos?

– De La Rochelle. Assim que chegar.

– De La Rochelle...

– Você tem de ir já. Uma longa viagem o espera.

Lavou o rosto com a água fria de uma tina e enfiou as roupas que seu tio havia trazido.

– Meu violino! – falou, assustado.

Charpentier saiu para a sacristia e regressou com uma bolsa de couro, onde havia colocado a caixa do instrumento.

– Passou-me pela mente pegá-lo na escola. Também coloquei um bom monte de folhas de papel de pauta e lápis, para que possa escrever rascunhos da partitura sem se preocupar. Ah! E o salvo-conduto que me enviaram de Versalhes, caso necessite mostrá-lo em algum momento.

Saíram pela viela. Charpentier pretendia se mostrar mais calmo, mas sua expressão transparecia angústia. Não queria despedir-se. Matthieu deixou a bolsa no interior da carruagem.

– Se vir Nathalie...

– A sobrinha de Le Nôtre?

– Não lhe diga que... – preferiu não continuar. – Vou viajar até o outro lado do mundo! – exclamou, recuperando a emoção habitual. – Espero não desapontá-los.

Charpentier o segurou por ambos os braços, com emoção.

– Faça-me um único favor: esqueça tudo aquilo que está além da música, não pense naquilo que deixa em Paris nem no que ocorrerá quando regressar. Concentre-se em escutar sem reserva, que seus ouvidos recuperem sua inocência! Capte o pulsar rítmico dos paraísos e infernos e transfira para a partitura o que Deus criou muito além do horizonte.

Matthieu começou a subir os degraus da carruagem, mas se deteve na escada.

– Há algo mais, correto?

Os cavalos relincharam energeticamente. O cocheiro tentava controlá-los.

– A que se refere?

– O que há por trás de tudo isso? É como se de repente sentisse que esta viagem estava me esperando. Quando Lully me roubou a partitura, pensei que nunca mais voltaria a compor, mas desde ontem noto uma pulsação nas pontas dos dedos como se necessitassem apalpar uma corda de violino para explodir e liberar-se...

Charpentier esticou o braço e passou a mão em sua cabeleira, como se fosse uma criança. Não se atreveria a dizer-lhe que somente o destino podia ser o artífice daquele instante, que não havia em todo o mundo outra pessoa, a não ser ele, capaz de incumbir-se daquela empreitada com sucesso.

– Querido Matthieu, de onde vem tanta sensibilidade? De mim você não a herdou, com certeza! – ambos sorriram. – Escute-me uma última vez, porque, quando regressar dessa viagem, será você quem terá de ensinar-me.

– Que poderia ensinar-lhe eu? – disse, sem poder disfarçar uma ponta de orgulho diante daquelas palavras, tendo em conta quem as proferira.

– Por trás de cada um dos nossos atos sempre há algo, mas não podemos forçar as respostas. Só nos resta acreditar que, se trabalharmos como se deve, as respostas nos serão reveladas no momento preciso. É nisso que consiste a fé que ilumina os cristãos, ou os alquimistas como Isaac Newton, que tem buscado durante toda a vida a chave que lhe permita entrar em dimensões desconhecidas. Preste atenção nele. É o maior cientista deste planeta e continua tendo necessidade de acreditar. Quer acreditar que o ser humano conseguirá limpar sua alma do chumbo e que esta ressurgirá dentre suas limalhas, pura e brilhante como o ouro. E oportunamente será premiado com a melodia original. Trata-se de não esmorecer, de não sair do caminho que tivermos traçado. Recorde o que dizia Sêneca: "Não há vento favorável...

– ... para os barcos sem destino."

– Nunca deixe de acreditar na música. Converta a busca dessa melodia em seu propósito e destino e o tempo dirá o que lhe será concedido através de suas notas.

– Tenha muito cuidado – pediu Matthieu, com carinho. – Proteja meus pais até que eu volte! Fará isso de verdade?

– Quase me esqueço! – Charpentier tirou do bolso um papel dobrado, o mesmo que quis devolver a Newton no dia em que se despediram na cozinha do palacete da Duquesa.

– O que é?

– Um epigrama alquímico.

– E o que quer que eu faça com ele?

– Ainda que Newton não o admita, estou convencido de que é o último elo da corrente.

— Isto está relacionado com a melodia original?

— Acredito que sim, e ele também. Sempre tem dito que de nada serviria transcrever a partitura correta sem resolver ao mesmo tempo o enigma que encerra este hieróglifo. O problema é que, ainda que parecesse ser a parte mais simples do projeto, não chegou a encontrar uma resposta que o satisfaça.

Matthieu se deu conta de que se transformara nos olhos de Newton, de que seria ele a contemplar, em breve, as maravilhas da ilha onde se conservava a melodia que o inglês desenterrara.

— De onde vem este epigrama?

— Pensei que já havia lhe dito! Nem sequer o próprio Evans conhece as fontes originárias de seu descobrimento. Talvez do *Livro da Alma* de Avicena, ou de *A fuga de Atalanta,* de Michael Maier, que analisávamos da forma mais ingênua nas reuniões do palacete da Duquesa. Newton armazena em sua poderosa cabeça todos os textos que tenham sido escritos desde o nascimento da alquimia.

Matthieu começou a desdobrar o pergaminho. Charpentier o impediu.

— O que foi?

— Não o leia até que chegue a Madagascar.

— Por quê?

— Talvez Newton não conseguisse compreendê-lo porque o sentido do hieróglifo se adultera com o ar viciado que respiramos aqui...

Matthieu assentiu e o guardou na bolsa das partituras. Sem dizer mais nada, lançou um olhar sereno a seu tio e se fechou por trás da portinhola de bordas douradas, ao mesmo tempo em que o cocheiro esporeava os cavalos.

Segundo Ato

1

Vinte e quatro cascos tamborilando sobre os paralelepípedos... Desde que os cavalos levaram a carruagem em direção à cidade rebelde, como La Rochelle era conhecida em Paris, Matthieu viveu cada quilômetro como uma parte fundamental de sua aventura. Orleans, Blois, Amboise, Tours, Poitiers... Durante a interminável jornada que o separava do litoral, não deixou de pensar nas histórias que lera sobre os sofrimentos e adversidades que reservava uma longa viagem por mar como aquela. Sobretudo, não conseguia arrancar da boca do estômago aquele nó de inesperada emoção, da surpresa que o aguardava. Por que sentia que havia algo a mais naquela viagem que iniciava para salvar seus pais e seu tio Charpentier? Não podia imaginar o que descobriria, nem na selva intocada de Madagascar, nem no espaço mais recôndito de seu coração. Quem sabe encontraria sua origem, como Amadis de Gaula. A origem, a terra virgem, a melodia que deu a vida, sua própria melodia... E se a emoção provinha de deixar para trás tudo o que havia vivido até então?

Enquanto pensava nos albatrozes que conhecia apenas pelas gravuras dos livros, nos golfinhos que brincavam perto da quilha dos barcos nos dias de bonança, ou se os peixes-voadores das costas do sul seriam apenas uma lenda, a carruagem entrou em La Rochelle. Matthieu estava tão preso na ansiedade de embarcar que nem sequer viu as muralhas, nem as pessoas que iam e vinham carregadas de mercadorias, nem as duas torres de vigia que fechavam o estuário a piratas e inimigos. Somente tinha olhos para o barco que haveria de ser seu chão e seu céu, uma embarcação enorme chamada *Aventure*, no formato de urca holandesa, com castelos de popa e de proa baixos e a borda livre de bom calado para melhorar seu comportamento em águas difíceis.

Mal começara a subida ao convés, começou a sinfonia de vozes e dos puxões dos traquetes e bujarronas.

– Estendam as velas!

Ali estava o capitão La Bouche. Matthieu o imaginara de forma bem diferente. Não parecia um homem acabado. Muito pelo contrário, desprendia uma sensação de força colossal, como se fosse capaz de mover sem ajuda o gigante de madeira que se balançava abaixo de seus pés. Sua voz se apropriava da embarcação. Aproximou-se do músico, o avaliou de cima abaixo e lhe deu as boas-vindas de forma sucinta, antes de prosseguir em suas tarefas. Não era seu barco, nem sua tripulação, mas devia estar duplamente atento a cada movimento. O ministro Louvois permitira que levasse consigo, como imediato, um contramestre chamado Catroux, seu companheiro em travessias durante muitos anos. Assim que La Bouche, Matthieu e o destacamento de soldados de elite que os acompanhavam desembarcassem em Madagascar, Catroux continuaria sua rota até a Índia com os marinheiros da Companhia, a fim de garantir que o barco regressasse para recolhê-los na data prevista. Matthieu deixou sua bolsa no camarote que lhe fora designado e saiu de novo ao convés. Queria ter consciência das dimensões do barco. Ficou em pé e começou a girar sobre si mesmo, deixando-se levar por uma espiral de tecido e madeira que o envolvia como se já fizesse parte daquela embarcação, como se a quilha fosse sua própria coluna vertebral e as balizas, suas costelas.

– Acabem de prender os botes!
– Já estão presos, capitão!

Os marinheiros se dedicavam a múltiplas tarefas, tão rudes quanto precisas. Parecia impossível que dentro daquele casco coubesse tal quantidade de homens, os canhões e a munição, as provisões e todas as ferramentas, madeiras, cabos e velas que levavam para fazer reparos em alto-mar ou substituir algum elemento danificado, se necessário. Levavam ainda cabras e galinhas para dispor de leite e ovos frescos.

Matthieu se encolheu num canto do convés. As roldanas traçavam rápidas curvas no ar. As sacudidas das velas ao inchar-se golpeavam o estômago do músico como os tambores que dão andamento às batalhas.

– Leve esses barris ao porão!
– Mas o que faziam ali? – queixava-se o contramestre Catroux.
– Que alguém vá lá embaixo e verifique se os canhões estão bem presos! Eles vão se mover! – ordenou La Bouche, lançando um olhar cúmplice às nuvens ameaçadoras que se viam a distância, como se antes de sair do porto já ansiasse lutar contra uma tempestade.

As ordens se sucediam num ritmo notável. O barco parecia o cenário de uma ópera. Matthieu queria meter-se a puxar qualquer cabo, a ser o destinatário das instruções que o capitão distribuía. Ficou perto do mastro da proa.

– Despeçam-se da pátria, marinheiros! – ouviram gritar atrás de si.

Descobriu o cheiro do sal e uma nova brisa que cortava as bochechas. Precisava colocar música naquela multidão de novas sensações. Lembrou-se do libreto do *Amadis de Gaula*, aqueles versos que narravam o início dos feitos heróicos do guerreiro, quando se entra em um bosque coberto de bruma e, depois disso, o que o espera é uma luminosidade radiante. De frente para o oceano, dedicou a seu irmão algumas palavras que o vento fez retornar ao porto:

– Sempre estarei contigo, Jean-Claude, mais além do que o reino do sol.

2

No primeiro dia de travessia, Matthieu se deu conta de algo que supôs ser uma verdadeira revelação: o som do mar se igualava ao silêncio. Por mais estrondoso que pudesse chegar a ser, o som do mar o incitava a pensar, sentir, criar. Em certos momentos, a água se arqueava como para investir, e às vezes terminava o ataque e se desfazia em sussurros de espuma, enquanto em outras vezes se tranquilizava e voltava a fundir-se ao volume imenso, em cujo interior tudo eram murmúrios de algas e olhares de peixes, que se aproximavam do barco com enérgicas sacudidas das nadadeiras.

O mar era silêncio. Matthieu apertava um par de cordas do violino e respirava fundo. Tinha a sensação de que, para compor uma nova peça, bastava esticar o braço e alcançar as notas que já estavam ali, esperando-o desde o sopro divino no princípio dos tempos, aquele que chegou carregado de toda a música passada e futura.

Por desgraça, aquela multidão de sensações idílicas se turvou aos poucos. Enquanto bordeavam a península Ibérica e costeavam o litoral africano, o barco se inundou de outro tipo de silêncio: o dos marinheiros. Estava armado com quarenta canhões, e a sua abundante tripulação se somou um bom número de artilheiros. Era uma precaução pouco habitual para um navio mercante, mas necessária dada a importância da missão. Muitos dos piratas que durante décadas haviam navegado o Caribe preferiam agora cruzar a rota das Índias Orientais, e era provável que eles se encontrassem com alguma bandeira negra. Havia homens de todas as idades, marinheiros imberbes e lobos do mar com as marcas de cada naufrágio na testa, mas todos eles, à medida que passavam os dias, mostravam-se igualmente ásperos quando o músico de Paris se aproximava.

Matthieu não compreendia o porquê daquela atitude. Nunca tivera problemas para relacionar-se e não suportava sentir-se excluído. Pensou que aquele comportamento poderia dever-se ao fato de não ser capaz de fazer um nó de marinheiro. No princípio, optou por recolher-se o máximo de tempo possível em seu camarote. Não dormia no convés inferior do barco com a tripulação. Compartilhava com o capitão uma cabine situada no castelo de popa. Umas cortininhas que se puxavam para a direita e a esquerda emprestavam um pouco de intimidade aos dois catres. O espaço entre ambos era ocupado por uma mesa com quatro cadeiras e um pequeno aparador, no qual Matthieu guardava o pouco que lhe haviam permitido levar. O vitral, azul como a insígnia francesa, estava decorado com flores-de-lis que emprestavam ao local sutis reflexos dourados.

— Por que não está aqui comigo? – costumava repetir Matthieu em voz alta, de tempos em tempos, dirigindo-se a Jean-Claude, outras vezes à bela Nathalie, enquanto contemplava a esteira de espuma que o barco deixava sobre as ondas.

Em suas escassas saídas ao passadiço, tratava de fazer-se ver e entabular uma conversa com La Bouche. Era certo que o capitão não o ignorava, mas também era um homem de poucas palavras. Matthieu ficava fascinado por ver como dirigia a expedição com a segurança de quem já o fizera mil vezes. Por suas veias corria água salgada. Aprendera a navegar nos barcos que cruzavam o Atlântico desde as primeiras colônias de Acádia. Depois vieram as Guianas e Martinica, e durante anos fez a rota a Santo Domingo, o aldeamento mais florescente de todos. Um belo dia, as insígnias do Rei Sol puseram-se rumo ao Índico e alguns marinheiros, como La Bouche, não hesitaram em aumentar seu prestígio embrenhando-se na misteriosa Índia. Após a ocupação de Bengala, o capitão cometeu o erro de ficar obcecado com Madagascar. A grande ilha vermelha, a indomável, cuja fortificação de Fort Dauphin não soube defender, na qual perdeu quase todos os seus homens, além da honra e do respeito que até então lhe haviam demonstrado todos os membros da armada francesa.

No oitavo dia, Matthieu começou a perceber que os membros da tripulação não somente o rejeitavam como cochichavam quando passava. Chegou a pensar que o acidente que sofrera no convés numa manhã, em que esteve a ponto de ser golpeado na cabeça com a ponta de ferro de um cabo solto, havia sido provocado por um deles. Decidiu terminar com aquela sensação claustrofóbica e iniciar uma mudança dali em diante. Decidiu que todos no barco deveriam conhecê-lo tal como era, mesmo que tivesse de abordar um a um. No meio da tarde, viu um tripulante afastado em um extremo do convés e tentou a sorte. Aproximou-se e perguntou sobre Bengala. Ouvira dizer que, desde que a companhia se estabelecera ali, o ir e vir de navios franceses não cessava, pois perceberam tratar-se de uma fonte inesgotável dos mais exóticos produtos. O marinheiro olhou para ambos os lados e respondeu, pela primeira vez, de forma mais relaxada.

— Os porões deste barco já viram até uma dúzia de tigres — explicou, aludindo a um capricho do soberano. — Foi uma pena que nenhum deles tenha suportado a viagem até Versalhes.

— Pobres animais... — respondeu o músico, pensando em si mesmo.

— Espero que tenha mais forças que essas feras — disse o tripulante, recuperando o tom de voz mais áspero.

— Você sempre faz a mesma rota? — insistiu Matthieu, sem intimidar-se.

— Desde 1673. Eu antes transportava 'gado negro' ao Caribe.

Matthieu estremeceu. Nunca havia questionado o trabalho dos traficantes de escravos, já que nem sequer havia pensado neles como pertencentes ao mesmo mundo que habitava. Mas estavam ali, no momento conversava com um deles. A conquista do Novo Mundo exigia mão de obra abundante, e não era permitido escravizar os indígenas, por isso tinham de importá-la da África. A maior parte dos escravos vinha das savanas situadas entre as areias do Saara e as paisagens verdes ao sul do rio Gâmbia. Matthieu voltou o olhar a bombordo. Estavam a poucas milhas da costa, a um passo de seus povoados.

— Onde eram comprados?

O tripulante olhou para ele com estranheza.

— Acaso não sabe qual é a nossa próxima escala?

— Num porto, sobre o qual ouvi alguém falar, em Saint-Louis.

Ele se referia ao primeiro aldeamento francês em território africano. Não deviam estar longe.

— Já o deixamos para trás. O avistamos a noite passada.

— Mas...

– Este navio costuma parar em Saint-Louis, mas o capitão decidiu outra coisa.
– Aonde vamos?
O marinheiro começou a recolher um cabo.
– Agora não posso falar – cortou, e ficou mudo dali em diante.

Matthieu se sentiu definitivamente à margem de uma expedição da qual não pretendia participar de início. Foi atrás do capitão e o encontrou no castelo de popa, sentado em um barril junto ao timão. Seu amigo, o contramestre Catroux, governava o navio. Ambos contemplavam uma revoada de alcatrazes que brincavam com o vento entre os mastros e se lançavam ao mar para sair logo em seguida com um peixe no bico.

– Para onde nos dirigimos? – perguntou Matthieu, enquanto subia os degraus.
– O que quer saber? – respondeu o capitão, sem deixar de olhar para o céu.
– Deveríamos ter feito escala em Saint-Louis. Estava nos planos...
– O plano foi mudado. Vamos para a ilha de Gorée – informou, sucintamente.
– A ilha de...?

Matthieu não conhecia aquela diminuta ilha senegalesa que centralizava todo o mercado de escravos do Atlântico.

– Gorée – repetiu La Bouche. – Tenho algumas questões para resolver ali antes de seguir adiante.

Matthieu se surpreendeu com o tom de desdém que o capitão usou. Era a primeira vez que falava assim desde que levantaram as âncoras, com o olhar posto em outro lugar.

– Creio que eu deveria estar informado... – replicou, tratando de recuperar um vislumbre de autoridade.

Então o capitão se voltou.

– Estar informado de quê? – perguntou, violentamente. – Concentre-se em seu violino e deixe que os demais façamos o nosso trabalho.

O contramestre Catroux tratou de conter o riso, mas não pôde evitar que escapasse uma bufada. Um alcatraz sobrevoou, roçando suas cabeças. Emitiu um grasnado, como se reclamasse a atenção perdida do capitão, que se girou solícito para seguir de novo o curso do pássaro. Matthieu não previra aquilo. Pensou que, se permitisse aquela humilhação logo de início, teria de padecer desses vexames durante toda a viagem, por isso não hesitou em encará-lo.

– Você está aqui por minha causa – declarou, severamente. – Lembre-se sempre disso.

O rosto do capitão se congelou durante uns segundos. O contramestre desenhou um gesto que Matthieu não pôde identificar e, por fim, explodiu numa gargalhada que imediatamente La Bouche acompanhou.

– Isso é que é ousadia! – exclamou Catroux. – Se não o controlar, capitão, ele vai acabar tomando conta do barco!

– Prefiro gente assim a meu lado, principalmente se vai se internar comigo na maldita ilha vermelha! Venha aqui – pediu a Matthieu, mas este não se moveu. – Está bem, *monsieur*, então quem se levanta sou eu! – prosseguiu, dizendo entre risos.

O capitão passou um braço por cima dos ombros do jovem músico e o levou à balaustrada de popa. O sol se inclinava no horizonte, desenhando uma faixa laranja sobre as águas calmas.

– Passei muitos anos navegando por estes mares – declarou.

– Não pretendo tirar o seu mérito.

– Quero dizer que estar sempre dando as ordens faz que se perca a sutileza, e especialmente quando não se trata de meu próprio barco. Tenho de fazer valer minha autoridade com uma tripulação que ainda não me reconhece como um dos seus.

— Tampouco lhes peço que me tratem como uma cortesã — retrucou Matthieu, decidindo que não lhe convinha aprofundar a discussão, ao menos naquele momento. — Somente desejo que tudo corra conforme o planejado. Se não estivermos de volta a Paris na data prevista, todo esse esforço não terá servido de nada.

— Chegaremos a tempo — declarou o capitão.

— Então, vamos colocar um ponto final neste mal-entendido e vamos comer.

Aquela frase causou em La Bouche o efeito que Matthieu buscava. Não somente restabeleceu a cordialidade entre ambos como conseguiu que o capitão se mostrasse muito mais aberto com ele do que havia feito até então.

— Na ilha de Gorée tenho um pequeno negócio de tráfico de negros — confessou, em tom mais relaxado. — Quem o gerencia é *madame* Serekunda, uma jovem mestiça. Faz tempo que essa mulher, que é uma endiabrada mistura de europeia e africana, conquistou o coração deste marinheiro que está a sua frente. Quando a conhecer, compreenderá!

— Só quero estar a par dos detalhes da missão e daquilo que possa afetá-la — esclareceu Matthieu, para acabar de conquistá-lo. — Seus negócios não me dizem respeito.

— Vou levar isso em consideração — resolveu o capitão. — Mas insisto: para compensar, amanhã jantará em nossa casa e ensinarei o negócio. Madame Serekunda adora receber convidados. — Deu uma piscadela cúmplice. — Além disso, você pode interpretar algo com seu violino...

Gorée era conhecida como a ilha dos escravos. Após ser descoberta pelos portugueses, um século antes, os governos europeus foram instalando armazéns ao longo de seus escassos novecentos metros de longitude para negociar miçangas, tecidos, utensílios de ferro e algumas armas em troca de ouro, marfim, especiarias e penas de avestruz. Foi a França, depois de estabelecer-se na cidade continental de Saint-Louis, ali perto, que apoiou com entusiasmo o desenvolvimento do comércio negreiro naquele pedaço de terra, que logo se converteu no paradigma do horror. A corte do Rei Sol não somente permitia o tráfico humano como defendia seu bastião com unhas e dentes ante os ataques dos ingleses e holandeses. Gorée estava projetada como um fortim natural e tinha uma localização que não poderia ser melhor para que os barcos se resguardassem das tempestades, ou desembarcassem em suas praias de areias brancas.

Avistaram a ilha no meio da tarde do dia seguinte. O capitão conhecia cada palmo de suas orlas e cada cantinho onde se podia ancorar. O contramestre se colocou na amurada para sondar o fundo e, após comprovar não haver rochas, mandou soltar a âncora. A bordo, começou o trabalho de arriar as velas, preparando as bujarronas para manter o navio aprumado com o vento. Matthieu saiu do camarote e se colocou a bombordo. Pensou que seria bom pisar em terra firme por algumas horas, já que não poderia voltar a fazê-lo antes de chegar a seu destino.

O capitão mandou descer somente um bote. Queria conservar intacta a tripulação para uma viagem que prometia ser dura, por isso não permitiu que os homens descessem à terra. As rixas, habituais em Gorée, acabavam com frequência com a morte de algum marinheiro. Desceram unicamente La Bouche, acompanhado pelos remadores e três soldados como escolta. Matthieu sentou-se entre eles.

Ao longe, viram um barco em terra, com a quilha recém--raspada e calafetada.

A embarcação não cheirava a peixe. Cheirava a suor.

3

O ferro das correntes golpeava as pedras do dique, e o pranto das crianças escravas rompia o pôr do sol, como um lamento vindo de outra dimensão. Ao mesmo tempo, num cínico contraste, nuvens de trepadeiras e buganvílias atapetavam as paredes das casas que se dividiam por incipientes ruas de areia. Tratava-se de um enorme jardim regado pelo sangue. Matthieu sentia mais perturbação do que repulsa. Os únicos homens de raça negra que havia visto antes daquele dia eram um punhado de pajens do rei, enfeitados com bombachas e faixas coloridas, como o nativo malgaxe que La Bouche trouxera de sua última expedição e que agora, após servir durante anos em Versalhes como atração para os nobres, viajava de volta a Madagascar como tradutor. Aqueles negros em nada se pareciam com os que agora lhe rodeavam, acocorados ombro a ombro com argolas no pescoço. As moscas chupavam as chagas rosáceas que os grilhões produziam. Eles se entreolhavam enquanto os traficantes caminhavam entre os grupos, abrindo a boca de cada um para examinar seus dentes. Algumas nativas livres se ofereciam aos marinheiros nas portas das palhoças, que, mais além do atracadouro, formavam uma meia-lua de telhados de sapé. Gorée parecia consumida pela desordem, mas ali, como em qualquer outro mercado, tudo tinha seu lugar e seu preço.

O capitão se dirigiu até uma pequena cabine de vigilância. Dois soldados saíram a seu encontro e cumprimentaram La Bouche com respeito. Este respondeu com aprovação e lhes deu um maço de papéis enrolados e uma bolsa de moedas. Cada canto de Gorée estava controlado pela milícia. À esquerda do porto, ocupando um terço da superfície da ilha, elevava-se uma rocha com muralhas. Matthieu se fixou nos soldados que faziam guarda e se lembrou daqueles que o observavam das ameias da Bastilha, quando a carroça onde estava acorrentado cruzou a ponte levadiça.

Caminhou atrás do capitão La Bouche por uma rua estreita. Logo em seguida, chegaram à casa de *madame* Serekunda. Não era o único armazém de escravos da ilha, porém era o maior daqueles que Matthieu havia visto pelo caminho. Estava dividido em duas partes perfeitamente diferenciadas. O primeiro piso abrigava a moradia da mestiça e os quartos de serviço, enquanto abaixo se dividiam as celas. Na frente se abria um pátio circular onde ocorriam os leilões. Poderia passar por uma casa romana de gladiadores, se bem que Gorée teria achado um desperdício permitir que os negros matassem uns aos outros. Cruzaram o portão. Do pátio partia uma escada que levava à galeria do primeiro piso. Ali estava ela, erguida com altivez na varanda. Um traje confeccionado em Paris realçava sua já voluptuosa figura. Sua atitude transparecia orgulho, mas também uma personalidade arrebatadora que, sem dúvida, lhe devia ser útil para dirigir o negócio.

Quando o capitão pronunciou seu nome, sua frieza desvaneceu-se. A mulher lançou-se escadaria abaixo para abraçá-lo e o beijou no meio do pátio, para que todos vissem.

La Bouche a apresentou a Matthieu. Ela reagiu com a agilidade e a cortesia de uma dama de Versalhes, mas no momento seguinte recuperou a ferocidade natural e arrastou seu capitão até um extremo do pátio, beijando-o com voracidade e batendo-lhe ao mesmo tempo. Queixava-se, misturando frases de sua língua com um francês estudado, que cada vez as esperas ficavam mais longas.

Matthieu preferiu deixá-los a sós. Caminhou até um obscuro corredor na parte baixa da casa. Entrou por aquele espaço atraído pela luz do sol, que se intrometia num vão oco que se abria ao fundo. Na medida em que avançava entre as estreitas paredes, escutava com mais força o bater das ondas. Era uma porta que dava diretamente no mar. Os respingos de espuma que se introduziam por ela chegaram a molhar-lhe as botas. Avaliou o corredor. Unia o pátio ao oceano. Então compreendeu que era ali onde os traficantes amarravam seus botes para carregar os escravos comprados e levá-los até os barcos.

Nesse momento, alguém apoiou uma mão em seu ombro.
Voltou-se, sobressaltado.
Era La Bouche.
– Já conhece a porta "para nunca mais voltar".
– Não é um nome muito alentador – respondeu, sem pensar.
– Olhe para mim – pediu, reclamando sua atenção. – Não são como você e eu.

Matthieu tratou de não demonstrar emoção nenhuma. A cada minuto que passava, invadiam-lhe mais e mais sentimentos contraditórios em relação ao capitão. Mostrava-se duro como uma rocha sem perder um permanente ar de cavalheiro, e havia deixado de ser o marinheiro mais popular e respeitado em Versalhes para se transformar em um impassível traficante. Matthieu se doía com a mera ideia de pensar na fragilidade dos escravos. Seus corpos pareciam de aço, contudo metade deles morria antes de chegar às Índias Ocidentais, e havia alguns negros libertados ou meros especuladores desalmados que traíam e caçavam seus irmãos a pedido dos europeus. Como não vê-los apenas como eram, simplesmente homens enfrentando, como La Bouche e ele mesmo, as mais terríveis infelicidades?

O capitão acompanhou Matthieu ao piso superior. Junto a *madame* Serekunda vivia sua mãe – uma mulher doente que nunca saía do quarto – e uma tropa de serviçais. Mostraram-lhe um aposento e o convidaram a passar a noite ali. Matthieu se sentia cada vez pior. Não queria respirar o hálito que imaginava subindo das celas abaixo, aderindo às paredes. Pensou em recusar a oferta e regressar ao barco imediatamente, porém considerava mais prudente manter o capitão como seu aliado, ainda que para isso tivesse de engolir em seco mais uma vez. Quis deitar-se por um tempo, mas, quase sem ter tido tempo de tirar a casaca, já o chamaram para jantar.

O mobiliário e a decoração lhe recordavam uma casa da França. Parecia mentira que logo um piso abaixo se amontoavam dúzias de escravos esperando o momento de serem leiloados. A mesa estava coberta com uma toalha de linho e o faqueiro era de prata, com flores gravadas em relevo que subiam em espiral pelo cabo.

Enquanto serviam as entradas, *madame* Serekunda perguntou a Matthieu coisas sobre a corte, acreditando que pertencesse aos círculos da nobreza. Ele não foi capaz de desmentir e respondeu com evasivas, torturando-se ao pensar que deveriam estar navegando até Madagascar a toda vela em lugar de perder tempo jantando ali.

– Levarei alguns negros para a viagem – interrompeu o capitão, dirigindo-se à mestiça. – Talvez precise deles para fazer permutas em alguma escala.

– Depois do jantar ordenarei que enviem uma partida para seu barco – disse ela. – Mas alguém os pagará, não? Creio que já viu que o depósito está cheio.

– O tráfico com as Índias está um tanto adormecido – informou La Bouche a Matthieu, fazendo com que ele participasse da conversa.

– Eu acreditava que fosse o contrário – respondeu o músico, tratando de mostrar normalidade e aparentar estar a par das notícias. – Ouvi que Cavelier de la Salle teria tomado posse em nome do rei de um novo território na parte baixa do Mississipi.

– Esse maldito arrogante teve a grande ideia de chamá-lo de Luisiana, em honra de Sua Majestade – informou La Bouche, com um toque de inveja na voz. – É tudo propaganda! Se não corrigirmos os mesmos erros que vimos cometendo desde que pusemos o pé na Nova França, os ingleses nos jogarão para fora dali e será o fim do nosso negócio.

– Não exagere – ela se queixou, no instante em que dava ordens para retirarem os pratos. Uma criada entrou com três travessas com peixes acompanhados de arroz e mandioca. – Estou certa que logo haverá demanda de negros para a Nova França. Esse território é enorme...

– Mas isso não é uma bênção, e sim a origem do problema! Temos pouquíssimos colonos para tanta superfície, não há dinheiro e a administração está em Paris! A isso se pode chamar eficácia? Temos reduzido nossa economia às peles de animais, enquanto os espanhóis e os ingleses desenvolvem a mineração, a criação de gado e a agricultura. No final das contas, nos jogarão para fora dali, como fizeram em todas as outras partes.

– Não o leve a sério – cortou a mestiça, dirigindo-se a Matthieu com voz melosa. – Eu adoro as peles de castor.

Fez um gesto como se acariciasse uma estola imaginária rodeando-lhe o pescoço.

– Tem bons machos? – retornou o capitão. – De que região são eles?

– Eles os trouxeram do outro lado do rio. Pertencem aos Diola.

– *Os Diola?*

– A pequena tribo que se deslocou do sul empurrada pelos Mandinka...

– Já os conheço. Pergunto se vale a pena trazê-los de lá até aqui.

– É longe, mas foi fácil para nós. Os chefes de uma tribo vizinha queriam matá-los e nos aplainaram o terreno...

O capitão assentiu.

– Os Diola têm uma constituição corporal forte; pagam bem por eles – informou Matthieu.

– Agora nem tanto! – corrigiu ela. – Com a demora dos barcos em chegar, estou me vendo obrigada a mandar alguns para a sala de engorda.

Madame Serekunda se referia a um quartinho do depósito que utilizavam para alimentar com rapidez os escravos que estavam magros demais. Segundo as normas do tráfico, não se podia comercializar varões que não pesassem sessenta quilos.

– Não necessito muito de músculo, só o suficiente para que resistam à viagem. Nenhum regressará de Madagascar. Os que sobrarem eu darei de presente ao tal reizinho.

Matthieu começou a sentir-se muito mal. Não sabia se tinha a ver com a cena ou com a conversa. Já fazia alguns minutos que olhava a comida com a sensação de que algum condimento estava lhe picando o estômago. De repente começou a enxergar os rostos do capitão e da mestiça meio deformados.

– Creio que será melhor sair por uns minutos – desculpou-se.
– Você está bem? – perguntou *madame* Serekunda.

Matthieu assentiu com a cabeça, enquanto tentava chegar ainda de pé até a galeria. Uma vez ali, teve de apoiar-se para não cair no chão. Tentou resistir ao vômito. Decidiu afastar-se um pouco. Desceu pela escadaria que levava ao pátio e se abrigou atrás de um pequeno muro. A cabeça continuava dando voltas, cada vez mais depressa. Fincou os joelhos na terra e por fim jogou para fora tudo o que tinha no estômago. Olhou para ambos os lados com um misto de vergonha e confusão e descobriu que se encontrava no meio do corredor, com as celas dos escravos dos lados. Mal conseguia enxergar, salvo por uma luz irregular que emanava das tochas ancoradas na parede. Conforme olhava, pareciam covas perfuradas na pedra. Não havia ventilação, exceto a própria grade da porta. Cheirava a urina. Sentiu o impulso de aproximar-se. Foi o que fez, cambaleando, apertando com ambas as mãos o próprio estômago para tentar conter o ardor que o estava consumindo. Horrorizou-se ao comprovar que, apesar do tamanho reduzido daqueles quartos, deveria haver uns cinquenta negros em cada um. Viu-se envolto por uma torrente de suspiros e lamentos sonolentos. Estavam acorrentados uns aos outros, homens e mulheres misturados, sentados com as pernas recolhidas, sem nenhum espaço para estirá-las. As crianças se amontoavam em uma cela à parte, situada em um corredor contíguo, bem estreito. Os traficantes as separavam de suas mães para que estas não reconhecessem seu pranto, já que isso agravava seu sofrimento, fazia seu estado de saúde piorar e abaixava seu preço.

As expressões de destruição e ruína dos escravos se misturavam em sua cabeça com visões cada vez mais violentas. Custava-lhe diferenciar o que era real ou não. Apoiou-se nos barrotes que estavam mais próximos e de novo caiu de joelhos, ficando com os olhos a poucos centímetros dos de um negro musculoso que o observava com estranha serenidade do outro lado da grade. Permaneceram assim alguns segundos. Matthieu, que mal suportava a queimação em seu ventre, confrontava-se com a expressão calma do escravo, observando seus volumosos lábios feridos pelas chagas e as veias incandescentes que rompiam o fundo branco de seus olhos. Nesse momento, o escravo se sobressaltou por algo. Fez um gesto rápido e Matthieu girou o suficiente para distinguir a sombra de um homem com o braço levantado. Jogou-se para o lado com rapidez, a tempo de evitar ser alcançado por um grande porrete de madeira que golpeou a grade, fazendo vibrar todo o corredor. O atacante tentou levantar o porrete de novo, mas o escravo, puxando as correntes que o uniam ao resto dos escravos, esticou o braço entre as grades e o imobilizou. Envolveram-se em uma troca de golpes curtos. Matthieu aproveitou para sentar-se. O atacante tentou detê-lo, mas o escravo se apertou contra a grade, o agarrou pelo pé e o fez cair. Antes de se espatifar contra o chão, agarrou Matthieu pela casaca, contudo ele conseguiu safar-se e correu até o pátio. Subiu a escadaria até a galeria, entrou aos trancos e barrancos e desabou diante da mesa.

– Matthieu! O que aconteceu?
– Capitão...

Tentava explicar, mas não conseguia fazer outra coisa senão balbuciar.

– É veneno! – gritou Serekunda.
– O quê?
– Olhe como estão seus olhos!

Serekunda conhecia bem aqueles sintomas. Sabia que, pagando o preço devido, em Gorée se podia conseguir frascos de veneno de serpente da savana que era capaz de matar um búfalo. Logo começariam as cãibras e a dificuldade para respirar. Chamou a cozinheira aos gritos. Ela se apresentou no mesmo instante no salão. Estava tremendamente assustada, da mesma forma que as criadas que se plantaram abaixo do umbral da porta, levando as mãos à cabeça e suprimindo a vontade de chorar.

– O que foi posto na comida dele? – esbravejou Serekunda.
– Nada!
– Era destinada ao capitão? Quem a pagou para envenená-lo?
– Não pus nada, senhora! Juro!

Serekunda lhe deu uma bofetada. No mesmo instante, ouviram os gritos do outro servente que os chamava da galeria. Saíram imediatamente. Apontava com nervosismo para o portão do pátio e repetia diversas vezes que alguém acabava de sair.

– Quem? – Serekunda gritou ainda mais forte.
– A nova, a da tribo Wolof.
– De quem está falando?
– Da encarregada de limpar as celas.

Voltou-se para a cozinheira, que tremia, segurando o batente da porta do salão.

– Ela esteve contigo?
– Senhora...
– A garota Wolof estava contigo na cozinha? Não me faça repetir outra vez!
– Sim...
– Como pude pensar que ninguém iria saber? – perguntou ao ar o capitão. – Tem de haver alguém por trás disso tudo.

Serekunda soltou um grito carregado de raiva. As criadas não aguentaram mais e explodiram de forma simultânea num choro convulsivo.

– Tanto faz quem esteja por trás! Ela está morta! – sentenciou Serekunda.

– Primeiro quero interrogá-la – corrigiu ele, com autoridade.

– Então a interrogue e depois a deixe comigo! O veneno era dirigido a você! Não percebe? Eu comerei seu coração!

O capitão deu ordem a seus três escoltas para que encontrassem a fugitiva, guiados pelo servente.

Serekunda examinou de novo o olho de Matthieu e se voltou para La Bouche.

– Este garoto é muito importante para sua missão? – perguntou, mais calma.

– Não deixe que ele morra – limitou-se a responder La Bouche.

Arrastaram Matthieu a seu aposento e lhe ministraram uns medicamentos à base de ervas para que eliminasse o restante que ainda pudesse estar em seu estômago. Ele estava cada vez mais pálido. Uma ânsia agônica emanava de sua garganta. Nesse meio-tempo, Serekunda havia mandado chamar um curandeiro. O bruxo o examinou para confirmar qual era o tóxico que havia ingerido, colocou em seu redor uma dúzia de velas e começou a preparar o antídoto. Matthieu sentia metade do rosto paralisada. Sofria estremecimentos que o faziam levantar da cama, e não conseguia acalmar a pressão que torturava seu peito, como se os pulmões fossem explodir. O curandeiro aplicou o antídoto. Ao mesmo tempo, invocou as almas da ilha para que lhe ajudassem a resistir e castigassem o espírito que, aproveitando a debilidade que lhe causava o veneno, o havia possuído. Serekunda trouxe uma galinha, tal como o ritual exigia. O curandeiro a degolou num só golpe, com um disco afiado que trazia em uma bolsa cheia de fetiches. Recolheu o sangue num alguidar e, após misturá-lo com milho, derramou-o sobre o corpo de Matthieu. Depois ordenou a todos que saíssem do aposento e colocou o que sobrava da mistura debaixo de um pequeno altar de folhas e ramos que havia levantado num canto. Devia ficar ali toda a noite para aplacar a ânsia do espírito maligno. Pronunciou as últimas invocações e também saiu, fechando a porta e deixando o jovem músico só, encharcado em sangue de ave, angustiado pelos ecos de lamentos e chicotadas. A trêmula chama das velas se infiltrava entre suas pálpebras entreabertas; uma nebulosa imaginária, como se fosse uma teia de aranha, cobria seu rosto, e Matthieu tentava afastá-la de forma obsessiva.

4

Quando despertou, a luz esbranquiçada que entrava em abundância pela janela ofuscou seus olhos durante alguns segundos, dando-lhe uma rápida sensação de cegueira. O aposento estava impregnado de um repugnante odor de bílis. Descobriu, aterrorizado, o sangue seco sobre o peito e apalpou seu corpo com agitação, até certificar-se de que não era seu. Sentou-se aturdido. Pisou nas penas e na cera derretida no chão.

Saiu à galeria. Ali estava o capitão, sentado em uma poltrona de madeira que havia tirado do salão, os pés apoiados sobre a balaustrada.

– Que tem essa melodia de tão importante? – indagou La Bouche sem mais, como se estivesse a noite inteira esperando para perguntar-lhe.

Até então não haviam conversado nem uma palavra sequer sobre a melodia original. Matthieu não fora informado de que o capitão conhecia o objetivo final da missão. Por outro lado, era lógico que tivesse conhecimento. Uma vez dentro da corte do usurpador do reino Anosy, seria melhor trabalharem juntos para alcançar seus respectivos objetivos. Virou-se em direção ao pátio, entreabrindo os olhos. Um vento seco proveniente do Saara soprava com força, inundando a atmosfera de pó arenoso.

– Por que me pergunta sobre essa melodia?

O capitão arqueou as sobrancelhas, e também desviou o olhar para o pátio incendiado pelo sol.

– Eles o enviaram ao fim do mundo para transcrevê-la. Está claro que deve ser muito valiosa.

Matthieu entendeu.

– Você não acha que...

– Serekunda está convencida de que o alvo do veneno era eu. Os escravos que permanecem em Gorée a nosso serviço abrigam um ódio acumulado por duas gerações. Mas, na verdade, me lembro bem dos olhos do rei na noite em que me chamaram, cheio de avareza... Faz muitos anos que estou no comércio, o suficiente para ter o faro bem apurado e perceber quando estou próximo de algo que vale a pena.

Matthieu levou as mãos ao rosto. Sentiu uma pontada de dor que parecia perfurar seu cérebro.

– Acreditei que poderia ter sido outra vítima anônima desta ilha. Como você mesmo disse, Gorée é um ninho de violência.

– Não importa. São suposições.

Matthieu se esforçava para restabelecer a lucidez.

– Não tem sentido pensar que os assassinos de meu irmão tenham podido chegar até aqui ao mesmo tempo que nós – deduziu. – A não ser que...

– Está insinuando que há alguém infiltrado em meu barco? – o capitão o interrompeu.

– Quem sabe pode ser uma percepção equivocada, mas estou convencido de que os homens do navio não me querem entre eles.

La Bouche o observou uns segundo antes de falar. Não queria que a viagem se povoasse de fantasmas, então decidiu revelar o que estava acontecendo.

– A nave da Companhia tinha previsão de navegar até a Índia e regressar à França sem escalas. Quando os marinheiros souberam que teriam de parar em Madagascar, começaram a comentar as terríveis lendas que circulam sobre a ilha vermelha e o ambiente se tornou pesado.

– Quer dizer que...

– Não posso afirmar nem negar que os assassinos de Jean--Claude tenham infiltrado um dos seus na tripulação, mas, segundo me informou Caltroux, mais de um marinheiro estaria disposto a atirá-lo pela borda.

– O quê?

– Eles desconhecem qual seja sua missão, mas acreditam que, se você não existisse, evitariam a escala em Madagascar e os perigos que ela traz.

Permanecerem alguns segundos calados.

– Conseguiram prender a criada? – perguntou Matthieu logo em seguida. – Talvez ela possa nos dizer algo sobre...

– Como sabe da criada?

– Antes de perder a consciência, pude escutar o que a cozinheira disse.

– Meus homens a encontraram degolada atrás das choupanas do embarcadouro.

– Não...

– De agora em diante estarei mais atento. – O capitão se levantou e começou a andar. – Recolha suas coisas; temos de ir.

– O escravo... – recordou Matthieu, sentindo-se cada vez mais desperto.

La Bouche se deteve.

— A quem se refere?
— Um negro forte que estava junto da grade, na primeira cela. Foi ele quem evitou que me golpeassem.
— De que demônios fala agora? Quem queria golpear você?
— Na metade do jantar, quando saí para tentar me recuperar, desci ao corredor... Um homem tentou acabar comigo com um porrete. Suponho que quisesse terminar o trabalho, já que o veneno deixou pela metade o que deveria ter sido feito.
— Era branco ou negro?
— Tenho apenas uma imagem vaga, mas poderia dizer que era branco.

De novo permaneceram calados por alguns segundos, reconsiderando a possibilidade de que na expedição houvesse algum assassino que pudesse ter saído incógnito do navio. Mas, ainda que assim fosse... Para que desejariam matar Matthieu? Não fazia sentido.

— Espero que Catroux possa confirmar que ninguém tocou nos botes ontem à noite – resmungou La Bouche. – Mas, melhor para você! Vamos conversar com esse escravo.

Desceram a escada e foram direto ao corredor. De novo a umidade, os mesmos sons de ferro raspando e o mesmo cheiro de carne ferida com chagas. O capitão despregou uma das tochas da parede e se aproximou da grade da cela indicada pelo músico.

— Qual deles?
— Não o vejo. Diria que há bem menos deles do que ontem à noite.
— Maldição!

Saíram ao pátio. Madame Serekunda entrava pelos portões da propriedade acompanhada de uma criada, que caminhava atrás dela segurando uma sombrinha.

– Está acordado! – alegrou-se ao ver Matthieu.
– Onde estão os negros que faltam na primeira cela?
– O que aconteceu?
– Diga-me onde estão – repetiu o capitão, grave.
– Acabo de vender uma partida a um barco holandês. Tinham pressa, mas pagaram bem, não se preocupe.
– Foram embarcados pela 'porta'?
– Não. Tiveram de ser levados até o outro lado da ilha. Ancoraram nesta manhã mesmo, perto de seu navio. Ainda tinham os botes na praia. Mas o que está acontecendo? Vai me ensinar agora como se deve fazer negócios?
– Temos de ir.
– Tão de repente?

O capitão se afastou alguns metros com Serekunda. Discutiram. La Bouche tratava de segurá-la para que o olhasse no rosto, olho no olho, mas ela afastava suas mãos com violência, até que a fúria mestiça foi se apagando pouco a pouco. Depois de escutá-lo uns segundos com a cabeça baixa, arrancou um último beijo e se apoiou na balaustrada da escada que subia ao primeiro piso.

– Volte rápido e fique comigo – suspirou, parando de falar de maneira arrogante. – Você jurou por sua vida!

O capitão lhe dedicou um olhar sereno e ela correspondeu com um sorriso de quem está apaixonada e não faz questão de ocultar; preferia isso a permitir que os criados a vissem derramar uma só lágrima. Ele recuperou logo em seguida o gesto inclemente que o caracterizava.

– Vamos ao porto – ordenou, passando junto a Matthieu sem deter-se.

Cruzaram a ilha, seguidos pelos três escoltas, e chegaram ao embarcadouro da praia. La Bouche se aproximou do posto onde estavam em guarda os mesmos soldados do dia anterior e regressou pouco depois.

– Chegamos tarde – informou. Apontou para as quatro barcaças que se distanciavam em fileira a uns cem metros da orla. – Já partiram até o navio.

– Ainda podemos alcançá-los...

– Esqueça esse escravo. Não quero problemas com os holandeses.

Naquele momento, começaram a ouvir gritos que vinham de uma das barcaças. Todos os que estavam na praia deixaram o que estavam fazendo e se voltaram ao ancoradouro.

– Algo não vai bem – declarou o capitão.

Os gritos provinham do último bote. Um dos escravos, que estava sentado ao fundo, parecia estar declamando, como se recitasse em viva voz um discurso dilacerado. Os demais começaram a se alvoroçar. Os traficantes os espancavam para controlá-los, mas eles se mostravam cada vez mais alucinados com as palavras do amotinador. Parecia que não sentiam os golpes. Erguiam os braços, agitando as mãos, e ululavam, olhando para o céu.

– Se os botes afundarem, todos podem morrer... – murmurou Matthieu.

O escravo se levantou, puxando as correntes com força. Dois dos holandeses apontaram suas armas. O que parecia o chefe do grupo, pondo-se de pé no bote vizinho, ordenou que não disparassem. Se fizessem isso e o negro caísse na água, arrastaria todo o resto. Assim sendo, avançaram até ele, equilibrando-se, para primeiro tirar as correntes. O escravo seguia declamando aos gritos, os braços em cruz, suportando com uma força sobre-humana as argolas tensionadas ao mesmo tempo em que elevava mais e mais a voz grave e enfeitiçante.

— É um *griot*... — murmurou um marinheiro francês a quem faltava um olho, parado ao lado de Matthieu no atracadouro.
— Como?
— Um *griot* — repetiu. — Pertence à casta de poetas do antigo Império Mali.

Os *griot* eram conhecidos em toda a região. Além de tocar vários instrumentos e cantar louvores aos reis, atuavam como conselheiros políticos e guardavam na memória a história de sua tribo, para repassá-la às gerações futuras, fazendo sobreviver os mitos e lendas de seu povo.

Matthieu o reconheceu.
— É o escravo que me salvou!
— Que disse?
— O *griot*, é ele o escravo que buscávamos! Temos de tirá-lo dali!
— Em alguns minutos os tubarões o terão comido — riu o caolho.
— É o único que viu o atacante... — recordou Matthieu a La Bouche, que também parecia ter sido capturado na confusão dos gritos que seguiam espalhando-se pela baía.
— Já disse que não podemos fazer nada — persistiu o capitão, despertando de seu enfeitiçamento momentâneo. — Suba ao bote.

Matthieu estremeceu, pensando que estava a ponto de permitir que morresse diante de seus olhos a pessoa que, horas antes, havia lhe salvado a vida. Subitamente, começou a escutar um tipo de marcha fúnebre: o ritmo desiludido das correntes crepitando a passos curtos pelos diques do embarcadouro, os gritos ensurdecidos das escravas separadas de seus filhos, o murmúrio daqueles que invocavam pela última vez aos deuses de seus antepassados. Não teve dúvida. Pôs-se a correr até a orla e se lançou na água.

– Espere! – gritou o capitão. – Volte aqui! Matthieu!

Matthieu não deu importância. Nadou até um pequeno bote amarrado a rochas que emergiam a uns vinte metros mar adentro. Subiu nele, soltou o cabo e começou a remar com toda a sua energia na direção das barcaças dos holandeses. Entretanto, os dois traficantes conseguiram passar por cima dos demais escravos e chegar até onde se encontrava o *griot*. Este se lançou por cima do primeiro e, com um golpe contundente, o fez cair na água, mas o outro disparou à queima-roupa. Ao escutar o disparo, Matthieu girou a cabeça para trás.

– Deus, não!

Seguiu remando sem parar. O holandês soltou os grilhões do *griot*. Seu companheiro subiu de novo ao bote e ambos lançaram o negro na água. Os demais escravos gritavam enlouquecidos. Matthieu se virava com frequência. Viu o *griot* boiar durante alguns segundos e por fim afundar sem luta. O sangue formou uma mancha vermelha sobre a superfície agitada das ondas. Olhou para ambos os lados. Entreviu as primeiras barbatanas que, depois de ameaçar a distância, enfileiravam-se diretamente em direção ao escravo. Estava bem próximo, mas remando não chegaria a tempo. Colocou-se em pé no bote e se lançou na água. Nadou tão rápido quanto pôde e submergiu entre o sangue diluído.

Escutou ao longe os gritos dos holandeses e os uivos dos escravos. Esticou os braços entre as borbulhas e agarrou o *griot* pelo punho. Era tremendamente pesado, arrastava-o para o fundo, pouco a pouco a obscuridade o engolia e os ouvidos começaram a doer. Não podia mais. Estava a ponto de soltá-lo... Então pensou que já era o suficiente ter manchado as mãos com o sangue de seu irmão e não ter podido evitar que partisse. Expulsou com alarde o pouco ar que restava nos pulmões e subiu com todas as suas forças, agitando os pés e com o outro braço içando o escravo como se fosse parte de si mesmo. Aqueles foram os metros mais longos de sua vida; suas têmporas já estavam a ponto de explodir quando por fim lançou a cabeça à superfície, segurando o *griot* pelo queixo com o antebraço. Enquanto localizava seu bote, percebeu que os holandeses haviam deixado de gritar. Eles o observavam de suas barcaças com uma congelada expressão de expectativa. No mesmo instante, entendeu o que ocorria. Tinha dois tubarões quase em cima deles traçando giros rápidos para disputar a melhor posição de ataque. Por um momento, pensou que estava tudo perdido. Então escutou os disparos. Era o capitão La Bouche e os três soldados, erguidos sobre seu bote. Nadou até eles trazendo consigo o escravo. Recarregaram e voltaram a disparar, mas os tubarões feridos seguiam avançando, deixando atrás de si uma esteira vermelha. Matthieu ajudou os remadores a levantar o escravo ao bote, mas a ele não restou tempo para sair da água. Voltou-se pela última vez e viu a poucos metros uma boca imensa aberta, cheia de dentes afiados. Fechou os olhos e se encolheu dentro daquele imenso oceano.

O último disparo afogou seus gritos de pânico.

A baía emudeceu.

Não podia acreditar que havia sobrevivido. Chapinhou para subir ao bote com toda a pressa e se deixou cair de costas sobre os bancos. La Bouche se aproximou para comprovar se a última dentada do tubarão lhe havia atingido as pernas. Depois, colocou o ouvido no peito do escravo e lhe tomou o pulso. Tinha uma perfuração de bala num dos lados e havia engolido bastante água, mas ainda assim respirava.

Os traficantes holandeses, que estavam em número maior, apontaram suas armas a La Bouche e seus três escoltas. Estes não se amedrontaram. Também levantaram suas armas e cravaram o olhar nos olhos de seus inimigos, seguindo a linha do cano dos mosquetes que ainda fumegavam entre suas mãos.

– Explique! – exigiu o capitão holandês.

– Ontem à noite tentaram matar este homem – respondeu La Bouche sem hesitar, apontando Matthieu.

– Que isso tem a ver com meu escravo?

– Preciso dele para esclarecer o ocorrido.

O vento sibilou de repente com força. Os botes balançaram. Os demais escravos abraçavam uns aos outros, sem entender o que acontecia.

– Arriscar a vida por um miserável pedaço de carne que nem sequer se pode mastigar... – espetou o holandês, lançando ao músico um fugaz olhar de desprezo.

La Bouche aguentou sem replicar, tratando de não ceder em sua autoridade.

– Vou pedir a meus homens que baixem suas armas – disse.

– Talvez eu aproveite esse momento para acabar com vocês – respondeu o holandês. – O que os outros na ilha pensariam se eu os deixasse ir embora depois de sofrer tamanha afronta?

– Faça aquilo que acredite ser oportuno.

Não lhe restava outro remédio. Afrouxou a tensão que lhe custava manter o mosquete imóvel. Sem tirar o dedo indicador do gatilho, deixou cair lentamente o cano. Com um gesto, os escoltas fizeram o mesmo, não sem reservas.

– Tire deste negro a informação que precisa e depois o jogue vivo ao mar – concluiu o holandês, assegurando-se de dizer a última palavra para fechar a discussão. – Fará isso por mim, certo?

Despediu-se com uma ridícula reverência burlesca e ordenou a seus homens que seguissem adiante. Inesperadamente, somente para se gabar, deu com a empunhadura de sua arma na cara de um negro que havia ousado mirar-lhe os olhos. Os demais escravos esconderam a cabeça entre as pernas. Nenhum deles se voltou para ver como, lentamente, ficava cada vez mais distante sua terra africana.

Matthieu respirou fundo e pressionou de forma inconsciente a mão do *griot*, como se este pudesse senti-lo. Remaram até o barco. O contramestre Catroux, que assistira atônito à cena do ponto em que estavam ancorados, já havia arriado os cabos sobre as retrancas do mastro. As roldanas guincharam. Os marinheiros seguraram os nós para alçar o bote enquanto Matthieu e os soldados se empoleiravam pela escada de corda.

– Cure-o! – ordenou o capitão, uma vez que estavam todos no convés. Voltou-se para Matthieu. – Espero que tenha valido a pena.

5

A tensão a bordo ficou ainda mais palpável depois do que aconteceu na casa de Serekunda. Catroux confirmou que nenhum membro da tripulação abandonara o *Aventure* na noite em que ancoraram em Gorée, e La Bouche se viu obrigado a seguir adiante sem encontrar um responsável. Não sabia o que poderia ser feito para proteger Matthieu. Depois de escutar abertamente as queixas dos marinheiros e observar como o contramestre desviava perversamente o olhar em direção ao mar, decidiu deixar as coisas claras.

– Sei que não estava em seus planos – proclamou, para terminar o assunto –, mas deveriam sentir-se afortunados por ajudar-me a satisfazer os desejos do rei Luís. Assim, maldição, que vocês enfiem de uma vez por todas esta ideia na cabeça: meus soldados e eu desembarcaremos em Madagascar, com o músico ou sem ele!

O *griot* tampouco contribuíra com qualquer luz para esclarecer o ocorrido. La Bouche ordenou que o soltassem das correntes, confiando que aquele gesto o incitaria a contar o que viu, mas o gigante de ébano não apareceu no convés nem uma só vez. Permanecia dia e noite no habitáculo em que se amontoava o resto dos escravos que embarcaram em Gorée, voltado de cara para a parede como um tronco de madeira jogado naquele porão de tetos baixos, entre o peixe em salmoura e os sacos de verduras e legumes, queijos e bolachas duras. Matthieu descia com frequência para sentar-se a seu lado. Ali se sentia seguro. Passava horas sem poder arrancar-lhe um só olhar, observando como se despejava a areia da ampulheta pendurada na parede, vez ou outra dando uma volta como se tentasse relaxar com o sussurro dos diminutos grãos que buscavam seu lugar uns sobre os outros. Os demais escravos logo se acostumaram com sua presença; após vários dias sem parar de vomitar, encontravam-se agora num estado submerso de perene letargia, levados pelo balanceio e pelos rangidos constantes das balizas. Para o músico era difícil suportar o cheiro de decomposição. Quando saía de novo ao convés, desligava-se descobrindo paraísos na orla.

Observar aqueles mundos fantásticos era seu alimento, a única coisa que o fazia seguir firme naquele cárcere flutuante em que se sentia só e ameaçado. O navio bordeava o continente em direção ao Cabo da Boa Esperança, e a cada dia cruzavam com um cenário diferente. Matthieu viu selvas ferozes que invadiam as praias, escarpados que se levantavam como os muros inexpugnáveis de uma fortaleza; dunas gigantescas que dividiam o mar, a face de um laranja intenso refletindo o sol e negras encostas sombreadas.

Um dia começou a sentir um torturador murmúrio que provinha do mar, um gemido constante que sussurrava: "Pule em mim, mergulhe na música eterna que agora inunda os ouvidos de seu irmão".

Aqueles delírios tinham razão de ser: fora contagiado pela febre de um dos escravos. A vida a bordo havia se transformado definitivamente em algo insuportável: o claustrofóbico mutismo dos marinheiros, a escassa e complexa relação com La Bouche, capitão e traficante, e agora a traição de seu próprio cérebro, carcomido por uma enfermidade que ia se apoderando de um corpo que já estava debilitado após o ataque do veneno que ingeriu na casa de Serekunda.

Matthieu ficou quatro dias deitado na cama enquanto a comida intacta estragava sobre a mesa, suando sem cessar, cobrindo o rosto com os braços, renunciando aos reflexos dourados das flores-de-lis do vitral. Ao quinto dia, acordou em plena madrugada, levantou-se e saiu ao convés com o camisão de dormir empapado. Apoiou-se na balaustrada de estibordo e estava a ponto de deixar-se levar pelos gemidos do oceano e saltar para dentro do que parecia um paraíso turquesa. Mas algo o arrancou de sua alucinação. O mar mostrou sua cara oculta: ficou negro como um abismo infinito e, após um trovão ensurdecedor, caiu a tempestade.

Nunca vira chover assim, em todas as direções. Distanciou-se da amurada e se amarrou a um cabo grosso como seu braço. Permaneceu na mesma postura durante horas, que lhe pareceram dias, contemplando através da barreira da febre como todos os tripulantes faziam o possível para evitar que o barco fosse ao fundo daquele mar enlouquecido. O céu de chumbo parecia rachar, e os raios iluminavam, durante uma fração de segundo, os rostos desfigurados da tripulação. Os marinheiros gritavam instruções desesperadas. Não podiam manter-se em pé. Os chuviscos feriam os olhos. Os homens cuspiam maldições e o vento bramia com fúria. Era como se o inferno emergisse a seu redor, abrasador debaixo das águas. Uma onda enorme levantou a proa, fazendo apontar para o céu a quilha coberta de conchas afiadas.

– Que estou fazendo aqui, Deus meu? – gritou. – Por que me empurra para a morte uma vez mais?

Matthieu continuava apertando o cabo com todas as forças. Seus dedos embranquecidos tremiam de esgotamento e frio. As roupas encharcadas, o cabelo negro grudado na cara, os lábios machucados de tanto sal. Apesar de sua constituição forte, parecia um animal pequeno e assustado. – Sou apenas um estúpido músico de segunda categoria que queria impressionar o Rei Sol – repetia, recordando o ocorrido na Orangerie. Não se sentia capaz de se reconhecer como o protagonista daquele desastre, pensando em um Lully desejoso tão distante, quase caricaturesco, sentindo o sopro dos tubos do órgão de Saint-Louis como pano de fundo quando falava com Nathalie nos dias de chuva, entre os sussurros dos mais devotos.

– Que estou fazendo aqui? – repetiu, lançando à tempestade um grito dilacerante.

Então ocorreu algo.

Escutou algo.

Abriu os olhos e tratou de enxergar através do ressentimento e da tormenta. Aguçou o ouvido. As velas que tinham tantos remendos quanto batalhas se agitavam encolerizadas. Um dos marinheiros se soltou do guarda-mancebo e caiu do navio sem que seus companheiros pudessem fazer nada para socorrê-lo. Matthieu não chegou a perceber. Permanecia estático, confiando em poder escutar de novo aquele som apenas intuído. E estremeceu ao percebê-lo em todo o seu esplendor, abrindo passagem por entre a tormenta. Parecia um canto...

Tinha de ser ela, a sacerdotisa africana a quem ainda não conhecia, dando-lhe as boas-vindas, mostrando-lhe sua garganta virgem pela qual deslizava a melodia original! A voz se aproximava do barco. Já quase podia apalpá-la. Levantou-se e, lançando-se de novo até a balaustrada a estibordo, gritou com todas as forças:

– Cante para mim! Onde está? Cante de novo para que eu possa lhe escutar!

La Bouche, que desde que a tempestade se desencadeara não havia se separado do timão, aproximou-se como pôde até onde estava o músico. Abraçou-o por trás para segurar-lhe, convencido de que ia arrojar-se ao mar.

– Está louco? Vá para seu camarote!

– Deixe-me, capitão! – gritou Matthieu, tentando em vão se soltar.

– Vá para dentro se não quiser morrer esta noite!

– Ela está aí! – gritou, enquanto uma avalanche de espuma que se precipitava sobre ele o afogava pelo nariz e pela boca; engoliu para continuar gritando, esticando o pescoço, tossindo meio sufocado. – Eu a encontrei!

– Mas de quem está falando?

– É ela! Está cantando para mim!

– Estamos a quinze milhas da costa da África! Quem diabos poderia estar cantando aí fora?

O barco seguia balançando à mercê das ondas imensas. O vento sibilava entre os mastros. Um cabo solto serpenteou sobre o convés e esteve a ponto de arrancar-lhe a cabeça.

– Cante para mim! – repetiu o músico, indiferente ao perigo que corria.

– Se você morrer, minha missão terá terminado! – ocorreu ao capitão dizer, para que Matthieu recuperasse a razão. – O barco terá de regressar à França! Se não aprecia sua vida, faça-o por mim e vá para dentro agora!

— É ela! — voltou a gritar, rompendo a rir em gargalhadas, como se tivesse perdido o juízo.

— São as febres, maldição!

O capitão afastou o músico da balaustrada com um puxão enérgico, no mesmo instante em que outro jorro de espuma se precipitava pelo convés. Ambos caíram ao chão. Matthieu tratou de voltar a se debruçar na amurada. Arrastou-se pelo convés, cravando as unhas nas tábuas. A paciência do capitão chegou ao fim. Enquanto Matthieu tentava se levantar, esticou o braço e agarrou um porrete preso ao pau da mezena. O músico não chegou a se virar. Recebeu o golpe e caiu feito um novelo, levando as mãos à cabeça para aplacar a dor. O capitão chamou um marinheiro que se esforçava ao máximo para esticar os cabos de sustentação do barril de água.

— Ajude-me a levá-lo ao camarote!

Não tiveram tempo. Nesse mesmo instante, uma nova onda, talvez a maior de tantas que já haviam varrido o convés durante a noite, inclinou o barco até quase fazê-lo tombar e levou Matthieu consigo. La Bouche teve de se abraçar a um mastro. Esquadrinhou através da chuva, buscando onde fora parar o músico. Acreditava tê-lo perdido quando o localizou do outro lado do convés, suspenso sobre o mar, segurando-se na borda com as duas mãos. Dois marinheiros que estavam próximos fingiram não tê-lo visto e se distanciaram para o lado oposto, agarrando-se como podiam a um cabo para recolher uma vela caída. La Bouche ordenou que voltassem para ajudar, mas apenas se escutavam seus gritos timidamente sob o estrondo da tormenta. Os dedos de Matthieu começaram a afrouxar. Sabendo que não tinha outra opção, o capitão deu um grito e se lançou até ele. Uma nova sacudida no barco fez que perdesse o equilíbrio. Espatifou-se com violência contra um dos mastros e caiu estirado sobre o ralo que servia de respiradouro para o porão. Dali ele via com horror que o músico desistia, soltava uma mão, ia deixar-se cair...

Nesse exato momento, uma sombra enorme chegada de parte alguma se precipitou contra a borda e agarrou Matthieu pelos antebraços.

– Não pode ser... – murmurou La Bouche.

Era o *griot*, surgindo no último instante, como se despertasse ao mundo para cumprir um desígnio superior.

O escravo emitiu um grito sobre-humano e puxou Matthieu para cima, como dias antes o jovem havia feito para arrancá-lo do fundo da baía. O capitão chegou e então, sem poder afastar o olhar dos olhos de marfim do escravo, ajudou-o a arrastar o músico até o camarote.

Matthieu ficou tremendo de frio sobre a cama. O *griot* se sentou ao chão e La Bouche, sem dizer uma só palavra, saiu ao convés e pegou uma trave de madeira para sustentar a porta.

6

Matthieu despertou de cara com o vitral. A luz do sol golpeava seus olhos, mas o reflexo das flores-de-lis já não o feria. Teve de pensar duas vezes para se convencer de que tudo o que recordava não havia sido um sonho. Olhou para o outro lado e encontrou quem menos esperava.

O *griot* estava sentado no chão, na mesma posição que o próprio Matthieu havia passado horas no porão, esperando que ele voltasse a viver. Havia tirado a bandagem suja da ferida.

– Não sei seu nome – foi o que ocorreu ao músico dizer, ajudando com alguns gestos para que pudesse entender.

– Chame-me *griot* – respondeu, cortante, em bom francês. – Visto que não tenho outro nome.

Matthieu não esperava aquela resposta em sua língua.

– Somente queria lhe agradecer – desculpou-se.

– Estou orgulhoso de ser um *griot* – esclareceu o escravo, em tom mais cordial. Sua voz gutural parecia provir do centro da Terra. Cada palavra emergia como uma torrente de lava através de uns lábios grossos que mal se moviam. – Todo o restante que fui se consumiu junto às cinzas de minha aldeia.

— Já me salvou por duas vezes... Estou em dívida contigo.
— Não deveria ter me tirado do fundo da baía.
Matthieu sentou-se.
— Fala muito bem o meu idioma.
— Passei mais tempo com os franceses do que com meus irmãos — respondeu, sem dar maiores explicações.
— Se tivesse dito isso em Gorée, teriam lhe permitido ficar ali desempenhando algum trabalho.
— Para quê?
Olhou-o nos olhos.
— Para viver.
— Ao entrar em Gorée, já não se volta a viver. É uma antessala do inferno. Quando se põe um pé em suas praias, os espíritos protetores o abandonam. Saem de seu corpo pelos orifícios do nariz e fogem apavorados, regressando ao continente.

Matthieu sentia-se atraído pela sugestiva musicalidade que o *griot* imprimia a suas palavras. Era fascinante descobrir alguém assim por trás do escravo ferido.

— Que pode um espírito temer?
— Eles nem sequer podem evitar que cruzemos a "porta para nunca mais voltar".

Matthieu acreditou perceber um cheiro desagradável de enxofre quando o *griot* pronunciou aquele nome.

— Sempre há esperança — declarou, pensando na ameaça que pairava sobre seus pais.

O *griot* o esquadrinhou como se quisesse ler sua alma.

— Foi um oficial da Normandia quem me ensinou seu idioma — explicou, por fim. — Vinha de uma cidade chamada Dieppe, a que nunca tinha ido. Assentou-se em Saint-Louis com a família após a primeira expedição africana. Até então, eu não sabia nada da vida nem da morte. Dediquei todos os meus dias ao que se dedicavam os *griot*.

— Foi ele quem o comprou?
— Ninguém me comprou.
— E como chegou a Saint-Louis?
— O chefe da minha tribo me ofereceu aos franceses como mostra de hospitalidade. Disse que quem governasse aquela frota de imensos navios era digno de conhecer a história do meu povo. Era um guerreiro da savana tão velho como generoso, e esperava obter a mesma resposta dos recém-chegados.

Matthieu estava maravilhado. Parecia sua própria história.
— Mas a resposta foi muito diferente...
— Eu tive sorte. *Monsieur* Sauvigny, o normando a quem me designaram, era um homem bom. Ensinou-me o idioma e eu lhe contei tudo o que sabia sobre a África. Eu o ajudava em suas tarefas e ele me tratava como um membro de sua família. Mas, à medida que o negócio negreiro crescia, minha relação com eles suscitava o receio do outros franceses e eu pedi que me deixasse regressar para minha aldeia.
— E, uma vez ali, chegaram os homens de Serekunda... — concluiu Matthieu por si mesmo. O *griot* não respondeu. — Vamos para fora. Preciso respirar.

A porta estava trancada. Matthieu a golpeou num surto repentino de nervosismo. Foi o mesmo capitão La Bouche quem afastou a trava de madeira e abriu.
— Capitão...
— Já perguntou a este maldito negro se viu o atacante? — foi a primeira coisa que disse. — Conseguiu interpretar algo ou entendê-lo?
— Claro que eu o vi – respondeu diretamente o *griot*, saindo até o convés em direção à amurada.

O capitão, igual ao que antes ocorrera a Matthieu, surpreendeu-se que o negro falasse seu idioma, mas pouco se alterou seu gesto de desprezo. Matthieu lhe dedicou uma careta inexpressiva e foi acomodar-se junto ao *griot*. La Bouche também se aproximou, após separar com engenhosidade e inteligência um cabo mal enrolado pendurado às ferragens de uma roldana.

– Quem era? Alguém conhecido da tripulação?

O *griot* despejou um olhar carregado de ódio.

– Era um homem... como o senhor e como eu.

La Bouche não sabia se continuava interrogando ou se pedia um chicote para açoitá-lo.

– Tem algo mais a dizer? – gritou, enfurecido.

O *griot* não respondeu. Matthieu interveio a tempo.

– Que vai fazer agora?

– Você se refere ao que farei depois de jogar seu amigo negro ao mar?

Os músculos do *griot* se contraíram. Matthieu cravou no capitão um olhar sem nenhum temor.

– Refiro-me a saber se vai encaminhar a tempo, de uma maldita vez por todas, esta expedição a nosso objetivo.

Nesse momento, escutaram uns gritos que vinham de estibordo. Chegaram a tempo de interromper a tensão, mas os gritos não pareciam trazer nada de bom.

La Bouche deu a volta. Caminhou a passos largos entre os marinheiros. O oficial de manobras saiu pausadamente com a luneta na mão.

– O que está acontecendo?

– Olhe – apontou. – Deve ter pelo menos 50 canhões.

O que ele vira era um barco a distância. O barco havia iniciado a virada, mudando o rumo e cortando o mar até eles a toda velocidade.

– Estávamos fazendo uma viagem muito tranquila...

– Você o conhece? – perguntou o contramestre Catroux.
– Diria que sim – murmurou La Bouche –, mas não posso afirmar... ainda está muito distante.
– Leva uma bandeira branca – interveio Matthieu, após aguçar a vista através da luneta. – Ao menos não parecem piratas...
– Branca? – exclamou Catroux. – Pelos pregos de Cristo, o sol não me deixou vê-la. Dê-me isso!
Uma expressão de preocupação se desenhou no rosto dos marinheiros que carregavam as velas no paiol de proa. Os cabos se esticaram de repente, produzindo uma guinchada tétrica.
– O que está havendo? – Matthieu se pôs em estado de alerta.
– Que ninguém se apresse em tirar conclusões.
– Por Deus e pela liberdade... – recitou Catroux, sem desgrudar os olhos da luneta.
– Por que diz isso? – seguiu perguntando o músico.
– É a insígnia do *Victoire*.
– Então é ele...
– Quem?
– O capitão Misson! – gritou um marinheiro.
Todos os demais começaram a falar de forma alterada.
– Calados! – ordenou o capitão.
– Quem é esse Misson?
– Um homem predestinado a ser uma lenda – declarou La Bouche, calmamente. – Temos vento de sobra. Se conseguirmos que não nos alcance antes que caia a noite, poderemos nos ocultar na escuridão.
– Contramestre!
– Sim, capitão!
– Todos a bombordo! Içar traquetes e bujarronas!
– Vocês já ouviram, marinheiros! – replicou, satisfeito. – Todos a bombordo! Içar traquetes e bujarronas!

De imediato começaram os gritos e as correrias pelo convés. Cada membro da tripulação se dirigiu aos seus postos entre o emaranhado de cabos e escadas. Os ociosos logo receberam ordens precisas. Alguns marinheiros se empoleiravam nas vergas para soltar os nós que mantinham as velas recolhidas. O barco deixou de ser um esqueleto para converter-se em uma nave grandiosa, que inchava o peito, desafiando o vento e as ondas. O barco virou e inclinou. O navio aumentou a velocidade e começou a bater com força contra a água. Matthieu não imaginara que aquele barco pudesse navegar tão rápido. Impulsionou-se para estibordo, vendo que se inundava o tampo da amurada a bombordo. Voltou-se para trás e cravou os olhos na bandeira branca que ondulava a distância.

– Quem diabos é esse Misson? – perguntou-se, preocupado ante a inquietação que, pela primeira vez desde que saíram de La Rochelle, revelava o rosto do capitão.

7

Cinco horas depois de avistarem o *Victoire,* o *Aventure* seguia pondo à prova sua resistência. Manobrava, tentando fazer com que a correnteza assinalasse que aumentava a velocidade, mas não conseguiam ganhar nem uma milha em relação a seu perseguidor. Muito ao contrário, ele se aproximava cada vez mais. A tensão que se respirava no convés poderia explodir toda a pólvora do paiol. Os marinheiros rezavam para que não faltasse vento para as velas. Matthieu não podia deixar de espreitar, olhando do castelo de popa. Distinguia a figura de Misson à frente da nave, com a pose de carranca de proa, e não podia esconder um estranho desejo de vê-lo de perto, algo que parecia que não demoraria a acontecer.

– De que é feito esse barco? – desesperou-se La Bouche em dado momento.

– Não podemos ir mais rápido! – justificou-se seu segundo, que permanecia junto ao timoneiro com os olhos semicerrados, por causa do vento que açoitava seu rosto.

– Eu sei disso... – murmurou o capitão, enquanto abandonava o castelo de popa em direção a seu camarote. – Eu sei disso...

Matthieu aproveitou para se aproximar de Catroux. Segurou-se para não cair ao chão por causa de uma onda, e lhe falou ao ouvido.

— Por que o capitão disse que Misson estava predestinado a ser uma lenda?

— Limite-se a rezar o que souber — cortou o outro, sem a habitual ironia.

— Creio que mereço saber algo sobre a pessoa que vai nos afundar.

— O capitão La Bouche lutou contra dúzias de corsários dos três mares, mas Misson não é um pirata comum. É uma espécie de anjo negro com bandeira branca.

— É tão sanguinário assim?

— É tão infalível quanto a morte.

— Mas... ele é francês? — insistiu Matthieu, empenhado em tirar-lhe qualquer coisa.

Catroux assentiu.

— Veio ao mundo no seio de uma família cristã, mas logo se deu conta de que não fora feito para a vida de matemático planejada por seu pai, e abandonou a cidade — explicou finalmente, elevando a voz por cima do sibilar constante do vento nas velas infladas. — Pirata dos diabos! Primeiro provou da sorte nos mosqueteiros da Guarda Real Francesa, mas gostava tanto dos livros de viagens e navegação que terminou se alistando no *Victoire*, o mesmo barco que agora temos atrás de nós.

— É rápido...

— É a melhor nave jamais construída! Misson se apoderou dela faz mais de 20 anos, transformou-a em navio pirata e ainda segue navegando com esta maldita insígnia: *Por Deus e pela liberdade*.

— Não parece lema para um corsário...

Catroux se encolheu um instante para esquivar-se de uma nova onda de espuma que atravessou o convés de lado a lado.

– Isso foi coisa de Caraccioli – seguiu explicando. – Se Misson não tivesse conhecido esse sacerdote bastardo, jamais se converteria ao que é, e agora seguiríamos nossa viagem tranquilamente rumo a Fort Dauphin.

– De quem você está falando?

– De seu suboficial.

– Ele tem um sacerdote como segundo?

– Foi logo depois de começar suas andanças na marinha. O *Victoire* fez uma escala em Nápoles e Misson pediu permissão para visitar Roma. Ali conheceu Caraccioli, um sacerdote que se tornou seu anfitrião e mostrou as verdades da corte papal. Já sabe... mais decadência e corrupção do que nas piores tabernas de Gorée. Misson deve ter sofrido um verdadeiro assombro! Estava diante do oposto aos valores cristãos que sempre tivera a honra de defender. O caso é que, de jarro em jarro, começaram a discorrer sobre religião e sua visão de mundo e sobre o bem e o mal, e já sabe... em poucos dias se converteram em unha e carne.

– E Caraccioli embarcou com ele...

– Para que o aceitassem a bordo do *Victoire*, não teve dúvidas em arrancar os hábitos falsos, como ele mesmo os chamava. A partir de então suas vidas transcorreram como se fossem uma só. Superaram abordagens e batalhas no Mediterrâneo e no Caribe, ficaram tremendamente populares entre a tripulação...

– E terminaram apoderando-se do *Victoire* de forma ilegítima – interveio o capitão por trás, dando por concluída a conversa.

Não viram o capitão se aproximar. Catroux pegou a luneta e não acrescentou nada mais. La Bouche não gostava do resto da história, a parte que contava que, quando o comandante do *Victoire* caiu numa batalha, foram os próprios companheiros de Misson quem o nomearam novo capitão, e lhe prometeram fidelidade eterna em sua nova jornada como corsários, convencidos por seus discursos sobre a igualdade dos homens, que ele recitava toda noite no convés.

Matthieu percebeu uma expressão diferente no rosto do capitão, como se estivesse tramando algo nos minutos passados em seu camarote.

– Que vamos fazer? – perguntou Catroux. – Ainda faltam várias horas para que caia a noite e em pouco tempo nos alcançarão.

La Bouche, permanecendo com os olhos cravados na popa, despregou um sorriso que desconcertou a todos.

– Aproar o barco! – gritou.

– O quê?

O capitão se voltou.

– Acreditem em mim! Sei o que estou fazendo! Proa ao vento! Deixem que nos alcancem.

– Esta pensando em enfrentá-lo?

– Darei ordem aos artilheiros que preparem os canhões – adiantou-se em dizer o contramestre Catroux.

– Espere!

– Capitão, temos pouco tempo...

La Bouche matutou um instante aquilo que ia dizer.

– Abra somente cinco portas de cada lado.

– Mas...

– Preparem todos os canhões, mas mostrem apenas dez deles.

Catroux, como antigo companheiro de La Bouche, compreendeu de imediato o que ele pretendia fazer. Misson não poderia imaginar que aquele mercante da Companhia das Índias iria tão bem armado, e que valia apostar no fator surpresa. Mostrando todos os canhões, não conseguiriam fazê-lo desistir do ataque; muito pelo contrário, isso estimularia ainda mais sua cobiça, levando-o a pensar que por trás de uma defesa daquelas se esconderia uma valiosa carga, o que o faria atacar sem piedade e com todo o potencial. Se, ao contrário, aparentassem ser um navio mercante comum, sem oferecer resistência, era possível que aquele peculiar pirata tratasse de abordá-los sem causar danos graves ao navio, para levá-lo como pilhagem após aprisionar a tripulação.

– Vamos nos converter em sua presa, mas asseguro que sofrerá antes de colocarmos a coleira. No momento em que o tenhamos perto, lhe mostraremos todo nosso armamento preparado para um único e demolidor disparo. Terá de se entregar. Sei que fará isso – explicou La Bouche.

Catroux ainda tinha dúvidas.

– Por que está tão certo de que ele não vai disparar todas as suas peças quando descobrir sua artimanha?

– Porque para tanto já estará muito perto. Isso não é uma guerra, não está em seus planos acabar com o inimigo a qualquer preço. Os piratas só lutam quando podem vencer sem riscos, para ter mais provisões e seguir adiante. Misson sabe que uma troca de tiros de canhões a essa distância afundaria esta nave, mas também sabe que seu mítico *Victoire* poderia nos acompanhar ao fundo.

– Digamos que vá embora após descobrir a armadilha... – insistiu Catroux. – Por que supõe que esse maldito pirata não cairá sobre nós no momento em que voltar a nos ver em desvantagem?

— Porque esse maldito pirata é um cavalheiro do mar – declarou La Bouche, dando por terminada a discussão e indo ao porão para explicar o plano pessoalmente aos homens.

A partir de então, tudo transcorreu a uma velocidade vertiginosa. La Bouche ordenou que abrissem as escotilhas, e o flamejar das velas frente ao vento reduziu a marcha do barco. O *Victoire* começou a aproximar-se. Matthieu sobressaltou-se ao ver como aquela fortaleza avançava implacável sobre a água. Como previsto, o capitão Misson optou por aprisionar a nave da Companhia, procurando causar o menor dano possível, mas isso não o impediu de lançar um primeiro bombardeio para amedrontar a presa.

Matthieu estremeceu ao escutar o trovejar dos canhões do pirata.

Um instante de silêncio.

E a destruição a seu redor, em forma de chuva de estilhaços caindo ao convés.

— Tenham fé! – gritava La Bouche.

— Temos de disparar nossos canhões!

— Não! Mantenha o barco aproado e não saia do plano. Se quisesse terminar com todos nós, teria apontado mais embaixo!

O contramestre Catroux fincou um joelho no chão e, apertando os dentes, tirou de si mesmo um estilhaço da perna. Nesse momento, viram outra labareda de vermelho intenso entre a fumaça que saía das portas do *Victoire*.

— Outro bombardeio!

Todos se lançaram ao chão, cobrindo a cabeça com os braços enquanto aquela segunda série golpeava de forma certeira os mastros do *Aventure*. Ficava claro que Misson pretendia inutilizar o barco sem danificá-lo com golpes abaixo da linha de flutuação. Desprenderam-se os estais e os mastros se quebraram. Alguns homens caíram mortos após aquele novo ataque, mas La Bouche seguia lançando uma única ordem: que permanecessem serenos e firmes e que mantivessem o navio de frente para o vento. Os marinheiros menos acostumados e os grumetes imberbes buscaram refúgio na proa. Matthieu permaneceu agachado no convés, junto ao caos dos cabos, lonas e pedaços de madeira, suportando o cabecear do barco.

– Aguentem! – gritava La Bouche. – Não disparem!

Matthieu se levantou um pouco e viu como alguns tripulantes do *Victoire* preparavam os ganchos de ferro e subiam as vergas e as escadas de estibordo, preparando-se para a abordagem. Misson ordenou varrer o convés com fuzilaria a partir das gáveas. Os fragmentos de madeira saltaram uma vez mais por todos os lados, como facas afiadas. Matthieu estava aterrorizado. Teve de afastar o corpo mutilado do segundo do timoneiro, que estava sobre si. Nesse momento, quando a abordagem era iminente, ouviu-se a ordem de La Bouche por cima das ondas do mar e do vento.

– Agora! Abrir as portas de estibordo!

O capitão Misson, que o observava ao lado do mastro da mezena, não podia acreditar. Quando já supunha ter concluído o trabalho daquele dia da forma mais rotineira, foi surpreendido por vinte canhões que lhe apontavam a poucos metros de distância, cada um com seu artilheiro e com o acendedor aceso. No mesmo instante, compreendeu o que acontecia. Como pode ser tão ingênuo? Sem desgrudar os olhos dos de La Bouche, que também se mantinha erguido e desafiante junto ao que restava de uma cruzeta, gritou a seus homens que não disparassem.

– Não será capaz... – pensou o corsário, enquanto seu segundo o observava, perguntando-se por que não agiam.

Todos os piratas respeitavam a norma de não tomar nenhuma decisão importante sem antes escutar a opinião do segundo de bordo, mas ambos sabiam que naquela ocasião não havia tempo para discutir. – Não será capaz de... – Misson seguia dizendo a si mesmo, tentando adivinhar qualquer mínima reação nos olhos do oponente.

– Experimente – murmurou La Bouche, como se lesse seus pensamentos.

Durante alguns segundos, somente se ouvia o ruído do mar, os rangidos roucos que se desprendiam dos paióis no fundo da nave e os lamentos dos feridos, levados convés abaixo para serem atendidos. Os artilheiros estavam prontos para disparar, segurando o acendedor a poucos centímetros do pavio. Os que estavam mortos eram afastados para que seus corpos não atrapalhassem. Mais abaixo, os carpinteiros tratavam de tampar um jorro de água aberto na aleta de estibordo por uma bala perdida. Os dois barcos, a ponto de encostarem-se, balançavam como pêndulos; a distância era tão curta que Matthieu pensou que os mastros se chocariam a qualquer momento.

– Você é hábil! – gritou por fim Misson, do *Victoire*, segurando-se a uma escada para manter-se na borda da balaustrada, quase sobre a água. – Você sabe quem eu sou?

La Bouche se colocou na mesma posição, ficando tão próximo do pirata que parecia que chegariam a tocar-se se ambos esticassem as mãos. Não pôde evitar contemplar a tatuagem vermelha que lhe cobria o lado direito do rosto: um filete de lágrimas de sangue que, sob o olho pintado de kajal, se derramava pela maçã do rosto e, atravessando a mandíbula, seguia escorrendo pelo pescoço.

– Depois de tantos anos cruzando este mar, era estranho que ainda não tivesse encontrado você.

— Por que tantos canhões? – exclamou, sendo capaz de dotar a frase de um tom jovial em meio a tanta tensão. – Sua carga deve ser bem valiosa!

— Você não encontrará nada em meu porão, a não ser que ande à procura de galinhas e uns escravos do Senegal, com os quais pode engrossar sua pitoresca tripulação.

Matthieu, depois disso, apurou o olhar e viu que muitos dos homens de Misson eram negros.

— Nesse caso, pode ser que seja você o objeto valioso – retrucou o corsário. – Qual é seu nome?

— La Bouche – respondeu, orgulhoso.

Misson trocou umas palavras com o cabo de brigadas. Voltou-se, surpreso.

— É o La Bouche que lutou contra os mongóis no golfo de Bengala? O caçador de corsários da costa de Zanzibar?

— Não sabia que essas eram minhas vitórias mais comentadas.

— Maldito seja! – caiu em gargalhadas o corsário. – Onde está o *Fortune*?

— Conhece meu antigo barco?

— Faz mais de 20 anos que fundei Libertalia, e se essa pequena república sobreviveu é porque acabei com meus inimigos antes que eles viessem a mim. Se você soubesse... Em mais de uma ocasião saí à sua procura! Teve sorte!

— Talvez quem tenha tido sorte foi você!

Misson voltou a soltar uma nova gargalhada.

— Que faz agora? Não deve ter se convertido num maldito cortesão...

— Sigo no mar, mas mudei minha rota – limitou-se a responder La Bouche.

Seus olhares permaneceram ancorados por uns segundos, durante os quais se ouvia apenas o bater das velas.

– Por que não se une a nós? – Misson perguntou de repente. Toda a tripulação ficou sobressaltada. La Bouche foi o primeiro a ser surpreendido. Aquela proposta era a última coisa que esperava ouvir. Os homens, desde o primeiro até o último, foram se virando para ele para ver o que respondia. Pelo menos, pelo modo como transcorria a conversa entre os capitães, eles voltariam a abrigar a esperança de não jantar no inferno.

– Oferece-me a oportunidade de acompanhá-lo à Libertalia?

– Onde poderia estar melhor se não em nossa ilha? Quanto a Companhia lhe paga?

– É você quem prega que a vida não há de ser regida pelas normas que o ouro impõe.

– E então? Acaso alguém tão importante espera por você na França para renunciar a uma vida de liberdade absoluta? Una-se a meu conselho e entrará para os autênticos livros de história!

Libertalia... Uma república em pleno oceano. Matthieu nunca tinha ouvido aquele nome. Onde estava essa enigmática ilha de que falavam? Que havia nela que a fazia tão especial? Nesse momento, enquanto os dois capitães se convenciam de que o outro não ia dar a ordem de disparar os canhões, uma mulher de pele acobreada e vasta cabeleira negra, coberta apenas por uma camisa branca de homem que lhe ia até as coxas, apareceu timidamente pela portinhola do camarote de Misson.

"Quem seria essa?", pensou o jovem violinista.

Foi como se toda a música que corria por suas veias estalasse ao mesmo tempo numa sinfonia fantástica. Apoiou-se na balaustrada a bombordo para contemplá-la melhor. A mulher cruzou o convés para refugiar-se atrás do mastro da mezena. Seus enormes olhos esbanjavam mistério e se abriam ainda mais a cada momento, para olhar à esquerda e à direita com curiosidade infantil. Não tardaram em encontrar-se com os de Matthieu. Durante um instante, ambos ficaram ancorados um no outro, ligados por uma força sobrenatural. Nunca em sua vida havia experimentado uma sensação semelhante. Seria possível ver alguém pela primeira vez e, no instante seguinte, precisar dela para continuar respirando? De imediato, supôs que algo ocorria em seu interior. Após a explosão harmônica inicial, surgira silêncio em sua cabeça. O silêncio... De repente não havia nenhuma música, nenhum som. Estava dentro de uma bolha de silêncio virgem e ansiava somente que aquela mulher o acompanhasse, para satisfazer as batidas compassadas de seus corações.

O grito rude do contramestre Catroux rompeu o feitiço.

– Homem ao mar!

Todos se inclinaram para olhar quem havia caído. Era um dos negros do porão. Havia saltado do *Aventure* e tentava se prender a um cabo lançado de imediato pelo *Victoire*.

– É o *griot*! – percebeu Matthieu. – Por que ele fez isso?

– Maldito escravo... – resmungou La Bouche com desprezo, e voltou seu olhar para o músico. – Já dá para ver como o pagou por ter arriscado sua vida por ele!

O *griot* subiu pelo cabo. Ao receber o primeiro puxão, deu uma volta e bateu contra o casco, mas conseguiu se segurar e subiu, doendo-lhe a ferida que ainda não havia sido curada totalmente. Dois negros da nave pirata o levantaram até o convés. A água salgada escorria por sua pele de ébano como se estivesse untada com óleo de baleia. A tripulação contemplava atônita sua envergadura.

– Já tenho meu butim – declarou Misson, com sarcasmo.

Catroux olhou com muita atenção a La Bouche, rogando aos céus que ele não perdesse a confiança e dissesse algo acertado.

– Que fará agora? – limitou-se a perguntar La Bouche, com desenvolta naturalidade.

– Vou resolver sem abrir fogo – respondeu o pirata no mesmo tom – Não quero ir ao fundo com você.

O plano funcionara.

– E depois?

– Teme que eu volte atrás quando estiver em uma boa posição?

Parecia ler seus pensamentos.

– Tenho dito aos homens que você é um cavalheiro do mar – declarou La Bouche.

Misson riu complacente.

– Se você se arrepender de não ter aceitado minha oferta, vá ao antigo cemitério de barcos de Sainte Luce e procure Caraccioli. Estou renovando as cartas náuticas de Madagascar e ele se ocupa de traçar as rotas da costa da baunilha, então, cedo ou tarde passará por ali.

– Tome cuidado para não cruzar de novo comigo! – gritou La Bouche, mais relaxado.

– Que tenha bom vento e boa caça! – despediu-se Misson, antes de saltar ao convés.

Matthieu, que continuava enfeitiçado pela mulher de pele acobreada, deu um olhar de despedida ao *griot*. Este levantou a vista ao céu e entoou uma breve melodia, áspera e tranquila como as mãos de um ancião. O cântico envolveu as duas naves. A mulher tapou os ouvidos com as mãos com um movimento rápido e, como se levada por um arrebatamento de vergonha, correu de volta ao camarote.

– Não vá embora... – sussurrou o jovem músico.

O capitão Misson deu ordem para virar. Matthieu fechou os olhos. Quando voltou a abri-los, o *Victoire* se distanciava rumo ao horizonte rosa das tardes da África.

8

Caiu a noite. Matthieu percorria o convés entre os estilhaços e trapos rasgados. Os gritos de agonia dos marinheiros retumbavam distantes em sua mente, monopolizada agora pelos olhos da nativa que se escondera atrás do mastro do *Victoire*. Queria se convencer de que vira uma ilusão. O que haveria naquele mar que parecia ser tocado pelos deuses: a valentia dos homens, a honra dos capitães e a beleza modelada de forma sublime no rosto da enigmática mulher de camisão branco? Matthieu estava consciente de penetrar em outro mundo, em um universo de fantasia muito além das cartas náuticas.

Notou uma presença. Apoiou-se na balaustrada e olhou para o céu. Um círculo enorme e nacarado surgiu entre as nuvens e lançou uma esteira sobre o mar, que luziu como uma tocha trêmula até alcançar o casco do navio.

La Bouche se aproximou devagar de onde estava o músico. Parecia uma sombra a mais entre os mastros.

– Então, já provou da água e do sal – disse, repentinamente cordial.

– A que se refere?

– O mar exige tanto quanto dá.

– Nem sequer me lembro de tudo o que já passamos desde que zarpamos de La Rochelle.

– Estou certo de que acreditava que iria ser diferente.

– Eu achava que nosso único inimigo era o tempo.

– Você conseguirá transcrever a melodia e regressaremos a Paris para a data prevista.

Matthieu virou-se de novo para o mar.

– Não se parece com a mesma lua que eu via na França.

– Os primeiros cartógrafos árabes batizaram Madagascar com o nome de uma ilha da lua.

O músico não resistiu e desviou a conversa.

– Essa mulher...

– A quem se refere?

– Sobre o convés do *Victoire*.

– Não vi nenhuma mulher ali.

– Ela saiu do camarote e permaneceu quieta atrás do mastro de mezena enquanto você conversava com Misson.

– Ela era bonita?

Matthieu não respondeu, como se ao fazê-lo representasse alguma forma de ultrajá-la. La Bouche interpretou seu silêncio como uma resposta afirmativa.

– Alegro-me por ele.

– Tenho pensado nela...

– Ora, você é um homem, como Misson e como eu.

– Não é isso.

– Então, o que o preocupa?

– Não quero que pense que sou um louco.

– Pode dizer o que quiser. Depois do que passei hoje, será difícil surpreender-me.

— Quando o *griot* subiu ao *Victoire* e começou a cantar – explicou por fim –, essa mulher tapou os ouvidos e se trancou com toda pressa no camarote. Esse gesto...

— Continue – o capitão pediu, intrigado.

— Se a Garganta da Lua tem a obrigação de não adulterar a melodia original durante toda a sua vida...

— Fala da sacerdotisa que temos de encontrar?

— Sim. Talvez tivesse adivinhado a profundidade do canto do *griot* e quisesse evitar sentir-se influenciada por ele.

— Que diabos poderia estar fazendo uma sacerdotisa no barco de Misson?

Matthieu recuou de imediato.

— É possível que eu tivesse necessidade de lhe contar isso para demonstrar a mim mesmo que é um absurdo.

— Certamente que sim. Amanhã avistaremos terra – anunciou o capitão, pondo fim à conversa.

— Como sabe disso?

— Olhe a estibordo.

Matthieu se debruçou na amurada. Em um primeiro momento, não percebeu nada que lhe chamasse a atenção, sem contar a esteira prateada da lua. Seguiu fixando o olhar e aos poucos escutou um forte sopro.

— São baleias...

A cinquenta braças do barco, duas massas negras subiam e desciam nas ondas.

— Vieram até aqui para acasalar. Só o fazem nas costas de Madagascar e nesta época do ano.

— Jamais imaginei que fossem tão grandes.

— Não faça muito espalhafato. Para os indígenas, isso traz má sorte. Se avistar uma baleia, é preciso ter suficiente serenidade para passar junto a ela sem se alterar. De outro modo...

– O que acontece?
– São somente superstições. Aproveite o tempo e as observe, quem sabe volta a ver alguma! – o capitão foi em direção a seu camarote. – E é só o começo! – exclamou sem voltar-se. – Pela manhã, terá a oportunidade de contemplar com seus próprios olhos o poder selvagem da natureza!

O capitão tinha razão. Mal havia amanhecido quando o murmúrio do mar se fez notar. Matthieu, que passara horas tentando conciliar o sono, saiu de novo ao convés. O que estava acontecendo? Em menos de um minuto o vigia gritou:

– Terra à vista! – E o encantamento se iniciou.

Correu até a proa. O capitão concentrava toda a sua dignidade em uma pose cavalheiresca, diante da única terra que, durante sua longa carreira, não havia conseguido dominar.

– O poder selvagem da natureza...
– Nunca se esqueça desta imagem.

Sem dúvida merecia ser recordada. A mera visão daquela diminuta porção da imensa Madagascar destacada sobre o mar já era angustiante. Muito mais que as praias douradas de Gorée, mais que as rochas talhadas do golfo de Guiné, mais que as incandescentes dunas da Namíbia. Tinha tudo ao mesmo tempo. À medida que se aproximavam, Matthieu foi distinguindo a areia branca salpicada de restos de tubarões; as colinas inundadas de estranhas palmeiras abertas, como a cauda de um pavão real; as cordilheiras de picos irregulares que se alçavam com as formas caprichosas de uma grande fogueira petrificada.

Levaria a vida toda contemplando tanta beleza, exuberância e novidades.

– Maldito Newton, se estivesse aqui... – disse a si mesmo, dedicando aquele espetáculo ao cientista. A ele, que conseguira definir a localização da melodia somente através de seus livros, cuja grandeza se firmava em saber contemplar o cosmos como um enigma, como os primeiros homens, virgens perante um mundo puro e inexplorado.

Fechou os olhos e submergiu no universo paralelo que já estalava em seus ouvidos. Escutou o romper das ondas ansiosas, o gozo da espuma esparramando-se sobre a areia, as pontas das folhas de palma tamborilando como uma legião de insetos friccionando as patas, os troncos vencendo o vento...

Sentia uma emoção difícil de descrever, mas ao mesmo tempo algum tipo de desassossego. O ar lhe faltava. Aproximar-se daquela ilha tão grande como a França, e mais enfeitiçada que os reinos extraordinários visitados por Ulisses em seu regresso a Ítaca, dava-lhe vontade de chorar. Aquele éden ocultava uma presença, um pulsar... Um batimento cardíaco! Então ele assimilou. Percebeu a força de um coração único, um batimento repetido que emergia da terra e retumbava na abóbada celeste, que mantinha a ilha com vida, e tudo isso se acelerava à medida que o barco se aproximava da ilha, suplicando-lhes – ou advertindo-lhes? – que dessem a volta.

– Que estamos fazendo aqui? – lamentou-se.

Durante horas, que para ele pareceram minutos, contornaram o sul da ilha. Não conseguiam encontrar o porto. No meio da tarde, o grito do contramestre Catroux soou às suas costas.

– Ali está!

La Bouche subiu com toda a pressa a escadinha do castelo de popa.

– Cheguei a acreditar que jamais voltaria a ver esta baía.

Matthieu foi atrás dele. Parado junto ao timão, contemplou a praia, o penhasco coberto de vegetação.

– Aquilo é Fort Dauphin?

– O que restou após a última batalha.

Sobre a escarpa, envelheciam os restos da fortificação; muros destruídos, canhões oxidados e o eco das batalhas passadas, de flechas de fogo e de corpos caindo ao mar.

Olhou o rosto sem expressão de La Bouche. Os marinheiros se aglomeraram no convés. Estavam calados. A voz de Catroux, uma vez mais, sobrevoou o convés.

– Soltar âncora!

E Matthieu sentiu em seu próprio peito o pranto da ilha. Seu coração preso.

9

Logo depois de desembarcar, os doze soldados de La Bouche subiram ao alto do escarpado. Escolheram um lugar retirado para instalar um pequeno acampamento e organizaram os turnos de guarda. Os muros que haviam sobrevivido ao incêndio e à fúria dos anos, apesar de seu estado de abandono, se erguiam com certa dignidade numa posição estratégica. Os marinheiros do *Aventure* permaneceram na praia. Desde o primeiro momento, dedicaram-se a derrubar troncos de palmeira para reparar as partes danificadas do barco. Ninguém confessava, mas todos sentiam verdadeiro pânico pelo mero fato de estar pisando naquela areia maldita. Somente pensavam em retomar a viagem rumo a Bengala, deixando em terra, por fim, aquele músico louco que gritava para as tormentas.

La Bouche lançou um breve olhar para os restos do forte. A pólvora da última batalha continuava a queimá-lo por dentro ainda, dez anos depois. Retirou-se com um punhado de marinheiros a um extremo da praia e oficiou o enterro dos cinco homens mortos nos bombardeios de aviso lançados pelo *Victoire*. O que mais o preocupava era que um deles fora o nativo malgaxe que havia se incorporado à expedição como tradutor.

    Matthieu, farto dos homens que lhe davam as costas toda vez que tentava ajudar, decidiu sentar-se no alto de uma duna salpicada de matagais. Achou que devia sentir-se feliz por estar ali, mas lhe torturava a mesma inquietude que ao resto. Não lhe atormentavam os velhos fantasmas, como acontecia com La Bouche, nem estava tomado pelo medo que aterrorizava os marinheiros. Simplesmente precisava saber por onde começar. Odiava não ter o controle das situações e muito mais sentir-se desamparado. Estava claro que aquela ilha não era como Gorée, com suas ruas de buganvília e rastros de sangue na areia, que de uma forma ou de outra lhe mostravam o caminho. Olhou para ambos os lados. Ao respirar, sentia um estranho aroma, adocicado, como se tivesse escapado de um pilão para fazer encantamentos. Pressentia que jamais encontraria alguma coisa ali. Por que essa ideia absurda? Absurda? Virou para trás. A paisagem que entrevia mais além do forte estava coberta por brumas. Apenas sobressaíam as copas dos baobás mais altos.

    Ninguém.

    Deixou cair a cabeça. Permaneceu um pouco brincando inconsciente com a areia. Levantava um punhado ao vento e este a arrancava da mão. Cravou a vista no oceano. Sua mente se rebelou e foi sobrevoar o horizonte, atrás do lugar para onde pudesse ter se dirigido o *Victoire*. "Onde terá ido?", pensava. Daria qualquer coisa para recuperar um instante do olhar da jovem nativa, acariciar uma vez seu cabelo negro que caía sobre os seios, roubar para si um mero reflexo das noites de lua brilhando em sua pele escura.

    La Bouche não deixara de distribuir ordens aos seus homens desde que ancoraram na baía. Viu Matthieu afastado e foi até ele. Avançou com tédio, tirando as botas, que se fundiam à areia branca a cada passo. Ainda que jamais admitisse, estava esgotado. Deixou-se cair encostado junto ao músico, após tirar o cinto com a espada e as duas pistolas do coldre de couro.

– Como pode ver – disse, olhando o mar – estamos do outro lado do mundo e sem dúvida é o mesmo céu, a mesma terra...

– Não é não – retrucou Matthieu. – Nem é o mesmo céu e nem a mesma terra, como ontem à noite também não era a mesma lua. Onde estão eles agora...?

Matthieu se deu conta nesse instante de que a recordação da nativa lhe absorvia de tal forma que havia até se esquecido, durante algumas horas, da imagem que havia levado gravada em sua mente: seus pais sofrendo a perda de Jean-Claude, sentados em cadeiras separadas, inconscientes do perigo que rondava sua família. Nem sequer sabia o que deveria sentir por eles.

La Bouche mudou o tom de voz.

– Estou desejando que chegue logo amanhã e que o *Aventure* siga seu caminho – disse, enquanto se espreguiçava, esticando os braços. – Se o usurpador do Ambovombe ficar sabendo que um navio com tantos canhões ancorou por aqui, se sentirá ameaçado e lançará seu bando de guerreiros contra nós sem nos dar a oportunidade de explicar-lhe o motivo de nossa presença.

– Por acaso existe mesmo esse Ambovombe? Dê uma olhada a nosso redor... Nesta região não há lugar para o ser humano.

– Como disse?

– São os marinheiros, e não eu, que falam dele. Dizem que os guerreiros Anosy que os expulsaram faz dez anos eram demônios saídos do chão, uma mescla de terra vermelha e água salgada.

La Bouche o contemplou alguns segundos, sem dizer nada.

– No momento em que o navio partir, iremos para o interior – continuou o capitão. – Recomendo que não se deixe levar por essas estúpidas lendas.

– Então não é verdade?

– O quê?

– Que em Madagascar as plantas ouvem e os animais se comunicam entre si, produzindo uns sons que deixam os homens loucos?

– Limite-se a pensar que, num abrir e fechar de olhos, o barco estará de volta, você já terá copiado a melodia dessa sacerdotisa e regressaremos vitoriosos à França. O rei terá em mãos o que deseja e você fará parte de uma de suas orquestras.

– Por que supõe que esse é o meu desejo?

– É um violinista. Que mais poderia desejar?

La Bouche se deixou cair de costas sobre a areia e aproveitou para fechar os olhos por alguns segundos. Matthieu enxugou de forma inconsciente o suor que lhe empapava o pescoço. Tudo parecia mudar numa velocidade incompreensível! Naquele momento, não queria pensar nas delicadas harmonias que se desprendiam em uníssono dos Vinte e Quatro Violinos do Rei, nem nos gestos que Lully fazia com sua batuta para manter os músicos no ritmo. Viajara até o outro lado do mundo, disse o capitão, para se envolver numa missão que, uma vez ali, mostrava-se puro capricho e ilusão. Como e onde deveriam dar o primeiro passo? Lá embaixo, na praia, o vento formava redemoinhos e acumulava pequenos montes de areia ao pé das palmeiras recostadas sobre a espuma.

– O epigrama de Newton... – pensou de repente.

Enfiou a mão na bolsa do violino e procurou entre as folhas pautadas o escrito que Charpentier lhe entregara um pouco antes de subir na carruagem em Paris. Segurou-o por um tempo nas mãos, sem chegar a desdobrá-lo. Seria o momento de lê-lo? Que enigma escondia aquele punhado de linhas manuscritas pelo cientista? Por fim estava em Madagascar, o berço da melodia original, então sem dúvida aquele era o momento...

La Bouche sentou-se imediatamente.

– Que é isso?

– Nada – respondeu Matthieu, mudando de ideia sem saber por quê, e voltando a guardar o papel ainda dobrado na bolsa. – O capitão Misson pediu ao senhor que se unisse a ele – ocorreu-lhe dizer.

– A sombra de Misson vaga sobre estes mares desde que tenho memória, por cima dos mastros dos navios – disse La Bouche, olhando para a frente. – Garanto a você que não esperava essa proposta.

– É estranho que não soubesse nada sobre ele.

– Por que deveria saber?

– Nas tabernas de Paris se fala muitas vezes sobre os capitães franceses.

– Misson não é francês.

– Mas o contramestre disse...

– Faz tempo que Misson deixou de ser súdito do rei Luís para converter-se em um cidadão de Libertalia.

– Ontem esse lugar foi mencionado também.

– Ninguém sabe com certeza onde fica. Alguns acreditam que é uma ilha situada ao norte, entre Madagascar e Comores.

– Um refúgio pirata...

– Libertalia é muito mais que um refúgio. É uma verdadeira república, uma colônia utópica onde se diz que não existe conceito de propriedade privada e onde todos os homens são iguais entre si – declarou, dotando o final da frase de um forçado tom de zombaria.

— Independente de sua cor?

O capitão cravou-lhe o olhar.

— É um Estado utópico — reforçou seriamente. — Seus fundamentos talvez valham em seu mundo, não no nosso.

Depois de ter visto a pose que o pirata exibia no *Victoire*, com um pé sobre o gurupés e um gesto de absoluta serenidade no rosto, Matthieu não tinha dificuldades para imaginar um Misson mais desenvolvido.

— Segundo se diz, já se passaram mais de 20 anos desde que içou sua bandeira — recordou. — Isso me parece algo mais do que utopia.

— O capitão Misson tem alimentado sua própria lenda com perfeição, isso é tudo. Maldito seja ele e seus desvarios... Quando chegou a Madagascar, acreditou que fora iluminado!

Prendeu o cabelo num pequeno rabo de cavalo na nuca.

— Sente inveja dele, não é mesmo? — perguntou Matthieu, depois de ter percebido uma insignificante, mas reveladora, vibração na entonação da voz do capitão.

— Você está tão louco quanto ele. Devia ter sido você a pular no navio pirata.

— Não me refiro à destreza com as velas — seguiu atacando o músico, descobrindo pela primeira vez um La Bouche vulnerável. — Talvez a liberdade que faz parte de sua insígnia.

O capitão deu uma olhada ao redor.

— Se há algo que invejo é a água transparente. Aqui não há templos nem cruzes. Cada qual busca a espiritualidade a sua maneira.

Por um momento, vendo-se tão longe de casa e com a única companhia daquele homem alheio à dor, Matthieu teve esperança de que o coração de pedra do capitão também abrigasse algum anseio humano.

La Bouche se levantou. Recolheu o cinturão e desceu pela duna com ele na mão, a ponta da espada deixando uma linha sobre a areia.

O músico se voltou uma vez mais para o interior da ilha.

– O que tem por trás desta bruma? – disse em voz baixa.

Subiu ao alto do escarpado e caminhou entre as ruínas, até o lugar onde se haviam instalado os soldados. Dois deles faziam guarda; o restante estava recostado a um pequeno muro que devia ser parte de uma cela, já que ainda conservava algumas argolas cravadas a meia altura. Pode ver claramente a disposição do que foram as diferentes construções do forte: o armazém, o arsenal, uma casa de aparência mais nobre que serviu de residência ao governador Flacourt, os canhões oxidados que ainda apontavam para o mar... Deviam ter previsto que o verdadeiro perigo chegaria do interior, pensou.

O sol quase se pondo derramava sobre a paisagem um verniz purpúreo, que ressaltava a cor vermelha da terra vislumbrada, debaixo da fina capa de areia, mais além de onde acabava as dunas. Terra vermelha... Era como se a ilha estivesse repleta de sangue, e dele se desprendia tanto calor. Secou o suor da fronte. O suor atraía uns insetos estranhos que nasciam ao acaso e morriam uns minutos depois, pelo pavor da escuridão. Foi sentar-se à beira da escarpa. O barco balançava com suavidade; o cabo da âncora se mantinha tenso na água calma. Os marinheiros regressaram ao navio e, reunidos no convés, se divertiam com as histórias mais horripilantes contadas pelos poucos soldados do governador Flacourt que retornaram vivos à França. Segundo o que diziam, os Anosy despedaçavam os bebês das aldeias vizinhas para cortar a linhagem e apoderar-se de seus rebanhos de zebus, comiam o coração de suas vítimas para roubar-lhes o vigor, e prendiam em cruz seus prisioneiros sobre a boca de um cupinzeiro, para que os vorazes insetos lhes atravessassem o abdômen ao sair do refúgio. Estavam na ilha escolhida pela melodia da alma para se proteger! Matthieu se indignava enquanto imaginava a tripulação improvisando as conversas sobre torturas. Deveriam sentir-se surpresos sim, não pelo medo dos monstros imaginários, mas pela contemplação de tanta pureza!

Quando a noite se apoderou da baía, ele tirou seu violino da bolsa. Não o havia tocado desde que interpretou o dueto para o Rei Sol em Versalhes, na noite antes de sua partida. Nunca na vida deixara de tocá-lo por tanto tempo. Contemplou o violino por alguns segundos, como se fosse a primeira vez, maravilhado com suas formas e com a delicadeza daquela verdadeira escultura. Sentou-se num canto afastado. Antes de colocá-lo no ombro, beliscou as cordas, liberando uma dança precisa. Parou. Ali estava sua música, esperando por ele... Mexeu os dedos para desentorpecê-los. Colocou o instrumento em sua posição natural e lançou umas notas longas, para afinar as cordas com a mão que segurava o arco.

Fechou os olhos e, por fim, tocou. Não uma peça completa, senão diferentes frases de várias composições que surgiam de forma espontânea, aglomerando-se na caixa de ressonância para depois sair e respirar. Tocou e se esqueceu do tempo, de seu corpo. Durante anos ele se servira da música para alcançar mundos que lhe eram vetados, mas naquela noite viu a possibilidade de regressar ao seu, ou inclusive criar um mundo próprio, tão virgem como a terra em que pisava. E se deixou levar... Sentou-se ao lado de Nathalie junto à porta da doceira, entre o açúcar e a farinha, e recolheu uma lágrima que deslizava por sua face pálida.

De repente, algo o tirou daquele mundo de sonhos. Olhou ao redor. Os soldados estavam dormindo. Todos eles. Como era possível? Onde estavam os vigias? Foi então que escutou aquele estranho som.

E em seguida, o silêncio.

Aguçou o ouvido. Silêncio. Os soldados dormindo...

Voltou a tocar uma frase mais. Um *legato* sustenido numa nota tônica que ascendia a dominante e aí permanecia, crescendo com intensidade...

Deteve-se e olhou para ambos os lados.

Silêncio...! De novo aquele som!

Então o escutou bem: uma batida seca, seguida de uma frequência que lhe parecia impossível classificar, uma vibração, como se alguém beliscasse com energia a corda mais grave de uma harpa. Virou-se com rapidez. Não viu nada, nem ninguém. Aguentou alguns segundos sem respirar. Fechou os olhos. O som, outra vez, vindo de diferentes ângulos! Onde estava La Bouche? Teria regressado ao barco com os marinheiros?

Repetiu a sequência três vezes, e nas três vezes obteve resposta. Levantou-se e caminhou com o violino na mão até onde terminavam as ruínas do forte. Não levava tocha, mas também não precisava dela. A lua cheia da noite anterior conservava intacta sua plenitude; estava presa ao céu e derramava reflexos prateados sobre as enormes estruturas de rocha polida, sobre aquelas plantas impossíveis, misturas surpreendentes de cactos agressivos e delicadas flores de hibisco. Esteve a ponto de deixar-se levar pelas histórias que aterrorizavam os marinheiros, mas as afastou de sua mente e seguiu avançando.

A paisagem parecia modificar-se a cada instante. Havia momentos em que ele acreditava estar caminhando sobre estruturas feitas de papel machê. Em dado momento, enquanto subia uma ladeira infestada por crustáceos que pareciam possuir luz no interior de suas conchas, sentiu uma presença.

A origem do som?
Esquadrinhou através da obscuridade. Lá estavam vários corpos, ou melhor, suas sombras, erguidos sobre uma encosta. Teve o impulso de correr de volta pelo caminho de onde viera, mas alguma coisa o deteve alguns segundos a mais. Pareciam estáticos demais. Não eram homens, tampouco sombras. Eram lajes de pedra cravadas no solo na vertical, rodeadas por um sem fim de estacas coroadas, todas elas com uma galhada de zebu.

Enquanto contemplava o monumento, a vibração cessou. Para onde teria ido? Tentou definir os sons que lhe rodeavam, escutá-los um a um para construir um mapa auditivo do local e encontrar algum vestígio dela, mas pela primeira vez em sua vida se sentia incapaz de fazê-lo. O vento cessou. As folhas não crepitavam. A única coisa que percebia, parado ali em frente às lajes de pedra e estacas, era o rumor do mar ao longe, terno e letal como o rugido sedutor de uma leoa.

Foi então que sofreu pela primeira vez aquela dor nos ouvidos, um ferro incandescente que lhe atravessava a cabeça de lado a lado, em perfeita e insuportável simetria.

10

O navio zarpou ao anoitecer do dia seguinte. Matthieu, de pé no penhasco, seguiu com o olhar o navio com as velas intumescidas pelo vento. A estrela cruzava a baía ao leste. Não havia mais como voltar atrás. Tinha três meses até que o navio voltasse novamente para buscá-lo. Três meses e uma missão impossível de cumprir, sem outro apoio além do capitão e de uma dúzia de soldados de elite que pouco poderiam fazer contra os demônios do usurpador, se aquele esquálido plano não desse certo. La Bouche permaneceu quieto na praia. A maré engolia suas botas até os tornozelos enquanto o elegante perfil da nave se desvanecia no horizonte. Aos poucos, alguém baixou a cortina e a noite desabou sobre o mar e a terra.

O capitão voltou para o forte. De repente, parecia ter renovado a energia. Chamou seu oficial e ambos subiram a uma das torres que ainda se mantinham em pé. Os dois estudaram de novo a paisagem iluminada pela lua. Era hora de escolher a rota mais adequada para entrar na ilha e iniciar a busca pela sacerdotisa. Matthieu se juntou a eles.

– Deveríamos sair agora – sugeriu o oficial.

— Eu concordo – aquiesceu La Bouche, ainda olhando para a frente. – Se caminharmos durante a noite, evitaremos esse maldito calor e estaremos menos expostos se cruzarmos com alguma patrulha do usurpador. Temos de chegar a sua aldeia sem fazer uso de armas.
— Avisarei os homens.
— Um momento... – Matthieu o deteve.
— O que aconteceu?
O som... o mesmo batimento lento da noite anterior, seguido da mesma vibração, só que agora repetido sem pausa, uma e outra vez.
— Ai está de novo.
La Bouche e o oficial não escutavam nada.
— Diga-nos, o que está ouvindo? – apressou-se o capitão.
Matthieu não respondeu. Começou a andar, como que hipnotizado por sua busca.
La Bouche ponderou por alguns segundos. Finalmente, sinalizou aos soldados que deveriam recolher suas coisas e saíram todos logo atrás dele, sem incomodá-lo. O músico abandonou a fortaleza e, seguindo a rota da noite anterior, foi para as colinas que beiravam o mar. Corrigia a direção de seus passos a cada novo som. Pouco depois, ao distanciar-se das ruínas, o terreno se tornava mais escarpado, mas Matthieu seguia avançando com a segurança de estar no caminho certo. Passou sem se alterar ao lado do complexo funerário de lajes e estacas, atravessou um palmeiral lamacento e saiu em um campo de rochas monumentais, negras e lisas como as costas das baleias. Acelerou o ritmo, ajudando-se com as mãos e os pés para escalar mais rapidamente.
— O som vem dali – anunciou ao restante do grupo assim que chegou ao alto.

Ele se referia a um fosso de terra vermelha, que se abria aos pés de um grupo de rochas que se agrupavam em torno dele como enormes cascos de tartaruga. No centro havia crescido um baobá enorme. A lua projetava imagens sobre o tronco. Era tão grosso que não podia ser rodeado por meia dúzia de homens unindo os braços, e se erguia como a torre de uma fortaleza, como um vasto buquê de ramos atrofiados na copa, como um estandarte. Junto ao tronco crepitava uma fogueira. Já ao lado de seu calor...

– Deus meu... – exclamou La Bouche.

– É uma criança... – disse Matthieu, surpreso. – O dono do som...

Um ser humano, no interior da ilha da lua.

Era uma criança Anosy de não mais que cinco anos. Tocava uma cítara de terra, o instrumento mais simples que Matthieu jamais havia visto: um pau curto, cravado no solo, e dele saíam duas cordas de sisal tensionadas, que vibravam ao serem batidas com ramos duplos. Matthieu recordou as batidas que sentira no barco. A criança se mantinha alheia à presença dos franceses. Era como um semideus, com um objetivo concreto: manter vivo o coração da ilha, impulsionando cada batida.

– Não estou gostando disso – queixou-se La Bouche, esquadrinhando a área.

Os soldados esperavam instruções. Tinham enfrentado sem pestanejar um batalhão inteiro do exército austríaco, mas a visão daquela criança da cítara lhes produzia uma asfixiante inquietude. Olhavam de um lado para o outro, sobressaltados com o roçar do vento nos braços. Alguns sentiram ligeiras tonturas e se arrependeram de ter comido as bagas que cresciam nos matagais do forte. Começaram a discutir. La Bouche mandou que se calassem, enquanto decidia como interpretar o que tinha diante de si.

Matthieu não sentia nenhum medo. Fechou os olhos e se inundou da vibração da cítara. Só lhe vinha à mente uma imagem: a mesma do seu quinto aniversário, simulando que tocava violino com o pau de fazer sabão, o dia em que seu tio Charpentier lhe revelou que cada nota musical, e também cada silêncio, era o amor divino em estado puro.

– Vamos descer – ordenou por fim o capitão, ansioso por encontrar uma explicação.

Desceram por uma fenda do penhasco. Ele dera apenas alguns passos até o baobá sob o qual se encontrava aquela criança quando uma dúzia de homens – homens? – Anosy surgiu por trás das rochas e deslizou por elas.

– É uma armadilha! – gritou La Bouche, desembainhando a espada. – Posição de combate!

Os soldados obedeceram e se abriram em formação de defesa, mas desde o primeiro momento perceberam que aqueles nativos não tinham nada a ver com a ideia vigente dos sanguinários guerreiros do usurpador. Eles eram magros como cachorros galgos, pareciam doentes, com a mente perdida. Havia também as mulheres, com mamas vazias e cabelos presos com tiaras feitas de barro. Seus corpos nus estavam tingidos por completo com a tinta vermelha da terra. Não seriam fantasmas, espectros, espíritos errantes dos mortos Anosy? Não estavam armados, e se limitaram a olhá-los com seus grandes olhos vermelhos, enquanto cercaram a criança, formando uma massa trêmula. Do meio deles saiu um ancião. Ele deu alguns passos e parou diante do capitão.

Matthieu nunca vira ninguém assim. Os sulcos das rugas que atravessavam o rosto pareciam marcar mais a idade da ilha do que a sua própria. Com sua mão de barro, segurava sem pressionar a cria de uma ave. Aquele homem era parte da terra que pisava. Os pés cobertos de cinzas, as pernas delgadas e ressecadas como troncos de bambu.

– Não posso acreditar... – murmurou La Bouche, sem deixar de sustentar o olhar do ancião.

– O que aconteceu?

– É ele...

– Quem?

– O antigo rei – confirmou com segurança, ao mesmo tempo em que revirava as recordações que sobreviveram ao fogo da última batalha, dez anos atrás.

– Este homem é o antigo rei dos Anosy?

– Eu o reconheceria entre um milhão destes malditos negros.

– Mas eu achava que seu filho havia acabado com ele.

– Eu também – murmurou o capitão. – E talvez tenha sido sim.

– A que você se refere?

– Olhe-o bem, parece vazio – murmurou La Bouche, contemplando com certa decepção o chefe indígena convertido em velho indefeso.

Ele ergueu a espada lentamente e tocou-lhe o braço com a parte plana da lâmina, para constatar se ele era de carne e osso. O ancião, que ainda não tinha dito uma palavra sequer, foi para as rochas do fundo.

Outra sombra começou a tomar forma entre o negror.

Sua maneira de andar chamou a atenção de Matthieu, com passos tranquilos, muito diferente dos movimentos convulsivos dos Anosy, que se curvavam como numa reverência ao redor da criança da cítara.

Sua alta estatura se destacava. Andava descalço, mas vestia calças e uma camisa. Era...

Era branco.

Os soldados se puseram em guarda por um ato reflexo. Aquele homem desceu da rocha com austeridade e foi até eles. Deteve-se junto ao ancião. Tinha a tez pálida, um liso e desbotado cabelo louro como a barba, e braços longos. Esquadrinhou-os com o olhar, um a um. Parou na frente do capitão e semicerrou os olhos. Matthieu percebeu que a expressão de incredulidade de La Bouche se havia multiplicado para o indizível. Era como se estivesse vendo um fantasma.

– É você? – conseguiu articular.

– Diga meu nome – respondeu a sombra, com voz profunda.

– Mas...

– Diga meu nome – repetiu. – Preciso escutar meu nome.

– Pierre?

– Diga-o de novo.

– Pierre Villon, o médico?

– Pierre Villon, seu cirurgião de bordo. Maldição! Quanta falta sinto do *Fortune*!

Ambos soltaram uma gargalhada nervosa e se fundiram num abraço. O capitão não pôde evitar o impulso de separar-se para contemplá-lo uma vez mais, e certificar-se de que era quem parecia ser.

– Pierre...

– Capitão...

– Desculpe-me, mas não sou capaz de reagir! – riu de novo. Logo seu gesto se tornou sério. – Eu o dava como morto...

– Eu sei – respondeu o médico.

Não deixavam de examinar-se mutuamente.

– Meu Deus... Passaram-se dez anos...

– Está tudo bem, eu asseguro.

La Bouche apertou instintivamente a empunhadura da espada, impelido pela repentina necessidade de fazer qualquer coisa por seu amigo.

– Una-se a mim. Nós o tiraremos daqui agora mesmo! Há muitos mais deles por trás das rochas? Eles têm armas?

– Tranquilize-se, capitão, não sou prisioneiro – disse Pierre, com uma estranha calma.

– Mas...

– As coisas já não são como antes – interrompeu-o sorrindo, olhando fixo em seus olhos. – Desfrute comigo deste momento.

La Bouche repassou um por um os rostos daquele sofrido grupo de nativos.

– De acordo – consentiu, afrouxando a tensão e embainhando de novo a espada.

Pierre respirou fundo e recuperou o tom festivo.

– Estava convencido de que, cedo ou tarde, você voltaria à ilha da lua! Quando os Anosy me disseram que tinham visto estrangeiros...

Os Anosy... Ele falava deles como se fizesse parte da tribo. La Bouche se virou um instante para o chefe. Talvez fosse verdade que as coisas tivessem mudado. Os olhos do ancião não mostravam o fogo de antes, seus dentes pareciam acabados. Ele estava confuso. Enquanto Pierre pedia para não se preocupar com a presença dos índios, voltaram a sua mente as cenas horríveis que, durante duas décadas, ele mantinha trancadas na cela mais profunda da sua alma: uma miríade de balsas rodeando o *Fortune*, flechas de fogo nas velas, o sangue de seus homens escorrendo pelos muros do forte da Companhia.

Pierre o trouxe para próximo da fogueira. Queria vê-lo melhor.

– Aqueles que conseguiram regressar para o navio foram forçados a zarpar imediatamente... – O capitão voltou a desculpar-se, deixando de lado sua habitual arrogância. – Eu deveria ter me certificado de que não havia ninguém vivo em terra, mas quase não consegui conduzir o navio com os poucos que ainda estavam de pé.

– Eu nunca o culpei de nada – declarou Pierre. – Eu mesmo fui incapaz de acreditar quando acordei, algumas horas após o ataque. Eu tinha sobre mim o corpo de um guerreiro e seu machado preso no... – mostrou uma enorme cicatriz em seu antebraço direito. – Devo ter sido atingido na cabeça quando caímos, mas ainda tive tempo para atirar à queima-roupa. Não sei como fui capaz de respirar enquanto estava inconsciente. Aquele diabo pesava como um boi! – exclamou, rindo ao ver que travava a língua. – Deus, eu não consigo falar meu próprio idioma!

Os soldados, depois de se convencerem de que não teriam de lutar naquela noite, esparramaram-se pela esplanada, sem deixar de manter-se alertas a qualquer movimento dos Anosy. Matthieu sentiu que era hora de aproximar-se. O capitão os apresentou e os três sentaram-se junto ao fogo. Por mais que tentasse, La Bouche não compreendia nada. Seu amigo se comportava como se os índios fossem sua família. Ele passou um olhar frio sobre os guerreiros que, timidamente, se acomodaram por trás das rochas. O ancião de barro também tinha ido sentar-se ao lado de Pierre. Um pouco mais longe, a criança seguia batendo as cordas da cítara, gerando algumas melodias percussivas inesperadas, que se entrelaçavam como os camaleões nos galhos, pulando de uma para outra com agitação pausada do voo das libélulas.

– Essa batalha que comentou... – interessou-se Matthieu.

– A noite em que Fort Dauphin caiu – informou Pierre, com naturalidade.

– Foi uma jornada funesta – recordou o capitão. – Regressávamos de Bengala e tínhamos previsto fazer uma escala aqui para depois informar a Paris sobre como iam as coisas na ilha. Quando estávamos nos preparando para ancorar, avistamos centenas de Anosy preparados para atacar o forte.

– E o que você fez? – perguntou Matthieu.

– Fui muito confiante e joguei ao mar todos os botes para acudir nossos compatriotas. Dentro de uma hora, conseguimos parar a investida e até mesmo forçar uma retirada. Esse foi o problema. Depois de uma vitória tão fácil, de modo nenhum poderíamos ter previsto que os Anosy se lançariam a um novo ataque naquela mesma noite.

– Metade de nossos homens estava bêbada – recordou o médico.

– Eles saíram de todas as partes, centenas deles, e a partir de então... – La Bouche, por mais que tentasse, custava a pronunciar cada palavra diante do líder Anosy. Ele fez uma pausa e terminou a frase, lentamente, arrastando uma carga ressentimento. – A partir de então, tudo foram gritos de terror, membros mutilados e sangue francês na praia.

Durante segundos, ao pé do baobá, só se ouvia a respiração do capitão, de repente muito agitada.

– Na manhã seguinte – retomou Pierre –, as mulheres da tribo que foram ao cenário da batalha para roubar os cadáveres dos brancos se deram conta de que eu ainda respirava.

– Teve muita sorte que não o mataram...

– Se o rei não tivesse intercedido – continuou, voltando-se com carinho para o ancião de barro – começariam a me empalar ali mesmo. Que maior advertência haveria para qualquer barco que ousasse se aproximar? Eu não esperava outra coisa, então procurei me acalmar, concentrando-me em curar a ferida do braço, indiferente aos olhos que me atravessavam e ao fio de seus machados. Pensei que seria a última coisa que faria em minha vida, logo decidi fazê-lo muito bem feito! – riu-se de suas próprias palavras. – Cauterizei a pele com cuidado, utilizando minha própria pólvora, fui lentamente até a orla, pus um emplasto de algas que havia visto preparar na Índia e...

– E?

– E, sem querer, convenci ao rei Anosy de que eu lhe servia mais vivo do que morto. Ele pediu que eu utilizasse minha técnica para curar seus súditos feridos.

– Não consigo acreditar que passaria a viver com eles.

– Num primeiro momento, pensei que meu destino tinha sido renascer no inferno. Mas logo fui me conscientizando de que...

Parou de falar.

– Que ia dizer?

– Os Anosy só estavam defendendo sua terra, capitão! Eles se limitaram a proteger suas mulheres, seus filhos, sua tradição.

Bebeu a água que carregava na casca seca de um fruto alongado. Matthieu ficou fascinado com aquele médico francês que, apesar das circunstâncias, exalava um ar tranquilo de felicidade e até mesmo de orgulho daqueles que um dia tentaram matá-lo.

– Sim, devo ser sincero – continuou Pierre. – no princípio agarrei-me à ideia de que o rei Luís iria enviar uma frota para arrasar a ilha. Sentava-me sobre as pedras caídas do forte com os olhos congelados no horizonte e esperava. Mas foram passando os dias, e os meses, e eu perdi toda esperança de regressar à França. O que foi bom – observou ele, voltando-se para La Bouche – é que recuperei a curiosidade científica e comecei a fantasiar sobre tudo o que eu poderia encontrar além das paisagens desérticas da costa.

– Maldito médico biólogo... – o capitão saiu-se com essa, aparentando estar mais relaxado. – Sempre gostou mais dos animais que das pessoas!

– Uma manhã – prosseguiu –, haviam se passado uns dois anos desde a batalha, levantei-me com suficiente atrevimento para empreender uma viagem ao interior. Tomei a decisão mais sábia da minha vida. Atravessei as úmidas selvas cujas árvores não deixavam passar a luz do sol, e subi uma serra mais alta que os Alpes. A cada passo me maravilhava ainda mais com a riqueza desta ilha... estive viajando por quase sete anos.

– Sete anos! – exclamou Matthieu.

– Você não vai acreditar, nem pode imaginar o que eu vi por lá – continuou o médico, emocionado. – O que acreditam saber os ingênuos zoólogos da Academia Real de Ciências, ou os botânicos que fazem fitoterápicos em Versalhes? Madagascar é um paraíso completo, uma Arca de Noé ancorada no meio do oceano. Vivo entre mamíferos com caudas longas que se sentam como as pessoas e dançam com os braços levantados, estou rodeado de plantas que sangram e insetos que não cabem na palma da mão. E veja este baobá: os Anosy contam que seu deus, num arrebatamento de fúria, arrancou a árvore que estava aqui antes e a lançou de novo contra o chão com toda a força, cravando-a de cabeça para baixo, e deixando ao vento suas raízes deselegantes. Tudo é possível nesta ilha mágica.

– Invejo sua paixão – confessou Matthieu, com familiaridade.

– Por que não me conta algo sobre você? – Pierre propôs, de forma inesperada. – Garanto que o que mais desejo agora é ouvir palavras pronunciadas em minha bendita língua.

– Nosso músico vive em um mundo diferente – comentou La Bouche.

Matthieu lançou-lhe um olhar inexpressivo.

– Depois de escutar sua história, não poderia contar-lhe nada que soasse interessante.

– A verdade é que me olha como se estivesse diante de uma aparição – riu. – Talvez seja isso o que sou e nem mesmo tenho ideia!

Pierre e La Bouche continuaram falando sobre como as coisas haviam mudado na França após a recente morte de Colbert, a quem havia sucedido o marquês de Louvois, e também de velhos amigos em comum e de antigos feitos, e da conversa emergiu Gilbert, o louco, o herói de guerra que tinha se casado com a famosa soprano Virginie du Rouge. Matthieu se limitou a ouvir em silêncio, deixando-se levar pelo crepitar das chamas que nasciam e morriam a cada minuto, que se modificavam diante de seus olhos como aquela ilha de pedra preta e vermelha, em que tudo parecia dar forma a um único e fantástico ser repleto de vida.

Um ser que não deixava de vigiá-los.

Esperando seu momento.

11

O primeiro vislumbre rosáceo no horizonte os surpreendeu falando sobre a epidemia que haviam sofrido na última vez que atravessaram o Golfo de Aden. Pierre lembrava com tristeza dos homens caídos, mas também com emoção. Cada momento de sua vida no barco, até mesmo os mais difíceis, estava carregado de força épica.

– As batalhas navais tinham seus códigos – explicava a Matthieu, para satisfação de La Bouche. – Os oficiais eram verdadeiros cavalheiros e respeitados como tal. No mar não havia espaço para a crueldade gratuita.

O rosto do médico se encheu de gravidade. La Bouche soube que havia chegado o momento.

– Por que não nos conta o que tem passado aqui?

Pierre suspirou e adotou um tom doloroso.

– Como eu disse antes, passei dois anos protegido pelo antigo rei, como se fosse um membro de sua família. É verdade que ele lutava de forma feroz e sangrenta contra qualquer pessoa que quisesse invadir a ilha; sabemos disso melhor do que ninguém, mas também não significa que ele vivia para a guerra. Até que o primeiro barco da Companhia das Índias Orientais ancorasse aqui, ele governou o sul de Madagascar com uma estrutura quase idílica, sustentada pelo respeito mútuo entre os diferentes clãs familiares. Não contava que seu verdadeiro inimigo seria sangue de seu sangue...

– Estamos um tanto a par do que tem feito o usurpador.

– Tem chegado notícias sobre Ambovombe até Paris? – estranhou Pierre.

– Sabemos que ele tem subjugado todos os clãs.

O médico lançou um olhar de comiseração ao antigo rei e aos demais Anosy que dormiam agrupados sob os galhos do baobá.

– Ambovombe tinha claro que, para tomar o poder, era necessário exterminar os seguidores de seu pai. Imagine o que encontrei ao retornar de minha viagem para o interior. Deixei um paraíso e regressei para a devastação absoluta, para os despojos de uma barbárie realizada bem mais além dos limites do humano. A grandiosa aldeia do rei havia sido arrasada, e de sua tribo restavam apenas estes poucos que você vê aqui, os únicos que conseguiram escapar. Ele não teve piedade nem com as mulheres ou com os filhos, e seus guerreiros levavam os recém-nascidos atravessados em suas lanças...

Não pôde continuar. Pierre permaneceu alguns segundos cabisbaixo.

– Mas como os chefes dos demais clãs consentiram essa matança? – perguntou Matthieu. – Se tivessem se mantido unidos...

– Nesta ilha não basta estabelecer acordos com os homens. Para impor sua lei, é preciso tratar de fazer aliança com os espíritos.

– Do que está falando?

– No instante em que Ambovombe se lançou contra seu pai, já havia se assegurado de anular as vontades de seus adversários, e não só se valendo do terror que infundem suas hordas de guerreiros. Sua arma fundamental vem do além.

– Mas... o que está dizendo?! – exclamou La Bouche.

– Ambovombe consegue tudo o que deseja graças ao canto de sua sacerdotisa. Quando ela canta, os nativos caem sob seu feitiço, convertem-se em marionetes a serviço do usurpador.

– Sua sacerdotisa? – estremeceu Matthieu.

– Essa mulher encarna um mito ancestral da ilha: a Garganta da Lua. Eles dizem que a Mãe Natureza se serve de suas cordas vocais, que sua melodia é mais antiga que o próprio tempo.

Matthieu não podia controlar a emoção. Newton estava certo! Ainda havia esperança para seus pais e para seu tio Charpentier! Ele quase se deixou levar, revelando que tinham ao alcance da mão a mesmíssima melodia da alma, a ansiada chave da nova alquimia, mas não disse nada. Era importante que Pierre continuasse pensando que se tratava de um simples mito da África antiga e que La Bouche acreditava ser mais outro capricho do fantasioso Rei Sol, destinado a engrossar a coleção de objetos raros que guardava no seu gabinete em Versalhes.

– Como alguém como ela acabou sob o jugo desse selvagem? – perguntou Matthieu.

– As Grandes Mães da Voz, o clã ao qual pertence, precisam de um reino poderoso que as proteja. A jovem Luna não tinha outra opção.

– Luna?

– Assim chamam a sacerdotisa.

– Que mais você sabe sobre essas Grandes Mães da Voz? – apressou-se a perguntar La Bouche.

— Após o parto, elas entregam os varões às famílias dos povoados vizinhos e ficam com as meninas. Dentre elas, de tempos em tempos, surge uma Garganta da Lua. Elas a reconhecem por seu choro ao sair do ventre da mãe. Desde esse instante, todas as demais se dedicam de corpo e alma a que seus ouvidos jamais escutem outro canto que não seja a melodia sagrada.

— Assim a melodia fica preservada sem a intromissão de matizes externos — supôs Matthieu, fascinado.

— Tal como foi entoada na primeira vez, no princípio dos dias — completou Pierre. — Faz algum tempo, assisti a uma dessas cerimônias.

— Você a escutou cantar? — exclamou o músico, com expectativa.

— Fui, já faz alguns anos, antes de iniciar minha viagem pelo interior. Estávamos num ritual de invocação ao deus Zanahary. Ambovombe, que já gestava o plano para derrotar o pai, havia começado a servir-se da feitiçaria produzida pela sacerdotisa para mostrar seu crescente poder aos demais. Eu me lembro que os chefes de vários clãs se reuniram em uma praia perto de Fort Dauphin para o sacrifício dos zebus. Ainda fluía o sangue dos bois quando apareceu Luna. Imagine a cena: quatro guerreiros a carregavam sobre um enorme escudo feito com folhas de palmeira trançada... era apenas uma adolescente, mas já se mostrava embriagadora, levada como uma deusa em todo o seu esplendor sobre a areia tingida de vermelho. Cobria sua nudez com peles de cauda de lêmures; uma mulher do clã, também sobre o escudo, ficava às suas costas, tapando suas orelhas para que não escutasse nenhum som. — Deteve-se por um instante. — Juro que, quando ela se levantou e começou a cantar, o fluxo das ondas parou e o vento deixou de soprar.

Permaneceu calado durante alguns segundos, como se honrasse sua magia. Matthieu o olhava fixo.

– Você disse que uma das Grandes Mães da Voz tapava ambas as orelhas?

– Sim.

O músico se voltou para La Bouche. Não fez grande esforço para recordar a conversa que tiveram no barco depois do encontro com Misson. A nativa que ia a bordo do *Victoire* também tapou instintivamente os ouvidos quando o *griot* começou a cantar!

– Aquela mulher não era a sacerdotisa, não se iluda – disse o capitão, lendo seus pensamentos.

– O que foi? – Pierre perguntou a eles.

– Nada, prossiga.

Mas o médico interrompeu seu relato. Observou-o durante alguns segundos, talvez percebendo o excessivo interesse do capitão por aquele clã de mulheres.

– Bem, você não me disse o motivo de sua volta – inquiriu por fim. – Claro que já sei que não foi para buscar-me...

– Tenho uma missão a cumprir.

– Aqui? Que missão?

– Matthieu é a missão. É complicado explicar...

– Não vai me explicar?

O capitão hesitou por um instante, mas terminou por confessar tudo sem rodeios. No fim das contas, já havia chegado a pensar em servir-se de Pierre como intérprete. O médico surgira como um presente dos céus.

– Matthieu precisa transcrever a melodia dessa sacerdotisa.

Ao escutar essas palavras, o rosto de Pierre se tornou ainda mais sério do que já estava.

– Não posso acreditar...

– Não sei o que o surpreende. Conhece tanto quanto eu as excentricidades do nosso soberano.

– Devia ter imaginado...

– O que está resmungando?

– Tinha de regressar a esta ilha para violar o que há de mais sagrado que eles têm? Já não basta ao rei Luís exaurir as fontes dos territórios além-mar?

– Pierre...

– Tem razão – concluiu. – Para que vamos discutir por causa de uma missão impossível de realizar? Essa mulher vive no inexpugnável povoado de Ambovombe. Nem sequer podem se aproximar de lá.

– A não ser que seja o próprio Ambovombe quem nos convide a entrar.

– Que demônios está dizendo?

– O soberano nos deu uma incumbência: devemos apresentar nossos respeitos ao novo rei dos Anosy para favorecer um clima de confiança que permita a Matthieu transcrever a melodia.

Pierre emudeceu. Levantou-se e deu algumas voltas em torno de si mesmo.

– França tecendo honras a esse assassino... – disse, por fim. – Uma embaixada...

– Representada por um músico que tocará para ele as mais belas melodias dos compositores europeus. Que melhor maneira de amansar uma besta? Não é uma ideia brilhante?

Um pequeno redemoinho de vento se formou diante do baobá.

O médico estava aturdido. La Bouche exalou um suspiro ao mesmo tempo em que ficava de pé.

– Venha aqui – disse.

Colocou o braço sobre os ombros de Pierre e o levou de lado. Matthieu recordou que o capitão usara o mesmo gesto para que ele parasse a discussão que mantiveram no barco logo após zarpar, antes de parar na ilha de Gorée. Contemplou-os enquanto se afastavam da fogueira. Inicialmente, avaliou que devia dar-lhes alguma privacidade, mas logo mudou de ideia e foi juntar-se aos dois sem nenhuma censura.

— Preciso que me acompanhe, Pierre — La Bouche estava lhe dizendo.

O médico chegou a pensar que não entendera bem.

— O quê?

— Estou pedindo ajuda, a sua ajuda, não me faça suplicar. Perdi meu tradutor na primeira investida de Misson.

— Primeiro você me diz que vai reunir-se com esse assassino e agora pede que eu faça parte de sua expedição...

— Não tenho culpa de que seja ele quem controla a ilha! — La Bouche cortou.

— Não tem vergonha? Falamos do homem que tem exterminado a minha gente! — gritou, repentinamente.

— Você é francês, maldição! Deixe de falar desta forma!

Pierre retrocedeu uns passos. Esboçou uma expressão inundada de tristeza.

— Onde foi parar o capitão que protagonizava as histórias que antes narrava junto ao fogo?

La Bouche suavizou o tom.

— Pode despedir-se sem pressa do ancião.

— Quando regressei de minha viagem e vi o que Ambovombe havia feito, prometi a eles que não iria mais embora.

Matthieu, que até então preferira manter-se distante, decidiu intervir.

— O chefe lhe salvou a vida — disse, dirigindo-se ao capitão.

— E Pierre salvou a dos feridos Anosy! — enfureceu-se La Bouche. — As vidas dos mesmos guerreiros que uma noite antes haviam mutilado os meus homens! Ele já não pagou sua dívida de modo suficiente?

– Pierre já passou dez anos confinado nesta ilha! Por que não o deixa em paz?

– Mas que diabos está acontecendo? – gritou ainda mais forte. – Não consegue perceber que estou arriscando minha própria pele por causa de sua maldita missão? Preciso de um tradutor!

– Teríamos seguido em frente mesmo se não tivéssemos encontrado Pierre!

La Bouche desembainhou a espada e a empunhou com fúria, apontando-a para o músico e o médico.

– Deixem de choramingar! Ambos acatarão minhas ordens, quer queiram ou não!

Seu queixo tremia. Seus olhos saltavam pelas órbitas, esbugalhados de raiva. Matthieu e Pierre olharam para ele com incredulidade. O capitão se arrependeu logo em seguida de ter se deixado levar dessa forma.

– Acabamos de desembarcar e esta ilha endemoninhada já está fazendo eu perder a cabeça... – desculpou-se, sinceramente.

Deixou cair a espada ao chão.

– Todos precisamos dormir um pouco – disse Matthieu, recuperando a serenidade.

Pierre levou as mãos ao rosto. Fincou os joelhos na terra. Uma legião de pensamentos hibernados despertou e ele buscou um vão em sua mente destreinada. Sobrevoou o oceano e chegou a Paris. Durante anos ele se proibira de fazer isso. Pensou em tudo o que poderia contribuir para a comunidade científica se regressasse à França, no prazer que sentiria ao pisar na calçada repleta de paralelepípedos que conduz à fonte ao lado de Nôtre Dame. Mas, sobretudo, o que mais pensou foi em sua família. Ele fora considerado morto durante dez anos. Mereciam poder abraçá-lo mais uma vez.

Ele se deitou sobre a terra e se enrolou como um novelo. A fogueira havia se extinguido. O primeiro brilho furtivo do sol infiltrou-se através da névoa suspensa que pairava no horizonte, iluminando a copa do baobá. O vento moveu os ramos menores. O tronco pareceu rugir. Ele estava vivo, talvez chorasse.

Matthieu não suportava ver Pierre derrotado. Apertou os punhos. Ele teria gostado de se jogar contra aquele marinheiro implacável; mas afinal de contas, era verdade que, mesmo não concordando com seus métodos, La Bouche tinha velado por sua segurança em todos os momentos. Engoliu seu orgulho e foi deitar-se sob o abrigo do tronco do baobá. Fechou os olhos. Prometeu a si mesmo que, no futuro, controlaria mais suas reações. Tinha de limitar-se a fazer o que em Paris esperavam dele. Não podia esquecer sua incumbência nem por um instante sequer. Em que diabos estava pensando? Tinha viajado até Madagascar para procurar Luna e transcrever sua melodia, a sagrada melodia da alma, a melodia da alma, a melodia da alma...

O manuscrito de Newton o chamou de novo no interior da bolsa. Ele gritava que precisava ser lido. "É a hora", disse a si mesmo. Remexeu entre as partituras vazias e o desdobrou com avidez. De certo modo, decepcionou-se ao ver que se tratava tão somente de umas poucas frases escritas na metade da folha.

Sol, teus raios não chegam a tocar-me,
Piscando na obscuridade como no princípio.
E eu, tua Lua, derramarei lágrimas sobre o fruto.
Quem és tu sem minha carícia,
E que posso fazer eu, senão gritar, se te apagas?

Matutou durante algum tempo sobre as possibilidades de significados da epigrama. Todas as interpretações que lhe ocorriam lhe pareciam forçadas. Como podia acreditar seu tio Charpentier que, apenas pelo fato de pisar na ilha, chegaria a compreender aqueles versos sem problemas? Voltou a guardar o manuscrito na bolsa. Deslizou a mão pela casca lisa da árvore. Parecia ainda mais imensa vista do chão. "Terá uns duzentos anos", pensou. Estava exausto. Já havia amanhecido por completo. Tinha de descansar um pouco, em breve poderiam se colocar a caminho...

Alguns Anosy murmuravam invocações aos ancestrais, olhando para o céu. Enquanto seu monótono canto lhe fazia vagar pelos labirintos que se entrelaçam entre a vigília e o sono, Matthieu pensou ouvir uma voz profunda que saía do interior do tronco: "Nenhum baobá é velho comparado com a terra do qual faz parte". Abriu os olhos. Teria dormido? Poderia jurar que tinha ouvido aquilo. Tudo naquela ilha tinha voz ou música? Procurou por Pierre e La Bouche. Ambos continuavam no lugar onde os havia deixado. Os Anosy também estavam ali, mas havia algo diferente. Era como se acabasse de despertar de um longo desmaio sofrido... após a morte de seu irmão ou talvez muito antes? Um enorme baobá de duzentos anos. Que jovem! Sentiu-se tão insignificante que lhe pareceu irrisório ter medo de alguma coisa. Por que havia se comportado de forma tão covarde, durante tanto tempo? Ele que era capaz de escutar até mesmo o pulsar da ilha... Grudou a orelha no solo e escutou, ainda mais profundamente, o pulsar daquele planeta tão imenso e por sua vez tão pequeno, que podia até ser circundado de barco por um músico com seu violino às costas. Sentiu que, acariciando o tronco do baobá, poderia também acariciar Jean-Claude e também sua mãe, a criada Marie. "O que está acontecendo comigo?", perguntou-se. Por acaso teria escutado, mesmo que à distância, a melodia da alma e já estou experimentando seu influxo? A verdade é que sua angústia se desvaneceu com a alvorada, entre as invocações dos espectros da terra vermelha, e sonhou que se balançava junto ao fole do órgão de Saint-Louis.

12

– Matthieu... – teve um sobressalto. Era La Bouche que o chamava. Tinha a sensação de que havia passado apenas um minuto, mas o sol estava alto no céu. Também estavam de pé Pierre e o oficial da patrulha. Pareciam todos mais calmos. O médico lhes explicava a forma de chegar ao povoado do usurpador, levando uns dois dias de caminhada pelo bosque de cactos.

– Os guerreiros de Ambovombe não permitirão que um grupo de soldados se aproxime do povoado – advertiu o médico. – E não custa lembrar que somos muito poucos para enfrentar todos eles.

– Não queremos lutar.

– Mas não teremos tempo para explicar-lhes nada.

A mente de Matthieu, ainda que recém-arrancada de um brevíssimo sono, trabalhava com mais agilidade do que já experimentara em toda a sua vida.

– Por isso temos de ir somente nós três – declarou, com desenvolta segurança.

Todos se voltaram para ele.

– O que está dizendo? – opôs-se o oficial.

O capitão, Pierre e eu.

Somente os três... La Bouche notou que havia algo diferente no modo de olhar, de falar e inclusive na postura de Matthieu.

– No que está pensando? – instigou-o a prosseguir.

– Será o modo para que não se sintam ameaçados. Que maior submissão poderíamos mostrar? – levantou-se. – Não era assim que deveríamos nos apresentar ante o seu rei?

– Até onde acredita que chegará sem o nosso apoio? – provocou o oficial.

– Para colar a testa no chão não precisamos de um batalhão de soldados.

Todos se calaram.

– De acordo – resolveu La Bouche, levantando-se também.

– Como?

– Reforce a posição no forte e espere até que regressemos. – ordenou ao oficial.

– Não posso acatar essa ordem!

– Estaremos de volta dentro do prazo previsto.

– O previsto era que nós lhes déssemos proteção.

– Por acaso não fui claro?

Durante alguns instantes, todos se calaram. O oficial mudou de tom, que não só soou desafiante como também preocupado.

– E se as coisas não saírem como o esperado?

La Bouche inspirou profundamente. Pensou na última batalha em Fort Dauphin, no fogo, no sangue de seus homens, no fogo... Expirou todo o ar de uma só vez.

– Nem ousem vir nos buscar, aconteça o que acontecer. Por nada! Se quando o *Aventure* voltar ainda não tiverem notícias de nós, partam para a França e contem tudo ao ministro Louvois.

Matthieu inspirou satisfeito e se manteve firme ante o olhar inquietante do oficial. Nem sequer considerava a possibilidade de falhar.

Os soldados desejaram boa sorte. O ancião de barro os olhou de soslaio do alto da rocha, e desapareceu num piscar de olhos. Pierre levou a mão à terra e a passou no rosto, atravessando sua face com traços vermelhos. A criança da cítara corria atrás de uma ave marinha. Parecia uma criança, não um deus. Os três franceses abandonaram o abrigo do baobá e partiram para a aldeia de Ambovombe sem olhar para trás.

La Bouche caminhava uns passos à frente. Não queria ouvir mais críticas. Matthieu estava esgotado, mas não se permitia um só gesto de derrota. Avançava pensando na melodia da sacerdotisa soando ao final do caminho, rodeado por uma grande quantidade de lêmures, um tipo de símio com grandes orelhas e olhos de âmbar que andava sobre duas patas e enrolava sua longa cauda num anel, como um símbolo de interrogação, simbolizando o destino incerto daquela missão atípica.

Na metade da manhã do terceiro dia de caminhada, Pierre se deteve no alto de uma colina.

– Ali está o seu inferno – disse ao capitão.

Matthieu semicerrou os olhos para ver através da luminosidade do sol e teve dúvidas se devia alegrar-se por ter chegado.

Tratava-se certamente de uma bolha do inferno no meio do paraíso, como uma área infectada. Tal como lhes havia explicado Pierre, as cabanas do clã de Ambovombe se apinhavam em uma esplanada, numa fratura bem ao centro de um intransitável mar de cactos que inundava o vale. A única forma de chegar até ali era através de uma estreita passagem aberta entre as rochas pontiagudas. Além daquela inexorável barreira natural, o reino de poeira, fumaça e armas amontoadas de Ambovombe estava protegido pelas hordas de guerreiros Anosy, que, vindos de outros povoados para amparar-se sob o crescente poder de seu novo chefe, haviam coberto de choças as ladeiras que rodeavam o vale.

No interior da esplanada central, a estrutura do povoado respeitava as estritas regras astrológicas que conduziam a vida dos Anosy. As cabanas maiores, pertencentes a Ambovombe e suas esposas, estavam no extremo nordeste, considerado o polo cerimonial de conexão com os ancestrais; a partir dali sucediam outras cabanas de diferentes tamanhos, segundo a hierarquia imposta pela origem e a idade de cada membro do clã; e já no extremo sudeste se aglomeravam os currais dos escravos e do gado. Para os Anosy, o mundo terrestre era um reflexo de seu mundo superior, e, uma vez que este tinha quatro cantos diferenciados, que simbolizavam quatro forças ou valores, qualquer construção humana tinha de respeitar impreterivelmente esses quatro polos. Alternar o equilíbrio dos pontos cardeais só poderia acarretar a desgraça e a morte.

Durante alguns instantes, não se ouviu outro som além do vento incessante e da trágica saudação que um corvo lançava do alto de uma estaca.

– Vamos descer de uma vez – ordenou La Bouche.

Os três franceses se lançaram ladeira abaixo sem trocar uma só palavra. Entraram no assentamento que rodeava o vale espinhento. As fogueiras acesas defronte as palhoças aumentavam ainda mais o insuportável calor e inundavam tudo com uma fumaça mortiça. Matthieu não podia evitar engolir em seco mais de uma vez. Avançava de queixo erguido e olhava de soslaio as expressões de estupor dos guerreiros. A pele vermelha dos Anosy se confundia com a terra. Salvo isso, em nada se pareciam com os pusilânimes espectros em que haviam se convertido os sobreviventes do clã do antigo rei. Estes sim pareciam animais de guerra, robustos, vigorosos. Muitos dos homens tinham cicatrizes, algumas bem recentes a julgar pelo inchaço e pelo pus que tinha escorrido e endurecera no peito. Estavam adornados de forma grotesca com cordames e tiras de peles e tinham o cabelo trançado para trás, deixando antever uma expressão demoníaca. As mulheres exibiam penteados modelados com barro e cobriam os rostos com uma máscara de pó branco, ralado da casca das árvores. Os amuletos brilhavam, alguns feitos de quartzo e pérolas roubadas de antigos navegantes árabes, outros com pequenos animais disformes que utilizavam nas cerimônias de possessão.

– Por que ninguém nos detém? – perguntou La Bouche.

– Porque não nos temem. Parece que seu plano está dando certo.

Era como se os tivessem esperando desde sempre. Não os impediam de passar, nem os hostilizavam. Limitavam-se a permanecer estáticos, olhando para eles fixamente, alguns esticando os braços sem chegar a tocá-los. La Bouche acariciava o punho da espada. Só se ouvia o crepitar das chamas e o ruído dos próprios passos.

Seguiram caminhando ladeira abaixo até que se viram de frente para os primeiros cactos do bosque espinhoso. Um grupo de guerreiros controlava quem entrava e saía pela trilha que conduzia à esplanada, onde estavam as palhoças de Ambovombe. Todos os músculos de Matthieu ficaram rijos, mas de novo não lhe ocorreu nada. Outra vez aquela sensação... Seria verdade que os estavam esperando? Por que não os detinham?

Pierre falou com aquele que parecia estar no comando. Matthieu e La Bouche não chegaram a saber o que foi dito. O indígena deu instruções a um adolescente, que foi correndo pelo atalho, sem dúvida para advertir os de dentro. Os demais se afastaram para os lados, deixando-lhes espaço para passar. Demorou um pouco para chegar ao final. Ali os esperava uma dúzia de guerreiros armados. Pierre trocou outras tantas frases com eles. Discutiram, houve inclusive um enfrentamento entre os próprios indígenas que Pierre gerenciou com maestria. Finalmente permitiram entrar no povoado, grudando-se às suas costas para vigiar cada um de seus movimentos.

Assim como nas ladeiras da montanha, também ali havia vários fogos acesos. Não se percebia nem um sopro de vento. O calor era insuportável. Os indígenas suavam. O suor, misturado com a banha com que untavam o cabelo, lhes caía aos jorros pelo rosto. Escutavam-se gritos constantes. Uivos. O que seria aquele tumulto? Rodearam as palhoças dos escravos até o extremo nordeste do povoado. Foi como se tivessem mergulhado num pesadelo de sangue.

— É uma cerimônia de invocação a Zanahary — Pierre informou, olhando à frente.

— É um de seus deuses?

— É o deus único dos Anosy.

Por todas as partes havia corpos tingidos de vermelho, vindos dos corantes que extraíam da terra e também do próprio sangue dos animais sacrificados na cerimônia. As mulheres entoavam melodias penetrantes com expressão alienada. Os homens dançavam agachados e abriam os braços em cruz como se estivessem simulando uma ave. Batiam no chão com grande violência, valendo-se de estacas talhadas. O povoado se afogava numa desordem opressiva. Pareciam não perceber sua presença.

— Luna irá cantar? — perguntou Matthieu.

— Acho que não. Isto é um sacrifício destinado aos ancestrais. Eles são os intermediários entre o homem e o deus. Estão pedindo que intercedam junto a Zanahary para conseguir algo que não consigo entender...

O xamã, um velho Anosy com umas das órbitas oculares vazia, oficializava a cerimônia, desconjuntando-se em movimentos convulsivos. Após alguns segundos de surpresa, o velho se aproximou deles devagar. Seu único olho oscilava, traçando pequenos círculos enquanto amontoava uma série de jaculatórias por cima dos uivos e gritos das nativas. Como se tivesse adivinhado que Pierre era o único que podia entendê-lo, falou a poucos centímetros de seu rosto, envolvendo-o em seu hálito ácido enquanto lhe tocava o cabelo.

— Não se movam...

— Traduza o que ele diz — La Bouche o apressou.

— Não entendo nada... está em transe, ele mistura palavras com grunhidos...

O xamã virou-se e, esquecendo-se por um momento deles, foi ao encontro de quatro guerreiros que arrastavam um zebu enorme. Havia chegado o momento do clímax do ritual. Ele foi fixado no meio da esplanada, com a fronte virada para o nordeste, como se os chifres fossem as agulhas de uma bússola celeste. O mais robusto dos guerreiros levantou um facão que havia sido especialmente purificado no mar e o manteve erguido sobre a corcova do animal, enquanto esperava ansiosamente que o xamã terminasse as invocações. Os mais velhos se aproximavam do animal por trás, arrancavam pelos de sua cauda e os atiravam em uma das fogueiras, cuja fumaça negra servia de invocação para que os ávidos ancestrais soubessem da oferenda. O xamã lançou ao céu um uivo estridente. Foi então que o Anosy do facão se virou com todas as suas forças e partiu em dois a corcova, com um corte limpo. As sacudidas agônicas do zebu tentando libertar-se salpicaram de sangue os que se aglomeravam ao redor dele. O Anosy deu um passo para trás e lançou o facão debaixo da papada. O animal dobrou as patas e caiu sobre seu flanco junto à fogueira. Os indígenas explodiram numa gritaria ensurdecedora e avançaram para despedaçá-lo. Os mais velhos repartiram as vísceras cruas, enquanto os mais jovens disputavam a galhada grossa e afiada.

Matthieu olhou para os lados. Pó, sol abrasador atravessando a fumaça, muralhas de cactos, gritos, olhos de marfim injetados, estacas golpeando com força o chão. O xamã voltou a prestar atenção neles com seu único olho. Sua expressão... Disse algo em voz alta, de pé, empapado de sangue, repentinamente com demasiada serenidade. Matthieu soube que devia começar a se preocupar. Todos os Anosy do povoado começaram a avançar devagar até eles.

— Não pode ser... — murmurou o médico.

— O que aconteceu?

— O xamã disse que o deus ouviu suas súplicas e enviou os culpados.

— Os culpados? — alarmou-se Matthieu.

— Ele se refere a nós? — exclamou La Bouche. — Do que somos culpados? Explique a eles o motivo de estarmos aqui! Diga a eles que somos uma comissão do rei da França!

Desembainhou a espada, mas de imediato os guerreiros que os escoltavam a arrancaram de sua mão. Parecia uma maré vermelha de corpos que os engoliu como um rio de lava. Lenta e implacavelmente. Matthieu não podia ver, dava voltas pelo solo entre centenas de pés, a terra empoeirada entrava, afogando a boca e cegando os olhos. Escutava amortecido os gritos do capitão e os de Pierre. Os guerreiros os prenderam pelos tornozelos e pelos pulsos.

Foram levados à palhoça maior. A única coisa que havia em seu interior era um tronco de baobá talhado no chão, com umas argolas cravadas nas quais os ataram com cipós. La Bouche continuava se debatendo. Um guerreiro achatou sua cara contra a terra e fez gestos, como para advertir o que aconteceria se ele tentasse escapar. Logo depois, foram deixados sozinhos. Estava escuro, salvo pela luz que se infiltrava entre as ripas de madeira da parede.

– Diga-nos o que está acontecendo, Pierre – suplicou Matthieu.

– Por que nos trouxeram aqui? Chegou a dizer para eles quem somos? – perguntou La Bouche.

Mas Pierre permanecia calado, o olhar ancorado num grande círculo vermelho desenhado sobre a terra, no centro da palhoça.

– É a isto que se dedicam seus amigos negros – espetou La Bouche, refugiando-se por trás de seu pior comportamento. – Vão nos arrancar o coração para enfiá-lo num caldeirão.

– Sem dúvida, aprenderam conosco – foi a única coisa que respondeu o médico.

Matthieu tentava escutar os sons que chegavam de fora, mas, quando se concentrava para decifrá-los em sua cabeça, voltava a insuportável dor de ouvido que sofreu pela primeira vez em frente ao monumento funerário, nas bordas de Fort Dauphin. Agoniado pela ansiedade, não deixava de tentar libertar-se das cordas. Em pouco tempo, conseguiu soltar a mão direita. Permaneceu alguns segundos observando o punho ensanguentado, os dedos roxos.

– Depressa, solte as minhas! – pediu La Bouche ao vê-lo livre.

— Que diabos está fazendo? — assustou-se Pierre. — Isso só vai dar mais motivos para que nos partam o crânio com uma só machadada.

— Eles vão fazer isso de qualquer maneira!

Não tiveram tempo de tomar uma decisão. A porta da palhoça se abriu de uma só vez. Era o xamã. Vinha acompanhado de um punhado de nativos que portavam amuletos e tochas acesas. Aproximou-se dos três franceses, murmurando uma série de frases rápidas. Matthieu escondeu as mãos nas costas.

— Pergunte quando o rei irá nos receber! — voltou a pedir La Bouche.

— Não posso entendê-lo! Cale-se!

— Diga que somos uma comissão do rei! Diga!

Por mais que tentasse se fazer ouvir, o xamã intensificava seu tom de voz sem lhe prestar atenção. Depois de sacudir o rabo do zebu sacrificado por toda a palhoça, seguiu invocando até o canto nordeste, onde estava o ponto de conexão com os ancestrais. Os demais repetiam suas frases, inundando o ar de um ruído gutural que, ao misturar-se com a fumaça das tochas, formava uma massa irrespirável.

— Ambovombe não vai nos receber — declarou Pierre, por fim.

— Por que não?

O capitão fez força de novo para soltar-se.

— Não há dúvida de que é o final... — sentenciou o médico com uma estranha calma, enquanto dois guerreiros se balançavam sobre ele.

Soltaram os cipós que o mantinham atado na argola e o atiraram com violência no interior do círculo vermelho. Pierre não oferecia nenhuma resistência. Matthieu estava horrorizado.

Já não importava mais que percebessem que estava com as mãos livre. Arrastou-se pelo chão até onde lhe permitiam as cordas atadas nos tornozelos, esticando-se até seu novo amigo.

– Pierre! – soluçou.

– Ele disse que seu rei perdeu A Voz – traduziu aquilo com uma serenidade assombrosa.

– Que diabos quer dizer isso? – chiou La Bouche.

– Não sei. O xamã só repete várias vezes que tem de nos sacrificar para que os ancestrais a tragam de volta...

Dois guerreiros grudaram ao chão a cabeça do médico. O xamã pegou um facão.

– Pierre, não se renda! Explique que somos enviados do rei da França! Diga-lhe outra vez mais, maldição!

Mas o médico se limitava a apertar os olhos, esperando o golpe.

O capitão começou a gritar por cima das invocações do xamã. Este, seguindo os passos de um estrito ritual, fez em si mesmo um corte no ombro e levantou o facão. O fio da lâmina gotejava seu próprio sangue. Matthieu levou às mãos ao rosto. Que podia fazer? Pensou na experiência vivida no campo dos baobás. Por que se encontrava naquele cenário demoníaco? O que se esperava dele?

A música...

Tirou apressadamente o violino da bolsa que ainda levava nas costas. Suas mãos tremiam. Foi manusear o arco, mas, pela pressa, ele escorregou entre seus dedos e quicou no chão, indo cair um pouco longe. O coração lhe saía pela boca. Estendeu o braço tanto quanto pôde, mas ainda lhe faltavam alguns centímetros para alcançá-lo. Os indígenas repetiam alucinados as palavras do xamã. Este mantinha o facão no alto, esperando o momento certo de seccionar o pescoço de Pierre como se tratasse da corcova de um zebu. Matthieu deslizou no chão num último grito desesperado e esticou todo o seu corpo até o arco, esfolando a pele dos tornozelos com as cordas. Fez isso no instante em que um dos guerreiros girava a cabeça. Sem ter tempo de se livrar dos cipós, começou a tocar, estirado como estava no chão, apenas apoiando a caixa do violino no queixo para mantê-lo direito.

Uma música suave se apoderou da palhoça. Começou como o choramingo de um cachorro encolhido num canto, porém pouco a pouco foi convertendo-se em uma linha, breve e definida, que a cada compasso adquiria mais corpo. Por que tocava aquelas notas?

Lançou um rápido olhar para os indígenas. Não podia acreditar. Todos ficaram surpreendentemente quietos, escutando hipnotizados a melodia que saía do violino.

– Que estranha força move minhas mãos? – Matthieu se perguntou, sem deixar de tocar.

Recordou-se da noite em que esteve em Versalhes, quando interpretou o dueto de Amadis diante do Rei Sol. Naquela ocasião, seu irmão o inspirou da dimensão paralela onde se eternizam todos os sons. Agora sabia que não era Jean-Claude quem o ajudava, mas notava uma estranha força que o fazia deslizar os dedos de forma natural sobre as cordas. Não estava tocando uma composição própria; tampouco uma peça alheia, recente ou antiga; e, ao desconsiderar esta terceira possibilidade, assustou-se: não estava improvisando.

O que tocava?

Pouco a pouco, enquanto repetia várias vezes a mesma sucessão de notas, foi caindo em si. Vieram a sua mente imagens do barco, recordou os delírios das febres durante a tempestade, a noite em que esteve ao ponto de jogar-se ao mar, convencido de que a sacerdotisa cantava para ele por cima do vento e das ondas...

Não tinha dúvida! Estava repetindo o fraseado que acreditou escutar no convés! Mas como poderia ter fixado isso na memória se nem sequer foi real?

Na lâmina do facão do xamã cintilavam as chamas da fogueira. Os guerreiros seguiam paralisados, o olhar fixo no violino. Matthieu não queria pensar no que estava acontecendo, para que a magia não se rompesse. Pierre e La Bouche tampouco se atreviam a mover um só músculo, um encolhido sobre o círculo ensanguentado e o outro com as costas grudadas ao tronco. Continuou tocando o mesmo fraseado, unindo sem pausa o começo ao fim. Nem sequer se deu conta de que o usurpador em pessoa entrava na palhoça e, aproximando-se do xamã, tirava a lâmina de sua mão.

Matthieu ainda continuava tocando com os olhos fechados, de forma quase imperceptível. Ambovombe cheirava a terra úmida. Gotas de suor se tornavam pastosas, misturadas à tinta que cobria seu corpo. Como muitos de seus guerreiros, tinha o peito cheio de escoriações. O fogo iluminava os discos prateados que pendiam do seu cinto e que tilintavam ao bater uns contra os outros. O músico abriu os olhos e se encontrou com o olhar venoso do selvagem. Seu coração acelerou e reavivou sua interpretação, temendo que, se parasse de tocar, o pesadelo voltaria. Ambovombe ouviu com atenção as notas que saíam do instrumento até que, em dado momento, o arrancou de suas mãos. Levantou-se e examinou-o com curiosidade. Introduziu o dedo indicador pelas aberturas da caixa, beliscou as cordas, girou as cravelhas, cheirou, arranhou a madeira com a unha, causando um guincho dissonante.

– Meu violino... – murmurou Matthieu.

Do estômago do usurpador emergiu um grito ressonante e apareceu um grupo de mulheres com a cabeça abaixada, em sinal de submissão. Deu-lhes ordens sucintas e se perdeu entre a fumaça, com o instrumento na mão.

13

As mulheres indígenas pareciam tentáculos revoltosos de um polvo. Cortaram as cordas que mantinham os três franceses ligados ao tronco de baobá. Não paravam de falar, todas ao mesmo tempo. Pierre não entendia uma só palavra. Quando as mulheres os tiraram de lá, levando-os para a choça da circuncisão, que era considerado o local mais nobre do povoado, Pierre disse a seus companheiros que nem tudo estava perdido.

Austera e vazia, a choça apenas se diferenciava da outra cabana por sua função, e pelo nível de atração que cada uma exercia sobre os antepassados que, supostamente, estariam vagando numa dimensão difusa, mas que, sem dúvida, nunca deixaram de aparecer nas vidas diárias dos Anosy. As indígenas colocaram em um extremo da palhoça meia cabaça com um líquido escuro, e diretamente sobre o chão de terra um monte de alguma coisa amarela que talvez fosse farinha tostada. Pierre utilizou o líquido para limpar-se das feridas que lhe haviam feito em seu rosto quando os guerreiros o arrastaram até o círculo ritual. E nem hesitou em meter na boca um punhado daquela comida. Matthieu não estava com fome ou com sede, nem sequer podia mover-se, ou simplesmente pensar. Estava recostado a uma parede. O fraseado que tocou ao violino havia consumido suas forças, cada batida do seu coração exigia um esforço, mas, apesar de sua condição, ele continuou repetindo uma pergunta: – De quê eram considerados culpados?

– Não sei o que passou pela cabeça deste demente– , disse Pierre, enquanto mastigava outro punhado de comida. – Que diabos você tocou? Pense numa outra peça para mais tarde!

Matthieu preferiu ser cauteloso e não mencionar que aquele fraseado era o mesmo que ouviu durante a tempestade, pelo menos até saber com certeza o que tinha acontecido.

– Primeiro tenho de recuperar meu violino – limitou-se a dizer, voltando-se para a entrada da cabana no momento em que alguém abriu a porta por fora.

Foram levados até a esplanada onde haviam celebrado o sacrifício do zebu. Os índios formavam um único corpo suado, de umas mil cabeças. Os três franceses mal podiam se mover pelo estreito espaço que se abria a cada passo que davam. Entre a fumaça das fogueiras e o calor enorme, o povoado se ocultava por trás de uma ondulante capa nebulosa. Era difícil respirar. O usurpador Ambovombe estava sentado ao fundo, sobre um pedestal de troncos coberto de pesos espanhóis de prata, que quatro guerreiros tinham acabado de despejar a seus pés.

– Para que ele quer este monte de moedas? – murmurou Matthieu.

– Para deslumbrar a seus vassalos. – aclarou Pierre.

Mas aquilo não era apenas um sinal de prestígio social. Desde pequeno, Ambovombe havia estudado os franceses que insistiam em se estabelecer em Fort Dauphin, e sabia que os pesos de prata eram muito mais duráveis do que as pérolas de vidro, fabricadas na Europa para enganar os nativos de além-mar. Sua aguçada intuição compensava com vantagens sua ignorância, se é que alguém pudesse ser chamado de ignorante depois de ser criado com o amparo da sabedoria natural do antigo rei.

– Ele não é tão ingênuo como outros reis da costa oeste africana. – interferiu La Bouche. – Por isso nos deu uma oportunidade.

– Se nos deu esta oportunidade, foi graças à minha música.

– Cale-se e baixe o olhar. – sugeriu Pierre, detendo-se em frente ao pedestal.

O coração de Matthieu deu um salto quando viu que Ambovombe levava seu violino na mão, agarrando-o de forma grosseira pela haste do braço. Mais do que nunca, sentiu seu instrumento como se fora uma parte arrancada de seu corpo.

– Onde aprendeu aquela música que tocou na cabana? – questionou o usurpador, sem preâmbulos.

Sua voz ardia como brasa.

Pierre traduziu aquelas primeiras palavras, e esperou a resposta do músico com a mesma impaciência que incomodava o indígena.

– Diga-lhe que a tinha ancorada em meu coração.

– Matthieu...

– Traduza, Pierre.

– Diga de uma vez por todas que diabos você tocou na palhoça e deixe que eu me ocupe do resto. – insistiu o capitão, baixando a voz. – Não vá estragar tudo agora.

– Tra... du... za..., Pierre. – repetiu Matthieu, reforçando cada sílaba.

O médico traduziu. Sobre o rosto contido de Ambovombe, formou-se uma expressão de indignação.

– Já esteve em minha ilha antes?

Matthieu engoliu em seco. Ficava doente só de ver como o chefe agitava o violino no ar sem nenhuma delicadeza.

— Não.

— E como podia conhecer a melodia sagrada? — gritou, agora de forma desafiadora.

— Sagrada? — revoltou-se o capitão.

— Acaso sabe onde está essa serpente? Quando a ouviu cantar?

Matthieu reviveu de súbito o conjunto de sensações que explodiram dentro dele no dia em que viu a nativa de pele acobreada no convés de *Victoire*. Ele sabia que era ela! A sacerdotisa, a melodia! Acariciou a lembrança de forma sutil, esquecendo-se por um momento de onde estava. Estava feliz em saber que, mesmo que nunca mais seus caminhos se cruzassem novamente, ele levava consigo um fiapo de sua voz pura.

La Bouche olhou para ele, assustado.

— Então era verdade... Você escutou o canto da sacerdotisa através da tempestade... Aquilo foi real...

— Foi só um fraseado — respondeu, controlando a emoção que crescia dentro de si.

— E, dias depois — seguiu murmurando o capitão —, a mulher que viu no barco de Misson...

— Eu lhe disse. Ela tapou os ouvidos ao escutar o canto do *griot*...

— Não é possível... — La Bouche seguia desfiando no cérebro as recordações da noite da tempestade. — Mas como podíamos estar tão próximos do outro navio para que você conseguisse ouvir seu canto?

Pierre não conseguia livrar-se de seu assombro.

— Você sabia que Luna havia fugido com o pirata?

O olhar cruel de Ambovombe se decompunha enquanto esperava por uma resposta que o francês não lhe dava. Seus súditos o observavam aterrorizados, temendo que fosse o prelúdio de um novo ataque de ira, como os que sofria desde que a sacerdotisa escapara com o pirata. Finalmente ele entrou em erupção. Gritou alguma coisa que Pierre não chegou a entender e, com raiva, jogou o violino para o céu.

O violino subiu, dando voltas sobre si mesmo.

Matthieu sentiu como se o tempo tivesse parado.

– Meu violino...

Caiu no meio da multidão. Um dos Anosy o agarrou no ar. Aqueles que estavam ao redor dele rebentaram em uma gargalhada nervosa. Ficavam analisando aquele objeto com uma curiosidade irresistível, mas, ao mesmo tempo, aterrorizava-os tocá-lo. Foram passando de um para outro, como se lhes queimasse as mãos. Matthieu foi entrando naquela massa de gente, tentando encontrar um vão para passar, empurrando e gritando como um louco. Chegou um momento em que, sem saber como, o violino foi parar em suas mãos. Segurou-o contra o peito e rugiu como um leão encurralado.

– Xamã! – Ambovombe gritou, tentando encontrar o bruxo no meio da multidão. – Reinicie o sacrifício!

As bocas de mil cabeças Anosy abriram-se ao mesmo tempo, deixando escapar um resfolegar de ar fétido saído de seus pulmões de terra. Era impossível tentar qualquer coisa. La Bouche tentou corrigir a situação.

– Pierre, diga-lhe de uma maldita vez que eu sou um mensageiro do rei da França. Repita quantas vezes for necessário, até que ele entenda!

O médico se esforçou em dotar a frase de um tom suave de protocolo. Ambovombe deteve seus guerreiros com um gesto preciso e permaneceu pensativo por alguns segundos.

– O rei os deixou sozinhos em minha ilha? – disse, por fim.

– Não necessitamos de soldados para trazer sua mensagem.

– Não teme a mim?

– Nós sabemos que estamos submetidos a seus desígnios, majestade, mas temos de acatar as ordens de nosso soberano. Somos uma humilde comissão vinda em paz.

Pierre se esforçava para escolher as palavras corretas. Ambovombe se mostrava mais calmo ante a enfática adulação do francês, mas Matthieu não gostava de sua expressão.

– O que me oferece esse rei, além das vidas de vocês?

– A música que você ouviu na cabana – disse Matthieu, com segurança, apertando ainda mais o violino contra o corpo. – Quem mais poderia tocá-la para Vossa Majestade?

La Bouche festejou a rápida saída do músico. Mesmo que as coisas seguissem caminhos diferentes do que fora planejado em Versalhes, aquela era a base inicial do plano.

– Sua Majestade Luís XIV envia ao senhor este músico como prova de admiração pelo seu crescente poder – aproveitou para dizer, segundo o que tinha anteriormente preparado, antes de justificar por que Matthieu conhecia a melodia. – Como o senhor viu, ele é capaz de ler na memória dos homens e tocar qualquer coisa que já tenham ouvido antes.

Pierre terminou de traduzir. Matthieu soltou um olhar de recriminação a La Bouche. Sem dúvida, ele havia passado dos limites. Se Ambovombe o pusesse à prova naquele momento, rapidamente descobriria a farsa.

– O que seu rei quer em troca? – foi, por sorte, o que indagou.

Matthieu respirou fundo. La Bouche viu um caminho se abrir. Tinha de aproveitar o momento para expor a segunda parte do plano.

– Só a oferecer, nada a pedir – respondeu com astúcia, arqueando-se numa reverência forçada. – Podemos conversar em particular? – propôs.

Ambovombe desceu do pedestal. Os indígenas se apertaram para abrir espaço. Aproximou-se dos franceses, observou-os de perto, como se examinasse o interior de seus olhos, e ordenou que fossem atrás dele. Abandonaram a esplanada, seguidos do xamã e de um punhado de guerreiros de escolta.

Enquanto caminhavam lentamente, o capitão começou a lhe expor a oferta. Se Ambovombe concordasse que os barcos da Companhia desenvolvessem em Fort Dauphin a tão ansiada atividade comercial, permitindo explorar os recursos da ilha, cada um dos ditos barcos levaria em seus porões uma carga de pólvora e armas para seus guerreiros.

Pierre não podia acreditar no que La Bouche lhe pedia para traduzir.

– Você disse, de verdade, pólvora e armas?

– Ambovombe irá adorar de não ter de permutar uma a uma – assegurou o capitão com desdém, como se tirasse a importância do que disse. – Traduza já! E não volte a me questionar.

Pierre sabia bem o que aquilo significava. Os capitães franceses que chegaram a Fort Dauphin há dez anos haviam sido proibidos de realizar transações monetárias com os nativos, por isso, quando precisavam comprar víveres ou escravos, eram obrigados a negociar com armas. Ambovombe conhecia o poder da pólvora, apesar de a expulsão dos colonos fazer desaparecer suas aspirações a montar um verdadeiro arsenal. Desde então, ele teve de recorrer ao contrabando com os piratas, mas aquele sistema estava resultando em algo lento e caro: por uma escrava madura não lhe davam mais de dois fuzis, dez libras de pólvora e uma garrafa de aguardente; por um escravo jovem, no auge da força física, quatro fuzis, uma braça de lona, um espelho e duas garrafas de aguardente.

– O que é isso? – Matthieu se alterou.
– Você não é o único com uma missão a cumprir aqui.
– Você vem mentindo a mim desde o primeiro dia...

La Bouche pediu desculpas ao usurpador com um gesto cerimonial e levou seus companheiros alguns passos ao lado.

– Este selvagem vai acabar perdendo a paciência, maldição.
– Você estava sabendo disso? – Pierre perguntou a Matthieu.
– O Rei Luís apoiando Ambovombe...
– É nisso em que ele vai acreditar – tentou apaziguar o capitão, adotando um tom cúmplice. – Lembre-se: quando chegarmos a firmar o assentamento na ilha, estaremos finalmente prontos para acabar com sua crueldade.
– Nossa presença só irá mostrar a ele o pouco que ainda desconhecia da baixeza humana.
– Armas... – repetiu Matthieu, tentando encaixar o ato para segundo plano, convencido de que La Bouche sacrificaria a busca da melodia se pensasse que isso poderia prejudicar a assinatura do tratado. – Meu tio Charpentier estava a par deste plano duplo?
– Duvido que o Rei Sol compartilhe os assuntos de Estado com seus músicos – murmurou La Bouche.

Pierre deu-lhe um olhar carregado de comiseração.

– Foi você que mudou bastante durante estes últimos dez anos, capitão. Muito mais do que eu.

Em seguida, o médico traduziu o que La Bouche pedia sem parar para pensar sobre o significado e o alcance de suas palavras. Caso contrário, não teria sido capaz de fazê-lo.

– Vou fornecer mais armas do que todos os seus guerreiros poderiam pensar em disparar em toda a sua vida – o capitão tentava seduzir Ambovombe.

– Logo virão outros barcos, com outras bandeiras – objetava o indígena, exibindo sua intuição.

— Dedique-se a assegurar a perpetuidade de seu território e eu me encarregarei de colocar a coleira nos ingleses e nos holandeses — respondeu La Bouche, também ciente de que, se Ambovombe abrisse as portas de Madagascar aos franceses, o restante dos comerciantes europeus reavivariam suas ânsias mercantis sobre a ilha. — Vossa Majestade só necessita dar-me sua aprovação e voltarei imediatamente a Paris para preparar tudo.

Matthieu saltou como uma mola.

— Capitão, o senhor esqueceu a melodia?

— Por que não deixa, pelo menos, que eu termine com sucesso a minha parte da missão? Ainda não percebeu que agora não há nenhuma melodia para copiar? Luna fugiu com Misson!

— E quanto às outras Grandes Mães da Voz? Devem ter nomeado uma substituta!

La Bouche ficou em silêncio. Certamente não tinha pensado nelas.

— Onde estão essas mulheres? — murmurou.

Ambovombe, farto de que falavam uns com os outros e não entender uma só palavra, finalmente tomou uma decisão.

— Quando criança, pude ver como meu pai estendia a mão para o governador da França — proclamou, em voz alta. — E também vi como esse traidor lhe correspondia com o fogo de seus canhões.

— Mas...

— Escuto a fumaça...!

— Como disse?

— A fumaça do zebu sacrificado, a palavra dos ancestrais!

— Pierre, traduza! — impacientou-se La Bouche.

— Fala da fumaça negra do ritual.

— Maldição, que fumaça?

— Não posso fechar meus ouvidos a suas palavras! — seguiu Ambovombe, antes de arrematar para o xamã. — Quero todo o sangue deste francês em um alguidar! Os ancestrais se saciarão esta noite!

— E os outros dois?

— O músico e o tradutor, eu os quero vivos!

— Que estão dizendo? — gritou La Bouche. O médico tentava se convencer de que havia ouvido mal. — Pierre, diga-lhe que sem dúvida ele não percebeu o alcance de minha proposta!

O xamã desembainhou o facão e se aproximou do capitão. Justo no momento em que tentou prendê-lo, o capitão inclinou-se para trás num movimento rápido e bateu-lhe no rosto com o cotovelo, quebrando seu nariz.

— Corram!

Foram correndo sem pensar entre as cabanas, buscando a trilha que levava para fora do povoado. Evitaram uma fogueira, e deram de cara com os muros de cacto. Onde estava a saída? E o que poderiam fazer quando a encontrassem? Os franceses olharam de um lado para outro com a respiração ofegante. Em dado momento, Matthieu percebeu que o ar se inundava com um cheiro repugnante. Continuou correndo, rodeou as cabanas dos escravos e currais de gado e viu-se diante da cena mais espantosa que haveria de contemplar por toda a sua vida: sobre um círculo de cinzas salpicado de estilhaços e de farrapos de couro, aglomeravam-se mais de trinta mulheres empaladas.

— Meu Deus...

Dominou o vômito. Sentiu uma tontura repentina, como se tivesse recebido um contundente golpe na cabeça.

— Não pode ser... — Pierre ficou horrorizado.

— São...

— As Grandes Mães da Voz. Toda a estirpe.

Ficaram alguns segundos imóveis, com os olhos ancorados naqueles corpos violados, alguns enrugados pela idade antes que ressecassem ao sol, outros que não haviam despertado à puberdade ainda – mas já haviam se tornado simples bolsas de ébano. Corpos trespassados naquele bosque de postes na vertical, coroados com galhadas de zebu. A maioria deles tinha os pés mutilados pelos abutres.

La Bouche virou a tempo de ver que o xamã chegava ao lugar acariciando seu facão, seguido pelo usurpador e um punhado de guerreiros.

– Eu sei onde está Luna! – gritou.

– Ele sabe onde está Luna! – traduziu Pierre de forma automática.

Ambovombe sentiu uma pontada no peito.

– Detenha-os! – ordenou.

– Não! – desesperou-se o xamã.

– Não me conteste! – ameaçou Ambovombe. Aproximou-se de La Bouche com o olhar que utilizava para amedrontar seus súditos. – Você quer dizer que sabe onde ela está?

– Imagine como seria se você conseguisse trazê-la de volta... – murmurou, nervoso, o capitão. – O povo Anosy ficaria muito mais assombrado ao constatar seu infinito poder.

Pierre traduziu como podia, ofegante pela corrida. Matthieu, horrorizado, ouviu estas palavras do selvagem:

– Traga-me a sua cabeça e deixarei que o rei da França volte a enviar seus súditos a Fort Dauphin. Sua cabeça... – as palavras retumbavam no cérebro do jovem músico. – Desde que estes súditos tragam com eles as minhas armas – acrescentou.

Matthieu sentiu algo como um espasmo. La Bouche, no entanto, não pôde reprimir um sorriso de satisfação.

– Por que está olhando para mim? – gritou ao músico. – Você terá a sua melodia! O que lhe importa sua cabeça?

– Isto é um pesadelo... – Pierre se lamentou, antes de enfrentar Ambovombe sem a menor cerimônia. – O que essas mulheres fizeram para merecer tal punição?

– Todas sabiam o que a Garganta da Lua planejava – declarou um índio, com uma calma gélida. – É o castigo que merecem os traidores.

– A maioria são meninas, crianças ainda... – murmurou Matthieu, sacudindo a cabeça. – Como poderiam saber?

– Elas haviam escolhido outra para ocupar a posição da sacerdotisa... – completou Pierre, numa voz fraca.

Ambovombe cuspiu na que estava mais próxima e abandonou o lugar, seguido pelo xamã e pelos guerreiros.

La Bouche se agachou e deixou cair o olhar. Matthieu perambulou entre os postes, tocando o sangue seco sobre a madeira. Ajoelhou-se no chão, ao pé de uma Grande Mãe da Voz, cujo cabelo liso lhe caía até as nádegas. Sentia uma pressão insuportável na cabeça, como se todas as Grandes Mães da Voz gritassem em lamento ao mesmo tempo. O odor fétido voltava a tornar o ar irrespirável.

– O antigo rei dos Anosy não se parecia em nada com seu filho – disse o médico, em um gaguejar nervoso. – Seu povo o amava. Limitava-se a proteger suas terras...

Matthieu se voltou por um instante, para comprovar que La Bouche não podia ouvir.

– Juro que não faremos nada que possa aumentar o poder de Ambovombe – declarou, com gravidade. – Confie em mim.

– Madagascar era um paraíso – o médico continuou, inconsolável. – As dezoito tribos viveram em harmonia durante séculos, cada uma em seu território, até que nós colocamos os pés em suas praias. Trouxemos o germe. Não! Nós somos o germe. As comunidades malgaxe não tinham conhecimento dos monstros. Em seus mitos e lendas, vivos e ancestrais lutavam entre si, mas não havia monstros. Nós criamos o primeiro!

Matthieu tinha a sensação de cair em um abismo. O clã das Grandes Mães da Voz, depois de ter superado os caprichos mais devastadores da natureza, tendo conseguido controlar as paixões dos antigos reis da ilha, perpetuando-se sob seu amparo geração após geração, foi exterminado. A origem sucumbindo ao monstro, como na ópera da Orangerie, e ele, um Amadis, procurando sua princesa fugida. A melodia agora só tinha uma voz, virgem e renegada: a da jovem de cabelos negros que navegava rumo à Libertalia. Emocionava-o pensar que dali a algumas horas iria sair em sua busca, mas, ao mesmo tempo, sua mente estava nublada com pensamentos assustadores. Não podia dar meia-volta... precisava da melodia! Ainda que cada passo o fizesse chegar mais perto do aterrador final que parecia preparar-lhe o destino: o violino no chão, sobre o sangue derramado, impregnando a partitura e seus dedos, aqueles que nunca mais voltariam a tocar.

Dedicou uma última olhada aos corpos vazios das Grandes Mães da Voz. Queria gravar aquela imagem a fogo em suas retinas, levar o odor da decomposição e das cinzas grudado em sua pele, o eco dos gritos capturados e presos naqueles troncos afilados

os gritos

os gritos

ressoando para sempre na caverna mais profunda de seu coração.

14

Passaram várias horas jogados no chão na cabana de circuncisão. Matthieu convencera Pierre de que deveriam entrar no jogo do capitão. Seria difícil, trágico, mas necessitavam fazer aquilo para ir à Libertalia e regressar a Fort Dauphin a tempo de subir a bordo no barco da Companhia. Seriam obrigados a improvisar para truncar os planos de La Bouche e salvar a sacerdotisa.

A noite já tinha caído quando La Bouche decidiu falar.

– No dia em que cruzamos com Misson em alto-mar, ele me disse que, para chegar até ele, só precisaria encontrar seu suboficial Caraccioli.

– Caraccioli, o sacerdote pirata? – perguntou Pierre, de forma mecânica.

– Assegurou-me que o encontraria no antigo cemitério dos barcos. Ao que parece, está navegando na rota do sul para melhorar as cartas náuticas.

Pierre concordou com a cabeça ligeiramente. Conhecia bem o lugar ao qual o capitão se referia. Estava localizado em Sainte Luce, uma praia perto de Fort Dauphin, onde os primeiros colonizadores franceses a pisar na ilha construíram um forte, do qual só existiam então apenas algumas pedras e os destroços de navios encalhados.

– E se Caraccioli não for encontrado? – objetou Matthieu.

– Vou construir uma plataforma de emergência em um dos barcos que possa suportar a viagem e sair em busca dele – disse La Bouche. – Mais cedo ou mais tarde vamos cruzar com ele.

Durante uns segundos todos se calaram.

– Isso é uma loucura – murmurou Pierre.

– O que o preocupa? Não teriam como me colocar em situação mais fácil.

– Fácil? Você está querendo se lançar em alto-mar em uma balsa! E o que conseguiremos encontrando Caraccioli? Você pensa em dizer-lhe que nos leve até a colônia secreta para que possa catar pelo pescoço a protegida de Misson?

– Misson me propôs a possibilidade de unir-me a eles, assim bastará dizer que aceitei a oferta.

– Sim, faça isso e terá de viver uma temporada em sua república para ganhar sua confiança, aceitando as missões que irão lhe incumbir como prova de fidelidade! Quem sabe o mandem aos Comores ou a Zanzibar!

– Não temos tanto tempo assim – retorquiu Matthieu.

– Já pensei em tudo – tranquilizou La Bouche.

– Que dirá quando perguntarem pelo *Aventure*? – prosseguiu o médico.

– Vou dizer que decidi sair enquanto o reparávamos após o ataque, que meus homens não quiseram se juntar a mim e lhes permiti continuar a viagem até a Índia, então apareceu você e intermediou um barco com os Anosy.

– E como explicar a presença de Matthieu nisso tudo?

Foi o próprio músico que respondeu, ajudando a delinear o único plano de que dispunham naquele momento.

— Digo-lhe que Sua Majestade mandou-me para a Índia para recrutar novos músicos e instrumentos exóticos para o balé de Versalhes.

— Muito inteligente! — festejou La Bouche.

— E que eu sempre fui fascinado pelas lendas de piratas — completou —, assim, joguei-me cegamente em uma nova vida de aventuras. No final das contas, essa é a própria história de Misson. Por que ele não acreditaria em mim?

— Misson é um grande amante da música — disse La Bouche, atento ao gesto de preocupação de Pierre. — Nós o seduziremos com a ideia de ter um violinista real em sua colônia.

O médico refletiu por alguns segundos.

— Vamos supor que conseguiremos convencer Caraccioli a nos levar até Libertalia. Como faremos para sair de lá depois? Você também pensou nisso?

— É verdade... — Matthieu murchou.

— Misson disse que ele tinha se proposto a renovar todas as cartas náuticas de Madagascar, não é? — lembrou La Bouche. Matthieu assentiu. — Portanto, temos a solução: convencê-lo de que minha primeira missão será desenhar o mapa da costa sul. Ele sabe melhor do que ninguém que eu conheço a área de Fort Dauphin: seus bancos de areia, arrecifes, a profundidade das baías... Tenho certeza de que, quando eu fizer essa proposta, ele vai arrumar um barco e o colocar à minha disposição. À noite, antes de zarpar, decapitarei a sacerdotisa e, quando se derem conta, já não serão capazes de nos alcançar! — Matthieu sentiu o coração acelerar até a exaustão. O capitão se dirigiu a ele. — Você terá de se apressar para transcrever a melodia.

— Farei isso no tempo certo — conseguiu articular.

— Bem, é assim que faremos. Entregaremos a cabeça da garota ao usurpador e voltaremos para a França com a partitura e o tratado assinado!

Descansou sobre a parede de madeira com o mesmo olhar de satisfação que mostraria depois de ter dado uma festa. Matthieu se esforçava para não deixar transparecer a ansiedade. Enquanto La Bouche aplainava o terreno a cada passo, ele se deixava arrastar a um desenlace comum nas tragédias gregas.

– Pierre – interveio o capitão –, você ainda não falou nada.

O médico observou atentamente um guerreiro Anosy que, drogado pela seiva das folhas que mastigava, introduziu a cabeça por uma janela da palhoça.

– No final das contas, as coisas não podem ficar pior do que estão – resumiu.

Na manhã seguinte, foram levados de volta para a esplanada das assembleias. Ali os esperava um punhado de guerreiros que os escoltariam até o cemitério de navios. O xamã os abençoou com um álcool vermelho destilado a partir da casca da árvore que crescia nas encostas do vale e falou aos antepassados, com um olho nas nuvens, como se conversasse com uma pessoa viva. Sem mais delongas, os três franceses seguiram atrás de uma fileira de guerreiros. Matthieu virou-se para Ambovombe, que o fitava com os olhos semicerrados do trono coberto com moedas. Pensava consigo mesmo que a próxima vez que voltasse ali seria para queimar aquele lugar.

A alma de Matthieu se corroía cada vez que recordava das atrocidades que havia presenciado naquele povoado e do destino de sua amada Luna, que dificilmente seria desfeito, mas, longe de ficar oprimido, animava-se em seguir adiante. Percebia a si mesmo como o único capaz de contornar as coisas, e também sabia que as soluções não floresceriam através do ódio. Necessitava da emoção, precisava sentir... Seria como se as respostas fluíssem por si mesmas, do mesmo modo como ocorria durante a criação de uma música. Tinha de conseguir ouvir novamente o pulsar da ilha, seu coração batendo. Matthieu se obrigava a contemplar a iridescente paleta que exibiam os camaleões gigantes para se comunicar, a ouvir os guinchos dos morcegos pendurados, cochilando nos ramos das árvores de tamarindo. Emocionar-se... sentir... Em uma parada da caravana à beira de um cânion, ao fundo do qual se elevavam formações rochosas fantásticas que, pela cor e forma, podiam ser confundidas com um incêndio, aproximou-se como o sigilo de um inseto que abria as asas púrpuras para intimidar um lagarto.

– Já disse a você que nem a mais fecunda imaginação de um escritor seria capaz de igualar tanta magia – Pierre observou o que ele via.

Eram as primeiras palavras que o médico pronunciava desde que deixaram o povoado. Matthieu ficou satisfeito ao ouvir sua voz.

– Não é de admirar que você tenha passado anos percorrendo esta ilha, e que nunca chegasse o momento de querer voltar para casa – disse.

Deitaram aborrecidos sobre a terra vermelha.

– E você? – perguntou o médico. – Quem espera por você em Paris?

Isso pegou Matthieu desprevenido.

– Melhor deixar isso de lado...

– Não me diga que não há ninguém. Se eu tocasse violino como você e, além disso, tivesse esse porte entalhado por Bernini... – foi capaz de brincar.

Matthieu pensou em Nathalie.

– Nem sequer recordo qual foi a primeira melodia que escutamos juntos.

– A primeira melodia?

Fixou-se nos olhos de Pierre e fez uma longa pausa.

– Para que haveria de esperar-me? Em toda a minha vida, não me fiz merecer a ninguém.

– Creio que você se valoriza pouco.

– Talvez tenha pecado justamente pelo contrário.

– O que realmente importa? O importante é fazer o melhor a cada dia, e não compreender a razão dos nossos erros do passado. Muitas vezes nossa própria vida se parece com um hieróglifo difícil de decifrar.

– Um hieróglifo...

– Sim.

– Tenho de mostrar-lhe algo – disse Matthieu, forçando-se a sair de sua própria nebulosa. – Talvez você possa me ajudar.

Enfiou a mão na bolsa de couro e exibiu o epigrama de Newton. As sentenças pareciam espreguiçar-se ao contato com o ar: *"Sol, teus raios não chegam a tocar-me, piscando na obscuridade como no princípio. E eu, tua Lua, derramarei lágrimas sobre o fruto."*

– Sobre o fruto... – repetiu o médico.

– Continue lendo.

– *Quem és tu sem minha carícia, e que posso fazer eu, senão gritar, se te apagas?* – terminou de recitar em voz alta.

– O que significa?

– Esperava que você pudesse me dar uma resposta relacionada à esta ilha.

– De onde tirou isto?

Matthieu não queria mentir, mas também não queria tocar no nome do cientista. Decidiu responder com meias verdades.

– Quem me entregou foi meu tio, Marc-Antoine Charpentier.

– Você é sobrinho do compositor? Por esta eu não esperava.

– Tudo o que sei devo a ele.

Pierre o contemplou calado durante alguns segundos.

– Que diabos esperava ao embarcar nesta loucura? Os ensinamentos do maestro Charpentier deixaram de parecer estimulantes?

Aquelas palavras, pronunciadas por Pierre de forma inocente, remexeram sentimentos conhecidos, ainda mais confusos agora pela angústia de não saber o que estaria acontecendo neste mesmo instante do outro lado de planeta.

– Se lhe surgir alguma solução para o enigma, me diga – resolveu, enquanto guardava o manuscrito de forma apressada na bolsa. – Ou, melhor ainda, esqueça. Não quero que fique tão louco como eu.

– Mas...

– Você mesmo insinuou – concluiu de forma cortante. – Eu não deveria estar aqui.

O médico o encarou e falou devagar, dando sentido a cada palavra.

– Matthieu... o que tem a melodia de Luna?

A melodia de Luna...

– Por favor, não quero que se envolva nisso. Todos aqueles que o fazem terminam condenados.

– Meu Deus... – surpreendeu-se Pierre, enxergando pela primeira vez mais além da couraça que Matthieu havia colocado desde o primeiro dia. – Por que se sente tão sozinho?

Matthieu tinha vontade de contar tudo desde o princípio, sem deter-se nem para respirar: sobre a doçura dos lábios de Nathalie, sobre a morte de Jean-Claude, o desastre na Orangerie, a prisão na Bastilha, a morte de Evans e do marinheiro, a ameaça daqueles assassinos sem rosto, a audiência em Versalhes e todo o épico descobrimento de Newton, capaz de transmutar o espírito e devolvê-lo a sua pureza original, como aquela ilha incólume na qual se achava perdido agora, enquanto o relógio avançava inexorável em Paris, a morte se aproximando de seus pais e de seu tio Charpentier.

– É a melodia da alma, Pierre... – limitou-se a dizer. – A melodia da alma.

15

A caravana divisou o oceano já bem avançado na tarde do dia seguinte. Novamente o vento e a areia nos olhos. Eles caminharam pela praia até que, por trás de um montículo adornado com folhas de aloe, encontraram aquele ossuário de madeira e sonhos corroído pelo sal.

– Aí está – anunciou La Bouche. – O cemitério de barcos Sainte Luce. – Correu os olhos. – Como senti falta disso tudo, maldição!

O sol baixo do ocaso fazia fulgurar a espuma. Os restos de três navios surgiam entre as dunas, quietos como esqueletos imensos de baleia. Matthieu chegou o mais perto que pôde e mergulhou na sombra que se projetava na areia. Apalpou os crustáceos incrustados na madeira enegrecida. Olhou para cima, tentando localizar um pedaço da bandeira no mastro quebrado. Apoiou ligeiramente a orelha no casco e ouviu, como se fosse uma concha gigante, o murmúrio inebriante daquele mar cheio de segredos.

Passaram dois dias indolentes na praia, debaixo do olhar atento dos Anosy que os escoltavam, observando como saía o sol e voltava a se pôr sem que, no entanto, nada tivesse acontecido. Caraccioli não aparecia. Havia tempo demais para pensar e observar, dizia Matthieu a si mesmo. Há quanto tempo haviam ocorrido aqueles naufrágios? Onde estariam os homens que haviam comandado aquelas embarcações? Será que, por acaso, as madeiras que se espalhavam pela areia não seriam seus braços e suas pernas, e as velas rasgadas, seus sonhos ceifados na abordagem? Que formato teriam agora, ali onde quer que estivessem, sua mãe, a criada Marie e seu irmão Jean-Claude? Também seriam eles madeiras e velas vagando por algum mar hermético? Como podia perder a cabeça amando alguém com quem nem sequer havia conversado, sabendo que, ao mesmo tempo, poderiam estar morrendo em Paris todos aqueles a quem amava? Durante aqueles dois dias de perguntas sem respostas, ficou deprimido muitas vezes. Chegou a convencer-se de que a imagem que criou para Luna nem sequer era real, de que somente respondia a sua necessidade de sentir algo físico para mitigar a tortura que sofria no interior de sua cabeça. Tentava relaxar separando os sons, como gostava de fazer desde criança, escutar de um lado o estalido das ondas e do outro as folhas de palmeira batendo-se no pequeno bosque atrás da praia, ou os grãos de areia chocando-se uns nos outros quando eram empurrados pelo vento. Mas a única coisa que conseguia era constatar aquela dor de ouvido que vinha lhe torturando em determinados momentos, desde a chegada a Madagascar. Desesperava-se. Seu ouvido não podia falhar, era sua paixão, sua arma. A dor deveria ser o resultado do esgotamento, a ansiedade da espera. Por quanto tempo mais tinham de ficar ali?

Na manhã do terceiro dia, Matthieu se aproximou de La Bouche.

– Devemos ir.

– Como?
– Não podemos nos permitir ficar parados aqui.
– Você ouviu bem a Misson. Ele me assegurou que seu suboficial...
– Você mesmo disse que, se o suboficial não aparecesse, você arrumaria uma balsa para ir a seu encontro, navegando pela costa até o norte.
– Sim – afirmou, de maneira sucinta.

Pierre levantou a vista por um instante e, sem alterar em nada sua expressão ausente, seguiu farejando o fluido branco de uma folha de aloe recém-cortada.

– Faça o que quiser – irritou-se Matthieu. – Eu me viro sozinho.

Distanciou-se, caminhando para mais perto dos navios encalhados.

– Maldito músico... – murmurou o capitão, enquanto se levantava para ir atrás dele.

Desde então, tudo transcorreu bem rápido. Eles escolheram uma barcaça em um dos destroços que parecia estar em bom estado e a baixaram ao chão.

– Eu posso dirigi-la sem ajuda – disse La Bouche, inclinando-se para examinar o estado da quilha. Depois bateu na madeira. – Vai suportar a viagem. Vamos transformá-la em um veleiro.

Como previsto, não foi difícil preparar. Durante aquela noite e no dia seguinte, os três franceses, com a ajuda dos guerreiros Anosy, a quem faltava habilidade, mas sobrava força, serraram os dois velhos mastros do navio para servirem de mastro e retranca; cortaram um pedaço de vela não apodrecido para ajustar a vela do bote, prenderam uns cabos em estado precário e os estais de popa e proa, construíram uma âncora de respeito com uns ferros e repararam uns barris, enchidos depois de água e frutas para a viagem.

Ao terminarem, Matthieu levou a barca ao ombro e convocou o resto do grupo para ajudá-lo a tirá-la da areia. Estava determinado a não perder mais nem um minuto sequer. Enquanto se distanciavam da orla da praia, superando os enérgicos e vigorosos balanços das ondas, virou-se para ver as figuras estáticas dos Anosy e teve a sensação de que nunca mais iria vê-los novamente. Seria motivo para celebrar? O não regresso a Fort Dauphin significaria que não teriam chegado a tempo de embarcar no *Aventure*. Fechou os olhos e voltou a atenção para ouvir o momento: a respiração dos índios às suas costas, o vento, que ao soprar mais parecia uma cavalgada, a vela inchando, a quilha rasgando a superfície espumosa e lançando-se em direção à linha incandescente do horizonte.

Depois de quatro longos dias de viagem beirando a costa sem ter notícias de Caraccioli, um cheiro muito doce que se aderia à pele se apoderou do precário veleiro. Era noite fechada, e eles haviam dormido por causa da exaustão. La Bouche sentiu que suas narinas afogavam e despertou instantaneamente.

— Mas que diabos! Quem estava de plantão? — ergueu como uma mola.

— Que aconteceu? — Matthieu sobressaltou-se.

Não havia lua. O barco balançava vigorosamente. Parecia que todo o vento do Oceano Índico havia se concentrado ali em torno deles.

Pierre acordou, por sua vez.

— Onde estamos?

— Na costa da baunilha.

— O que é esse ruído?

– Estamos indo direto ao arrecife! – disse o capitão, percebendo o ponto exato onde se encontravam. – Ajude-me com isto! Depressa!

O médico inclinou-se para tentar saber a profundidade e verificar se não havia rochas sob as algas, mas era impossível ver alguma coisa. Matthieu ajudou o capitão a manobrar, com uma perícia repentina, na tentativa de superar o rompante das ondas e direcionar a barcaça mar adentro.

– Eu acreditava que os marinheiros como você ansiavam por terminar seus dias no fundo do mar! – gracejou Matthieu, quando viu que gradualmente se afastavam do perigo.

– Isto é, até encontrarem um lugar que considerem apropriado! –respondeu La Bouche, agachando-se para passar sob a retranca. – Por que acha que Misson retorna à Libertalia depois de cada viagem, e faz isso há vinte e cinco anos?

– É verdade! – pensou Matthieu em voz alta.

O capitão puxou uma corda para evitar que a balsa fosse de novo em direção ao rochedo.

– Ajudem-me com isto!

– Agora eu sei que alguém que carece de um verdadeiro lar para onde voltar não pode sentir-se livre!

Sua voz fundia-se com o trovejar das ondas.

– Da próxima vez diga isso a Serekunda, para que essa bruxa mestiça finalmente se convença de como ela é importante para mim! Ajude-nos, Pierre! – pediu, ao ver que somente os dois não poderiam controlar o barco.

O médico se lançou para puxar o cabo. Enquanto o mantinha preso, dirigiu um olhar duro a Matthieu. Não gostava que Matthieu se mostrasse íntimo demais do capitão, até mesmo porque tinha certeza de que o jovem músico agia de forma calculada.

Logo que estavam fora de perigo, Pierre voltou a ficar em silêncio, com o olhar cravado na noite.

– O que aconteceu?

– Que diabo é aquela sombra entre a neblina?

– Meu Deus...

La Bouche instantaneamente foi pegar seus mosquetes.

– Não! – veio uma voz.

O capitão se deteve de imediato. Apoiou a mão na empunhadura da espada e girou devagar.

Junto à sua barca, emergiu entre a neblina um gigante de madeira que rugia lentamente, como se tivessem acabado de despertá-lo durante a noite. De todas as partes pendiam trapos brancos, presos à boca dos canhões, da balaustrada do castelo da popa, pendurados nos mastros até o gurupés. Aos poucos, aparecram alguns membros da tripulação. Matthieu contou pelo menos vinte rostos impassíveis, observando-os de cima. Estremeceu. Todos estavam tingidos de branco, como os trapos, como as almas. Isso é o que era, um barco cheio de almas incorpóreas vestidas de tules brancos.

Jogaram uma corda para mantê-los presos ao casco. Visto pelo nível da água, parecia uma montanha, grande demais para ter sido construída pelo homem.

– Quem são vocês? – disse a voz.

– Apenas navegantes.

– Vocês naufragaram?

– Quem está falando comigo?

As almas riram com insolência. Um golpe de vento agitou com violência os tules que pendiam das armas. Foi como se a nave também soltasse sua própria gargalhada.

– É óbvio que quem faz as perguntas por aqui sou eu. O que levam nesses barris?

– Água e frutas.

Aqueles homens foram debruçando suas armas pouco a pouco, acima da balaustrada. La Bouche teria preferido saber quem era a pessoa com quem falava, mas tinha de agir antes que fosse tarde demais.

– Procuramos o senhor Caraccioli – revelou.

Seu interlocutor sustentou o olhar durante alguns segundos, sem dizer nada.

– O pirata?

– Só queremos saber se cruzaram com o navio dele.

O outro ordenou que içassem sua bandeira. Era um novo trapo branco, mas sobre ele ondeava o lema: *Por Deus e pela Liberdade*. Os três franceses a observavam enquanto ela reivindicava seu lugar ao vento.

– O senhor é...

– Eu sou apenas o cabo de brigadas – respondeu.

– Então chame o capitão – ordenou La Bouche, recuperando a habitual autoridade.

– Por que haveria de...?

– Porque é o desejo do capitão Misson.

Ao ouvir aquele nome, o cabo de brigadas decidiu de imediato deixar ao italiano a decisão do que fazer com os náufragos. Amarraram bem a barcaça e subiram para o convés. Eles foram levados para o porão. Vários homens, todos com as caras igualmente pintadas de branco, falavam atropeladamente em torno de um candeeiro, enquanto o cozinheiro preparava uma sopa. Um deles era o próprio Caraccioli. Estava de costas, mas La Bouche o reconheceu imediatamente pelo corpo gorduroso ao qual faltava uma perna – ele a perdera numa batalha que os piratas enfrentaram na costa de Zanzibar antes de fundar Libertalia –, e sobretudo pela verborragia. Ele estava claramente embriagado. Naquela noite, havia pedido aos homens que pintassem seus rostos e pendurassem os trapos por todo o navio.

— Tudo branco, como nosso lema! — disse. — Vamos honrá-lo na sua data de aniversário! — celebrando que foi num dia como este, três décadas antes, quando Misson se apoderou do *Victoire* e foi nomeado capitão.

O italiano tinha tirado a prótese de madeira e a agitava no ar. Narrava a batalha em que havia sido mutilado. Fez isso sem rancor, batendo o coto com a palma da mão.

— Misson sempre costuma dizer que deveríamos ter retrocedido! E não por causa de minha perna, mas sim pelos trinta homens que perdemos naquele dia. O capitão tem registrado em sua mente o nome de cada uma das baixas que sofreu! Maldito barco português... Eu nunca vi uma presa tão rica, seu porão estava cheio de pó de ouro!

— Viva o ouro português! Viva! — gritou um dos marinheiros, levantando a caneca e espalhando bebida sobre o resto dos companheiros.

— Mas não era o ouro que nos motivava — continuou Caraccioli. — Quando naquele dia perdemos o capitão do *Victoire,* ninguém duvidou que fosse Misson quem devia assumir o comando e nos guiar a um novo empreendimento regido por seus dignos valores. Mas ele... — levantou o dedo para reforçar o que ia dizer, tratando de mostrar-se o mais sério possível — ainda tentou convencer a tripulação de que não merecia tal distinção.

— E assim terminou por nos convencer a nos unir a sua causa! — disse um dos marinheiros.

— Repita o que gritou, então! — exclamou outro.

Deixou a prótese de madeira de lado e levantou a garrafa, teatralizando o momento.

– Disse: conseguiremos um mundo com uns poucos homens, eu entre eles, como Maomé e seus cameleiros fundaram o califado dos árabes, ou Dario e seus sete companheiros criaram o império persa!
– Foi um grande dia! – exclamou o que mexia a sopa.
– Ele prometia à tripulação igualdade sem condições... e liberdade! – seu tom de voz, além do álcool, transluzia nostalgia e orgulho. – Liberdade, o bem mais valioso que o Criador nos deu! Todos gritavam: – Viva Capitão Misson e seu lugar-tenente Caraccioli!
– Senhor... – interrompeu por fim o cabo de brigadas.
– Quem ousa interromper a lembrança de um momento de tamanha importância? – balbuciou, voltando-se depressa e derramando o que sobrava na garrafa. Logo percebeu a presença dos três franceses. – Quem demônios você trouxe aqui?
– Eles garantem que foi o próprio Misson que pediu que viessem...
– Quem é você? – exaltou-se, movendo-se com dificuldade na única perna.
– Capitão La Bouche.
– La Bouche?
– Quando tiver a oportunidade de falar com Misson, ele confirmará que...
– Não preciso que ninguém me confirme nada! Nós cruzamos perto de Sainte Marie, quando ele regressava a Libertalia e me contou sobre o encontro de vocês em alto-mar – disse, agora mais calmo.
– Isso sem dúvida facilita as coisas.
– Além do que – prosseguiu, como querendo reivindicar seu *status* –, eu também ouvi histórias sobre você no passado. Tem estado ao lado de Misson desde que ele desenrolou seu primeiro cabo.

Voltou-se para o músico.

– E você... quem é?

– Matthieu Gilbert, sou um...

– Mas... por Deus, olhem estes três! – interrompeu. – Parecem mendigos! Onde está seu barco?

– Não há barco, senhor – interferiu o cabo de brigadas.

– Não há barco?

– O restante de meus homens – La Bouche explicou – seguiu sua rota para Bengala com o navio que me trouxe de La Rochelle.

– E então, o que tem para me oferecer? O que é isso? Que posso esperar de um capitão sem barco e mais dois esfarrapados vagabundos?

Matthieu se perguntou se Caraccioli não estaria reagindo dessa forma por um surto de ciúmes, tentando encontrar qualquer motivo que justificasse não ter de levá-los até Libertalia. Já não era mais o jovem sacerdote rebelde de três décadas atrás, e talvez pensasse que, se La Bouche passasse a engrossar o conselho dos capitães, veria reduzida ainda mais a influência que sempre exercera sobre Misson. O italiano se voltou para o candeeiro, dando-lhes as costas, e falou arrastando as palavras.

– Voltem por onde vieram.

– Não é preciso que nos acompanhe até sua república, senhor – falou La Bouche de forma contida. – Apenas nos diga as coordenadas e chegaremos lá com nosso veleiro...

– As coordenadas? – gritou. – Você está louco? Dê graças por eu os deixar ir embora com vida!

– O capitão não deve ser desobedecido! – bradou La Bouche.

– O ca-pi-tão... – assim ele respondeu, destacando cada sílaba ironicamente – jamais me deu uma ordem. Juntos fundamos Libertalia, juntos constituímos o Conselho dos Capitães e juntos decidimos as novas incorporações. – Tossiu de nervosismo, virou-se de lado e cuspiu. – Ele me pediu para considerar a possibilidade de você se unir a nós, e, neste momento, eu decido que você se parece mais com um fugitivo, sem um navio, sem homens ou sem ainda nenhuma maldita moeda de ouro. Pelo menos é o que eu presumo, a julgar pela sua carência de bolsos – culminou, virando-se novamente para os seus com uma risadinha.

Nesse instante, quando Matthieu já acreditava que tudo estava perdido, uma voz profunda, que certamente era conhecida, veio do fundo.

– Senhor Caraccioli – interpelou uma voz –, o mais jovem é músico.

Matthieu apertou os olhos para ver através da escuridão, além da área iluminada pelo candeeiro. A pessoa que tinha falado, um negro corpulento, aproximou-se carregando na mão um par de aves que tinha acabado de depenar em um canto.

– É você...

Por trás do rosto pintado de branco reconheceu o *griot*, o escravo de Gorée, novamente emergindo para fora da escuridão para salvá-lo; como no dia em que o ajudou através das barras da cela de Serekunda, ou quando o agarrou no convés do navio, na noite da tempestade, impedindo-o de se jogar na água, atordoado como estava pelas febres.

– No dia em que nos cruzamos no mar, Misson me deixou sob as ordens do senhor Caraccioli para que rodasse um tempo com eles antes de chegar a Libertalia – explicou o *griot*.

– Quanto me alegro em vê-lo!

– Vocês o conhecem? – surpreendeu-se o sacerdote pirata.

– Este escravo... – interveio La Bouche, que imediatamente se deteve e em seguida corrigiu a gafe. – O *griot* estava em meu barco quando o *Victoire* nos atacou.

Caraccioli se voltou para Matthieu.
– É verdade que é músico?
– Sim.
– Toca música ou... cria músicas?
– Componho música com o violino, com o órgão, tenho estudos de sinfônica... Posso tocar ou criar o que me for pedido. Se quiser, me coloque à prova – provocou, percebendo no sacerdote pirata um sincero e inesperado interesse.
– E música vocal?
O que estava acontecendo? Por que de repente fazia aquelas perguntas?
– Claro que sei dirigir um coro, se é isso a que se refere. Também posso compor diferentes linhas melódicas para harmonizar as vozes. Sou sobrinho de Marc-Antoine Charpentier – declarou, com mais orgulho que jamais havia sentido em toda a sua vida. – Por acaso o senhor já ouviu suas missas?
Caraccioli ficou pensativo.
– Tenho certeza de que, quando Misson viu você no mar – murmurou depois de alguns segundos –, intuiu que havia uma boa razão para convidar o capitão La Bouche a se juntar a nós. Essa razão é você.
– Não estou entendendo – disse La Bouche.
– O capitão irá explicar em detalhes quando chegarmos a Libertalia.
– Então ...
– Cabo, dê ordens para que o timoneiro nos coloque no rumo de casa!
Rumo a Libertalia, atrás do rastro da sacerdotisa...
O rosto de Caraccioli começou a recuperar a expressão jovial. Esticou-se para pegar a colher com que o marinheiro estava mexendo a sopa e a cheirou.

– Baunilha... É verdade que Madagascar surpreende com seus sabores e aromas – disse ele, retomando sua conversa interminável –, mas, mesmo após três décadas, ainda fico com a sopa de tartaruga do Caribe! Ainda me lembro como embebíamos os filés de tubarão no suco de lima para depois os temperarmos com alho, tomilho, cebola...
– E este rum destilado de cana! – gritou um marinheiro. – Em Madagascar não há rum de cana!
– E o salmagundi! – acrescentou Caraccioli, referindo-se a um guisado caribenho guarnecido com anchovas no qual, sem qualquer receio, misturavam cães, gatos e gaivotas.
Pierre e La Bouche, desconcertados, sentaram-se com o resto. Matthieu subiu ao convés com o *griot*, para conversarem a sós.
– Novamente, você aparece no momento certo.
– Foi você quem nadou no meio dos tubarões de Gorée para tirar-me do fundo da baía – lembrou o *griot*, no mesmo tom de agradecimento. – E você, e ninguém mais, é a pessoa que aparentemente estavam procurando. O mérito é todo seu.
Matthieu inclinou-se pensativamente sobre a balaustrada.
– Para que diabos Misson precisa de um músico?
– Não sei. Quando vim me juntar à tripulação de Caraccioli, vi como conversaram um pouco. Só pude ouvir algumas frases soltas, mas parece que Libertalia não atravessa seu melhor momento.
– Como? O que foi exatamente que ouviu?
– Quando o capitão disse a seu lugar-tenente que eu era um *griot*, daqueles que cantam a história do povo Diola, acrescentou que, se tivesse sido um verdadeiro músico, seus problemas estariam resolvidos.
– Que problemas? – perguntou Matthieu.
Desejou com toda a sua alma perguntar por Luna, saber se ele a tinha visto enquanto esteve no *Victoire*, mas preferiu

ser discreto e não mencioná-la. Ninguém, nem sequer aquele anjo da guarda senegalês, deveria saber que a sacerdotisa era o motivo real que os trouxera ali. Engoliu em seco e, tentando controlar suas emoções, perdeu o olhar na escuridão enquanto o vento agitava os tules brancos do barco das almas.

16

Contornaram a costa até o norte. Em seu ponto mais meridional, três baías de esmagadora beleza marcavam o exato momento em que o timoneiro devia virar à direita para entrar no mar aberto em direção à república de Misson. Para Matthieu, aquelas baías se pareciam com três movimentos de um concerto barroco: a primeira era um claro *allegro*, de boca estreita, através da qual as ondas penetram para ir se derramar sobre as cortinas de algas a secar na areia; a segunda era um *adágio*, com sua praia tão branca de doer os olhos e a água um caleidoscópio com uma centena de tons de azul; e a terceira era um novo *allegro* de dunas que se transformavam a toda hora, sobre as quais nasciam os gigantescos baobás, eretos em pose desafiadora como guardiões da ilha. O que nunca teria imaginado é que o melhor ainda estava por vir.

Logo depois de distanciar-se do litoral, o navio passou entre duas grandes ilhotas, que emergiam como uma porta de entrada para algum arcano proibido, e entrou no que Misson batizara de Mar de Esmeralda. Que outro nome poderia receber? Como que por arte da magia, a água mudou daquele insondável azul escuro profundo ao verde esmeralda mais pálido e reluzente.

Pierre e La Bouche se aproximaram da balaustrada de estibordo para contemplar aquela maravilha. Apoiaram-se com movimentos calmos, com os olhos abertos como pratos.

– Cruzei esta área mil vezes – sussurrou La Bouche. – Onde estava este mar?

– É como deslizar sobre uma imensa pedra preciosa... – acrescentou Matthieu.

Talvez a cor se devesse ao reflexo do sol em um grande banco de areia branca que se estendia a pouca profundidade, ou talvez, segundo um dos marinheiros, fosse resultado dos caprichos das divindades indígenas, ou então, como afirmou Caraccioli, corrigindo os demais com o seu tom de pregador, logo abaixo se abria uma porta que levava diretamente ao paraíso. A verdade era que nem Matthieu, Pierre, nem o próprio La Bouche, durante todos os seus anos como um marinheiro, nunca tinham visto água tão cristalina. A transparência era tamanha que parecia que o navio navegava pelo ar, escoltado pela legião de peixes amarelos que voavam, também, sobre os corais.

Naquela noite eles dormiram ao sussurro de uma brisa que impulsionava o barco com desacostumada tranquilidade. Quando despertaram, viram-se imersos em uma densa neblina. Matthieu subiu ao convés. A visão alcançava apenas dois palmos, mas o timoneiro mantinha o pulso firme, imperturbável. Os homens foram se amontoar na proa. Calados, giravam os olhos para tentar avistar algo através da neblina, que lentamente foi se dissipando. Em dado momento, uma voz se apoderou do navio.

– Viva Libertalia!

Matthieu sentiu como se estivesse sendo abraçado pelo sopro de um oboé, no mesmo instante que um porto fortificado se abria ante seus olhos.

Foi procurar Pierre, que também saíra do camarote atraído pela algazarra. Cada um celebrava a seu modo. Por trás do semblante marmóreo de La Bouche, fervia satisfação por encontrar-se diante de um legendário tesouro, nostalgia por alcançar seu último sonho de juventude e nervosismo, por cruzar a embocadura valendo-se de uma mentira. O *griot* permanecia agarrado a uma escada de corda, movendo somente os olhos de marfim para contemplar cada detalhe daquela pátria inventada que o acolhia.

Matthieu ficou impressionado com a nutrida frota que estava atracada. Havia barcos dos mais diferentes tamanhos e formas, da Europa e do Oriente, todos com as velas enroladas e uma única e onipresente insígnia branca. Em cada lado do cais se erguia um forte octogonal com quarenta canhões que um dia pertenceram a uma presa portuguesa. Outras tantas baterias protegiam os flancos, sempre prontas a disparar se algum intruso conseguisse ultrapassar a primeira linha de fogo. E todos eles envoltos pelo verde exuberante da água e das colinas inundadas de palmeiras. Qualquer pessoa teria dito que se tratava do cenário de uma representação teatral, talvez o cativeiro onde a princesa Oriane esperasse que Amadis de Gaula chegasse para resgatá-la.

Os vigias reconheceram o barco de Caraccioli. Soaram nove tiros de canhões de boas vindas. O regresso de um navio a Libertalia sempre merecia uma ação de graças.

– Como poderia Misson não sentir que este lugar foi tocado por Deus? – perguntou Matthieu ao ar.

Segundo Caraccioli contara em um dos ataques de verborragia que o assaltava a partir do segundo copo, no instante em que o capitão Misson descobriu aquele paraíso oculto, há 25 anos, soube que chegara ao lugar ao qual estava predestinado. Pediu à rainha da ilha vizinha de Johanna – a quem apoiara na guerra que ela sustentava contra os selvagens de outra ilha próxima, chamada Mohilla – que enviasse homens fortes e jovens para derrubar árvores e construir um primeiro assentamento que não pudesse ser destruído pelos nativos. Em poucos dias levantou um forte que repeliu os ataques, que, como o previsto, não tardaram a acontecer. Mas aquela fase de hostilidade não durou muito tempo. Misson cobriu os chefes indígenas de presentes para seu povo: panelas, rum, tecidos, facões, e estes se convenceram de que a convivência pacífica com os recém-chegados lhes haveria de resultar em benefícios. Ele impôs desde o princípio suas crenças políticas e espirituais – aperfeiçoadas com a contribuição de Caraccioli, como ele mesmo se encarregou de ressaltar, e sempre respeitando as tradições locais – e batizou a ilha com o nome de Libertalia. As tripulações dos únicos dois navios que na época integravam sua frota o apoiaram sem reservas, já que pela primeira vez na vida tinham um lugar para regressar depois de cada jornada, um refúgio que logo se converteu em um verdadeiro lar, no qual ansiavam envelhecer e morrer em paz. O que teria acontecido para que essa harmonia fosse agora perturbada?

– Sigam-me – Caraccioli pediu, uma vez que já haviam desembarcado. – Vamos encontrar o capitão.

Matthieu, La Bouche, Pierre e o *griot* caminharam em fila atrás do sacerdote. O músico tinha imaginado um assentamento de piratas com o chão de barro coberto com as moedas roubadas e rum de má qualidade, mas o que encontrou foi algo muito diferente. Por trás da fumaça das salvas dos canhões, foi surgindo uma profusão de ruas limpas por onde circulavam homens e mulheres – quase todas nativas – ocupados nas tarefas mais mundanas do cotidiano. Eles eram de todas as nacionalidades e raças. Elas pintavam seus rostos com o mesmo pó de árvore misturado com água que as nativas Anosy, se bem que em Libertalia, por herança dos antigos navegantes árabes, desenhavam sobre o emplaste motivos em espiral. Misson tinha conseguido em sua colônia aquilo que os governos europeus falharam nas suas: espalhar sua semente entre a população local e obter uma raça mista que unia a ferocidade dos nativos ao ritmo paradoxalmente pausado dos corsários.

– A metade dos homens que vocês veem – disse Caraccioli com certa nostalgia – são antigos prisioneiros que foram libertados em troca, tão somente, de se comprometer em fidelidade eterna ao capitão. – Fez uma breve pausa. – Houve um tempo em que acreditávamos que neste mundo havia coisas eternas.

O comentário estava carregado de intenção, mas Matthieu preferiu não dizer nada até ver como as coisas evoluiriam. A cada passo se tornava mais fácil imaginar aquele lugar como um barril de pólvora. Havia piratas de todos os tipos, zebus, indígenas, nativos, mestiços, escravos libertados de olhar furtivo, aço, pólvora, o cheiro de peixe podre e uma floresta exuberante ao redor, de cujas entranhas emergiam colunas de fumaça dos conselhos tribais.

Caraccioli se desculpou e entrou numa casa alongada em cuja janela havia um sudanês debruçado, de pele tão negra que parecia azul.

– O *griot* fica aqui – disse ao sair.

– Ele não pode vir conosco? – perguntou Matthieu.

– Precisamos de homens negros como ele. Com cultura e que tenham bom domínio da língua francesa, para ensinar os escravos que libertamos após as abordagens, a fim de que

possam se cuidar sozinhos o quanto antes – explicou Caraccioli. – Eles se sentem mais confiantes se quem os instruirá é um dos seus. Aqui o iniciarão nessa tarefa.
– Não se preocupe. – respondeu o *griot*.
– Venha depois me contar como estão indo as coisas. – despediu-se o músico.

Saíram das ruas ao redor do porto em direção à casa que Misson ocupava. Como todas em Libertalia, foi construída seguindo os costumes dos nativos: de ráfia, em palafitas que as elevavam a poucos palmos do chão, deixando as pontas afiadas dos pilares sobressair pelo teto e decorando as fachadas com máscaras rituais. Na entrada ergueram um totem esculpido com formas geométricas. Parecia não haver ninguém. Enquanto Caraccioli foi procurar o capitão, Matthieu aproveitou a oportunidade para olhar ao redor. Apenas deu um giro e achou uma clareira que se abria atrás da casa, dando de frente com uma árvore repleta de flores vermelhas, de cujos galhos pendiam dois homens enforcados.

A visão dos corpos balançados pelo vento deu-lhe um impacto curto e contundente, como se tivesse levado um tiro na testa. Ouviu o som tétrico que produziam as cordas ao retesar-se com o balanço e, por um momento, reviveu uma arrepiante volta ao passado, quando descobriu as Grandes Mães da Voz empaladas no povoado de Ambovombe.

– O que andou acontecendo por aqui? – surpreendeu-se Caraccioli, aproximando-se dos demais.

Um homem, que permanecia sentado no chão junto a um curral de gado, se levantou com toda pressa e foi até eles.

– Senhor! Já está de volta!
– O que é isso?
– São os dois portugueses que...

– Já sei quem são! – cortou, reconhecendo os dois oficiais lusos que sobreviveram a uma das abordagens mais comentadas dos últimos meses, tanto pelo valor da carga que transportavam como pela quantidade de baixas que sofreu a tripulação de Misson até que conseguiu vencê-los. – Eu pensava que o conselho decidira deixá-los ir embora, para premiarmos seu valor.

– E assim foi feito, senhor, no mesmo instante em que juraram que jamais voltariam a navegar nestes mares. Mas, assim que puseram um pé no continente, reuniram cinco grandes navios e conseguiram conduzi-los até aqui. Quiseram aproveitar que quase toda nossa frota estava fora para destruir Libertalia.

– Malditos dementes...

– As baterias do porto repeliram o ataque sem dificuldade.

– O capitão ordenou isto? – Caraccioli não ocultava sua surpresa. – Tem certeza de que ele ordenou seu enforcamento?

O marinheiro assentiu com convicção.

– E ordenou que não os baixássemos até que o cheiro se tornasse insuportável.

Uma aparência de profunda decepção se apoderou do rosto roliço do sacerdote pirata.

– Onde está Misson?

– No cemitério.

– Era só o que faltava... De quem se trata?

– Do oficial que comandou a defesa contra os navios portugueses. Foi gravemente ferido e, finalmente, não...

– Seu nome, seu nome!

– Timothy, o Inglês.

– Demônios, Timothy... E sua esposa?

– Você sabe o seu destino, senhor. É uma nativa de linhagem...

– Demônios... O ritual já foi concluído?

O marinheiro encolheu os ombros. Caraccioli lançou um rápido olhar para Matthieu e os outros, mas não lhes explicou nada. Caminharam quatrocentos metros até o cemitério, localizado próximo a um campo de cultivo de bananas. As lajes mais disparatadas – algumas horizontais, lisas ou gravadas com inscrições e emblemas, outras verticais, com cruzes e estátuas esculpidas em pedra – que cobriam os túmulos se espalhavam entre as plantas, como se fossem um elemento a mais da paisagem. Matthieu ouviu um murmúrio. Aproximaram-se afastando as folhas e encontraram um grupo de pessoas reunidas ao redor de uma cova aberta. Estava coberta com tantas flores que quase escondiam o corpo do falecido. A comitiva, composta por piratas brancos, negros, orientais e um robusto grupo de homens e mulheres nativas, escutava com atenção o discurso – mais parecido com as palavras de despedida que brotariam de seu irmão de sangue do que um ofício religioso – que o capitão Misson estava pronunciando.

Aí está, pensou Matthieu, o mesmo pirata esbelto que conhecera no mar, com sua tatuagem de lágrimas de sangue escorrendo pelo rosto e pescoço, elegante como um antigo herói, desafiando o oceano a partir da proa do *Victoire* e, agora, cheio de pesar e tão mortal como qualquer outro, com um punhado de sementes na mão.

– Vocês sabem o que nos ensinou esta terra – consolou o restante das pessoas, terminando seu sermão com um provérbio indígena. – Na floresta, quando os galhos estão lutando, as raízes se abraçam.

Jogou as sementes na cova.

Na floresta, quando os galhos estão lutando, as raízes se abraçam... Matthieu também queria acreditar que o sofrimento que fizera a si e aos seus resultaria em algo bom. Misson se fixou nele e fez um gesto de estranheza. Depois viu o resto. Caraccioli o cumprimentou com um movimento breve da cabeça.

Nesse instante, uma das mulheres nativas lançou ao céu um lamento desolado. Era a esposa do oficial morto.

– Tenho de me casar de novo! – ela gritou entre lágrimas, e todos concordaram.

A nativa os beijou um por um, e também os recém-chegados. Caraccioli se dirigiu a um dos marinheiros, em voz baixa.

– Todas as normas foram seguidas? Ofereceu sua parte da pilhagem de Timothy?

– Ela jogou um punhado de moedas ao solo e perguntou a Misson se acaso aquele lixo reluzente poderia devolver-lhe a vida de seu homem.

– Era o que eu imaginava...

– Por que disse então que tem de casar de novo? – interveio Matthieu.

– Ela tem de fazer isso de novo com o marido – tentou esclarecer Caraccioli. – Os nativos veem o casamento como uma aliança de duas almas que, uma vez unidas, só podem seguir um único caminho.

Matthieu pensou em Luna. Ele também se sentia incompleto desde a vez que a viu. Nessa altura, a nativa agarrou com as duas mãos uma baioneta que havia pertencido ao oficial e lentamente a introduziu em seu peito. Ela caiu de joelhos. O sangue fluiu e se espalhou pelos braços escuros. Pierre e La Bouche não pareciam surpresos. Mas Matthieu não podia acreditar no que estava vendo. Caraccioli o segurou por trás, para impedir que se lançasse para arrancar a baioneta do peito.

– Olhe o seu rosto – disse ao ouvido. Uma expressão serena de felicidade se abria entre os traços malgaxes da nativa. – Irá se unir a ele na morte. Ela acredita que, se não o fizesse, viveria em desgraça para sempre.

Matthieu estava aturdido com o silêncio sepulcral que havia se apoderado do campo de bananas.

– Ninguém pode infligir uma condenação como esta...

– Para ela é um privilégio. Só as nativas de linhagem nobre estão destinadas a acompanhar seus esposos para além da morte. Se tivesse faltado a coragem de fazê-lo, as mulheres de seu clã a jogariam ao mar, cumprindo a tradição. Ainda nesse caso, sua alma não teria descanso enquanto vivesse o último peixe que tivesse se alimentado de seu corpo.

O músico fechou os olhos. Por alguns momentos sentia que era incrível demais aquela amálgama de povos e culturas ter se mantido em pé naquele local por mais de vinte anos. Quando voltou a abri-los, olhou Caraccioli de forma inquisitiva.

– Como você permite isso?

O italiano respondeu com outra pergunta:

– Você me pede para mediar entre Deus e uma de suas criaturas? Ninguém está legitimado para tanto! Por que acha que eu deixei meus hábitos?

Os nativos limparam o cadáver da mulher e o depositaram suavemente dentro da cova, sobre o colchão de flores. Quando tudo acabou, Misson, que tinha mantido uma postura ereta e fria durante toda a cerimônia, aproximou-se dos recém-chegados.

– Meu caro companheiro Caraccioli...

– Timothy era um bom homem.

Eles se abraçaram. Em seguida, cumprimentou La Bouche.

– Tinha certeza de que você decidiria vir, embora seja claro que não chegou no melhor momento... – Dedicou um último olhar fugaz ao corpo da nativa, que tinha se convertido numa pequena bola enrolada no colo de Timothy. – E vocês dois? – perguntou, virando-se para Matthieu e Pierre.

– Podemos sair daqui e conversar em outro lugar – interferiu Caraccioli. – Vamos para casa!

– Sim – respondeu o capitão, liberando um ar de fadiga. – Melhor irmos para casa.

17

No caminho de volta, La Bouche contou a história que ele construíra. Misson ouviu cada palavra, sem dar mostras de duvidar da sua veracidade. Depois foi Pierre, que resumiu a experiência dos anos passados com os Anosy e de suas viagens pelo interior de Madagascar, pulando o que aconteceu desde que o usurpador Ambovombe devastara a aldeia do antigo rei. Misson adorava a ideia de ter na colônia um médico com sua experiência.

– E você? – perguntou a Matthieu.

Ele o tinha deixado para o final. Sem dúvida sabia, pela expressão de Caraccioli, que aqueles penetrantes olhos do rapaz escondiam alguma surpresa.

– Eu sou músico – disse ele, brincando com a concretude da frase para que esta causasse mais efeito ainda.

Misson se deteve.

– Que tipo de músico?

– É sobrinho de Marc-Antoine Charpentier, um dos compositores mais apreciados da França – disse La Bouche, como se fosse seu o mérito por Matthieu estar ali.

– Também compõe – relatou Caraccioli.
Algo mudou na expressão do capitão.
– Isso é verdade?
– Se duvida, ponha-me à prova – respondeu Matthieu.
– Peço que nos deixem a sós – disse Misson. – Você se importa em acompanhar estes homens a uma das casas livres? – pediu ao companheiro italiano. – Talvez pudessem ocupar a que fica ao lado dos armazéns e mudar-se amanhã para a casa de Timothy, depois que a família de sua esposa tiver recolhido suas coisas.

La Bouche teve de reprimir a vontade de gritar de raiva. Ele via como o jovem músico lhe roubava o lugar de protagonista junto ao capitão Misson, mas não lhe convinha colocar-se em evidência na primeira oportunidade.

Matthieu seguiu o pirata. Quando entraram em sua casa, discretamente vasculhou cada canto, à espera de ver aparecer a sacerdotisa.

– Vou pegar algo para beber – disse Misson, agindo com a simplicidade de um bom anfitrião. – Você pode sentar-se, se quiser.

– Entrou em um pequeno reservado, onde estavam uma lareira e várias tigelas para cozinhar.

Matthieu deu uma olhada ao redor da sala. Havia muitas prateleiras cobertas com os mais diversos objetos, alguns trazidos de suas viagens e outros que provinham dos saques dos navios mais ricos da Abissínia, Arábia, Sião... Não eram peças suntuosas – Misson recompensava com as de mais valor os marinheiros que demonstravam dedicação especial em cada abordagem –, mas fetiches únicos, nascidos da imaginação de todas aquelas culturas pouco conhecidas. Foi até a janela e olhou pensativo o corpo dos enforcados.

Misson aproximou-se.
— Jamais pensei que chegaria a dar uma ordem deste tipo. — lamentou-se
— Segundo disse o guarda com quem falamos, eram dois mentirosos. Além do que...
Deteve-se.
— Sei o que está pensando. Está surpreso que eu me arrependa depois de ter inundado de sangue o convés de centenas de barcos.
— Isso mesmo.
— Todos os demais caíram enquanto lutavam nas batalhas. Mas estes dois... Se fosse mais humano eu teria me apiedado deles.
— Por acaso, não é?
— Sonho em não sê-lo, para não errar. Libertalia nasceu de mim e só em mim se sustenta. Há manhãs em que não suporto a responsabilidade e a única coisa que desejo é que chegue logo a noite, em que tudo se apague durante algumas horas, ou uns minutos.. conformar-me-ia com que se apagasse durante um abrir e fechar de olhos. Qual é o seu sonho?
— Desde que cheguei a Madagascar, nunca sei ao certo se estou acordado ou dormindo — respondeu o músico, sem deixar de olhar pela janela.
— O que isso importa, na realidade? — retrucou o capitão. — Como disse o dramaturgo, somos todos tecidos do mesmo tecido do qual são feitos os sonhos!
Para Matthieu, parecia incrível ter essa conversa com o pirata. La Bouche não tinha exagerado quando advertiu que sua voz arrastava qualquer um de forma inapelável. Mas por que exibia esse semblante? A fragilidade e a tristeza não correspondiam à fortaleza titânica e ao endeusamento que lhe eram atribuídos. Misson foi capaz de manter o controle, por 25 anos, de centenas de piratas e escravos libertos

em uma república cuja vida, além de sua aparência idílica, era caracterizada pela dureza dos barcos em que os homens passavam a maior parte do tempo. Pela falta de escrúpulos dos marinheiros que se casavam com as mesmas mulheres violadas após suas abordagens, pelas mutilações nas batalhas, as febres latentes presentes na lama em época de chuvas e o ódio apagado, mas nunca extinto, de alguns membros da colônia contra aqueles que provinham de outras nações enfrentadas em conflitos bélicos. Estava claro que, como havia insinuado, um lugar assim só poderia ser sustentado por um verdadeiro chefe, insensível e firme em suas convicções. Por que agora tinha dúvidas? Era o que se perguntava Matthieu.

Sentaram-se em duas cadeiras de madeira junto à mesa, em que fumegavam duas tigelas de cacau.

Misson pensou durante uns segundos sobre o que diria em seguida. Matthieu ansiava por saber para que precisava dele, mas não quis tocar no assunto diretamente. Olhou a tatuagem que o capitão ostentava no lado direito da face. Por que choraria sangue? O pirata viajou metade do mundo a bordo do *Victoire*, e poderia ter feito aquilo em mil lugares diferentes. Em partes da Ásia, utilizavam desenhos corporais para intimidar os inimigos, os núbios o faziam como um talismã para prevenir as enfermidades, na América Central, para comemorar vitórias e, ao norte de África, para proteger a alma. Não havia dúvida de que vinha de lá...

– A única verdade – continuou o capitão, recobrando o tom atormentado – é que ninguém a não ser Deus tem poder sobre a vida do outro, e sem dúvida tenho passado minha vida matando.

Matthieu deu um gole.

– Agora você fala de Deus, mas não vi Bíblias em seu cemitério.

— Consagrei minha vida ao mar para encontrar, através de um mundo sem limites, as verdades supremas que nos foram ocultadas pela Igreja. Se você suportar a vida da colônia, vou lhe mostrar que renegar os credos e catequeses não entra em conflito com a manutenção de uma fé inabalável na existência de Deus.

Matthieu, um jovem criado sob os repressivos dogmas religiosos da França que revogou o Édito de Nantes, sentiu uma súbita sensação de frescor.

— Na Europa eles chamam isso de deísmo — apontou sem pedantismo, enquanto veio à mente uma conversa que seu tio Charpentier manteve a respeito desse tema na casa da Duquesa de Guise.

— Que importa como o chamem? O importante é que a palavra divina não está impressa nos livros sagrados, mas no universo e na natureza — olhou-o com firmeza nos olhos. — Por que não pode estar impressa também na música?

Na música...

Matthieu gelou. Não era possível que Misson pudesse conhecer o segredo alquímico que estava resguardado na melodia de Luna. Devia estar se referindo ao poder que o canto exercia sobre os indígenas. Sem dúvida intuía que o fim de Libertalia estava próximo e queria se aproveitar desse poder para recuperar o espírito perdido que caracterizou os primeiros anos de seu refúgio pirata.

"A música é o amor divino em seu estado puro", ocorreu-lhe responder, repetindo as palavras que seu tio Charpentier sussurrou no dia em que completou cinco anos.

O pirata olhou para ele durante alguns segundos com alguma admiração.

— Pense sobre as dificuldades de manter por tanto tempo uma república em que a moeda não tem valor e cujas casas não têm cercas – confidenciou-lhe, abrindo-se completamente. – Eu sou o único pilar deste templo sem paredes! Eu sou aquele que encontra o caminho que os outros têm de caminhar! Os prisioneiros libertados e as mulheres dos marinheiros me consideram sua família! Tornei-me sua memória, sua única história! Há momentos em que já não sei mais que palavra eu tenho de dizer para evitar que meu universo se destrua e termine dispersado em um milhão de estrelas perdidas. – Bebeu um gole. Matthieu esperou sem intervir. – Minhas tripulações são formadas por metade branca e metade negra, jamais guardei para mim nada de nenhuma pilhagem; aceito qualquer ritual ou crença, como você viu no cemitério... Mas já faz tempo que não conseguia evitar a tenebrosa ideia de que minha Libertalia adoecia de algo fundamental.

Olhou Matthieu fixamente. O músico pensou que, por mais que Misson pregasse que em Libertalia não existia a propriedade privada, considerava aquela joia utópica completamente sua.

– Já conseguiu descobrir o que é? – Matthieu o incentivou a continuar.

– Soube pouco antes de encontrar-me com vocês em alto-mar! – fez uma pausa, como se saboreasse uma recordação, e começou o relato com tranquilidade. – Eu estava ancorado em uma praia perto de Fort Dauphin para encher os porões antes de voltar à Libertalia. Os Anosy estavam celebrando um de seus rituais de invocação, e Ambovombe, seu novo chefe, convocara uma multidão de anciãos e guerreiros de todos os clãs. Ofereci-lhe apenas um cofre de moedas recém-roubadas de um navio português, e ele aceitou de tão bom grado que após a realização da transação me pediu para assistir à cerimônia. Quando o ritual estava prestes a terminar, apareceu entre eles uma belíssima mulher carregada num escudo. Nunca vi nada parecido. Então ela começou a cantar. Todos a contemplavam recolhidos em si mesmos. Aquela melodia estranha conduzia ao prazer em suas mentes, e a minha antes de qualquer outra, ao longo de cada uma de suas notas. Sua voz me transferiu para outra dimensão, me fez rir e chorar, conseguindo que me sentisse como uma criança e ao mesmo tempo um velho, desejando morrer para renascer de novo... – Fez uma pausa de alguns segundos. – Quando me preparava para voltar ao navio, descobri a nativa escondida em meu bote, acocorada como um animal assustado... não pude acreditar em quão afortunado eu era.

Matthieu teve de afofar a camisa para esconder as fortes batidas do seu coração. Sem dúvida, Misson estava falando sobre o dia em que Luna decidiu fugir do jugo do usurpador.

– Continue... – foi tudo o que se permitiu dizer para que o pirata não percebesse que sua voz tremia.

– Música! Música! Era isso que faltava a Libertalia! Como poderia ter me esquecido do poder da música? Eu, que tanto a amei noutros tempos, ficava anos ouvindo músicas das cantinas, interpretadas por marinheiros bêbados! Eu, que tinha lido Platão e Aristóteles, me esqueci que a música adequada multiplica a força dos exércitos, derruba governos, faz com que chorem tanto reis quanto plebeus!

– Os gregos sabiam que, da mesma forma que as escalas mixolídias entristecem, outras inflamam a mente – acrescentou Matthieu. – É como nos ritmos: uns liberam calma, outros, nobreza, paixão...

– Sim! – Misson exclamou furiosamente, batendo na mesa e derramando o cacau líquido.

– Como escreveu Marc-Antoine Charpentier – ocorreu-lhe citar os ensinamentos de seu tio –, cada nota tem seu espírito:

dó maior é resistente e guerreiro; *dó* menor, incerto, inseguro e triste; *ré* maior, alegre e muito belicoso; *ré* menor, sério e devoto, e assim até terminar.

– Pode mesclá-los todos numa só composição? – perguntou Misson de repente.

– O que quer dizer?

– Acredita ser capaz de escrever um hino para Libertalia, uma peça completa elaborada em torno do canto dessa mulher nativa?

A partir do canto daquela mulher... Suas suposições eram corretas. Misson estava pedindo a ele para ajudá-lo a canalizar o poder de sedução da melodia. A quem queria submeter? Sem dúvida seus próprios seguidores, antes que se desgarrassem completamente, ou talvez os nativos a quem, anos antes – ainda que ocultando o que fez sob uma camada de bondade –, roubarem a ilha.

– Um hino...

– Sim! Quero que o interprete com ela e com um coro selecionado entre todos os súditos de minha república! Que perfeição! Uma nativa indígena cantando como a soprano de uma grande ópera, um branco a seu lado como primeiro violino e, atrás deles, cem homens e cem mulheres, projetando suas vozes em uníssono em um coro misto de europeus e africanos! A essência de Libertalia destilada em forma de música!

O primeiro violino de Luna... Como era possível que o destino lhe tivesse aproximado dela a tal ponto?

– O que foi? – Misson perguntou, observando que ele parecia distante. – Não gosta de minha ideia?

– Onde está a mulher nativa?

Naquele momento, como se os tivesse escutando, Luna apareceu sob a porta principal que conduzia à sala vizinha. Por fim a tinha a seu lado, podia chegar a tocá-la. Parecia feita por um escultor clássico, banhada com a bruma ocre do amanhecer em Madagascar. Adotou uma posição ingênua e sensual, graciosamente apoiando a cabeça na parede.

Matthieu ficou imóvel.

Luna, meu silêncio, minha melodia...

Meu silêncio... Retumbou em seu peito.

Minha melodia... Um sussurro permaneceu em seus ouvidos.

Sentiu um repentino pânico. "Somos feitos de sonhos...", dissera um pouco antes o capitão. Se aquilo era parte de um sonho, rezou para não despertar jamais. Para que viver mil anos de realidade sem ela? Mas Luna estava lá, respirando o mesmo ar, pisando o mesmo chão com os pés descalços. Estava usando uma calça cortada abaixo dos joelhos e a camisa branca que vestia na manhã em que a vira sobre o convés da *Victoire*.

– Aproxime-se – pediu Misson. – Quero que conheça Matthieu.

Ela não se mexeu. Olhava o músico fixamente.

– Matthieu... – limitou-se a dizer para cumprimentá-lo, sem sequer mover os lábios grossos, inclinando a cabeça.

Escutar aquelas duas sílabas pronunciadas pela sua boca foi para o músico como divisar a felicidade eterna e constatá-la ao alcance de sua mão. Desde aquele momento, Misson deixou de existir.

– Compreende o meu idioma?

– Quando nasci, no reino dos Anosy, os franceses já estavam ali.

Ele não podia acreditar. Sua voz estava carregada de vida.

– Ela continua rebelde agora da mesma forma que era quando criança – interveio Misson, rompendo o feitiço. – Ela escapava da palhoça em que estava confinada e passava as noites na casa de um oficial do governador Flacourt, cuja esposa a tratava como filha. – Olhou-a por um instante. – Não era assim?

Luna lhe devolveu o olhar sem chegar a consentir.

– Preciso ir – disse.

– Espere... – suplicou Matthieu, inconscientemente.

– Uma conversa entre homens é como uma luta entre fossas! – declarou, referindo-se a um predador da ilha, com corpo de leão e cabeça de rato. – Sempre tem que ter um vencedor. Não quero seguir interrompendo e fazer que as ideias de vocês escapem pelas feridas.

Matthieu estava atônito. Luna não correspondia em nada à pessoa que havia imaginado. Talvez impulsionado pelos preconceitos nos quais tinha se embebido desde a partida de La Rochelle, esperava que ela se comportasse como um animal assustado. Mas ela, sem dúvida, tinha o porte de uma verdadeira sacerdotisa, como as vestes romanas ou as adoradoras divinas de Amon que fascinavam o antigo Egito, com a consciência formada pelas Grandes Mães da Voz desde seu nascimento e adoçada pelo toque francês do oficial de Flacourt. Sentiu tristeza ao pensar que o destino de uma mulher tão especial, tão única, era estar presa, ainda que estivesse com correntes de ouro.

– Matthieu virá a cada manhã para trabalhar contigo – informou Misson.

Luna deixou cair os olhos.

– Voltarei amanhã, então – despediu-se o jovem músico, aproveitando pra ausentar-se antes de fazer algo inconveniente, como, por exemplo, atirar-se impulsivamente para beijá-la.

– O que acha logo ao amanhecer?

– Quando você quiser. Eu estarei presidindo o conselho.

– O conselho?

– Quando é necessário tomar decisões importantes, eu me reúno com todos os meus capitães na torre sul do porto. Tal como estão as coisas, me custará convencê-los de que o capitão La Bouche merece um assento.

– Como estão as coisas?

Misson o olhou firme nos olhos.

– Vá dormir. Amanhã você deve ter a mente lúcida para cumprir sua tarefa.

Na verdade estava bastante exausto; mesmo que tivesse dormido, não era o suficiente. O que realmente precisava era parar e refletir sobre o inesperado rumo que as coisas estavam tomando. Se La Bouche descobrisse que seria tão fácil confeccionar a partitura da melodia, prepararia tudo para regressar o mais rapidamente possível a Fort Dauphin, com a cabeça de Luna em um saco. Respirou fundo.

Assim amam os personagens nas óperas, pensou, para dar a si mesmo um pouco de ânimo: eles amam acima da vida e da morte, superando a maldade dos homens e as paixões obscuras dos deuses.

Voltou-se por um instante antes de fechar a porta, mas ela já havia desaparecido.

Luna, meu silêncio, minha melodia...

18

Ele perambulou de um lugar para outro até que anoiteceu. Matthieu não era capaz de pensar. Apenas ansiava para que as horas passassem rapidamente e, então poder reencontrar-se com ela. Quando abriu a porta da casa que lhes havia sido designada, deu de frente com o capitão.

– Onde estava? – La Bouche o repreendeu. – Nós passamos o dia todo à espera de notícias suas!

Matthieu devolveu-lhe um olhar frio.

– Eu avisei uma vez para que não falasse desta forma comigo, como se eu fosse seu grumete.

Olhou para dentro da casa e sentou em uma cama livre, junto da que Pierre ocupava.

– Você viu a sacerdotisa? – La Bouche continuou a interrogá-lo, mas agora em outro tom.

– Não – mentiu.

– O que Misson queria de você?

– Um hino.

– Um hino?

Explicou a eles o que o pirata pretendia da forma mais sucinta possível.

— É bom que o queiram tão perto dele e da sacerdotisa — congratulou-o o capitão. — Assim será mais fácil levar o plano adiante.

Matthieu guardou para si quaisquer comentários.

Pouco tempo depois, La Bouche caiu exausto na cama. Matthieu e Pierre saíram da casa para conversar a sós. Uma brisa fresca atravessava a colônia. O murmúrio do mar podia ser ouvido agora mais próximo e causava o mesmo efeito da papoula.

— Este lugar está a ponto de explodir. — comentou Pierre.

— Eu ia falar exatamente sobre isso.

— Misson disse algo a você?

— Nada de importante.

— Passei o dia caminhando pelo porto e falando com os marinheiros — retomou o médico, com certa animação. — Quase todos eram ingleses e holandeses, mas no fim encontrei um grupo de compatriotas que estavam limpando a quilha de um barco encalhado. Não era estranho que acontecesse o que aconteceu...

— A que se refere?

— Conheço um deles.

— Tem certeza?

Pierre assentiu, emocionado.

— Um marinheiro que esteve em Fort Dauphin com o governador Flacourt! Não sei como veio parar aqui, mas o caso é que me reconheceu no mesmo instante em que me viu.

— Depois de todo esse tempo?

— Não é de admirar. Poucos anos antes do ataque definitivo dos Anosy, ele sofreu um ferimento no braço direito. Creio que foi um cabo que se soltou de repente ao inflar uma vela... Naquela época, eu estava viajando no *Fortune* com La Bouche e havíamos feito uma escala para recolher alguns relatos que o governador queria fazer chegar a Paris. Quando me apresentei na enfermaria, encontrei um cirurgião trazendo material para amputação, e aquele homem gritando como um animal. A verdade é que não sei por que interferi, mas o fato é que eu salvei o seu braço.

– Onde você quer chegar? – Matthieu perguntou, percebendo algo nos olhos de Pierre.

– Ele disse que era hora de retribuir o favor.

– Você não lhe contou nada sobre nossa missão, não é?

– Claro que não.

– E o que acha que esse homem pode fazer por você?

Ele deu de ombros.

– Ele não queria entrar em detalhes na frente dos outros. Combinamos nos encontrar amanhã.

Matthieu andou em círculos.

– Por que disse antes que 'este lugar está prestes a explodir'?

– Foi a frase que ele usou. Você sabe de alguma coisa? O que Misson lhe disse?

– Só que precisa agarrar-se a qualquer coisa que restabeleça o espírito que inspirou a criação de Libertalia, como esse hino criado a partir da melodia de Luna.

– É sério que ele pretende resolver seus problemas com um hino?

– Durante 25 anos ele tem ajeitado as coisas com um punhado de palavras. E já conhece o efeito que o canto dessa mulher causa.

Pierre assumiu um semblante mais sombrio.

– Você a viu?

– Sim.

– E por que disse antes que...?

– Eu não queria falar sobre isso na frente de La Bouche. – Pierre fez um gesto que o músico não soube decifrar. – O que aconteceu?

– Você está ciente de que ele a matará no momento propício, certo?

Ele olhou nos olhos de Pierre.

– Não enquanto eu estiver vivo.

O médico deixou escapar um suspiro.

– Não se esqueça do que o trouxe até aqui.

– Por que está vindo com essa agora?

– Passei muitos anos no mar. Amputei braços e pernas para evitar que a gangrena se estendesse pelo resto do corpo. Eu vi quando um marinheiro caiu ao mar e se perdeu nas ondas durante uma tempestade, enquanto o navio continuou seu rumo de modo a não comprometer o resto da tripulação... Só peço a você que analise as diferentes opções e tenha bem claro o que está disposto a fazer, conforme forem acontecendo os eventos. Talvez devesse afastar essa mulher de sua mente e pensar um pouco mais nos rostos daqueles que aguardam seu retorno à França.

– Não posso amputar Luna de mim. Nem sequer posso acreditar que você me diga algo assim...

– Faço isso por você.

– Por mim?

– Baixe a voz! Só espero que, se as coisas correrem mal, não faça com que La Bouche envie você para o inferno também.

– As coisas têm corrido mal. Você se esqueceu do que Ambovombe fez com as irmãs dela?

– Se ela não tivesse fugido, nada disso teria acontecido.

– Não se pode culpar alguém por tentar ser livre!

– Esqueça essa nativa e salve os seus, maldição! – explodiu o médico. – Que pelo menos alguém se beneficie de tudo isso!

Matthieu ouviu um ruído vindo de dentro da casa. Ele se virou e viu uma sombra. Era La Bouche. Estava em silêncio, debruçado em uma das janelas. Cumprimentou-o, levantando o queixo. Pierre percebeu e fez o mesmo. Eles interromperam a conversa e voltaram para dentro. Fecharam a porta, mas o sussurro das ondas continuou infiltrando-se por todas as frestas, como no resto das casas de Libertalia, inundando-a com uma desacostumada ansiedade de vigílias e sonhos.

19

Matthieu passou a noite acordado. Precisava voltar a ver Luna. Enquanto despontavam os primeiros raios de sol da manhã, ele se dirigiu com toda a pressa para a casa de Misson. A porta estava aberta. Ele foi para os quartos. Não havia ninguém.

– Onde está você...? – disse, suavemente.

Tinha de se acalmar. Decidiu limpar o violino. Sempre que o fazia, aproveitava para se abstrair, que era exatamente o que ele precisava naquele momento. Talvez conseguisse, assim que aflorassem as soluções que procurava há dias. Tirou o violino da bolsa e o colocou com cuidado sobre a mesa. Umidade e sal eram fatais para a madeira. Além das mudanças bruscas de temperatura: o frio da noite, e o calor extremo que açoitava Libertalia ao meio-dia. Procurou um pano limpo. Afrouxou as cordas para ter acesso a todos os cantos, sem chegar a soltá-las.

– O que está fazendo? – ouviu atrás de si de repente.

Sobressaltou-se.

Era Luna. Como é que não tinha a ouvido chegar? Movia-se de forma tão sutil que nem sequer o ar à sua volta se movimentava.

Engoliu em seco para conter os nervos. Não estava acostumado a se sentir assim. Gostou de comprovar que ela também agia com certa dose de pudor. Luna mostrava-se deliciosamente ruborizada. Como ele deveria se comportar? Talvez fosse bom revelar-lhe o acúmulo de sensações que vinha experimentando desde que a vira pela primeira vez no meio do mar. Ou seria melhor ficar calado, para que o silêncio coubesse em todas as palavras?

Luna se fixou no violino, com suas cordas afrouxadas.

– Eu o estou preparando para tocar – disse ele, por fim.

Luna puxou uma cadeira e sentou-se a seu lado. Matthieu tomou a mão dela. Era macia e brilhante. Parecia de bronze recém-esculpido, delicada, perfeita. Ele fez com que ela, então, tocasse em seu violino. Ela não o impediu. Ambos pararam de tremer. Ele puxou as quatro cordas para um lado e levou os dedos de Luna pelos rebordes da caixa de ressonância, pelas efes, como se chamavam as partes ocas da tampa; juntos acariciaram as cravelhas, a voluta, rematada com um pequeno entalhe em forma de cabeça de leão.

– Esta madeira é diferente – sussurrou Luna, enquanto ele fazia com que ela passasse a ponta do dedo pela haste, produzindo um leve gemido na madeira.

– É ébano.

– E esta?

Tocou suavemente a caixa.

– Esta parte é de abeto. E aqui dentro está a alma.

Girou o violino e colocou a palma de Luna sobre o tampo inferior. Pressionou a mão da nativa com a sua e fechou os olhos, como se quisesse fazê-la sentir o pulsar do instrumento.

– Isto possui realmente uma alma?

Matthieu sorriu.

— É o nome de uma peça colada aqui em baixo... — Voltou a girar o violino e apontou entre os efes, na estrutura central. — Ela serve para atenuar a tensão que a madeira suporta e também para distribuir os sons por toda a caixa de ressonância, para que depois saiam com a máxima pureza.

— Eu pensei que você se referia a outro tipo de alma.

— Ele também a tem. — Calou-se por um momento e olhou o instrumento e depois de novo para ela. — Um violino armazena os sentimentos de quem toca.

Luna respirou fundo. Ela também nunca tinha experimentado uma sensação semelhante. Estava convencida de que as forças do cosmo a conduziram até lá naquele momento. Pensou em sua fuga; em como vira Misson durante a cerimônia de invocação na praia, com seus olhos pintados de *kajal*, negros como os dos piratas bengaleses e metade do rosto tatuado com os signos de alguma tribo desconhecida; e como instantaneamente soube que a mãe natureza o enviara para libertá-la de sua condenação. Ninguém sabia que chorava toda noite em sua cabana. Suplicava às estrelas para que alguém a levasse para longe daquele povoado infernal em que as Grandes Mães da Voz desfrutavam de proteção à custa de que ela fosse o patrimônio de um devasso insano e cruel. Era verdade que Ambovombe, temendo a reação dos antepassados, ainda não se atrevera a tocá-la, mas Luna se aterrorizava com a ideia de que a qualquer momento ele iria se rebelar contra o próprio deus Zanahary para se deitar em sua cama. Então, não hesitou. Quando a cerimônia terminou, e enquanto os Anosy repetiam extasiados as invocações do xamã ao redor do fogo, ela se escondeu no bote de Misson.

— Você era a catarata e eu, o rio que avançava de forma irreprimível em sua direção — terminou por dizer, com sua inclassificável entonação.

– A primeira vez que vi você, quando saiu do camarote e se agarrou ao mastro, acreditei que todos os meus sentidos iriam explodir.

– Não foram nossos sentidos que nos descobriram. Os nossos espíritos já então haviam se encontrado.

Matthieu olhou para ela por alguns segundos.

– Como tenho podido viver sem ter conhecido você? – disse, mais para si mesmo do que para ela.

Luna subiu à mesa, inclinou-se e deitou-se, encolhendo-se como um lêmure jovem. Seus olhos estavam salpicados de estrelas douradas.

– Você o fará? – ela pediu, docemente...

– O quê? – sussurrou ele.

– Vai tocar seu violino para mim?

Matthieu calou-se. Lembrou que as Grandes Mães da Voz tapavam os ouvidos da Garganta da Lua para que não escutasse nenhuma música que pudesse contaminar a melodia que preservava em seu interior.

– Vai tocar? – ela repetiu.

Luna sustentava aquele olhar, tão calma e ao mesmo tempo ainda mais profunda do que todos os abismos de água que rodeavam a ilha. Matthieu fechou os olhos. "Nada vai acontecer com uma peça apenas", decidiu. Era a melhor maneira de mostrar quem ele era. De seu violino fluiria a magia necessária para atraí-la ao universo que ele tinha imaginado para os dois. Como poderia renunciar a que ela o amasse para sempre? Matthieu começou a girar as cravelhas. Retesou as cordas, da mais aguda até a mais grave. Afinou-as à perfeição. Colocou o violino no ombro e apoiou o queixo.

Certificou-se de que estava na posição correta, nem inclinado nem virado, utilizando como referência uma linha reta imaginária em que as cordas *mi* e *sol* confluíam em perspectiva com as marcas da voluta. Decidiu interpretar uma passagem de *Orfeu*, a ópera do maestro Monteverdi. Narrava a descida voluntária de Orfeu aos infernos para resgatar sua amada Eurídice, que o salvara de uma picada de cobra. Era sua forma de dizer a Luna que ele também entraria no fogo eterno se fosse necessário, da mesma forma que viajou até os confins do mundo para encontrá-la. Escutou o coração dela próximo ao seu e sobre o pulsar compartilhado começou a tocar, e a beleza surgiu por si só.

Luna acreditava ouvir ao mesmo tempo a voz dos deuses da terra, da água e do fogo, prolongada de prazer por aquele homem de carne e osso que somente passava seu arco sobre as cordas. Matthieu alongou a última nota. Quando se esvaneceu, no meio do silêncio se abriu uma porta pela qual ela pôde acessar sua vida inteira.

– Assim amam os personagens das óperas – sussurrou a seu ouvido antes de beijá-la.

Luna exalava um perfume de madeira de baobá e de fruta aberta. O que era aquele tremor que lhe invadia, nunca antes experimentado, ao passar as mãos sobre sua pele eriçada? Eram seus movimentos de felina, saltando sobre ele e o derrotando, aprisionando-o com seus joelhos, entocando-se e logo esticando os músculos de pele escura, revolvendo-se para juntar suas bocas. Seu corpo vermelho, quente, vivo, os olhos abertos de par em par. Dentro dela, um oceano completo, de mar e sal, arrastando o músico até a profundidade das algas que o enroscavam a seu sexo e o impediam de sair, sujeitando-o pelos pulsos para que não a tocasse enquanto ambos emergiam de uma vez à superfície.

Um tempo depois, Matthieu a contemplava deitada de lado no chão de ráfia. Ela estava dormindo. Respiração forte. Excitava-o observar suas nádegas firmes, mais musculosas que as das mulheres francesas, e ao mesmo tempo comovia-o vê-la de repente tão inocente, como se não estivesse consciente do poder que abrigava.

Ela não era consciente de seu poder, tampouco do perigo.

Como podia mudar as coisas? Como parar La Bouche? Cada minuto que passava o aproximava do fim escrito para ela, e também de seu próprio fim, um mesmo destino para um único espírito compartilhado. Ele tinha de agir rápido. Já teria se reunido o conselho dos capitães?

— Devo contar tudo para Misson. — De repente, disse em voz alta.

Luna se moveu levemente. Imediatamente recuperou o ritmo de sua respiração.

Converter o pirata em aliado... Como não tinha pensado nisso antes? La Bouche mentira para ambos. Eles se livrariam dele, Matthieu comporia o hino e o próprio Misson, em agradecimento, o levaria de volta para Fort Dauphin com sua sacerdotisa.

Fez um gesto com a mão para acariciá-la, mas se interrompeu para não despertá-la. Cobriu-a com o camisão, saiu discretamente e, assim que cruzou a porta, correu em direção ao local onde o Conselho estava reunido.

20

O porto estava infestado de marinheiros. Matthieu foi em direção à torre sul, um edifício circular de pedra negra que se levantava em uma extremidade, com uma grande bandeira e um posto para vigias. O portão de madeira era pintado com a cena de um navio que avançava sobre um mar cheio de ondas, em homenagem aos expedicionários que abriram os caminhos ao norte de Madagascar. Como todas as portas de Libertalia, esta não tinha fechadura. Ele entrou com precaução. Lentamente subiu a escada em espiral que conduzia à sala onde o conselho se reunia. A única iluminação provinha das estreitas aberturas verticais das defesas. Quando estava chegando ao alto, escutou a voz de Misson. Discutia acaloradamente com seus capitães. Entrou com discrição só para dar uma olhada. A sala, cujas paredes estavam cobertas de mãos vermelhas pintadas – imitando a decoração das grutas onde viveram os primeiros habitantes da ilha –, estava rodeada de pequenas janelas de onde se divisavam os telhados da colônia, o porto e o cintilante Mar de Esmeralda. No centro, havia uma mesa de madeira com as pernas talhadas ao modo dos totens dos nativos. Sobre ela descansavam as espadas. Matthieu contou dez capitães além de Caraccioli, marinheiros de peles curtidas cobertas de tatuagens cerimoniais – nenhuma como as lágrimas de sangue de Misson – e adornados com colares e outros adereços. Lamentou-se ao comprovar que La Bouche se encontrava entre eles, comportando-se com um a mais.

– Não temos tempo a perder – expôs o capitão Tew, um dos membros mais influentes do conselho. – O sonho de Libertalia está afundando.

Os outros, que até então se atropelavam entre si para falar, emudeceram perante tão veemente afirmação. Misson ficou pensativo por alguns momentos antes de responder.

– São seus homens que demoram a se submeter às regras – disse sombriamente, referindo-se aos marinheiros britânicos que Tew comandava. – Eles nem sequer informaram sobre as pilhagens mais recentes.

– E o que eu posso fazer para evitar? Nossos piratas estão se dividindo em diferentes grupos segundo sua nacionalidade. Acabou aquele ideal comum. Os holandeses querem se estabelecer na costa de Zanzibar e os portugueses já realizaram duas reuniões a portas fechadas, sem que ninguém saiba o que eles andam conversando.

Outros dois capitães falaram por indiretas, batendo na mesa e reavivando o debate. Misson os ouvia um tanto alheio. Matthieu pensou que, como Pierre insinuara na noite passada, sua convicção já não era suficiente para continuar mantendo aquela estrutura. Por isso precisava de novos rituais coletivos, como um hino criado a partir da melodia enfeitiçante de Luna.

Caraccioli se levantou da cadeira, balançando sobre sua perna de pau. Rodeou a mesa, dando solavancos, e foi juntar-se ao capitão. Era o momento de mostrar-se, como em tantas outras circunstâncias difíceis ao longo de sua trajetória: os dois de pé perante o resto.

– Diga a verdade, maldição! – espetou.

Os capitães se calaram.

– A que se refere? – Tew pareceu estranhar.

– A única coisa que acontece é que vocês têm medo.

– O quê?

– Vocês têm medo de que os nativos se tenham dado conta de que não somos invencíveis e venham nos expulsar da nossa casa.

– Isso é uma estupidez. Essa ameaça tem pesado sobre nós desde o princípio...

– Nós todos sabemos que agora é diferente, pelo amor de Deus! – o sacerdote ficou furioso.

– Posso perguntar o que você quer dizer? – interveio La Bouche, falando pela primeira vez.

– Um grupo de escravos libertos, que acreditávamos bem integrados na colônia, desapareceu. Supomos que tenha percebido a tensão que ultimamente se respira aqui e, estimulados por um deles, especialmente agitador...

– O chefe de uma tribo guerreira ao sul de Angola – apontou o capitão que o libertara uns meses antes, após abordar o barco que o conduzia às Índias. – Maldito mal-agradecido!

– Sempre existem antigos escravos ressentidos que não compreendem que somos diferentes dos outros europeus – explicou La Bouche a outro dos capitães, sem saber que estava se dirigindo a um traficante de escravos.

– A questão – a palavra voltou a Caraccioli – é que conseguiu convencer vários dos seus a abandonar Libertalia e estabelecer-se com os nativos, e agora há rumores de que estão preparando um ataque. Se suas tribos entrarem em acordo para se organizar com eles, irão dispor de um verdadeiro exército.

La Bouche não conseguia compreender.
— Por que os indígenas poderiam querer se virar contra vocês agora? Por quê, depois deste tempo todo?
— Faz anos que Misson vem negligenciando as relações com eles — apressou-se a informar Tew.
Misson pareceu despertar.
— Como você pode dizer...?
— É verdade, capitão — continuou o inglês. — Já não age com a seriedade e a diplomacia sutil do passado, ou de forma adequada para punir os homens que violam as regras que sempre regeram a ilha. Um mês atrás estupraram três meninas na aldeia ao lado da enseada e os chefes ainda estão à espera de sua resposta. Para eles não vale nada enforcar os que traíram você, como fez com esses dois portugueses que agora estão dependurados no tamarindeiro. Eles querem ser considerados dignos de igual respeito. — Tew fez uma pausa. — E não pense que culpo você, companheiro. Libertalia tem crescido mais do que deveria. Homens demais para um paraíso tão pequeno.
La Bouche assentiu. Matthieu, que ainda estava escondido na escada, também estava chocado.
— Essa é a situação — concluiu Caraccioli, incapaz de fazer qualquer outra coisa senão aceitar a realidade. — Esses traidores que fugiram para o interior querem usar o fosso que se abriu entre os marinheiros das diferentes nações para nos aniquilar e tomar o nosso lar. Sabem que a maioria dos nossos homens preferiria fugir a arriscar a vida lutando por algo em que deixaram de acreditar...
— E, por isso — retomou Misson —, agora não posso deixar ninguém sair da república. Devemos estar mais unidos do que nunca. Uma invasão que vem de dentro! Que paradoxo! — Ele riu de forma um tanto desesperada. — Todas as nossas defesas estão voltadas para o mar!

Matthieu não conseguia assimilar o que ouvia. Estava prestes a dar meia-volta, mas percebeu que para La Bouche seria ainda mais fácil realizar seu plano em meio ao grande turbilhão, caos e desordem que se aproximava. Quando se decidiu entrar na sala de reuniões para contar a todos as verdadeiras intenções do novo capitão, ouviu uma voz às suas costas.

– Matthieu!

Virou-se. Alguém subia acelerado pela escada.

– Pierre?

– Ainda bem que lhe encontrei! Um marinheiro me disse que tinha visto você entrar...

– Fale baixo – pediu, com firmeza.

– O que vai fazer?

– Vou contar tudo a Misson. É a única forma de...

– Não, não. Não é preciso que faça nada.

Engoliu a saliva para recuperar o fôlego.

– Diga-me agora o que está acontecendo.

– Estive com aquele marinheiro sobre o qual comentei ontem. As coisas estão muito piores do que imaginávamos. Eles acham que os indígenas vão...

– Já sei – Matthieu o cortou. – Agora mesmo estão discutindo sobre isso.

– Melhor, assim posso ir direto ao ponto. – Tomou ar. – O marinheiro vai abandonar a ilha com um grupo de franceses e se ofereceu para nos levar em seu barco.

Matthieu emudeceu. Era como se a estreita escada em espiral se iluminasse. Finalmente uma boa notícia.

– Até onde podem nos levar?

– Vão circundar o continente e nos desembarcarão em uma praia do Senegal, perto de Gorée. Depois seguirão rumo ao Caribe e nós não teremos dificuldades para encontrar um navio da Companhia que nos leve de volta à França. Você percebe? Nós iremos antes que este lugar exploda e você chegará a Paris com tempo de sobra para cumprir sua missão.

– Quando pensam em partir?
– Esta noite.
– Hoje à noite?
– Você copiou a melodia?

Calou-se por um instante.

– Ainda não.
– Então...

Matthieu se deu conta de que jamais poderia subir naquele barco. Seus olhos se dirigiram ao chão.

– Ainda que tivesse copiado, não poderia ir sem Luna. Volte à França e não se preocupe comigo. Em breve encontrarei um modo de...
– Eu ia pedir que a trouxesse com você.

O músico fixou o olhar em Pierre.

– E La Bouche?
– La Bouche... – suspirou.
– Ele era seu amigo. Seria capaz de trocá-lo por nós? – perguntou, sem rodeios.
– Ele já me trocou por Ambovombe. Você disse bem: *era* meu amigo. Agora eu não o reconheço mais.
– E aquilo que me disse ontem à noite?
– Não estava em minhas mãos ontem à noite o poder de decidir o destino de ninguém – respondeu, mantendo-se surpreendentemente firme.

Matthieu levou as mãos ao rosto.

– Que fará Sua Majestade quando souber que traí o seu capitão?

— Limite-se a pensar que cumpriu sua parte da missão e não se preocupe com o resto. Quando o navio da Companhia atracar em Fort Dauphin e perceber que você não está lá, vai continuar sua viagem de volta à França, sem alterar os planos. E Sua Majestade... Vai lhe cobrir de riquezas! Não só levará a partitura como chegará a Versalhes com a sacerdotisa em carne e osso!

Riquezas... Matthieu reconheceu no rei uma mistura curiosa do usurpador cruel e ganancioso Ambovombe e de um Misson decadente, que previa a ruína de seu grande sonho.

— Tem razão — animou-se. — Preciso falar com Luna.

— Fiquem escondidos até a noite. Se os descobrirem, não terá nenhuma chance de escapar. Vamos nos encontrar nesta madrugada, na enseada à esquerda do porto.

Eles se abraçaram.

— Um momento...

— O que foi?

— O *griot*.

— O que há com ele?

— Não podemos abandoná-lo.

— Talvez ele não queira sair.

— Garanto que sim. Seu único desejo é um dia retornar ao Senegal para lutar contra os traficantes.

— Não sei se o braço que salvei daquele marinheiro possa valer por tantos passageiros assim. — Pierre foi capaz de sair com uma piada para não se desesperar.

— Consegue encontrá-lo? Espero que ainda esteja naquela casa alongada.

— A dos professores de escravos liberados?

Assentiu.

— Conte tudo a ele e traga-o, por favor.

Saíram apressadamente da torre do conselho. O médico se perdeu entre a multidão do porto, virando-se e olhando para ambos os lados a cada passo que dava. Matthieu correu de volta para a casa de Misson. Encontrou Luna de pé no meio do quarto. Sua expressão refletia preocupação.

– Estava sonhando com um caçador em um deserto – disse, com um olhar um tanto perdido. – Eu era a presa.

– Você conhece algum lugar onde podemos nos esconder até a noite?

– De quem temos de nos esconder?

– Por favor, eu suplico que confie em mim.

– A gruta em que guardei o caracol... – ela murmurou, pensativa.

– Uma gruta... está bem – respondeu, sem saber a que ela estava se referindo. – Onde fica?

– Na base do penhasco.

– Não podemos ir em direção ao mar – lamentou Matthieu – Eles nos surpreenderão no meio do caminho. Melhor nos dirigirmos até a montanha.

– A floresta de bambu! – ela propôs sem questionar — No topo da primeira colina.

– Não podemos perder tempo.

Luna parou antes de sair.

– Você poderá guardar meu caracol em algum momento, certo?

– Mas... que caracol é esse? O que você quer dizer?

– Você também tem de confiar em mim – foi tudo o que ela respondeu, antes de começar a andar apressadamente em direção ao coração da ilha.

21

Atravessaram por um bosque de palmeiras, caminhando ao longo da encosta de uma das colinas que demarcavam o assentamento. A floresta de bambu crescia ali, onde o terreno se tornava mais escarpado e frondoso. Quando estavam quase chegando, Luna parou por uns instantes e fechou os olhos. Um pouco mais acima, o vento penetrava através dos buracos naturais nos troncos, convertendo aquele ambiente numa orquestra de flautas e oboés.

— Você já havia escutado antes a voz das plantas? — perguntou Luna, com uma ingenuidade adorável.

Matthieu analisou a solitária paisagem que se desenrolava em torno dele. Parecia uma pintura. O sol prestes a se pôr inundava o céu com uma gama de tons de rosa. Era um bom lugar para esperar a hora de ir ao encontro de Pierre. De lá, eles poderiam controlar os movimentos de quem circulasse pelos arredores de Libertalia. Ele respirou fundo. Tinha tanta coisa para explicar-lhe... Não sabia por onde começar.

— Você sabe como nasceu o universo? — ela se adiantou.

— Conte-me — ele pediu, aproveitando para tranquilizar-se.

As flautas de bambu seguiam compondo sua própria balada. Luna se posicionou para olhar diretamente em seus olhos.

– Antes da criação do mundo, existia um ser único e vazio – recitou – Era o amor. Estava só. Nada nem ninguém existia a não ser ele, até que decidiu dotar a si mesmo de dois olhos. Ele os fechou e criou a noite. Depois os abriu e nasceu o dia. Logo a noite se encarnou na lua, e o dia se encarnou no sol. E, nesse instante, ao cair daquela tarde em que ambos se uniram no céu pela primeira vez, viveram em paixão para sempre e geraram o tempo do homem.

Calou-se. O céu sangrava faixas debruadas de luz violeta.

– É uma história linda...

– Relata tal e qual como se iniciaram todas as coisas.

Matthieu pareceu se perder em seus próprios pensamentos. Logo desprendeu um sorriso aberto.

– Tem mais uma coisa... – disse.

– E o que mais?

– O tempo do homem... surgido a partir do amor entre o sol e a lua... nesse momento em que ambos confluíram no céu...

Sol, teus raios não chegam a tocar-me

– É a solução do epigrama de Newton... – murmurou, emocionado.

– O que é um epigrama?

– Referia-se a um momento...

– Um momento?

Piscando na obscuridade como no princípio.
E eu, tua Lua, derramarei lágrimas sobre o fruto.
Quem és tu sem minha carícia,
E que posso fazer eu, senão gritar, se te apagas?

– Cada dia, a mesma hora – exclamou, entusiasmado –, quando apenas chegam a olhar-se, o suficiente para que surja o fruto! – ele juntou as duas mãos com força. – É o instante em que fomos criados! É esse o instante da alma? É o momento da melodia?
– Olhe! – apontou ela.
O sol estava a ponto de esconder-se e o reflexo da lua se entrevia palidamente a meia altura.
– Justo agora, no mesmo céu...
– Agora é o momento em que olham um para o outro!
– É agora quando se amam...
Matthieu não podia acreditar. Tinha conseguido decifrar o hieróglifo alquímico. O experimento devia ser realizado neste momento mágico, em que todo o cosmo se alinhava de modo que a melodia pudesse viajar sem barreiras, através do espaço e do tempo, para o ponto de origem. Como não havia pensado nisso antes? O único momento em que todo o universo vibrava em harmonia. Pitágoras disse que a harmonia não era apenas a ordem dos sons, mas também a ordem divina do cosmo. A teoria da música das esferas – que tantas vezes havia sido discutida nas reuniões realizadas na casa da Duquesa de Guise – defendia que todos os planetas produziam um tom vibratório determinado por sua distância orbital da Terra, dando lugar entre todos, em determinado momento, a uma perfeita sincronia sonora. O equilíbrio cósmico, como ensinava o matemático, tinha suas regras. Assim como na Natureza, tudo estava interconectado.

Beijou-a longamente. Tudo parecia alinhar-se, também em sua vida. Algumas horas mais tarde, ele estaria rumo ao Senegal com a melodia encarnada em uma mulher a quem amava e a solução para o epigrama, que permitiria a Newton completar a experiência. Muito mais calmo, contou ter entrado em um labirinto mágico que desembocou no reino dos Anosy, que navegou da França até ali para transcrever seu canto, um tesouro de notas e pausas que devolveria a vida a sua família. Ele também confessou as intenções de La Bouche, e jurou que ela não deveria se preocupar enquanto ele estivesse a seu lado, porque o destino havia traçado uma ponte até o convés do navio que, naquela mesma noite, os levaria para longe de todo perigo.

O rosto de Luna ficou sério.

– Não está contente de vir comigo?

– Acabo de sentir que é para sempre.

– O que você quer dizer?

– Nunca mais vou ver minhas irmãs.

Matthieu sentiu um arrepio. Ela soube imediatamente que havia algo que ele ainda não tinha contado.

– Luna...

– Não retenha as palavras em sua boca.

– As Grandes Mães da Voz...

– Não as retenha, não faça isso...

– Todas elas foram...

Em seus olhos viu o sangue, as cinzas.

– Minhas irmãs? – chorou.

– Ambovombe.

– Não, não, não...

– Eu sinto muito...

Ele a abraçou novamente, mas ela se levantou, desconsolada e chorando, gritando ao céu nomes em seu idioma. Ela se contorceu e gritou como um animal selvagem que acabara de receber uma laçada. Parecia estar enlouquecendo. Sem dizer mais nada, lançou-se ladeira abaixo, atormentada pelo silvo dos troncos de bambu.

– Luna! – gritou Matthieu.

Ela não parava. Ele correu atrás dela. Quando estava na metade da ladeira, escutou o primeiro canhonaço. Quem disparava?

– Luna! Por favor, pare!

Ela foi embora.

Outro canhonaço. Não podia ser... Já tinha começado a revolta? Supunha-se que, quando isso ocorresse, já deveriam ter fugido da colônia. Mais um. Veio do porto e desta vez parecia apontar para a colina! Ele cobriu o rosto com os braços justo quando o projétil caiu perigosamente perto.

– Que diabos eles estão fazendo?

Naquele instante, Matthieu ouviu alguma coisa, ainda que tênue, uma presença. Concentrou-se por um segundo. Aumentava a cada momento. Era uma massa de grunhidos guturais que avançava às suas costas como um rio de lava. Ele se virou e olhou para além do bosque de bambu. Não podia acreditar. O sopé da montanha tinha se povoado de nativos. Os corpos acinzentados se multiplicavam entre a vegetação, centenas deles. Era verdade! Todos os indígenas da ilha se uniram para dar um golpe em Misson, único e mortal. Repetia-se a história de Fort Dauphin. Como era possível? Libertalia não era uma colônia exploradora, era um éden paradisíaco compartilhado. Compartilhado? Aparentemente, os nativos sempre consideraram o pirata um intruso, e como tal deveria morrer.

– Luna... – Matthieu murmurou, voltando-se de novo, mas ela já estava longe.

Enquanto permanecia cravado a meio caminho entre o assentamento e aquele exército enraivecido que jorrava de forma inexorável sobre a última utopia, um dos canhões das baterias do porto cuspiu outra bala. Os olhos de Matthieu se arregalaram. Soltou um grito ao mesmo tempo em que se jogava ao chão. O impacto do projétil foi brutal. Arrancou pela raiz duas palmeiras, uma das quais atingiu Matthieu na cabeça.

Ele sentiu o barro na boca.

Uma ardência no rosto, como se o estivessem marcando a fogo... Aos poucos, foi recobrando a consciência.

– Meu Deus... – horrorizou-se, e logo em seguida olhou suas mãos e as levou às pernas. Ele podia movê-las. Tocou o resto de seu corpo. Tudo parecia no lugar, mas havia algo... Colocou-se de pé como podia. Então percebeu.

– Meu Deus, meu Deus... O que está acontecendo? O que está acontecendo?!?

Não ouvia sua própria voz. Nenhum som.

"Isso não pode estar acontecendo comigo..."

Movia os lábios, comprimia o diafragma expelindo o ar, mas recebeu como resposta apenas o silêncio. Um silêncio insuportável que crescia no interior de sua cabeça, até um ponto em que precisava manter a boca aberta para não estourar o crânio. Parecia fora de seu corpo. Agitava os braços, mas não conseguia ouvir o farfalhar da camisa, chutava, sapateava o chão e não ouvia, nem ouvia a grama sendo arrancada pela raiz. Colava as mãos às orelhas e gritava de novo, mas tudo que sentia era uma queimação na garganta.

Matthieu olhou para cima. Alguns indígenas já estavam entrando no bosque de bambu e desciam cada vez mais rápido, direto para a colônia, sem se intimidar com os projéteis que seguiam furando a ladeira. As hordas da montanha traziam a noite com elas. Com a última luz do sol, vislumbrou seus caninos afiados à base de esfregá-los com uma pedra rugosa que abundava na ilha, seus olhos de marfim, sua pele cinza como as sombras que, minutos depois, ocultaram tudo.

Ele correu. Primeiro lentamente, tentando ver se poderia fazer isso sem cair, depois correu com toda a alma. Detectava no peito os estalidos, nas têmporas somente a vibração de seus próprios passos, notava com o tato o vento que antecedia a tempestade, as primeiras gotas de chuva que começaram a cair, via a boca dos piratas gritando, já ao pé da colina, enquanto saltava as barreiras fortificadas montadas para conter o ataque. Imaginava todos os sons, mas não podia ouvir nada.

Nada.

22

Onde estaria, Luna? Matthieu vagava através de um pesadelo mudo. Tal como os escravos libertos que promoveram a sublevação previam, quando os exércitos de nativos se espalharam ao longo do sopé da montanha, a maioria dos europeus não hesitou em largar tudo e dirigir-se às pressas para os navios, para fugir com vida daquele paraíso destruído. Tudo era apenas uma mistura de rostos alucinados e cheiro de pólvora queimada, expressões de medo, tensão, sal, barro... O músico chegou à casa de Misson. Abriu as portas, apanhou objetos que via cair, estilhaçando-se em silêncio. Nem um rastro dela. Angustiava-se ao pensar que talvez ela o estivesse chamando em algum lugar oculto, sem que ele pudesse ouvir. Correu para o embarcadouro. As tochas arrancavam da negrura cenas de horror. Uma mulher com o filho envolto no retalho de uma vela se abraçou a suas pernas, suplicando ajuda. O que ele podia fazer? Chocava-se com os marinheiros que o empurravam com violência. O pânico havia se apoderado de Libertalia como um germe demolidor, que ameaçava destruir todo o povoado antes mesmo que os nativos o fizessem. Eles já haviam conseguido romper as primeiras defesas onde se entrincheiraram os mais valentes homens de Misson. A chuva descia com força. O sangue escorria entre os cadáveres. Os indígenas dançavam por algumas ruas, embriagados pela violência, agitando seus facões com uma mão e com a outra os membros seccionados dos que tentavam impedir seu avanço até o embarcadouro.

Passou junto à casa alongada, onde havia se despedido do *griot*. Entrou para procurá-lo. Estava vazia. Ao sair, deu de frente com um indígena solitário que havia conseguido se esconder ali. Estava nu, exceto por uma tanga e uma tira de couro que lhe cruzava o peito. Ele ergueu o facão, mas Matthieu reagiu rapidamente e, aproveitando sua posição elevada nas colunas que separavam a edificação do chão, deu-lhe um chute no peito que o jogou com tudo para trás. Sem perder um instante, saltou sobre ele e o esmurrou várias vezes. Não ouviu nada, nem os impactos de seus punhos, nem os gritos do indígena, e lhe restava apenas a violência de sua ação. Nem sequer parecia real. Conseguiu tirar-lhe o facão, mas não foi capaz de cortar fora o seu pescoço. Golpeou-o na testa com o cabo e correu para o cais.

Quando chegou, foi invadido por uma angústia que não poderia descrever em palavras. Viu como alguns piratas, que ainda se mantinham fiéis ao capitão, empoleiravam-se nas fortificações do porto, ocupando heroicamente o posto dos artilheiros que fugiram, e disparavam sem cessar através da escuridão sobre as colinas, tentando em vão frear o fluxo dos guerreiros; mas também viu como parte deles mudava a direção dos canhões e, levados pela ira, utilizavam-nos para afundar os barcos em que os antigos companheiros tentavam chegar aos navios ancorados. Parecia uma cena do Apocalipse. Enquanto as velas se desdobravam, tensionando os cabos, os próprios desertores se matavam entre si para ter espaço no convés.

Tinha pouco tempo. Grudou as costas na parede do armazém onde reparavam as peças danificadas nas abordagens e tentou localizar Luna em cada bote que se lançava ao mar, em cada grupo de mulheres desesperadas que soluçavam no cais, suplicando que as conduzissem a algum navio, em cada rosto ferido que passava a seu lado perambulando. Antes do previsto, surgiu o primeiro grupo dos indígenas. Seus facões jorravam sangue sobre a ferrugem. Alguns marinheiros holandeses, que permaneciam ocultos num local sem iluminação, abateram diversos deles, mas o restante, seguindo o rastro das nuvens alaranjadas que cuspiam dos mosquetes, arremessou-se sobre os marinheiros sem dar-lhes tempo de recarregar as armas. Não lhes importava morrer. Só matar. Terminaram sendo abatidos pelos disparos de outros piratas que acudiram em sua ajuda, mas todos sabiam que estavam somente retardando o final. Em alguns minutos teriam sobre si todo um exército.

Matthieu ajoelhou-se. Deixou de procurar Luna naquele enxame de ódio. Queria também deixar de respirar e terminar com tudo aquilo de uma vez por todas. Levou as mãos aos ouvidos e soltou um último grito que tampouco pôde escutar. Então viu, iluminado por uma tocha, aquele rosto tatuado.

– Misson.

Saía da torre do conselho acompanhado de Caraccioli e de um grupo de oficiais, a quem distribuía instruções. Pedia que concentrassem todos os esforços no reforço das barricadas para ganhar tempo até que todos fugissem do povoado, consciente de que pouco podia fazer contra as hordas de indígenas, desconhecedores da morte ou talvez emissários dela, que se jogavam de peito aberto contra canhões e mosquetes. Quando ia correr até ele para perguntar se sabia algo de Luna, percebeu que La Bouche também estava ali. Naquele instante alguém segurou seu ombro. Ele se virou, assustado.

Era Pierre. Vinha acompanhado do *griot*.

— Pierre!
— O que aconteceu?
— Pierre, não consigo ouvir!

O médico e o *griot* começaram a falar ao mesmo tempo. O que eles diziam? Ele estava prestes a chorar, tanto pela impotência como pelo alívio que sentiu por não estar sozinho. Matthieu tentou explicar-lhes o que tinha acontecido, mas nem sequer sabia se pronunciava bem as palavras. Pierre assentiu e fez gestos para que tentasse se acalmar. Depois repetiu devagar uma mesma frase para que Matthieu pudesse ler seus lábios e apontou para um bote, que um marinheiro de Fort Dauphin estava desamarrando.

— Ele vai nos levar em seu barco! Corra!

Ele puxou o músico para que os seguisse.

— Primeiro eu tenho de encontrar Luna! — contorceu-se Matthieu, com o rosto desfigurado.

— Como?
— Luna!
— Onde está?
— Procurei por todo lado! O que posso fazer?

O médico olhou para o bote. O marinheiro lhes pedia que partissem já. Ele fez um gesto pedindo calma.

— Ela deve ter se escondido em algum lugar. Não disse nada a você? — Pierre se esforçava em fazer-se compreender, enquanto a mente de Matthieu, na ausência de som, dispersava-se com cada labareda que cuspiam as fortificações. — Pense rápido! — ele insistia, vendo que cada vez chegavam mais indígenas ao embarcadouro e que os poucos piratas que ainda estavam de pé podiam contê-los a duras penas. – Por favor...

Pierre o olhava atentamente e fazia círculos com o dedo indicador, suplicando para que voltasse com a mente para trás. Matthieu agiu certo ao fechar os olhos. Durante alguns segundos, o horror se dissipou. Não ouvia nem via nada, mas sentia a mão de seu amigo Pierre agarrando seu braço. Finalmente, um momento de paz...

– A gruta do caracol! – recordou logo em seguida.

Voltou a abrir os olhos e retornou ao inferno.

Pierre deu de ombros.

– Que caracol?

– Eu não sei. Luna me disse esta manhã que ontem escondeu seu caracol em uma gruta do escarpado.

O médico trocou algumas palavras com o *griot*. Matthieu se desesperava. Será que eles o entenderam? Sabiam como chegar a esse lugar? O *griot* assentiu com a cabeça, acreditando que o músico estivesse se referindo a uma muralha de pedra negra que se elevava ao fundo de uma pequena enseada nas proximidades. Apontou um extremo do porto. O coração de Matthieu se acelerou. Pierre lançou um olhar a La Bouche.

– Daremos a volta pelo outro lado para não passar perto dele – dispôs-se. – Espere um minuto.

Ele correu agachado até o bote do marinheiro e disse-lhe que fosse sem eles, que buscariam outro modo de chegar ao navio antes que ele partisse. O marinheiro expressou um gesto de estranheza e mandou subir em seu lugar duas mulheres com cinco crianças, tentando desesperadamente encontrar um espaço livre nas barcaças. O *griot* segurava uma tocha, os três rodearam com rapidez as fortificações e submergiram em um palmeiral, com o chão coberto de antigas redes e cordames. Era difícil avançar sem enganchar-se. Era uma espécie de cemitério de artefatos, que voltava fugazmente à vida ao prendê-los pelos tornozelos. Quando estavam na metade da manhã, escutaram gritos por perto. Pierre olhou para o *griot* com uma expressão séria. Não previram que alguma patrulha de indígenas acessasse o porto por aquele ponto, o menos acessível, mas também o mais desguarnecido. Detiveram-se. Matthieu se voltou. O silvo de várias flechas atravessou o palmeiral.

– Apague a tocha! – gritou Pierre. – Atire-a o mais longe que puder!

As setas passavam a poucos centímetros dos rostos e cravavam nos troncos. Correram como puderam sobre a rede de cabos enferrujados em direção à enseada. Por fim, notaram a areia sob seus pés; seguiram pela orla e caminharam sem parar até o enorme penhasco que se erguia ao fundo. Grudaram as costas e os braços na pedra escura, mimetizando-se com as conchas.

– Tem alguém nos seguindo? Deus, não dá para ver nada!

Se pudesse ouvir, Matthieu teria aguçado o ouvido para separar cada som um a um, como fazia com as linhas melódicas enquanto estudava composição orquestrada: o murmúrio das plantas acariciadas pelo vento, cada gota de chuva, os estalos que vinham do porto, o rumor que emergia de dentro do palmeiral, os passos cautelosos dos indígenas...

Pierre puxou-o novamente, devolvendo-o à realidade muda.

– Nós dois vamos avançar – disse com gestos. – O *griot* vai seguir ao longo da costa para tentar encontrar algum bote de pesca dos indígenas e voltará para nos levar até o navio. Você entendeu?

Matthieu assentiu pensativo.

– E se Luna não estiver lá? – conseguiu articular.

– Reze para que esteja – murmurou Pierre, sabendo que o músico não podia ouvi-lo.

Enquanto o *griot* se perdia na escuridão, correndo como um antílope, ambos escalaram algumas rochas que circundavam o penhasco alguns metros acima da água. Não demorou para encontrarem a entrada da gruta. A forma e textura da pedra se assemelhavam à grande boca de um monstro marinho.

Quando estavam prestes a entrar, Pierre arregalou os olhos. Uma flecha solitária, lançada por algum indígena desde o alto do penhasco, havia atravessado suas costas pela base do pescoço.

– Matt...

Desabou por inteiro com uma expressão de incredulidade. Matthieu se jogou sobre ele.

– Pierre! Não, não, não...!

Não sabia o que fazer. O sangue fluía. Não podia arrancar a flecha. Matthieu o segurava em seus ombros, o agitava para que não desfalecesse. O silêncio absoluto seguia tingindo tudo com aquele véu de irrealidade, mas que por desgraça estava acontecendo: os olhos de Pierre se esvaziavam de vida. O músico olhou para ele durante alguns segundos sem pensar em nada. Reagiu e tentou arrastá-lo para dentro da caverna, mas duas novas flechas ricochetearam na pedra a poucos centímetros dele. Não poderia deixá-lo lá. Continuou puxando com toda a força. Sentiu um ardor no braço. Outra flecha mais lhe havia feito um corte do qual começou a fluir sangue quente. Soltou um grito, deu um último puxão e conseguiu resguardar o corpo do médico debaixo dos dentes do monstro. Implorou que aguentasse um pouco mais e se lançou para dentro das entranhas da pedra.

Uma escarpa fazia as ondas explodirem diante da gruta. Os jorros de espuma se agarravam a suas botas antes de derramarem para fora. Ali cheirava a mofo. Moveu-se lentamente. Era impossível ver qualquer coisa, tampouco podia ouvir. Estava prestes a dar meia-volta quando vislumbrou ao fundo as pinceladas de cor laranja que uma fraca tocha pintava na escuridão.

Ele se aproximou rapidamente, encostando-se na parede cortante para evitar escorregar. Seu coração batia a toda velocidade. Havia uma pessoa encolhida no chão. Tinha de ser ela...

— Luna!

Ele queria correr para abraçá-la, mas em vez de fazê-lo permaneceu imóvel. Que força estranha tinha se apoderado dele? Todos os seus músculos estavam paralisados, viu-se ancorado à pedra, mas não sentia nenhuma ansiedade. O ritmo do seu batimento cardíaco estava diminuindo e lhe invadiu uma sensação indescritível.

Luna tinha algo nas mãos.

Esquadrinhou a escuridão.

Um caracol branco...

Ela o mantinha junto à boca, como se estivesse sussurrando algum segredo.

Matthieu a contemplava de longe e experimentava sensações cada vez mais esplêndidas e intensas. Aos poucos, foi percebendo que Luna não estava falando ao interior do caracol. O que ela fazia era cantar. Cantar... Era real ou imaginário? Concentrou-se. Era real... Ele podia ouvi-la! Podia ouvir!

— Deus meu, obrigado! — suspirou, aliviado, conseguindo perceber também que, mesmo tênue, ouvia o ressoar de suas próprias palavras.

Saboreou a volta ao universo dos sons, trazido pelas mãos daquela melodia enfeitiçante. Era a melodia original? O que mais poderia ser? À medida que ia distinguindo mais claramente suas notas, aflorava com mais força a memória da música do túnel do trânsito, o coro de anjos que o envolveu enquanto

Jean-Claude morria em seus braços. Foi a mesma sensação de consumação. Em seus pulmões o ar se multiplicava, ele compreendia tudo e tocava algo parecido como a felicidade.

Ela se voltou.

– Matthieu!

Ele estava tremendo. Conseguiu por fim arrancar os pés do chão e correu para abraçá-la.

– Tenho passado tanto medo por você...

Luna falou entre soluços.

– Perdoe-me...

– Não há nada por que tenha de pedir perdão.

– No dia em que escapei de Ambovombe, trouxe comigo meu caracol – explicou entre soluços, atropelando-se para falar. – Cada Grande Mãe da Voz tinha um. Ele tem sido nosso símbolo durante gerações. Eu estava guardando nele a melodia, como nossa tradição ordenava que a última de nós devesse fazer!

– Guardando-a...

– Minha linhagem desapareceu – continuou, suportando as lágrimas. – O caracol é o cofre da melodia; eu precisava preservá-la para que, quando eu morresse, ele seguisse vivo.

– Venha aqui...

Ele a abraçou mais apertado.

Nesse momento, uma voz familiar ressoou na entrada.

– Mas isso é comovente!

Ambos se viraram, assustados.

– La Bouche...

Como ele chegara até ali? Sem dúvida os havia seguido. Foi lentamente se aproximando, com uma pistola em cada mão.

– Está surpreso em me ver?

– O que está fazendo, capitão?

– Você copiou a maldita partitura?

– Não – respondeu, pensando que seria mais sensato dizer a verdade.

– Não minta.

– Eu não a copiei.

Luna apertou o caracol contra o peito.

La Bouche ergueu as armas.

– Dê-me isto.

– Não!

– Por que quer a partitura? – perguntou Matthieu para ganhar tempo.

– Não se intrometa. Pense um pouco em sua família, pelo amor de Deus – disse, cinicamente.

Matthieu congelou.

– Como sabe que...?

– ... que essa melodia não é um simples capricho do rei? – completou o capitão.

Não podia acreditar.

– Eu devia ter suspeitado. Depois do que aconteceu em Gorée, você veio e me perguntou o que havia de especial com a melodia... Então, eu percebi que você não deveria estar ciente de sua existência.

– Claro que não foi o rei, tampouco o ministro Louvois, quem me pagou para que eu pusesse as mãos na partitura.

– Você trabalha para os assassinos de meu irmão... – Matthieu estremeceu.

– Sua morte ocorreu em virtude das circunstâncias. Não foi nada pessoal – disse La Bouche, sarcasticamente.

– Quem fez isso?

– Seu próprio irmão vai revelar a você em breve.

Puxou ambos os percussores. Matthieu olhou fixamente nos olhos dele e balançou a cabeça.

– Você não é um assassino. Eu o conheci ao longo desta viagem e sei que não é.

– Você conheceu o reflexo do que eu fui, em outra época – replicou, em um súbito acesso de intimidade. – Um reflexo que talvez tenha ressurgido de forma enganosa ao pisar de novo nesta terra encantada. Mas ambos sabemos que agora eu sou apenas um maldito traficante de escravos. O que me impede de estar à venda também?

Matthieu precisava encontrar uma saída rapidamente. Virou-se um momento para Luna.

– Mate-me e leve o caracol, mas deixe-a ir. Eu imploro...

– O que têm as cantoras que nos fazem perder a cabeça? – ele riu. – Não seja ingênuo.

– Você já tem a melodia! – enfureceu. – Para que precisa fechar este maldito trato com os mesmos Anosy que o humilharam dez anos atrás?

– E por que haveria de renunciar a ele? Os assassinos de seu irmão irão me cobrir de ouro e Louvois me nomeará governador da nova colônia! *Monsieur* La Bouche, governador de Madagascar... – regozijou-se. – Garanto que esses malditos indígenas acabarão me pagando com acréscimo tudo o que fizeram para mim.

Matthieu se lançou até ele, mas na metade do caminho soou um disparo.

Ficou imóvel. Era aquilo o que se sentia ao morrer? Nada? Olhou angustiado para Luna. Ela parecia estar bem. Levou as mãos ao peito. Não havia sangue, nem um arranhão. Voltou-se para La Bouche. Estava petrificado. O que havia acontecido? O capitão caiu de joelhos, os braços desabaram, abriu a boca tentando dizer algo. O sangue começou a jorrar. Uma bala o havia penetrado pela nuca. Caiu de bruços sobre o solo escorregadio da gruta. Quem havia disparado?

– Pierre!

O médico estava vivo. Conseguira se arrastar desde a entrada da gruta. Ainda mantinha a arma erguida.

Matthieu correu até ele. Tirou a pistola e apertou sua mão.

– Matthieu...

– Perdoe-me, Pierre, por lhe ter roubado a vida...

– Você deu sentido a ela. – corrigiu-o, usando suas últimas forças. – Você ainda tem muitas melodias para compor...

Em seus olhos entreabertos apareciam os lêmures de rabo raiado, o bicho-pau de asas púrpuras, os iridescentes camaleões, os morcegos nos galhos do tamarindeiro, a raiz do baobá deselegante e revirado, e todas as demais maravilhas que conheceu naquele Éden.

– Não morra...

– Só irei me transportar para a dimensão dos antepassados – Pierre sussurrou, falando de forma cada vez mais tênue.

Matthieu, mais calmo, acariciou sua testa.

– Com eles você estará bem. Em Madagascar todos amam você.

No rosto do médico se desenhou um sorriso.

– De vez em quando voltarei para lhe mostrar seus lúgubres cantos.

– Não se esqueça de fazê-lo, por favor...

Pierre fechou os olhos. Luna se aproximou para abraçar Matthieu. Eles contemplaram durante alguns segundos os corpos sem vida de dois amigos, o capitão do *Fortune* e seu médico de bordo, ambos tendo como tumba a pedra negra da gruta no meio do oceano em que partilharam seus melhores dias.

Os dois correram para fora da caverna. O vento açoitava o rosto. Matthieu sentiu no peito o ressoar das ondas contra a escarpa. O Mar de Esmeralda se abria diante deles, imenso e escuro, como a porta de retorno a uma vida em que nada seria igual. Chegavam os ecos da morte vindos do cais. Os nativos estavam queimando até a última das casas no assentamento. Ouviam-se tiros isolados. A maioria dos navios atracados já havia partido. No meio da baía, o estivador se preparava para zarpar. Matthieu viu como se desdobravam todas as velas no instante em que alguém dava a ordem para içar a âncora. Era tarde demais. Abraçou Luna firmemente.

– Como poderei proteger você?

Mal terminou a frase, uma figura foi tomando forma entre as sombras. Era o *griot*, lutando com toda força para controlar um pequeno bote sobre as cristas espumosas.

23

Matthieu permaneceu no convés até que a escuridão engoliu, a distância, o último brilho de fogo. Os marinheiros não deixaram de contar uns aos outros o que tinham visto. Um deles narrava como Caraccioli caiu no cais. Ele assegurava que, uma vez que Misson e ele perceberam ser inútil fazer mais alguma coisa contra os nativos, encarregaram-se ambos de organizar a saída dos últimos botes, para que transportassem aos navios os piratas ainda com vida. Quando chegou a vez do sacerdote, ele ordenou aos remadores que o esperassem e tentou salvar um menino que estava tentando se livrar de um indígena na outra extremidade do cais; mas, de repente, viu-se rodeado por um grande grupo que acabava de superar a última barricada ainda de pé, e ao sacerdote restou um último ímpeto de lançar-se contra eles e abater vários guerreiros antes de um facão lhe cortar o pescoço.

Matthieu precisava saber o que acontecera com Misson. Os marinheiros pareciam não se atrever a falar dele. Até que enfim o mais velho deles contou, com a cabeça abaixada, o que pudera ver enquanto seu bote atravessava a baía: que no embarcadouro só restava vivo o capitão, e que, gradualmente, foi cercado por centenas de indígenas. Todos, de repente, sem explicação nenhuma, ficaram petrificados, e que de seu olho direito começaram a fluir lágrimas de sangue verdadeiras que escorriam sobre as lágrimas tatuadas.

– Que importa agora? – cortou-os o estivador, dirigindo-se a Matthieu. – Vá de uma vez para o camarote ou terminará caindo pela borda! Esta tempestade vai piorar!

Não importava realmente o final de Libertalia? Perguntou-se o músico. Era verdade que, alguns dias depois, atravessariam novamente o Cabo da Boa Esperança, e que novamente navegariam à vista do continente, de suas selvas ferozes que invadiam as praias, dos penhascos inexpugnáveis e de dunas gigantes que derramavam sua areia laranja no mar. Antes que eles percebessem, desembarcariam no Senegal, o *griot* regressaria para a terra dos Diola para juntar-se a seus irmãos na luta contra os traficantes, ele e Luna chegariam a Gorée, onde lhes bastaria simplesmente mostrar o salvo-conduto do rei no posto da guarda para subir a bordo do primeiro navio que partisse para La Rochelle. Tão distante ficaria então Libertalia, mas tanto a ponto de relegá-la ao esquecimento? Por acaso, quando chegassem a Paris, não pisariam a mesma terra que, do outro lado do mundo, se chamava Madagascar, e não respirariam do mesmo ar que durante séculos respirou cada uma das Grandes Mães da Voz, cada um dos Anosy aniquilados por Ambovombe, cada um dos piratas que viveram o sonho de Misson?

– Sim, importa – replicou, antes de entrar no camarote.

Luna estava acocorada na cama. Tremia. Matthieu sentia as batidas das ondas contra o casco. A madeira estalava de tal modo que parecia que, a qualquer momento, fosse se partir em duas. Deitou-se de lado, colado a suas costas, e a abraçou.

Encaixou seu corpo, colocando seus joelhos detrás dos dela, os lábios roçando seu pescoço quente.

Por um momento acreditou que Luna havia começado a cantar.

— A voz... — sussurrou. Ela se voltou para olhar para Matthieu.

— Esqueça; achei que era sua voz... São sopros que vêm de fora.

Recordou a noite, antes de chegar a Madagascar, em que pela primeira vez escutara seu canto. Parecia estar revivendo aquela tempestade impiedosa. O barco, como então, inclinava-se de forma brutal. Era incapaz de dormir, nem sequer de fechar os olhos. Vozes, sibilos, murmúrios, gritos, estalos, todos o chamavam lá de fora, penetravam em sua cabeça de forma agressiva, e a dor pulsante nos ouvidos parecia voltar, mais intensa do que nunca. Estava obcecado em descobrir qual daqueles sons indeterminados feria seus ouvidos para deixá-lo louco, mas acontecia o mesmo que nas últimas vezes, o mesmo que sentiu diante do monumento funerário nos limites de Fort Dauphin, ou no cemitério de barcos de Sainte Luce, ou na palhoça da circuncisão do povoado do usurpador. Sempre fora capaz de decompor os ruídos, chegar até a origem de cada ínfima frequência... Por que não conseguia fazê-lo agora? Quando já não aguentava mais, ergueu-se como pôde, apoiando-se no anteparo, e sentou na cama.

— Seu interior balança mais do que o barco — disse Luna.

— Não sei o que está acontecendo comigo. — Levou as mãos às têmporas. — Minha cabeça parece que vai explodir.

— Deixe de lutar — ela pediu, abraçou-o e lhe soprou no ouvido, como uma mãe que sopra na ferida de um bebê para que deixe de chorar.

Matthieu se deixou vencer, e milagrosamente a dor se dissipou. Mesmo quando eles atravessaram a fase mais agressiva da tempestade, a calma retornou a sua mente, e lentamente foi percebendo o que acontecia. Ao dar-se conta, seus olhos se arregalaram. Ele se levantou e ouviu novamente. O que ouvia não eram sons diferentes! Era uma soma, um som único global, e como tal deveria ser ouvido! Era um só pulsar único repetido, insano, mas equilibrado entre o mar e as nuvens!

A pulsação, o batimento, reencontrado...

Levantou-se depressa e saiu ao convés. Tinha de segurar-se com todas as suas forças para que as ondas que castigavam o barco não o arrastassem, mas não sentia medo, senão um prazer sem limites. Agora sabia. Desde que a melodia de Luna vivia com ele, ouvia o mundo de forma diferente: não cada som independente, senão todos em uníssono, como partes integrantes da mesma sinfonia. "Capte o pulsar rítmico dos paraísos e infernos e transfira para a partitura o que Deus criou muito além do horizonte.", seu tio havia dito antes de partir de Paris. Estava vivendo o ápice daquela experiência. Passara a vida inteira decompondo os sons, chegando à essência de cada um, sem dar-se conta de que a plenitude significava saber escutá-los irmanados, dependentes uns dos outros. Escutou como o vento fazia sibilar os cabos e traçava um pentagrama sobre ele, onde deslizava a melodia da chuva que, acompanhada do batimento agitado das velas, chicoteava em diferentes direções. Sentiu em seu peito o compasso inquieto das ondas que seguiam batendo contra o casco. Olhou para o céu e compreendeu que os raios marcavam o princípio de novos fraseados, e como os trovões engrandeciam aquele magnífico auditório com o ressoar de um rufar de timbales.

Apertou com força os dentes e os punhos. Tremia de frio, mas se encontrava melhor do que nunca.

Luna saiu atrás dele.

Matthieu soltou uma gargalhada.
– Está ouvindo?
Sorriu e assentiu. Ela sabia que o mar sobre o qual flutuavam agora não era apenas água e sal, e que o ar que respiravam não morria ao chegar aos pulmões. Ela nasceu entendendo a conexão entre todos os elementos do cosmo, sua constante vibração na busca de uma harmonia global.

Matthieu correu ao camarote para buscar folhas pautadas. Os marinheiros lutavam contra as cordas. O vento acabava de mudar de direção e precisavam manobrar rapidamente para que não inflasse o velame e a pressão quebrasse o mastro maior. Pegou Luna pela mão e ambos se acocoraram debaixo da escadinha que subia à ponte de comando. Ali mesmo, grudado à sua sacerdotisa como se ambos fossem apenas um único corpo, começou a transcrever a tempestade na partitura. Escreveu os trovões como os timbales, e as mil gotas de chuva que tilintavam como as campainhas de percussão; o vento transpassou o papel, ele, que era dono do oceano, em alguns momentos como o sibilo cortante de um violino em máxima tensão, e em outros como uma densa seção de violoncelos sobre a qual embalava aquele adágio apaixonado.

Quando levantou o olhar do papel, sentiu que havia recuperado o ritmo do coração que realmente impulsionava sua vida, interrompido inesperadamente na tarde em que seu irmão morreu. Sem pensar duas vezes, esticou o braço e colocou a partitura para fora da escadinha que havia servido de parapeito, permanecendo assim até que a primeira grande onda se precipitou sobre o barco e a levou consigo.

Desde aquela noite os marinheiros o chamaram de "o compositor de tormentas".

Terceiro Ato

1

A carruagem chacoalhava pela Rua Saint-Antoine em direção à igreja de Saint-Louis. Luna contemplava, perplexa, o mundo que explodia do outro lado do vidro da janela. A terra dos Anosy cheirava a uma flor amarela, cujo pistilo permanecia colado à ponta dos dedos; a margem do Sena cheirava palha molhada e água parada. Apertava a mão de Matthieu, fechava os olhos e em sua mente soava a voz da sua Grande Mãe. Gostava de imaginar que ela estava a seu lado, narrando-lhe o conto do pássaro que tinha asas pequenas.

Matthieu não aguentava mais. Faltava somente dois dias para o equinócio de março, e as ameaças que pesavam sobre sua família lhe apertavam o peito. Precisava falar com seu tio Charpentier, saber se ele e seus pais estavam bem, conhecer cada detalhe do que aconteceu durante o período em que esteve fora.

Pararam na entrada do templo. Sentiu um breve aturdimento. Era possível perceber uma tênue mancha do sangue de Jean-Claude sobre os degraus da escada. Desceram ambos da carruagem, e, por alguns segundos, ele permaneceu imóvel, com a mente perdida.

— Não o ouço tocar — disse, preocupado. — A esta hora ele já deveria estar aqui.

Entrou rápido. Abriu a portinhola por onde se podia acessar a opressiva escada em caracol que levava ao segundo andar. Subiu os degraus de três em três e chegou ao balcão sobre o qual se erguia o órgão de tubos.

Ninguém.

Passou a mão pelo teclado.

— Onde você está? — sussurrou.

Matthieu inclinou-se sobre a balaustrada. Procurou com o olhar entre a fumaça do incenso e da luz espectral daquela hora do amanhecer, que se infiltrava através dos vitrais. Um par de mendigos dividia um pão adormecido, uma beata cruzava por cima dos ladrilhos azulejados brancos e negros; e um grupo de sacerdotes resmungava num canto, ao lado de um confessionário.

— Maldita peça! — escutou alguém blasfemar.

Rodeou emocionado o órgão e encontrou o compositor agachado na parte de trás. Tentava colocar uma placa de madeira e nem sequer tinha percebido que alguém subira ao balcão.

— Por que não deixa que eu faça isso por você? — disse Matthieu, com um sorriso de orelha a orelha.

Charpentier imediatamente reconheceu a voz de seu sobrinho. Recuou e ficou de pé. Observou-o por alguns segundos antes de ir abraçá-lo.

— Meu pequeno Amadis de Gaula... — emocionou-se.

— Estou aqui de novo! Voltei!

— Cheguei a acreditar que jamais...

Afastou-se para olhá-lo nos olhos.

— E meus pais?

— Os dois estão bem.

Suspirou.

– O pior tem sido não receber notícias suas.

O compositor secou um par de lágrimas de alegria.

– Temos pensado em você a cada segundo. – O tio o olhou de cima abaixo, acariciando a barba que Matthieu não havia feito desde a partida. – Mas olhe só! Você está ótimo!

– Não acho.

– Bom, poderia estar melhor. – Ambos riram. – Você deve ter muito o que me contar...

– E o senhor também a mim. Como está o resto da família?

– Todos estão bem, não se preocupe.

– Soube alguma coisa de... – fez uma pausa. – ... Nathalie?

Negou com a cabeça.

– Bem, você me conhece. É possível que ela tenha assistido a todas as missas que tenho interpretado sem que eu tenha percebido. Não há como lhe descrever o que temos passado estes meses.

Matthieu adotou um semblante mais sério.

– Os assassinos de meu irmão voltaram a fazer contato com vocês?

– Não.

– E a polícia? Descobriu alguma coisa?

Charpentier seguiu negando com a cabeça e falou em tom de ressentimento.

– O lugar-tenente De la Reynie não moveu um dedo. Ultimamente tem dedicado todos os esforços a resolver uma nova trama de envenenamento entre as pessoas da nobreza. A única coisa que ele quer são resultados rápidos que melhorem sua reputação.

– Eu vou cuidar disso.

– O que você quer dizer?

– Logo explicarei.
O compositor não conseguia parar de olhar para ele.
– Você parece tão diferente... É como se tivesse... não sei, florescido.
– Os sábios africanos dizem que só florescem os ramos que honram suas raízes. – Charpentier riu de novo, surpreso e orgulhoso. – Minha viagem não foi fácil – acrescentou Matthieu, liberando um pouco da tensão acumulada. – Tive de enfrentar o pior monstro gerado pela espécie humana, presenciei a queda de Libertalia...
– Libertalia?
– A utopia com a qual todos nós sonhamos. – Olhou para ambos os lados – E o mais incrível é que volto à vida real e a sinto mais distante do que qualquer dos dias que passei em Madagascar.
– Você me parece outra pessoa, mesmo.
– Tem mais uma coisa.
– Diga!
– Você sabe que é preciso dois sons para construir uma harmonia.
Charpentier intuiu de imediato ao que Matthieu se referia. Os dois se debruçaram sobre a balaustrada. Matthieu apontou para Luna. Ela passeava com discrição pela nave central da igreja, o olhar fixo no altar. O compositor não pôde evitar sentir-se comovido.
– Ela é muito linda.
– Não pode imaginar o que sinto quando estou a seu lado.
– Tão diferente... – continuou a falar. – Onde a conheceu?
– É a última Grande Mãe da Voz.
– A sacerdotisa?
Luna olhou para cima. Matthieu sorriu.

– Então foi assim que as coisas aconteceram.

Charpentier soltou uma gargalhada nervosa.

– Newton não vai acreditar!

– Ele está em Paris?

– Chegou há duas semanas. Sempre acreditou que você regressaria a tempo. – Seguiu examinando Luna a distância. – É fascinante...

– O senhor se recorda daquela lenda que me contou na noite em que foi me ver na Bastilha?

– *A alma em si era a canção...* – recitou.

– Agora entendo o que quis me dizer. Este mundo é tão maravilhoso que até mesmo uma alma que nasceu livre decidiu encerrar-se numa couraça de barro, de modo a perceber a vida em todas as suas *nuances*. Quando estou com Luna, percebo as coisas em todo o seu esplendor. Tudo flui, a música explode em minhas mãos...

Charpentier lhe deu um novo abraço. Luna, parada junto ao altar, acariciava a cera derretida em um candelabro.

– Será que é verdade o que Newton descobriu sobre as Grandes Mães da Voz? – perguntou, com alguma prudência. – Você a ouviu cantar?

Matthieu remexeu no interior de sua bolsa e tirou uma partitura.

– Tive tempo para copiá-la durante a viagem. Com extrema precisão, não se preocupe.

Charpentier a pegou com delicadeza.

– Está me dizendo que esta que tenho entre minhas mãos é realmente...

– A partitura da melodia original.

– Meu Deus! – acariciou os desenhos. Fechou os olhos. Movia os lábios levemente, como se lesse as notas ao deslizar os dedos sobre o papel. Tinha em suas mãos a melodia da alma... – Alguém mais sabe que você voltou? – perguntou, despertando do feitiço. – Temos de falar o quanto antes com o ministro Louvois para que convoque de imediato uma reunião com o rei.

– Meus pais estão em casa?

– Sim, tem razão – corrigiu-se. – Vou pegar minhas coisas e vamos agora mesmo vê-los.

Devolveu a partitura e começou a ordenar com rapidez as folhas rabiscadas no teclado e a colocar os lápis em um estojo, mas parou antes de terminar.

– O que aconteceu?

– Será melhor que eles venham até aqui. Você não deveria passear por Paris até que tudo isso acabe. Temos de pensar como é que faremos para...

– Vamos para casa – interrompeu Matthieu, resoluto.

Charpentier podia perceber um brilho em seus olhos.

– Em que está pensando?

– Contarei no caminho. Agora temos de andar rápido.

Quando o viram aparecer, o mestre tabelião e sua esposa acharam que só podiam estar sonhando. Apalpavam-no com emoção e abraçavam seu filho com força. Os intermináveis meses de pensamentos, suposições e saudades de repente se converteram em minutos. Matthieu estava lá, com a vida inteira pela frente para ser vivida, para si mesmo e por Jean-Claude.

– Que nos importa agora o que possa acontecer conosco? – diziam.

Matthieu apresentou-os a Luna. A mãe soube desde o início que seu filho estava feliz com aquela estranha mulher. O tabelião ficou desconcertado. Ela era uma nativa indígena, por Deus! Mas, ao mesmo tempo, foi obrigado a render-se a sua rara beleza: a perfeição nas formas, a pele firme e aqueles olhos pontilhados de estrelas que mostravam um firmamento desconhecido que Matthieu, pensava a mãe com orgulho, tinha a sorte de poder navegar. Trataram de brindá-la desde o primeiro momento com todo tipo de atenção, mas Luna não deixava de sentir-se perdida dentro da casa. Assim que qualquer objeto convencional lhe atraía, ela o pegava sem rubor e examinava pelos quatros lados com curiosidade científica, mas às vezes lhe invadia uma ansiedade repentina que a obrigava a sair correndo para a rua para respirar.

– Você irá se sentir melhor depois de tomar um banho e vestir uma roupa limpa – disse a mãe, ausentando-se com ela para deixar os homens a sós.

Um pouco depois, encolhida na banheira, Luna observava com atenção as pontas enrugadas de seus dedos. No sul de Madagascar, onde nasceu, não existiam os tanques sulfurosos que as Grandes Mães da Voz de mais idade conheceram em outras regiões, e estar submersa em água tão quente lhe produzia uma sensação desconhecida, lhe excitava. Levantou-se e deixou que aquela película líquida fosse escorrendo pouco a pouco de seu corpo. Desde que Matthieu apareceu em sua vida, olhava para si mesma de forma diferente, surpreendia-se acariciando-se onde ele o fazia, deslizando os dedos em suas próprias curvas e vãos, como se estivesse acariciando a casca branca do caracol. Caminhou desnuda até a janela que dava para o pátio da casa. Pegou nas mãos o vidro e viu como o jovem músico movia as mãos de forma expressiva, enquanto seu pai e seu tio assentiam sem cessar.

– Devemos agir agora mesmo – instava Matthieu a ambos.
– O que está propondo é muito arriscado – respondeu o mestre tabelião.
– Lembre-se de que falta apenas dois dias para o equinócio, pai.
– Eu tenho discutido várias vezes com Newton sobre por que os assassinos de seu irmão queriam ter a partitura a todo custo antes dessa data – disse Charpentier. – Ele não quer admitir, mas certamente está relacionado a algum aspecto do experimento que lhe escapou. Ele mesmo, que entende a alquimia como um acelerado processo de florescimento, sempre considerou a primavera como a estação mais frutífera para seus trabalhos.
– Que demônios tem esse 20 de março? – exclamou o tabelião. – O rei também está obcecado por essa data.
– Por que diz isso?
– Depois de amanhã será celebrado o evento que há meses ele vem esperando.
Matthieu não tinha a menor ideia sobre o que ele estava falando.
– Que evento?
– A abertura da imensa Galeria de Espelhos, que vai unir as duas alas do palácio.
– Uma festa em Versalhes...
– Toda a Europa está sabendo. Segundo dizem, cobriram as paredes da galeria com quase quatrocentos espelhos e os tetos foram pintados pelo próprio Charles Le Brun – informou, referindo-se ao artista mais renomado do momento.
– E se o equinócio não tiver nada a ver e os assassinos só estiverem querendo nos confundir?
– Como assim?

— Por que o rei escolheu precisamente essa data para a inauguração?

— Ele tem lá sua explicação – interveio Charpentier. – Nesse dia do ano, os polos da Terra se encontram em igual distância do Sol, logo, o planeta nesse momento está perfeitamente alinhado. O rei quer revelar seus espelhos justo quando os raios penetrarem na galeria na direção precisa. Imagine... Atingirão os cristais com todo o esplendor e devolverão uma imagem mágica dos jardins.

— Ainda assim, não creio que a coincidência de datas seja casual – refletiu Matthieu.

— Em que está pensando?

— Temos de nos reunir com Newton o quanto antes – concluiu, sem mais explicações. – Onde ele está hospedado?

— Em uma vivenda que aluguei para ele, junto à ponte Saint-Michael.

— Devemos ir – Matthieu pediu ao tio.

— Na ponte dos artesãos? – interveio o pai.

— Está usando as salas de um livreiro que se mudou para a rua La Harpe. Fechou-se lá desde o primeiro dia com todos os artefatos que trouxe da Inglaterra e não saiu mais.

— Aquele bairro está sempre lotado, não importa a hora que você vá. Não seria melhor se você o encontrasse em outro lugar?

— É o lugar perfeito – decidiu Matthieu.

Ele levantou os olhos para a janela do primeiro andar. Ali estava Luna, mal cobrindo os seios com os braços, a testa contra o vidro.

— Será a última vez que irei deixá-la – pensou o músico, sabendo que ela o entendia só de olhar.

2

Desceram a rua dos Augustins até chegar à ponte Saint-Michel, uma das que ligavam a periferia da cidade à ilha de La Cité. Matthieu desfrutou por alguns segundos da visão das torres de Nôtre Dame sobressaindo entre os telhados emaranhados. Mal podia acreditar que estava de volta a Paris. Era o meio da tarde, e as docas estavam cheias de carruagens e pessoas indo e vindo. Os comerciantes faziam fila na escadaria para coletar os pacotes das barcaças. O nível do rio Sena havia baixado, e os cavalos aproveitavam para descer por uma rampa e beber numa espécie de praia que, de tão enlameada, acumulava detritos.

– É ali, a primeira janela sobre o segundo arco – assinalou Charpentier.

A ponte fora reconstruída em pedra, melhorando assim a antiga estrutura de madeira, que durante séculos tinha sofrido constantes incêndios e desabamentos. Seus três enormes pilares se viam obrigados a suportar não só o próprio peso da ponte e das pessoas que atravessam o tempo todo, como também o das duas fileiras de prédios de tijolos que estavam sobre ele, uma de cada lado das calçadas, e cujas fachadas se debruçavam sobre o canal. Newton ocupava um pequeno apartamento da face oeste. Ele preferia assistir ao pôr do sol a ver o amanhecer, segundo dissera ao compositor quando falaram de procurar um alojamento.

Matthieu e o tio começaram a caminhar entre o odor acre dos corantes dos tintureiros e o bafo de água-forte que se desprendia do cubículo de um gravador. Como seu pai comentou, as casas da ponte estavam ocupadas em sua maioria por artesãos dos mais variados ofícios: ourives, perfumistas, tapeceiros, fabricantes de harpas e de calçados. O apartamento ocupado por Newton era pegado a uma taberna abarrotada. Charpentier escondeu o rosto com a capa, temendo ser reconhecido por alguns dos nobres que iam até lá para saborear vinhos de Beaune, os preferidos do Rei Sol, e outros que o taberneiro se esforçava em conseguir para impressionar seus clientes, como alguns de deliciosa manufatura trazidos de uma pequena região espanhola encravada no vale do rio Ebro. Ambos entraram por uma escadaria enegrecida. A umidade fazia tudo em volta se tornar gorduroso.

– Quem está aí? – gritou uma voz vinda de dentro, quando Charpentier bateu à porta.

– Sou eu. Venho com alguém que alegrará você assim que o conhecer.

– De quem se trata?

– Meu sobrinho Matthieu. Ele voltou.

Após um instante de silêncio, ouviu-se uma tosse rouca. O som tétrico da fechadura precedeu a inesperada imagem do cientista: rosto suado, envolto em uma nuvem de vapor de enxofre, unhas pretas... Segurava a porta com receio.

– Há mais alguém com você?

– Claro que não! – queixou-se o compositor, empurrando-a para dentro.

A porta foi fechada atrás dele. O piso rangia a cada passo. A luz que se infiltrava através da janela com vista para o canal, quase opaca pela sujeira, mal iluminava o quarto. No outro extremo vibrava a chama do forno. Newton, que raramente dormia mais de quatro horas, mantinha o fogo aceso dia e noite. Espalhara seus utensílios de alquimia por toda a sala e ainda havia muitos amontoados sobre uma mesa, que também tinha dois livros abertos: *A fuga de Atalanta,* o tratado hermético que o doutor Evans usara para seduzir Charpentier em reuniões na casa da Duquesa de Guise, e o *Agrícola de Metallis,* um volume desconjuntado que se aprofundava na parte mais tangível da transmutação dos metais.

Matthieu o cumprimentou de maneira espontânea, com mais familiaridade do que jamais havia pensado fazer com uma pessoa de sua posição. O cientista, que conservava seu porte distinto mesmo usando uma camisa amarelada pelo suor acumulado durante duas semanas, respondeu com modos tão requintados como antipáticos. Desde o início, Matthieu percebeu em seu rosto o desconforto de alguém que vivera em constante busca, o que se traduzia numa hostilidade persistente.

Tirou a partitura da bolsa. O inglês, longe de apressar-se para pegá-la, evitou inclusive prestar atenção a ela. Atravessou Matthieu com um olhar.

– Você acha que eu faço isso pelo ouro? Você me vê como um miserável queimador de carvão? – perguntou-lhe de súbito, referindo-se de forma depreciativa aos alquimistas tradicionais, que não possuíam qualquer aspiração espiritual e concentravam todos os anseios no momento em que o chumbo começasse a brilhar.

O jovem músico dedicou alguns segundos a pensar.

– Eu acho que o senhor necessita nos convencer de que é capaz de chegar ao final.

Newton olhou Charpentier.

– De onde você tirou esse garoto?

– Porque não nos concentramos em...?

– É a melhor resposta que eu poderia ter ouvido – interrompeu, deixando de lado o tom amargo. Ele se virou de novo a Matthieu com certa condescendência. – Quando terminar este experimento, poderei vangloriar-me de ter lido a mente de Deus, e você terá participado ativamente. Estou a um passo de concluir a última fase da elaboração da Pedra Filosofal! Finalmente escreverei o capítulo final do meu *Index Chemicus* e, portanto, calarei aqueles tantos ineptos! – exclamou, referindo-se a sua mais ambiciosa obra alquímica.

Então, arrancou a partitura da mão de Matthieu e a analisou detalhadamente.

Matthieu percebeu desde o princípio as extremas contradições que incomodavam o cientista: sua genial capacidade para a análise experimental convivia com o misticismo exacerbado que o havia levado a buscar respostas nas tradições herméticas e, ao mesmo tempo, com uma egolatria e vaidade devoradoras que o faziam aceitar a adulação como seu alento vital.

– Como já disse meu tio na Bastilha, na primeira vez que falou sobre o senhor – comentou Matthieu, para criar um ambiente cordial –, para mim é difícil entender como é capaz de viver entre dois mundos aparentemente incompatíveis. A maioria dos cientistas considera a alquimia uma bobagem do passado mais obscuro.

– Não venha me aborrecer agora – o inglês o cortou com frieza, sem afastar os olhos do pentagrama.

Charpentier fez um gesto a seu sobrinho, pedindo-lhe paciência.

– Olhe para mim quando for falar comigo – retrucou Matthieu, ignorando o pedido do tio. – Não se esqueça de que fui eu quem viajou ao outro lado do mundo para trazer-lhe essa partitura.

Newton se voltou, intrigado. Ficou pensativo por alguns segundos.

– É verdade que a minha ciência é banhada de alquimia, e o mesmo se aplica no sentido inverso – disse ele, finalmente. – Mas... onde começa uma e onde termina a outra? Observe as conclusões de meus tratados sobre óptica. Acaso as mudanças dos corpos sob a luz e da luz nos corpos não são transmutações puras? Toda a natureza é! Olhe! – puxou Matthieu pelo braço e o levou para a janela. – O Criador deu forma a uma natureza viva, a um cosmo interconectado, entre si e com Ele mesmo, no qual todos os elementos estão em constante transmutação, oscilando entre a perfeição e a degradação! Tudo depende de como reorganizar suas partículas essenciais, nas quais reside a matéria universal comum a todas as coisas!

– Interconectados? – Matthieu disse, surpreso. – Matéria universal comum a todas as coisas? Então, por conclusão, tudo o que vejo são pequenos pedaços do próprio Deus?

Newton negou com a cabeça.

– O mundo não pode ser considerado uma parte de Deus. Ele é um ser uniforme, todo olhos, todo ouvidos, todo cérebro, toda a força do sentir, de compreender, de agir, e tudo isso de uma forma que não é humana. O que estou afirmando, Matthieu, é que tudo está sujeito a algumas leis supremas inspiradas por Ele no princípio dos tempos. Pense em nosso sistema solar, planetas e cometas. Você não se assombra com tamanha ordem e beleza? O que impede que as estrelas batam umas nas outras? Somos um universo irmanado. As mesmas leis que regem a atração dos colossais planetas são transladáveis a ínfimas partículas essenciais, que também se atraem entre si, organizando-se em milhões de combinações diferentes e dando lugar a milhões de formas e corpos. O que você pensaria se eu lhe dissesse que a teoria da gravitação universal veio à minha mente ao estudar a força magnética do régulo marcial estrelado de antimônio, para confeccionar minha Pedra Filosofal? – ele disse, referindo-se a um mineral cristalizado do qual se servia em processos alquímicos.

– Eu acreditava que a teoria lhe tinha ocorrido quando viu uma maçã cair.

– Você realmente me considera tão ingênuo assim, a ponto de divulgar aos quatro ventos a verdadeira fonte de meu conhecimento sobre as forças gravitacionais, ou sobre qualquer outra disciplina científica? Além disso – acrescentou –, os mortais querem maçãs, e não complicadas análises que nunca iriam entender.

Tossiu novamente. Sem dúvida, respirar a toda hora os eflúvios que desprendiam dos destiladores o estava destruindo por dentro.

– Então as faculdades atribuídas à Pedra Filosofal são verdadeiras?

Newton não pôde ocultar um brilho em seus olhos.

– A pedra é um agente que, valendo-se das mesmas leis com as quais o Criador confeccionou o mundo, pode recompor a natureza a seu bel-prazer. Da mesma forma que pode transmutar os metais, isolando suas partículas essenciais, reduzindo-as ao caos original, e reorganizando-as para que adotem a forma do ouro, pode transmutar o espírito.

– Então é verdade o que meu tio me contou. É possível recompor a alma degradada do ser humano...

– Quem possuir a Pedra sentirá de imediato seus efeitos, experimentará uma regressão ao momento sublime em que a alma era uma música bela e em perfeita harmonia com o resto do cosmo.

– É inacreditável...

– Chamá-la de 'inacreditável' seria atentar contra a fé. Utilizemos o termo 'fascinante'.

Matthieu deu uma volta ao redor da mesa em que se acumulava o material de laboratório. Depois foi até o forno. Aproximou a mão dele, de modo a sentir seu calor.

– Tenha cuidado... – disse Charpentier, num inevitável tom paternal.

Newton começou a vasculhar entre os frascos que guardava em um baú de madeira. Pegou dois deles.

– Olhe.

– O que guarda aí?

– A matéria-prima da Pedra Filosofal.

– Mas você já a possui?

– Tenho os dois elementos que utilizarei para formá-la.

– E quais são eles?

Newton levantou um dos frascos.

– O primeiro é o mercúrio filosófico, um mercúrio de qualidades muito superiores ao comum. – Matthieu praticamente grudou o olho no vidro para olhar de perto. – Consegui fazê-lo criando um amálgama de mercúrio comum com uma liga de régulo marcial estrelado de antimônio, o componente que antes havia lhe falado. É uma manifestação cristalina do Dragão Negro, de extraordinárias propriedades magnéticas – explicou, referindo-se em termos enigmáticos ao mineral que conseguira.

– E o outro? Parece ouro.

– E é ouro. O ouro também faz parte da própria Pedra, pois transfere sua pureza ao resto dos metais que irão ser transmutados. O que me faltava conhecer era o processo de organização enquanto se fundem um no outro no crisol. Para obter a Pedra Filosofal, de forma que o resultado do experimento não se reduza a uma pasta queimada, é preciso seguir certos métodos de aquecimento extremamente precisos.

– Esse é o segredo que nos revela a partitura – deduziu.

– Isso mesmo. Ela nos responde as mais diversas perguntas: em que momento se deve deixá-los repousar? Quando tenho de voltar a avivar a chama? Com que potência? Quando devo retirá-los do fogo? Devo fazê-lo durante pouco tempo ou já definitivamente? Qualquer alteração no processo conduz ao fracasso. Por isso insistíamos que apenas um simples erro na transcrição da melodia original tornaria essa partitura inútil.

– Contudo, não me foi revelado qual é o segredo para lê-la.

Newton hesitou um instante antes de responder.

– Os tempos são extraídos de diferentes intervalos da melodia – revelou, por fim –, assim como a terceira, quarta, quinta... seguindo uma a uma a sucessão de notas que a compõem; a potência do fogo depende de saber se essas notas são brancas, pretas, oitavas, semicolcheias, silêncios... tendo em mente se cada grupo melódico é tocado em *legato* ou *staccato*. Parece complicado – concluiu, de forma condescendente –, mas responde a uma criptografia relativamente simples. Afinal, a arte musical não deixa de ser uma extensão da matemática. Espero que você não tenha se confundido em qualquer parte.

– A transcrição está exata – declarou Matthieu, farto de que o cientista questionasse seu trabalho antes de verificá-lo.

Newton o olhou firmemente nos olhos.

– Assim espero.
Deu a volta e começou a preparar seu instrumental.

3

Charpentier e Matthieu acomodaram-se em duas cadeiras que colocaram perto da porta de entrada, para não atrapalhar o cientista, que não parava de caminhar de um lado para o outro. Matthieu observava detalhadamente como ele estendia a partitura sobre a mesa e limpava com extremo cuidado o crisol em que iria realizar o experimento. Devotado em seu trabalho, Newton parecia uma pessoa diferente. Seus olhos destilavam emoção. Dali a pouco, ouviu-se um ruído do outro lado da parede.

– Que ruído é esse?
– Não escutei nada – disse Charpentier.
– Eles estão aí... – murmurou Matthieu.
– Do que você está falando? – perguntou Newton.
– Dos assassinos do meu irmão. Chegou a hora.

O rosto de Newton se deformou de apreensão.

– Que hora? Hora de quê?

Não pôde terminar de falar. A fechadura da porta estalou e a sala se povoou de estilhaços. Irromperam dois homens que eles nunca tinham visto e atrás deles o criminoso sanguinário que, meses atrás, terminara com a vida do marinheiro no cemitério.

— Não se movam! — gritou.

— O que é isso? — exclamou o cientista.

O mais robusto golpeou Matthieu com o punho da espada e, depois de o estatelar contra a parede com um empurrão, imobilizou-o, apertando o fio da lâmina contra sua garganta.

O assassino do cemitério foi direto a Charpentier.

— Mas que vontade eu estava de encontrar-me de novo com você!

Deu-lhe uma bofetada e apoiou o cano da pistola em sua testa.

— Não tenho medo de você! Porco!

— Tio, não!— Matthieu exclamou.

— Onde está a partitura?

Newton, que tratava de ocultá-la dissimuladamente entre o instrumental que se acumulava na mesa, pensou melhor e foi em direção ao forno para queimá-la. O terceiro assaltante o interceptou antes que o fizesse, atirando-lhe uma cadeira que o pegou em cheio. Arrancou o papel da mão de Newton e se aproximou do assassino, que o examinou por cima sem deixar de apontar a arma a Charpentier. Logo, voltou-se satisfeito para Matthieu e falou de modo arrogante.

— O que esperava? Estamos seguindo você desde que pôs os pés no porto de La Rochelle!

— Você me dá nojo!

O assassino riu. O outro pressionou ainda mais o fio da espada sobre a garganta do músico.

— Talvez devesse saber — acrescentou, em tom de escárnio — que quem nos paga não acreditava que voltasse com vida de Madagascar. E muito menos com o trabalho realizado.

Newton, que se retorcia pelo golpe que recebera, conseguiu forças para dirigir-se a Matthieu deitado no chão.

– Maldito ingênuo! – espetou-o, conseguindo imprimir em suas palavras um tom suficientemente áspero. – Não se supunha que essa era uma missão secreta? Todos não acreditavam que continuava preso na Bastilha?

– Não se preocupe... – tranquilizou Matthieu, com uma desconcertante serenidade.

Voltou-se até a porta e permaneceu quieto, olhando. Logo depois, percebeu um ruído surdo que subia pela escada. Várias botas pisoteando os degraus de madeira...

– Soltem as armas! – ouviu-se uma voz.

– Estamos aqui! – avisou o jovem músico.

Soaram vários disparos. Um dos assaltantes caiu sobre a mesa, fazendo em cacos os recipientes de vidro. A fumaça da pólvora inundou a sala. O que mantinha Matthieu imobilizado foi agarrado pelos ombros. Soltou-se e atirou-se contra os recém-chegados com a fúria de um animal ferido, mas nem sequer chegou a tocá-los. O primeiro deles fez um jogo de corpo dissimulado e atravessou o peito do assaltante com uma adaga curta, que retorceu no interior de seu corpo.

– Lugar-tenente, cuidado! – exclamou Charpentier, libertando-se do criminoso do cemitério, que havia passado a apontar a arma ameaçando os que estavam junto à porta.

Nicolas de la Reynie, a pessoa que comandava a patrulha, levantou por sua vez a arma contra ele.

– Não facilite as coisas tanto assim...

O bandido jogou a arma ao chão e levantou os braços.

– Lugar-tenente? O que é isso tudo? – indignou-se Newton, nervoso tanto pelo ataque sofrido quanto por não compreender o que estava acontecendo.

– Meu pai ficou encarregado de avisá-los – explicou Matthieu.

Durante alguns segundos, reinou a confusão. Matthieu correu para tomar a partitura da mão do assassino. Os policiais gritavam uns com os outros, pisando no sangue dos dois assaltantes mortos, e sem saber bem a quem apontar. Naquele momento, o próprio tabelião apareceu. Seu coração estava saindo pela boca. Ele abraçou seu filho.

– Deu tudo certo pai, acalme-se...

Newton se enfureceu mais ainda ao perceber que o tinham usado como isca, mas o fato é que os assassinos tinham fisgado o anzol como trutas cegas do Sena. Dirigiu-se a Matthieu.

– Como podia saber que eles viriam?

– Eu sei que eles têm um contato no palácio – respondeu o músico, de forma concisa. – Era lógico pensar que estariam me vigiando desde minha chegada e aproveitariam a primeira oportunidade para pegar a partitura.

– Um contato no palácio? Por que acha isso?

– Porque compraram La Bouche.

– O capitão? Como é possível?

– Vocês terão de me explicar com todos os detalhes o que aconteceu aqui – disse o tenente De la Reynie, impondo sua autoridade. – Quem é você? – perguntou diretamente a Newton.

O cientista deu um olhar de súplica a Charpentier.

– Deixemos que seja o próprio ministro Louvois a explicar tudo no tempo oportuno – determinou Charpentier, contornando para evitar dar qualquer informação. – É um assunto de Estado, e somos apenas meros executores.

De la Reynie se voltou para o tabelião.

– Eu acreditava que estávamos aqui pelo assassinato de seu filho.

– Tem razão.

– Você dá seu aval a este grupo de pessoas?

Enquanto ele assentia, o criminoso aproveitou a distração para quebrar com o cotovelo o vidro da janela. Subiu no batente e saltou em direção ao canal. Vários homens do lugar-tenente dispararam ao mesmo tempo.

– Não – gritou Matthieu. – Precisamos dele vivo!

O assassino, que havia se agarrado a uma pele posta para secar na oficina do coureiro da casa vizinha, conseguiu pousar com habilidade sobre a borda da estrutura da ponte. Não tinha mais do que um palmo de largura. Parecia impossível que pudesse andar por ali, equilibrando-se com as costas contra a parede do edifício. Matthieu estudou a situação rapidamente. Havia pouco espaço entre as barcaças que passavam constantemente sob os arcos. Se caísse no vazio, se esborracharia em qualquer uma delas... Não pensou duas vezes. Tomou ar e saiu agarrando-se aos buracos que ficavam entre os ladrilhos quebrados. Foi se deslocando até a casa vizinha da taberna, que, por ter uma fachada mais deteriorada, facilitava a descida, mas logo perdeu o apoio de um pé. Os curiosos, que notaram a perseguição e seguiam desde o cais cada um de seus movimentos, soltaram um grito simultaneamente. Procurou rapidamente outra rachadura para introduzir a bota, mas os dedos das mãos não aguentaram seu peso. Durante um instante acreditou que tudo havia terminado, mas teve a sorte de cair de costas sobre uma plataforma de madeira na qual o taberneiro instalara um pequeno guincho, para subir barris desde o rio. Podia ver a comoção de pessoas a sua volta, mas certamente não conseguiria se colocar em pé. O criminoso aproveitou para aproximar-se. Subiu a plataforma com agilidade. Matthieu se voltou e tentou derrubá-lo ao chão, mas o criminoso o evitou e lançou o salto da bota em seu rosto.

— Estou farto de vocês! — gritou.

Deu-lhe outro pontapé que o fez cair no canal definitivamente. Os espectadores curiosos gritaram de novo ao ver que o músico esticava o braço e conseguia segurar a saliência do relevo de Luís XIII, que decorava o pilar central da ponte. Bateu contra a pedra, mas conseguiu manter-se agarrado. De sua garganta saiu apenas um queixume abafado. O criminoso enfurecido pegou um pedaço de ferro do guindaste do taberneiro e o levantou sobre a cabeça, para arremessá-lo.

— Morra de uma maldita vez!

Nesse momento, escutou-se um novo disparo.

Após permanecer alguns segundos estático, o criminoso caiu como um fardo no canal, indo estatelar-se contra o carregamento de madeira que uma das barcaças transportava. Matthieu olhou para cima. O lugar-tenente De la Reynie estava debruçado na janela quebrada do primeiro andar, com a arma fumegante na mão. Ele tinha salvado sua vida, mas ao mesmo tempo haviam se desvanecido as chances de capturar quem havia mandado acabar com a vida de seu irmão. Estava a ponto de soltar-se de exaustão quando o taberneiro saiu na plataforma e balançou a corda do guincho.

— Segure! — gritou, antes de içar-lhe.

Matthieu cruzou a taberna. Os clientes se afastaram conforme passava. Estava derrotado. Já na metade da ponte, encontrou-se com seu tio, que descia para buscá-lo.

— Jamais os pegaremos — lamentou, enquanto o abraçava.

— Matthieu...

Surpreendeu-se com seu gesto de alegria.

— O que há?

— Havia mais um!

Seus olhos se arregalaram.

– Ele está vivo?

– Tão vivo quanto você e eu. Estava vigiando a porta e nem sequer opôs resistência quando os homens do lugar-tenente o surpreenderam.

Começaram a correr escada acima. Na subida, cruzaram com os policiais que desciam com os corpos dos assaltantes mortos. Uma vez no quarto, Matthieu viu Newton sentado na mesma cadeira com que fora golpeado, curando-se de uma ferida no cotovelo. Havia vidro em todos os lugares e uma mistura saturada de odores: a pólvora, os produtos que o cientista tinha queimado em seu destilador, os que chegavam das salas dos artesãos, a água do canal. De la Reynie começava a interrogar o criminoso. Tratava-se de um homem de cerca de quarenta anos, a cara desfigurada por uma antiga erupção na pele.

– Ele insiste que só veio para roubar a partitura – apontou o lugar-tenente, adotando uma pose mais profissional.

– Suponho que saiba a que se refere.

– Quem o encarregou de fazer o trabalho? – perguntou Matthieu.

– Ele se recusa a nos dizer.

– Nem sequer sou de Paris! – defendeu-se o prisioneiro.

– Não conheço ninguém aqui!

O policial o golpeou no rosto.

– Você está mentindo!

– Meu chefe poderia dar todos os detalhes, mas graças a vocês está desconjuntado no cais!

Recebeu um novo murro.

– Está tentando fazer com que eu acredite que não teve nenhuma reunião com a pessoa que o paga? – o prisioneiro fez um gesto pedindo-lhe calma, enquanto evitava engolir um de seus próprios dentes. – Descreva-nos! Como ele era?

O bandido cuspiu um pouco de saliva com sangue e falou sem levantar o olhar.

– Usava um manto que cobria o corpo completamente, mas pela forma de falar diria que pertence à nobreza.

– À nobreza... – saboreou De la Reynie, contente, pensando que a repercussão que provocaria o caso lhe daria ainda mais fama do que a que obteve após resolver os envenenamentos da marquesa de Brinvilliers. – Eu quero um nome! – insistiu.

– Eu já disse que não a conheço!

– Um momento... – interveio Matthieu.

– O que aconteceu?

– Ele disse que não 'a' conhece.

– E o que eu poderia dizer? – respondeu o prisioneiro, recuperando o tom arrogante. – Estava vestida com uma capa, mas garanto que sei reconhecer quando tenho uma mulher na minha frente.

O lugar-tenente bateu-lhe no rosto, mas desta vez com o dorso da mão. Matthieu ficou pensativo.

– Não pode ser...

– Tem ideia de quem se trata? – perguntou seu tio.

– Uma mulher alquimista? – exclamou, irônico, o cientista.

O jovem músico olhou para Charpentier. Depois para Newton. Levou mais um pouco de tempo pensando antes de responder. Finalmente, optou por não dizer nenhum nome e se dirigiu ao prisioneiro.

– Quando havia combinado de encontrar-se com ela?

– Devíamos ir amanhã à procissão que sairá de Saint--Germais-des-Prés e esperá-la debaixo do novo pórtico. Ali seria feita a troca. A partitura pelo dinheiro.

Matthieu se virou para o lugar-tenente.

— Não quero imiscuir-me em seu trabalho, senhor – falou, de forma sutil –, mas proponho que o deixemos ir para que se reúna com essa dama.

— Está propondo que o sigamos?

— Sim.

— Não é tão simples assim. A procissão estará tão cheia de gente como esta maldita ponte. Se nos mantivermos a distância, o criminoso poderia escapar, e, se o seguirmos muito de perto, a mulher perceberá nossa presença e cancelará o encontro.

— Bastará que ele nos aponte quem ela é.

— Isso não seria o suficiente para julgá-la.

— O quê?

— Estamos falando da nobreza, maldição! Você consegue imaginar quantas provas são necessárias para decapitar uma dama? O dedo acusador de um mercenário indigente, que nem sequer sabe seu nome, não poderá convencer nenhum tribunal.

— Mas...

— Muitas das senhoras de alta linhagem são aparentadas com membros da magistratura! O Parlamento nem sequer abrirá o caso sem uma prova mais concreta! – virou-se para o tabelião. – Não quero mais discutir isso!

— Então vamos ter de mudar de plano – disse Matthieu, implacável.

Pediu a partitura a seu tio.

— O que vai fazer?

— Entregá-la ao prisioneiro.

Ele o fez.

Charpentier e Newton ficaram chocados.

— Mas...

— Não se preocupe, eu a copiarei de novo.

— O que pretende conseguir com isso?

— Deixe-o livre – pediu ao lugar-tenente.

— Você está louco?

— Eu sei como capturá-la, mas para isso preciso que ela acredite que seu plano correu bem. Que este homem lhe faça chegar a partitura e lhe diga que o assalto se complicou e que todos, salvo ele, acabaram morrendo na contenda. Que cobre seu dinheiro e vá embora de Paris.

— Ouça o que ele diz! — rogou o prisioneiro ao lugar-tenente, vendo que o céu se abria. — Vou fazer exatamente o que ele manda!

Newton se aproximou de Matthieu com pressa. Agarrou-o pelo braço e o levou de lado.

— Não permitirei que lhes entregue minha partitura — disse, tratando de não elevar o voz.

— Sua partitura?

— Se quer pegar os assassinos de seu irmão, faça isso de outra forma. Este é meu experimento!

Matthieu lhe sussurrou ao ouvido.

— Sem o epigrama, isto não vale nada.

— O quê?

— O epigrama alquímico. Sem ele, a partitura não servirá de nada. Nem a eles e nem a você.

O cientista estava atordoado.

— Está me dizendo que conseguiu resolvê-lo?

— Estes versos determinam o momento no qual se há de iniciar o experimento. — Matthieu gostaria de revelar-lhe naquele momento — marcam o instante a partir do qual se deve medir o tempo de cocção! — Mas se limitou a dar meia-volta e a pedir ao pai que convencesse o lugar-tenente a soltar o prisioneiro.

— Tem certeza do que está fazendo?

— Não, mas não temos alternativa.

O tabelião apertou sua mão com força, como fazia quando ele era criança.

— Vamos voltar para casa. Luna está esperando.

4

Charpentier e Newton partiram imediatamente para Versalhes. Eles deviam comunicar ao ministro Louvois que Matthieu tinha regressado e instalar o instrumental em algum canto oculto do palácio, para concluir o experimento sob a proteção da guarda real. O rei ficaria satisfeito por tê-los por perto durante a elaboração da Pedra Filosofal. Matthieu insistiu para que ficassem fora de vista o máximo possível. Era essencial que os assassinos acreditassem que tanto eles quanto o próprio Matthieu estavam mortos.

Enquanto isso, o músico correu ao encontro de sua sacerdotisa. A tensão estava lhe comprimindo o tórax. Sentia mais perto o momento de libertar sua família da ameaça que a havia condenado a um pesadelo agônico, mas, ao mesmo tempo, cada segundo que passava parecia aumentar as chances de que tudo pudesse dar errado, e que suas decisões arriscadas não estivessem fazendo outra coisa a não ser aplainar o terreno aos responsáveis por aquela trama sangrenta. Quando abriu a porta, Luna veio e o abraçou como uma criança assustada, e fez isso desprendendo aquela paixão desmedida, com a sensualidade de suas formas e movimentos que o arrastavam a outro mundo cada vez que ela o tocava. Num primeiro momento, estranhou vê-la vestida com as roupas parisienses que sua mãe havia lhe arranjado: um corpete verde justo de mangas largas e abertas, com saias na altura da cintura. Pensou quão difícil tudo isso estava sendo para ela e a desejou ainda mais. Passaram a noite no sótão da casa, entre as vigas do telhado e as pombas, alheios ao resto da França, que surgia entre as teias de aranha através das quais, como se fossem portas celestes, saltavam para as praias de Madagascar, ali onde nunca havia faltado o ar para Luna, não como em Paris, onde lhe doíam os pulmões ao respirar. Beijaram-se como se fosse a última vez, mergulharam entre os corais, e Matthieu a possuiu como as correntes do oceano enraivecido; a palha do sótão era a areia aderida aos músculos sobre a qual se derramava a espuma, e gritaram ao mesmo tempo quando os últimos gemidos que se ouviam, além dos deles, eram os de um madrugador forno de pão.

Na manhã seguinte, Luna e ele se ocultaram sob capas antes de sair à rua. A carruagem os esperava em frente à casa do tabelião para levá-los a Versalhes sem demora.

– Preciso que você faça uma parada antes de sair de Paris – Matthieu disse ao cocheiro.

Agarrou Luna com as duas mãos, de forma protetora.

– Você se recorda quando, no barco, pediu-me que guardasse para sempre seu caracol?

– Sim.

Tirou-o da bolsa de couro que levava cruzada ao peito.

– Vou entregá-lo a alguém que o guardará muito melhor do que eu.

Luna assentiu, sem perguntar.

Pararam diante da residência de André Le Nôtre, o tio de Nathalie. O paisagista vivia com toda a família em um canto sossegado das Tulherias. Ele também era proprietário de uma mansão em Versalhes, mas preferia a calma que se respirava naquele discreto palacete erguido entre as árvores e flores. Apesar de ser a única pessoa a quem o Rei Sol confidenciava suas desventuras pessoais, Le Nôtre evitava por todos os meios submeter-se à ostentação e também ao destrutivo ritmo do palácio.

Matthieu desceu da carruagem e permaneceu alguns segundos parado em frente à porta. Nunca estivera ali. Já não havia mais nada a temer. Claro que não temia a reação de Le Nôtre, mas, sobretudo, não tinha medo de ferir Nathalie. Durante os dois anos que passaram juntos, ficou convencido de que, se aceitasse sua proposta de matrimônio, além de unir-se com a mulher mais bonita da França e de ser beneficiado com todas as regalias que envolviam tornar-se parente do paisagista do rei, também estaria fazendo um favor a ela. Mas, na verdade, era Nathalie quem pretendia protegê-lo. Agora sabia que ambos tinham algo de mágico em comum, que haviam atingido uma ligação indescritível, além do mundo que todos os outros viam, mas que nunca haviam se amado. Pelo menos não como os personagens das óperas.

Respirou fundo e bateu. Uma empregada inexpressiva abriu a porta parcialmente. Isabelle, a dama de companhia de Nathalie, ouviu a voz do músico de uma sala adjacente e veio apressada. Não esperou que a empregada os deixasse a sós para abraçá-lo.

– Matthieu!
– Isabelle!
– Quando ouvi sua voz, não pude acreditar!

Ele a olhou de cima a baixo: os mesmos peitos comprimidos num corpete, que um dia tentaram conquistar Jean-Claude, os mesmos cabelos castanhos graciosamente despenteados.

– Quanto me alegro em vê-la! – disse a ela, de coração. – E quanto me alegra ver que continua nesta casa!

– Ninguém poderá jamais separar-me de Nathalie. – Ela o contemplou por um momento e mudou o tom. – Onde esteve esse tempo todo?

– É uma longa história.

– Depois do que aconteceu na Orangerie, não sabíamos se você havia morrido na Bastilha, se haviam lhe soltado...

– Estive fora da França. Logo poderei explicar tudo.

Isabelle também o observava.

– Eu gosto de sua barba – sussurrou, suavizando o momento.

– E Nathalie...?

– Está lá em cima, no quarto.

– Ela está bem?

– Você não devia desaparecer sem avisar – disse Isabelle, sem ressentimentos.

– Eu sei.

– Venha.

Pegou sua mão. Matthieu se deteve no umbral da porta.

– Eu preferiria antes falar com Monsieur Le Nôtre. Eu não quero aborrecê-lo por entrar em sua casa sem avisar.

– Não se preocupe. Foi ao mercado visitar um ferreiro que está confeccionando um ancinho novo. Ele vive obcecado com o diâmetro das pontas das forquilhas e com a espessura das enxadas. Inclusive comenta comigo sobre isso. Ele é tão encantador... Siga-me! – insistiu – Estou certa de que ele vai demorar ainda mais um pouco.

Cruzaram o vestíbulo. A casa era cheia de tapetes e quadros italianos e flamencos, bustos da antiga Roma e delicadas porcelanas orientais. Estava claro que o paisagista investia seus honorários em comprar beleza, em vez de gastar com trajes que usaria apenas uma vez nos bailes de máscaras. Subiram a escada que levava aos aposentos privados. Isabelle apontou para um deles.

– Desde que você se foi, só sai para ir aos jardins... – disse, antes de deixá-los a sós.

Aproximou-se devagar. A porta estava entreaberta. Entrou sem chamar. Nathalie, debruçada na janela, cortava com delicadeza as folhas mortas de uma hera. Linda, como na noite da Orangerie, assim como em qualquer manhã junto à doceria na parte posterior da igreja. Era a primeira vez que a olhava consciente de que seus destinos corriam separados. Por sua mente passou uma lembrança fugaz que acreditava perdida para sempre.

– Foi uma borboleta azul – disse apenas.

Nathalie ficou paralisada. As pequenas tesouras de poda caíram de suas mãos diretas ao chão. Aquelas palavras suspensas no ar de seus aposentos cheiravam a frutos de ilhas exóticas e a pólvora das abordagens no mar.

– Matthieu...?

– Aquele foi o primeiro som que escutamos juntos – ele continuou. – Isabelle tinha acabado de nos apresentar, na tarde que passamos com Jean-Claude no campo de castanheiras. Estávamos sentados no gramado sem falar nada. A mariposa passou diante de nós e eu a peguei na mão.

Nathalie girou devagar. De novo estava junto de Matthieu, cada um no extremo do quarto, um pouco além da luz.

– Esse esvoaçar, você disse, era azul como meus olhos – completou Nathalie, retendo uma lágrima. – E eu abri e fechei as pálpebras várias vezes, como as asas da borboleta.

– Posso me aproximar?

Fundiram-se num abraço que transpassou os corpos.

No instante seguinte, Nathalie escutou aquele sussurro que não chegava a reconhecer. Porém, era um som familiar, como o roçar da colher dando voltas na panela onde se fervia o chocolate.

– O que é?

– Eu lhe trouxe um presente.

– Verdade? De onde?

– Vem de muito longe. É um caracol.

Nathalie o tocou, e com suas mãos leu seus vazios e suas arestas.

– O que estou ouvindo sai dele?

– Aquela que era sua dona até hoje disse que os caracóis de Madagascar desprendem o som que cada coração anseia.

– Sua dona?

Os dois permaneceram em silêncio por alguns segundos.

– Você pode me perdoar?

– Como poderia não o fazer, se foi você quem me ensinou a ver?

5

O soberano debruçou-se na janela de sua câmara e respirou fundo. A manhã fresca e luminosa era ideal para navegar com suas damas favoritas entre os galeões dourados que sulcavam o Grande Canal. Gostava de fazê-lo na gôndola que recebeu de presente do Senado veneziano, seguido por um grupo de violinistas sobre uma chata que suavizavam seu passeio. Também era um bom dia para visitar suas posses na veloz carruagem de quatro cavalos, ao mesmo tempo em que exibia suas habilidades de caçador para o cortejo. Mas, antes de mais nada, tinha de tratar dos últimos detalhes da inauguração da Galeria de Espelhos com seus assessores.

O primeiro servo, que dormia atrás de uma cortina no quarto, viu que o rei estava acordado, recolheu o leito de vigilância e avisou o resto. As portas se abriram e foram passando os membros da família real, os príncipes de sangue e os grandes oficiais da Coroa, o médico, o mordomo real – que trouxe o recipiente de água benta para o rei persignar-se –, o encarregado do gabinete de perucas... O ritual tinha começado. Os atos mais básicos da rotina da manhã eram realizados de acordo com o extremo protocolo que o próprio soberano havia imposto para manter os nobres distraídos e evitar intrigas contra ele. Estes, reunidos na antecâmara, disputavam o privilégio de borrifar água de rosas no rei, de lhe entregar os utensílios de barbear ou vestir-lhe as calças enquanto ele bebia suas duas xícaras de tisana. Eram alguns dos raros momentos de intimidade a que poderiam aspirar, portanto deviam ser aproveitados ao máximo se queriam suplicar algum favor para suas famílias.

Ajustou a gravata, algo que o satisfazia fazer por si mesmo, escolheu dois lenços e o relojoeiro real lhe mostrou um precioso exemplar recém-posto em ordem.

– Não devo fazer meus assessores esperar! – exclamou, abrindo espaço entre os presentes.

Foi para o gabinete de trabalho. Louvois foi ao seu encontro na metade do caminho.

– O que está fazendo aqui? Acreditava que estaria me esperando com os demais.

– Teria Vossa Majestade a bondade de acompanhar-me?

– E a reunião?

– A reunião pode esperar – cortou, com suma delicadeza.

– Como se atreve a falar assim comigo?

– O jovem da Orangerie voltou – bastou dizer.

Desceram pela escadaria do Pátio do Delfin até uma antecâmara no andar inferior. Aproximaram-se de uma parede atapetada com um estampado florido, em cujo extremo era possível entrever uma das portas secretas do palácio. Ela conduzia a uma inextricável rede de porões que se estendia debaixo dos edifícios e dos canteiros adjacentes. Estava vigiada por quatro guardas suíços com ordem para abater qualquer um que pretendesse entrar sem a autorização do ministro ou do próprio rei. Dois pajens correram para entregar os candelabros e ambos desceram por uma escada a uma Versalhes mais profunda e desconhecida. O corredor estava iluminado por velas suspensas, uma por degrau, sobre sua própria cera derretida. Ao chegar embaixo, o passadiço se bifurcava em duas naves abobadadas. Viraram à direita e chegaram a uma sala quadrada.

Era uma das despensas que, no passado, antes que as cozinhas fossem transferidas para um prédio independente, foram usadas para guardar o maquinário necessário de reserva daquelas que nutriam os banquetes da corte. Ainda restavam cestos e potes vazios e frascos de azeite espalhados pelo chão de pedra. Presa na parede havia uma prateleira cheia de garrafas empoeiradas. Ao fundo, era possível acessar outro aposento que parecia menor, com o aspecto de uma cela. Ele tinha vários ganchos de ferro para pendurar e secar as peças de carne, e sua única iluminação vinha de uma grade à altura do teto, pela qual se derramava um débil feixe de luz. Na parede lateral se abria um buraco em forma de arco, no qual havia uma cama. Sem dúvida, era a morada do encarregado da despensa e seguramente também servia, como o resto das saletas solitárias que se espalhavam pelos porões, para que alguns dos nobres, que se viam confinados no palácio durante os longos dias de celebrações, descessem para repousar por algumas horas, afastado dos olhares dos demais, antes de submeter-se à festa seguinte.

Newton, Charpentier e Matthieu, que chegaram pouco tempo antes, inclinaram-se em profunda reverência.

– Minha despensa feita laboratório... – murmurou o rei, correndo o olhar para o instrumental que o inglês acabara de instalar.

Examinou atentamente o destilador de dois braços, o atanor – um forno quadrado desenhado pelo próprio Newton, respeitando as medidas descritas nos livros: quatro pés de comprimento, três de largura e seis centímetros de espessura nas paredes –, a torre para o carvão, com a qual o cientista procurava manter um controle preciso da temperatura, e foles pendurados no teto. Aproximou-se de um baú que acumulava copos, vasos, morteiros, potes, pinças e uma retorta esférica, e se virou para seus convidados. Sentia-se próximo da realização de um sonho. Agora estava a um passo: todo o conhecimento, todo o poder.

– Você conseguiu! – disse a Matthieu.

Disse isso com uma confiança inusitada. Todos conheciam o caráter imprevisível do soberano, mas ainda assim não podiam compreender o estranho efeito que aquele jovem músico causava nele.

– *Sire*... – Matthieu o cumprimentou com uma reverência.

– O marques de Louvois vinha me explicando suas façanhas no caminho, e espero que seja você quem me contará em breve suas aventuras com todos os detalhes.

– Se é o desejo de Vossa Majestade...

– Claro que é! Você pisou na ilha mágica! É verdade o que dizem sobre ela?

Matthieu lhe penetrava com um olhar intenso, do mesmo modo que faria se ele fosse seduzir uma de suas amantes.

– Sua beleza é tão intensa que só pode ser explicada pela poesia.

– Já estou imaginando... E seus animais? E suas plantas? Eu as quero todas em meus jardins!

– Asseguro a Vossa Majestade que nem a prodigiosa imaginação de seus pintores e escultores seria capaz de se aproximar das espécies que contemplei – seguiu o músico.

Charpentier não acreditava na ousadia de seu sobrinho, tampouco na emocionada reação do soberano, convertido de repente em um cúmplice submisso.

– Talvez você tenha de regressar à ilha para trazer-me algumas amostras – brincou o rei. Nesse momento, Luna apareceu, tímida, no espaço pelo qual se acessava a próxima saleta. Levava sobre o corpete um manto formando um tipo de cachecol com capuz, que retirou com sua habitual sensualidade, deixando os ombros descobertos. Como não a tinha visto antes? Era diferente, atraente, uma aparição no meio daquela onírica conversa. – Ou pode ser que não seja necessário que volte. Vejo que trouxe consigo um exemplar muito precioso.

O rei se aproximou dela, rodeou-a e a contemplou com descaramento, entre a curiosidade e a lascívia. Aproximou os dedos de seu pescoço bronzeado, tão diferente das damas da corte, que branqueavam com corrosivos clareadores não só o pescoço, mas também o rosto e o colo, mas os afastou antes de chegar a apalpar a pele eriçada.

– Ela é a Garganta da Lua – informou Charpentier, tentando freá-lo. – A intérprete da melodia original.

– A sacerdotisa? – exclamou. – Aqui?

– Sim, majestade.

Ele se virou de repente para o ministro.

– Por que ninguém me informou? É uma pérola negra... Ela entende alguma coisa de nossa língua?

– Sim – ela disse –, mas prefiro não dizer nada até conhecer bem a quem me ouve.

O rei soltou uma gargalhada.

– O governador Flacourt nunca mencionou que havia leoas em Madagascar!

Luna virou-se, deu meia-volta e entrou de novo na saleta, deixando o rei com as palavras em sua boca. O soberano não se lembrava de uma rejeição semelhante.

– Perdoe-a, *sire*... – Charpentier se apressou em pedir desculpas no lugar dela.

– Não há nada a perdoar – cortou Matthieu, convencido de que, agora que tinha conseguido trazer o soberano a seu terreno, devia permanecer firme. Todos ficaram boquiabertos. – Luna não pertence a nosso mundo – explicou. – Ela já conta com o espírito livre e puro que o senhor quer restaurar com a Pedra Filosofal.

– Deixe-me apresentá-lo a Isaac Newton, Majestade – disse Louvois, retornando de forma inquieta às formalidades.

O cientista fez uma reverência.

– Agradeço sua hospitalidade, majestade.

– Lamento tê-los confinado neste porão.

– Eu asseguro, *sire*, que as moradas escuras são meu *habitat* natural.

– Então é verdade... Você é o alquimista que iniciou esta obra.

– Peço desculpas a Vossa Majestade pela minha temeridade – respondeu o inglês, com um estudado tom equilibrado –, mas confesso que sou um homem condenado a buscar a verdade.

– A verdade?

– A origem, a essência... Meu pai morreu antes que eu nascesse. Talvez por isso tenha me entregado ao Pai Supremo e por ele quero conhecê-lo a fundo, saber em que pensava quando me criou.

O rei se debatia entre considerar heréticas ou não as palavras do cientista. Decidiu que apenas confirmavam sua merecida reputação de ser um arrogante inveterado.

– Talvez o Pai Supremo não aprove o que você vai fazer – respondeu, com um sorriso.

– O que quer dizer, majestade?

– Eu não permitiria que um mortal transmutasse a minha obra.

– Foi ele quem depositou uns tantos grãos de conhecimento na natureza e nas escrituras, à espera de que alguém os fizesse florescer – replicou Newton, habilmente. – Eu não pedi que me fosse encomendada a nobre tarefa de recuperar a *prisca sapientia*, a sabedoria dos antigos que a raça humana perdeu pelo caminho. É algo que me veio imposto. Além disso – esclareceu –, não vou transmutar a obra de Deus. Vou resgatá-la ao retirar a oxidação produzida pelo tato dos homens.

– Esta dizendo que nosso mundo está podre?

– É o que eu penso, majestade.

– E o que você pensa de mim, então? – enfureceu-se o Rei Sol. – Sou o ser mais poderoso do planeta. Que dizer que você me avalia como o artífice máximo de toda essa corrupção?

– Ao contrário, *sire*. Está por nascer uma nova era, e Vossa Majestade é a única pessoa capaz de nos guiar até ela... – fez uma pausa e falou com vagar. – Com minha humilde ajuda.

O Rei Sol lançou um olhar ao forno. Estranhou que estivesse apagado.

– Por que não começa já o experimento?

– Tenho de esperar o momento preciso – respondeu sucintamente o cientista.

Desde que, um pouco antes, Matthieu lhe revelara o sentido oculto do epigrama, Newton não parava de torturar-se com as mesmas perguntas: Como pôde não pensar nisso? Como, em tantos anos, não deduziu que o hieróglifo marcava um momento, o momento em que o sol, antes de desaparecer no horizonte, ama fugazmente a lua, que aparece apenas pelo tempo suficiente de sentir seus últimos raios? Por que isso não lhe ocorreu? Por quê?

– Pode dizer-me, pelo menos, quando a Pedra estará pronta?

– Amanhã à tarde.

– Por Deus...

– O que o preocupa, Majestade? – Louvois perguntou.

— Estaremos em plena inauguração da galeria. O palácio estará infestado de pessoas.

— Ninguém saberá o que estamos fazendo aqui — disse Matthieu, aproveitando para reforçar que todos deveriam agir com discrição absoluta.

O soberano resmungou alguma coisa e olhou para Newton.

— Notifique-me no mesmo instante em que terminar o experimento. No mesmo instante! — Estava claramente exaltado. O rei se virou de repente para o jovem músico. — E você vá pensando em passar aqui uma temporada. Temos muito que conversar. — Seu rosto subitamente se tornou mais grave. — Entre outras coisas, terá de me explicar o que aconteceu com o capitão La Bouche. O ministro me adiantou que não teve tanta sorte como você, mas ainda não sabemos de tudo...

— O mar exige tanto quanto oferece — sentenciou Matthieu, repetindo as mesmas palavras que o próprio capitão lhe dissera uma noite no navio.

O rei deu uma olhada na saleta ao lado e repassou uma última vez as formas de Luna.

— Direi aos guardas que tragam um tecido de fio egípcio e algumas almofadas para que ela possa acomodar-se e sentir que está em algo parecido com um palácio — determinou, recobrando o porte altivo antes de abandonar o aposento.

6

O dia 20 de março amanheceu sem um vislumbre sequer de nevoeiro. De qualquer forma, ainda estava na mente de todos os convidados a tempestade que entrou em erupção no dia da apresentação do *Amadis de Gaula*, mas, felizmente, não havia sinais de que aquilo se repetiria. Os físicos do palácio asseguraram que o sol brilharia sem interrupção, e os quase quatrocentos espelhos da galeria esperavam com expectativa o momento de serem descobertos. Pouco antes do pôr do sol, quando a festa atingisse seu ponto culminante e os raios do equinócio atravessassem as janelas para estampar-se na parede do fundo, as cortinas que as cobriam seriam retiradas e eles refletiriam em uníssono o máximo esplendor do astro-rei.

— Quero cegar meus convidados! — exclamou o soberano, enquanto percorria, em companhia de seus assistentes, os mais de setenta metros da galeria. — Quero que acreditem estar olhando a luz divina de frente!

Na metade do caminho, cruzou com Le Brun, seu artista predileto e autor das gigantescas pinturas no teto.

— *Sire...* — inclinou-se.

O rei o olhou até em cima.

– Caro Le Brun, você é digno de mim. Do seu pincel floresceu não apenas uma incomensurável obra de arte, mas todo um legado.

– Concebido para sua maior glória, *sire*.

Era verdade. Todos os motivos escolhidos pelo pintor vinham louvar as conquistas políticas e artísticas do reinado. Mesmo os pilares de mármore que sustentavam a abóbada estavam decorados com capitéis de bronze dourado, que evocavam o espírito nacional através de seus emblemas: uma flor de lis abraçada por dois galos, sob o olhar atento do sol real.

Os trabalhos de limpeza estavam prestes a ser concluídos. O arquiteto Jules Hardouin Mansart deu a ordem para que se retirassem os andaimes. Uma multidão de funcionários limpava obsessivamente cada espaço dos capitéis, como se fosse um jogo de vida ou morte encontrar o menor resquício de pó. Até então, *monsieur* Félibien, o cronista oficial da corte, já vinha tomando as primeiras notas. Descrevia cada uma das festas celebradas em Versalhes em detalhes milimétricos: o número de candelabros que iluminavam o local, quantas velas portava cada um, a quantidade de convidados; os pratos principais e doces que eram servidos, explicando se eram colocados em uma ou outra bandeja das que formavam o enxoval real, quantos pajens ofereciam tinas de porcelana com água perfumada para que os cavalheiros limpassem as mãos ou quantos cavalos eram colocados em cada carruagem nos desfiles que ocorriam sob fogos de artifício. Também informava sobre as inovações artísticas e transcrevia cada uma das palavras que o soberano dedicava a seus convidados. Ele era o encarregado de que não somente toda a França, mas também toda a Europa, se prostrassem admiradas das festas luxuosas que o Rei Sol organizava e, já nas primeiras linhas, intuiu que a crônica do descobrimento dos espelhos superaria qualquer celebração anterior.

O rei surgiu na janela panorâmica. A galeria fora construída para unir as duas alas do palácio, substituindo o antigo terraço oeste, de tal forma que o palco ficasse com vista para os imensos jardins.

– Você não se emociona com tanta perfeição? – perguntou, retoricamente, a Le Brun, observando a impecável linha reta que marcava a fonte de Latona, a de Apolo e o Grande Canal, tão longe quanto a vista pudesse alcançar.

– Sua Majestade transforma em ouro tudo o que toca – disse o pintor.

O rei sentiu um estremecimento, mas logo concluiu que o comentário era carente de qualquer intenção. Le Brun não poderia saber o que estavam fazendo nos porões do palácio. Assim, suas palavras seriam apenas o resultado de uma infeliz coincidência. Afastou de sua mente o destilador de Newton e, quase sem se despedir, dirigiu-se até sua câmara com passos apressados, deslizando a mão pelas telas que cobriam os espelhos que tanto dinheiro e trabalho haviam custado.

– Sim, sem dúvida valeu a pena – pensou, e tentou relaxar, imaginando o momento no qual mostrassem sua própria imagem de corpo inteiro, uma experiência que ninguém vivera antes.

– Senhor, espere! – alguém chamou.

Quem ousava dirigir-se a ele desse modo?

Virou-se, irritado, mas logo mudou a postura. Era o maestro Lully. A ele se perdoava tudo. E mais ainda, como naquela ocasião, quando vinha acompanhado de uma mulher tão sensual como Virginie du Rouge, a soprano. O único inconveniente era que também estava presente o seu esposo, o capitão de sua guarda pessoal a quem todos conheciam como Gilbert, o louco.

— Querida Virginie! — exclamou, com afetação.

— *Sire...*

Ela fez uma estudada reverência, em absoluta deferência. O rei beijou sua mão.

— Gilbert — saudou ao capitão —, sempre que eu o vir, não importa quantos anos se passem, continuarei recordando quão afortunado foi por ter sido capaz de enjaular este rouxinol.

— Conheço minha sorte, *sire*! — respondeu o militar, inclinando levemente a cabeça, suportando com boa vontade o último olhar obsceno que o rei dedicou aos seios comprimidos da cantora.

— Quando pretende me deleitar com sua voz? — perguntou o soberano. — Você me abandonou há semanas.

— Precisamente por isso estamos aqui, *sire* — interveio Lully.

— Falem!

— Madame Du Rouge ficaria encantada em dedicar uma peça a Vossa Majestade durante o baile desta noite.

Virginie fingiu ruborizar-se, mas, se algo a fazia ferver, era a satisfação. Durante os últimos meses, aproveitou cada encontro com Lully para convencê-lo de que seria um grande acerto se ela cantasse na inauguração da galeria. Depois do ocorrido na apresentação do *Amadis de Gaula*, da qual todos recordavam muito mais a confusão criada por Matthieu do que seus afinados trinados no papel da fada Urganda, ela não queria deixar passar outra oportunidade de impressionar os convidados italianos que assistiriam à festa.

Estava obcecada em cantar algum dia no teatro San Casiano de Veneza, que àquela altura se convertera no templo da ópera europeia, e para isso precisava do apadrinhamento de algum

dos mecenas que viriam ao descobrimento dos espelhos da nova galeria de Le Brun.
– Parece-me uma ideia fantástica – afirmou o rei.
Virginie não sabia como conter sua alegria.
– Quando pode ser oportuno que ela apareça em cena? – Lully perguntou, sabendo que o soberano gostava de controlar até o menor detalhe de tudo o que girava a seu redor, quer fossem batalhas, concertos, namoricos, flertes ou inocentes jogos de esconde-esconde nos jardins, nos quais se dedicava a se fazer de alcoviteiro para unir os jovens da nobreza.
– Primeiro será servido um banquete ao som de meus Vinte e Quatro Violinos, depois descobrirei os espelhos e, para terminar, desfrutaremos de um baile que sem dúvida se estenderá até o amanhecer. Talvez seja oportuno que cante na metade do jantar – propôs –, quando os espectadores já terão saciado sua fome inicial e poderão dedicar todos os sentidos a lhe ouvir.
– Não decepcionarei Vossa Majestade.
A soprano se inclinou.
– Será a rosa deste baile. Suponho que já tenha preparado sua indumentária...
Pelo fato de o evento coincidir com o equinócio, o rei decidira que tudo no baile, desde a decoração até os vestidos, tivesse alguma relação com a primavera. Os convidados deviam esquecer por um dia os mantos e corpetes, os saltos altos, as grandes saias debruadas que se arrastavam no chão e as pérolas, e vestir-se somente com roupas ao estilo grego.
– Está pronta desde cedo – ela respondeu, entreabrindo os olhos, favorecendo com todo o descaramento o jogo de sedução que seu soberano adorava. – A seda da minha túnica é tão suave que através dela se pode ver como palpita meu coração.

– E também você, Gilbert! – exclamou, voltando-se a seu oficial para controlar a excitação. – Não imagina que vontade eu tenho de ver como a vestimenta grega vai assentar em você! Já disse a meus nobres: quero ver em cada casal um Apolo e uma Afrodite! Ainda que no seu caso – seguiu, dirigindo-se ao belicoso capitão – o melhor deveria dizer um Aquiles.

– Tenho de preparar-me, *sire* – desculpou-se Virginie, monopolizando um último vislumbre de seu protagonismo.

– E eu também – respondeu o soberano. – Necessito de pelo menos quatro criados para vestir-me com o traje de... prefiro não revelar agora com detalhes o meu disfarce. Logo descobrirão! – exclamou, antes de se dirigir a sua câmara.

Nas catacumbas do palácio, tudo seguia seu curso como previsto. Newton não afastara os olhos do fogo desde que, no dia anterior, começou a cocção do mercúrio filosófico e do ouro no exato momento determinado pelo epigrama. Segurava o relógio com uma mão e, com a outra, controlava a temperatura do forno para seguir com fidelidade absoluta cada um dos tempos marcados na partitura. Nada poderia falhar. Matthieu comprovava calado como o preparado ia gradualmente adotando o aspecto que indicavam os apontamentos de Newton, rabiscados num livro aberto sobre a mesa.

Charpentier, o único que podia sair do porão sem chamar a atenção de qualquer pessoa que cruzasse com ele pelos salões do palácio, regressou após ter dado uma breve volta de reconhecimento.

– Os salões estão povoados de nobres embonecados para a festa. Imagine: todos estão vestindo... – deteve-se – Quem se importa? Nosso soberano é um lunático mesmo.

– Como estão vestidos? – Matthieu perguntou.
– Com túnicas e ornamentos alegóricos da primavera – disse, resignado – Estão maquiados como se fossem faunos.

Matthieu ficou pensativo por um momento.

– Assim será tudo muito mais fácil – disse ele.
– O que será mais fácil?
– Conseguir uma túnica para mim.
– Para que você quer...?
– Será a melhor maneira de passar despercebido.
– Você vai subir à festa?
– Tenho de terminar o que começamos.

Eles se olharam nos olhos.

– Agora mesmo! Eu já retorno com algum tecido – disse o compositor.

– Traga também maquiagem – pediu Matthieu.

Charpentier regressou logo com tudo o que pedira seu sobrinho.

Luna se encarregou de maquiá-lo. Fez a seu modo: metade do rosto com o azul da água de Madagascar e a outra metade com o dourado das praias do reino Anosy. Matthieu tirou a camisa, vestiu a túnica, passando uma das pregas pela cabeça, e abraçou o tio.

– Tenha muito cuidado – suplicou o compositor, enquanto o jovem músico se perdia na escuridão do passadiço.

7

Nenhum dos cavalheiros ousara conversar com o soberano. Na hora marcada, uma inundação de túnicas, colares de hera e tiaras de flores invadiu a galeria, seguindo o rigoroso protocolo de Versalhes: primeiro vinham os de menor linhagem, e assim sucessivamente até entrarem os mais elevados no escalão da nobreza, todos vestidos com uma túnica de seda e ornamentados com elementos naturais. A maioria dos homens e mulheres foi maquiada em tons de verde, e alguns inclusive tinham desenhado o sol e frutas, que escondiam seu rosto por trás de grandes ramos com ar de mistério.

Matthieu chegou à galeria quando entrava o último grupo. Reconheceu o maestro Lully em primeiro lugar. Continuava como de costume, com sua batuta pronta para marcar o ritmo. Ao observá-lo, percebeu o quanto as coisas tinham mudado em um ano. Depois do que aconteceu na Orangerie e tudo o que foi vivido desde então, já não tinha mais nenhum respeito por ele. Nem o odiava. Só não queria fazer parte de seu mundo.

A um sinal do maestro, os violinistas emitiram os primeiros acordes de um baile campestre. A coreografia estava a cargo do balé real, cujos bailarinos foram saindo em filas da antecâmara contígua, dançando ao som da música enquanto quarenta pajens e damas jogavam pétalas sobre os convidados. Eles carregavam elementos alegóricos de cada estação: foices e ceifadeiras, feixes de trigo secos para ilustrar o verão; cestas com cachos de uvas e folhas de videira da colheita de outono; e, para evocar o inverno, uma grande maquete da nova Galeria de Espelhos esculpida em gelo.

– Chegou o momento de receber a primavera! – exclamou um ator, seguindo um roteiro milimetricamente concebido, enquanto as três outras estações se perdiam atrás do cenário pendurado ao fundo da galeria, tapando a porta que se conectava com o salão da Paz.

Sem perder um instante sequer, surgiu o anunciado séquito primaveril. Era um seleto grupo de dança, cujos braços desenhavam no ar o ato de nascimento, recolhendo-os depois ao peito e em seguida desdobrando-os, traçando o formato de um coração. Eles estavam cobertos com recortes de flores e pássaros, animais acasalando e córregos. Na frente de todos eles, marcando os passos da coreografia, o próprio rei encarnava o Sol: o rosto pintado de purpurina e um traje completamente dourado, com armadura no peito, malhas de balé e adornos combinados, entre os quais se incluía uma tiara de doze raios em ouro puro. Os convidados se fundiram em uma exclamação de assombro, e o aplaudiram enquanto ele galgava o estrado sobre o qual se erguia seu trono.

– Que o jantar seja servido! – exclamou, para abrir oficialmente a cerimônia.

Os encarregados da cozinha descobriram as primeiras bandejas. Estavam repletas de delícias decoradas com botões de flores, que vinham somar-se a outras excentricidades gastronômicas que se dividiam pela galeria, como reproduções da Vênus de Botticelli confeccionadas por inteiro com marzipãs ou arvorezinhas naturais plantadas em grandes vasos, das quais pendiam frutas caramelizadas. O cozinheiro não tivera dúvidas em arriscar-se com sabores excessivos, sabendo que seria avaliado por uma plêiade de *gourmets* tão néscios quanto exigentes. Pouco depois, quando os cavalheiros saciaram seu desejo inicial, o maestro mandou seus músicos silenciar e se dirigiu aos presentes, elevando o tom da voz.

– Peço um minuto de atenção!

– O que preparou para nós? – perguntou o rei, para gerar expectativa, ainda que ele, melhor do que ninguém, soubesse qual era o número previsto para aquele momento.

– Vamos ouvir a voz da França!

Virginie du Rouge, tal como combinaram pela manhã, fez sua aparição pela porta do fundo e caminhou até o centro da Galeria com passos cheios de mesuras, que obrigavam os presentes a reter sua respiração. Matthieu a viu radiante, o peito inchado e os olhos penetrantes, envolta em fresco esplendor.

– Majestade – apontou Lully –, prepare-se para desfrutar de uma ária que a própria madame Du Rouge, segundo o que me confessou instantes atrás, compôs para seus seletos ouvidos.

Quando os murmúrios se dissiparam, Virginie ainda se deu alguns segundos antes de começar. Os nobres a contemplavam encantados, a maioria deles com luxúria por detrás de suas máscaras de folha de parreira.

Matthieu se aproximou coberto pela túnica, metade do rosto azul, a outra metade dourada.

A soprano não o reconheceu.

Ela fechou os olhos e começou a cantar.

Ele também fechou os seus.

As primeiras notas... um silêncio... dois compassos de colcheias, executados com um *legato* impecável, como a corrente de um riacho... outra nota cortada, suspensa para depois elevar-se como um falcão que se separa de um galho e goza o vento...
A melodia...
A melodia original...
A melodia da alma...
Deslizando suas primeiras notas por aquela boca de sensualidade e morte.
Os nobres sucumbiram ao feitiço desde o primeiro fraseado. O que era aquela música? Nem sequer parecia a voz de madame Du Rouge...
Matthieu respirou fundo. O que deveria sentir naquele momento? Alívio, tristeza, raiva? Acaso deveria alegrar-se de que suas suspeitas estavam confirmadas? Retirou a dobra da túnica que cobria sua cabeça. Seus olhos pousaram sobre os dela, que até então mostravam encantamento, e de repente ficaram horrorizados ao reconhecê-lo. Virginie pensou que tinha à sua frente um fantasma. Tentou continuar cantando, mas as notas travavam em sua garganta. Terminou emudecendo.
Os cavalheiros se entreolharam sem dizer nada. Haviam acabado de saborear aquela melodia embriagadora e só ansiavam que a soprano retomasse seu canto. Matthieu seguia observando-a, descobrindo sob sua fictícia auréola de artista a selvageria mais depravada do usurpador Ambovombe, ou, melhor ainda, os reflexos de decadência de um La Bouche acabado, vencido... seu espírito outrora fulgurante derrotado pelas sujeições mais vãs.
– Sua ambição é tão poderosa assim? – perguntou, por fim. – Você já não se considerava no Olimpo da música?
Virginie não respondia.

– O que está acontecendo aqui? – reagiu o rei.
Matthieu se voltou e falou com calma.
– É ela, *sire*. Estava cantando a partitura.
– O que está querendo dizer?
– Ela é a assassina do meu irmão.
Uma onda de estupor inundou a galeria.
– Virginie du Rouge, uma assassina?
Gilbert, o louco, abriu espaço violentamente entre os convidados para plantar-se em frente ao músico.
– Como ousa dizer isso?
– Fique calmo, Gilbert – o rei lhe pediu, falando do trono, e, levantando a mão com autoridade. – Eu cuido disso.
– Suponho que também se deitava com Jean-Claude – seguiu Matthieu, inalterável. – Foi assim que descobriu que ele estava copiando a melodia...
– Infâmia!
O esposo pegou a adaga que ocultava sob a túnica.
– Já basta! – enfureceu-se o rei.
– Se ele contou a você, é porque acreditou que o amava – terminou Matthieu. – E você correspondeu com a morte.
Gilbert, o louco, traçou uma curva mortal com a adaga. Matthieu se afastou justo no instante para evitar que lhe cortasse o pescoço. Os guardas suíços intervieram com rapidez. Dois deles se ocuparam de afastá-lo da soprano, enquanto os outros dois tiravam a arma do oficial, que não opôs resistência. Preferia que tudo terminasse numa história antes de salpicar de sangue os novos espelhos do rei e que, mesmo que terminasse sendo absolvido por ter feito aquilo sob provocação, a notícia corresse por toda a Europa.
– Basta! – ordenou o ministro Louvois. Ele respirou, tomou ar e se dirigiu para a soprano com a maestria com

que os grandes estrategistas gerenciam as curtas distâncias. – Madame du Rouge, desculpe este admirador enlouquecido. Considere isso um tributo a ser pago por sua beleza. – Os nobres romperam em risos. – Que siga a música! – animou-se com seu próprio acerto.

Os outros responsáveis pela festa também agiram com extrema eficiência: Lully levantou oportunamente a batuta e os acordes de sua marcha turca se apoderaram da galeria, enquanto o cozinheiro se apressou a apresentar uma variedade de doces, bombons e chocolates que imediatamente atraíram a atenção dos convidados.

Louvois arrastou Matthieu para a antecâmara ao lado, onde ordenou que alguns bailarinos que estavam mudando de roupa saíssem. O rei se levantou de seu trono com austeridade e aparente normalidade, e desceu do estrado para segui-los. Caminhou entre os convidados que mastigavam os chocolates com voracidade, e, antes de entrar na antecâmara, aproximou-se do local onde Virginie du Rouge, completamente espantada, era consolada pelo marido. Dedicou-lhe algumas palavras e Gilbert, o louco, correspondeu com uma reverência, desejoso por dar o assunto como resolvido.

Então, aí sim, perdeu-se por trás da porta da antecâmara, a qual se assegurou de fechar para evitar curiosos.

– Estou farto de suas explosões de amante ferido! – gritava o ministro cara a cara com Matthieu, sem que este se sentisse intimidado.

– Se você deixar que eu explique...

– Como foi capaz de fazer-me uma cena semelhante? – interveio o soberano, escondendo a ira por trás de um ar fingido de paternalismo.

– Virginie estava cantando a melodia.

— Você disse algo parecido na noite da Orangerie — respondeu Louvois — quando acusou o maestro Lully de ter roubado seu dueto para a ópera.
— De que me serviria mentir? Isso suporia deixar livres os verdadeiros assassinos de meu irmão.
— E de que me serviria acreditar em você? Quem pode provar o que disse? Acaso madame du Rouge leva consigo essa maldita partitura?
— Dedique-se a procurá-la em vez de me questionar.
— Como se atreve?
— Calados! — ordenou o rei. Dirigiu-se a Matthieu. — Tem certeza do que diz?
— Não tenho a menor dúvida.
— Louvois está certo sobre uma coisa: se ela realmente roubou a partitura, deverá estar escondida de modo que não possamos encontrá-la. Você tem alguma coisa mais para incriminá-la? O que fez você pensar, antes de ouvi-la cantar, que ela poderia ser parte da trama?
— Eu não tinha percebido isso até que o assassino revelou que o mandante do crime era uma mulher. Foi então que comecei a relacioná-la a La Bouche.
— O que La Bouche tem a ver com isso?
— Era comparsa dela.
— Comparsa? — respondeu Louvois. — O capitão?
— Não sei como não me dei conta desde o princípio — prosseguiu Matthieu. — Após a perseguição que sofri na ilha de Gorée, ele me perguntou o que a melodia tinha de especial para ser tão valiosa.
— La Bouche não pode ter perguntado isso! — Louvois se defendeu, sentindo-se responsável pelo marinheiro que havia contratado para aquela empreitada. — Ele acreditava que sua

única missão em Madagascar era apenas encantar o usurpador e favorecer a assinatura do tratado!

— Eu tinha essa mesma ideia, mas nem parecia tão inconcebível assim que ele estivesse a par de tudo. O que eu sequer imaginaria é que La Bouche tivesse sido comprado pelos assassinos.

— Você deve estar equivocado — reconsiderou o rei, negando repetidamente com a cabeça. — O capitão serviu à França durante décadas com absoluta fidelidade. Por isso aceitou comandar esta expedição.

— Permita Vossa Majestade que o corrija... mas foi La Bouche que se sentia fracassado. Se aceitou capitanear essa expedição, foi porque durante dez anos não pensava em outra coisa a não ser voltar para lá e vingar-se dos Anosy, que o expulsaram de Fort Dauphin. Nem ele mesmo se considerava mais um capitão. Ele se via como era: um traficante de escravos ressentido, com sede de sangue e poder, a quem seu governo permitia conduzir seu negócio desagradável sem intromissões, como compensação por ter sido depreciado após sua última derrota. Por isso Virginie, ou mais ainda seu esposo, sabiam que seria um peão fácil de manejar. Era somente uma questão de oferecer-lhe a quantia necessária.

O rei coçou o queixo, pensativo.

— Está se baseando em meras suposições para acusar alguém que não pode se defender.

— Suposições, Majestade? La Bouche não teve nenhum escrúpulo em confessar abertamente que trabalhava para os assassinos de meu irmão. Ele queria que eu soubesse... antes de me matar.

— O capitão tentou matá-lo?

— E também a Luna.

— Meu Deus...! — suspirou o rei, afetado, levantando o olhar para o teto enquanto dava uma volta sobre si mesmo.

— Mesmo que seja verdade o que me relata sobre La Bouche — retomou, ignorando o gesto de contrariedade do ministro —, ainda não me disse como chegou a relacioná-lo com Virginie e seu esposo.

— No começo, tinha apenas pequenos fragmentos resgatados a partir das conversas que tive com ele em Madagascar, como quando ao desembarcar na ilha fez referência a meu sonho de se tornar parte de uma das suas orquestras...

— Isso é algo a que qualquer músico poderia aspirar — disse o rei, interrompendo-o.

— É verdade, mas foi a maneira como ele disse isso, como se tivesse ouvido minha conversa com Virginie. Ele também me disse que tinha lutado com o Gilbert, o louco, em alguma campanha. Mas foi ao chegar a Paris, quando soube que ia descobrir seus espelhos, que tudo começou a se encaixar. A referência ao equinócio foi uma pista falsa. Ficou claro que Virginie queria a partitura a tempo para cantar na abertura da galeria e provocar o êxtase entre seus convidados. Finalmente se falaria dela em toda Europa. Por acaso não é de seu conhecimento que ela sempre desejou cantar... — parou um instante para não ofender demais ao rei — a verdadeira ópera na Itália?

— Virginie me traiu para cantar para a plebe no teatro de San Casiano de Veneza... — murmurou, incrédulo, o soberano.

— E também para apoderar-se do tesouro alquímico mais importante de todos os tempos, não se pode esquecer disso. É possível imaginar, Majestade, o quanto alguns alquimistas estariam dispostos a pagar pela partitura? O esposo de Virginie é um oficial aposentado. O senhor sabe melhor do que ninguém que seus rendimentos são limitados, e que Virginie é um capricho caro.

O rei foi até a lareira de mármore da antecâmara e passou a mão distraidamente sobre a moldura do quadro que repousava sobre ela.

– O que você quer que seja relatado ao lugar-tenente De la Reynie? – de repente explodiu. – Que um plebeu, o qual deveria estar preso na Bastilha, afirma que a melodia interpretada por minha soprano corresponde à que foi transcrita numa partitura roubada, e que nem sequer foi recuperada? Jamais poderei provar isso! A verdade é que a última coisa que quero neste momento é que o Parlamento me desautorize, deixando em liberdade uma dama que eu mesmo acusei.

O rei entrou em pânico apenas ao vislumbrar a possibilidade de que se produzisse uma ínfima fissura na auréola de autoridade com a qual submetia seus cavalheiros.

– E o que Vossa Majestade vai fazer comigo? – Matthieu desafiou. – Seria capaz de confinar-me de novo na Bastilha, mesmo sabendo que falo a verdade?

– Sairá agora mesmo para a galeria e pedirá perdão a Virginie du Rouge e seu marido na frente de todos.

– O quê?

– Assim *monsieur* Félibien pode escrever em sua crônica que mesmo alguém como você, um pobre diabo possuído pelo demônio, recupera a sanidade depois de uma conversa apaziguadora com o Rei Sol. Siga-me e tiraremos algum proveito disso tudo.

Matthieu ponderou por alguns segundos. Seus lábios tremiam, precisava gritar, não podia suportar a ideia de que Virginie iria sair com vantagem daquilo tudo. Mas o que poderia fazer sem arriscar-se a uma condenação exemplar, da qual ninguém poderia libertá-lo desta vez? E o que seria de Luna sem ele? Aquilo seria dar um terrível passo para trás, mas pelo menos agora sabia de quem devia se proteger. Se ganhasse tempo, acabaria encontrando maneiras de apanhar Virginie e seu marido.

– O que Vossa Majestade ordenar – concedeu.

Assim que eles se aproximaram, a soprano recuperou o porte habitual. Ergueu o queixo e adotou uma atitude arrogante. O cronista Félibien se aproximou para tomar nota do que seria falado naquele círculo, onde os olhos de todos os nobres estavam focados. O maestro Lully se juntou ao grupo. Matthieu assumiu que ele adoraria testemunhar como o humilhavam de novo. O ministro Louvois anunciou de forma protocolar a desculpa que o jovem músico devia apresentar. Custou a Matthieu pronunciar cada sílaba, mas finalmente se submeteu. Disse o que esperavam que ele dissesse, de forma quase imperceptível, enquanto por dentro sua alma se rompia.

Os olhos da soprano semicerraram como os de um gato. Ela não pôde evitar que em seu rosto se desenhasse um sorriso ladino, que não passou despercebido a Matthieu. Antes de dar meia-volta, o jovem músico não resistiu e soltou uma brevíssima risada, que desconcertou a todos.

– O que há? – perguntou Louvois.

– É algo por cima de que eu tinha passado na antecâmara, quando narrei minhas conversas com La Bouche, uma frase que ele me disse antes de morrer. – Matthieu fez uma pausa, como para se recordar das palavras exatas. Os outros esperavam com curiosidade. – Foi algo como: 'O que têm as cantoras que nos fazem perder a cabeça?'.

Aquela insinuação de que até o capitão tinha passado por sua cama era demais para Gilbert, o louco. Ele pegou a adaga novamente e se lançou sobre Matthieu. O músico conseguiu segurar seu braço, mas ambos caíram ao chão. O oficial, curtido naqueles momentos, aproveitou o único segundo em que Matthieu fraquejou para afundar a lâmina em seu ombro. Sua visão ficou nublada pela dor, mas soltou um grito, virou-se a tempo de evitar uma segunda facada e desferiu-lhe um pontapé, empurrando-o para trás contra uma das Vênus de marzipã. Matthieu se levantou rapidamente entre a nuvem de açúcar, esticou a mão para uma bandeja, de onde pegou um garfo longo e afiado, que havia sido utilizado para trinchar um peru recheado, e saltou sobre o oficial, colocando as três pontas de forma certeira sobre sua jugular.

– Não faça isso! – escutou atrás de si.

Parecia que o tempo havia parado.

Olhou para trás e comprovou com surpresa que quem havia gritado era o maestro Lully. Precisamente ele, a pessoa que menos se esperava. Era difícil imaginar uma ação espontânea do tirânico diretor da Academia Real de Música. Talvez um vislumbre de culpa o tenha impulsionado; havia percebido que apropriar-se do dueto do *Amadis de Gaula* foi o primeiro degrau daquela insana cadeia de acontecimentos e queria mudar o curso das coisas de um modo ou de outro. Ou talvez, quem sabe o mais lógico, se tratasse de um gesto calculado. Afinal de contas, Lully era humano, ainda que raramente parecesse.

Matthieu parou.

– Você faria qualquer coisa para que eu não siga adiante?

O maestro levantou uma sobrancelha.

– O que eu tenho a ver com isso?

– Faça com que meu tio suba com a partitura – pediu Matthieu a Louvois, com tanta segurança que parecia que levara horas traçando aquele plano.

O ministro se voltou até o rei, buscando um gesto de consentimento.

– Sua Majestade irá permitir que este desgraçado dê ordens? – interveio Virginie com absoluta temeridade, sem se importar que seu esposo estivesse na situação mais difícil.

– Faça vir Charpentier! – ordenou o rei a seus guardas suíços, compreendendo de imediato, assim como Lully, o que o jovem músico pretendia. – E lhe diga que traga a partitura.

Virginie ia dizer alguma coisa, mas o soberano frustrou sua réplica com um gesto sutil.

O compositor logo apareceu com a folha na mão. Olhava para todos os lados sem compreender nada. Quase desmaiou quando viu Matthieu de joelhos sobre o oficial, pressionando-lhe o pescoço com o garfo.

– Deixe que o maestro Lully leia a partitura – pediu-lhe seu sobrinho.

Charpentier a entregou sem chegar a compreender o que estava acontecendo. Lully a examinou detalhadamente. Demorou-se alguns minutos. Os demais não se permitiam nem sequer respirar. Estudou com calma o *legato* inicial e depois a nota cortada...

Respirou fundo, mas ainda assim hesitou alguns instantes antes de falar. Finalmente, o fez com veemência.

– É a mesma melodia que madame Du Rouge estava cantando há pouco.

– Tem certeza do que está dizendo? – exclamou Louvois.

– O que está dizendo, Jean-Baptiste? – ela perguntou, dirigindo-se a Lully por seu nome de batismo com a intenção de se aproximar dele. – Nem sequer sei do que está falando...

– Seria capaz de afirmar isso diante do lugar-tenente De la Reyne? – perguntou o rei a seu conselheiro.

Lully demorou-se alguns segundos antes de responder.

– Por que haveria de ocultar a verdade? – disse por fim.

Matthieu sustentou o olhar de forma intensa. O que Lully pretendia com aquele gesto, que ele se esquecesse de que alguns meses atrás havia sido capaz de observá-lo impassível ser encarcerado na Bastilha? Naquele tempo, teria se deixado levar por seu orgulho e gritado que não necessitava de esmolas de alguém como ele. Mas desde então as coisas mudaram. Sentiu que se fechava um círculo e foram outras as palavras que saíram de sua boca:

— Obrigado, maestro.

Lully assentiu levemente.

— Talvez estejamos condenados a errar mais de uma vez para que os outros tenham mais oportunidades de perdoar — sentenciou Charpentier.

Seu eterno rival retribuiu com outro assentimento protocolar.

O rei estava encantado. Havia fechado diante de todos o capítulo da horrenda morte na igreja de Saint-Louis. Respirou fundo e decidiu que havia chegado o momento de voltar a concentrar-se em saborear a proximidade do descobrimento de seus espelhos e, o que era mais emocionante ainda, o momento de ter em suas mãos a Pedra. Ordenou aos guardas suíços que encarcerassem a soprano e seu esposo e se dirigiu para os convidados com ares de herói, discursando sem dar mais explicações.

— Do mesmo modo que o sol ilumina a terra, embelezando aquilo que é bom e revelando o mal, a justiça do rei revela a virtude e a maldade, para exaltar a primeira e castigar a segunda. Cumpra-se a justiça do rei!

Matthieu, de pé no meio da algazarra, pressionava seu ombro ensanguentado. O rei lançou-lhe um olhar de soslaio.

— Avise-me quando o experimento estiver pronto. — Foi a única coisa que disse, antes de dançar com os bailarinos que, enfeitados com grandes asas de abelha, fluíram por trás do cenário improvisado.

8

Matthieu sentiu-se repentinamente esgotado. Libertar-se da angústia que sofrera durante tantos meses deixou um vazio que necessitava ser preenchido de algum modo para manter-se de pé. Pensara em sair imediatamente para Paris, ir abraçar seus pais e dizer-lhes que agora já não havia mais nada a temer, mas o que ele realmente precisava era ver Luna. Correu através dos salões do palácio até a porta que conduzia aos porões. Desceu pelas escadarias aos saltos e entrou na despensa convertida em laboratório. A fumaça do experimento se apoderava de cada canto, fazendo que se parecesse com a antessala de um sonho fantasmagórico. Newton continuava medindo tempos e temperaturas. Saiu da imutabilidade apenas quando o jovem músico entrou. Girou levemente a cabeça e voltou a submergir nas formas que a chama do forno descrevia. Matthieu deu uma olhada na saleta ao lado. Luna se achava deitada na cama, encolhida feita um novelo de lã e coberta quase por completo com os tecidos. Ele se agachou a seu lado e afastou com delicadeza uma dobra que lhe cobria o rosto.

Ela mal abriu os olhos, viu o ferimento no ombro. Sentia-se exausta, não tinha forças nem para sobressaltar-se.

– Você está bem? – perguntou, levando seus dedos para perto do sangue.

– Melhor do que nunca. Está tudo terminado.

Matthieu afagou-lhe o pescoço. Tinha a pele fria. Ela inclinou a cabeça. Estava triste.

– O que foi?

– Eu não sei.

O jovem músico olhou a seu redor: um porão de pedra úmida, os ganchos para pendurar carne no teto, um tênue feixe de luz vertendo através da grade junto ao teto. Mais uma vez estava presa, pensou, sempre presa.

– Em breve iremos partir daqui, eu prometo.

– Para onde? – perguntou.

Ele se sentou ao lado dela no chão e a vestiu com carinho. Será que havia se equivocado ao trazê-la consigo para a França? Por um momento, temeu que ela estivesse sendo consumida por estar respirando aquele ar nocivo. Newton havia afirmado que a mão do homem corrompe a origem, e Luna era a própria origem, era a essência pura e frágil. Uma flor que murchava em um reino de um falso sol.

Ele tentou relaxar. Apoiou a cabeça em seu colo e ouviu sua respiração através do tecido. Estava prestes a adormecer quando um grito ecoou do outro lado da parede. Levantaram-se apressadamente e foram ver o que estava acontecendo. Charpentier, que chegou ao mesmo momento, também exibia uma expressão de alarme. Newton tinha os braços esticados e os olhos cravados no cadinho.

– Começou a agir! – exclamou.

O mercúrio filosófico estava produzindo no ouro os surpreendentes efeitos que o cientista descrevera antes de sofrerem o assalto na ponte dos artesãos. Assim que se inflava, adquiria um tom esverdeado, para voltar alguns segundos depois ao estado inicial e de novo sofrer variadas mutações. Matthieu não conseguia desviar o olhar. Em dado momento, a massa em ebulição se expandiu pelo crisol e, no centro, começou a crescer a haste de um pequeno tronco do qual começaram a florescer douradas ramificações. Era uma diminuta árvore, porém uma árvore completa, com o sol estalando em seu interior.

– Estamos bem próximos!
– Deus meu! – não deixava de exclamar Charpentier. – Isso tem vida própria!
– É a vida em si mesma, a origem e o fim! Como rezava um tratado medieval – exclamou o inglês, entusiasmado –, o que a natureza demora mil anos para fazer, a arte da alquimia o consegue num breve lapso! A Pedra está a ponto de adotar sua forma definitiva! Já posso sentir sua influência!

Matthieu olhava admirado como o tronco dourado continuava crescendo. Ele se lembrou das palavras de seu tio na Bastilha naquela noite, quando conversaram pela primeira vez sobre os milagres da Pedra, a transmutação do espírito, a volta ao estado original antes de morder a maçã do demônio e o acesso aos frutos da árvore do conhecimento, da árvore da vida. Estariam na verdade à beira do despertar definitivo, de ver a luz, de fundir-se com Deus? Agora que se sentia tão próximo, ele também queria viver esse regresso ao instante em que os anjos interpretaram a melodia original para que a alma entrasse no corpo de barro.

Nesse momento, a árvore dourada veio abaixo. O cientista mudou radicalmente a expressão, mas não fez nenhum comentário. Observou estupefato como o preparado voltava a fundir-se e adotava os mesmos tons esverdeados e ocres de instantes atrás.

– Que diabos está acontecendo aqui? – resmungou Newton sem esperar resposta.

A partir daí, não houve mais mostras de júbilo. Newton repassava os tempos que a partitura marcava com suma atenção, esperando o momento em que deveria apagar o fogo definitivamente. Entretanto, foram engendrando-se novos talos que, cedo ou tarde, voltavam a se converter em uma massa dourada borbulhante.

– Talvez o rei tivesse razão... – interveio Charpentier, um tanto desiludido ao constatar que o experimento não estava se desenrolando como deveria.

– O que quer dizer?

– Quando ele disse que talvez Deus não quisesse que fizéssemos a transmutação.

– ELE me escolheu! Cale-se de uma maldita vez!

– Pode ser que tenhamos feito algo errado – interferiu Matthieu. – O epigrama...

– A solução do epigrama está correta! – rechaçou Newton, enfurecido por não ter sido capaz de decifrá-lo. – Comecei a cocção no momento exato e a partir daí não deixei passar nem um só dos tempos marcados na partitura!

Luna falou-lhes do vão que conectava a saleta ao lado.

– Talvez seja pela melodia...

Todos se voltaram para ela.

– Por que está dizendo isso? – perguntou Newton, bem sério.

– Talvez meu canto esteja adulterado.

Matthieu respondeu no mesmo instante.

– Sigam a Pedra com atenção – pediu, antes de entrar com Luna na saleta e tranquilizar o cientista com quatro palavras que foram suficientes para levá-lo a se concentrar de novo em sua tarefa. – A melodia está correta.

Sentaram-se os dois na cama. Ele a abraçou. Não se atrevia a dizer que Luna tinha violado o protocolo das Grandes Mães da Voz, que exigia prescrvá-la das interferências de qualquer musicalidade externa. A verdade era que, desde que Luna fugira do reino dos Anosy, havia escutado a canção do *griot* no navio, as desgarradas canções e danças dos violinistas bêbados na noite de Libertalia e inclusive... Estremeceu. Também tinha ouvido a música que ele mesmo havia interpretado para ela, naquela manhã na casa de Misson, quando não resistiu a dedicar-lhe algumas linhas do *Orfeu* de Monteverdi, depois de acariciarem juntos a alma do violino.

– Você realmente acredita que isso poderia acontecer? – perguntou. – Não é possível que em tão pouco tempo tenha sido adulterada. É a sua música, você sempre a cantou igual, desde a infância...

Luna abraçou-o com mais força ainda.

– Eu não digo que tenha sido contaminada pelas músicas que ouvi.

– E então?

– Temo que tenha sido pelo amor que sinto por você. Como poderia cantar da mesma maneira depois de saber que você é parte de mim? Tudo o que eu tenho feito, desde o dia em que o vi no convés do navio, está impregnado desse amor. Jamais serei a mesma, e temo que a música também não seja mais a mesma.

– O amor não destrói – assegurou – O amor cria.

Ela sorriu com aquela doçura imensa. Matthieu buscou o canto dos seus lábios e lhe veio à mente a praia deserta de Fort Dauphin vista do mar, banhada em luz, e os lêmures dançando a seu redor com o ponto de interrogação na cauda, e as folhas de palmeira como penas do pavão real, e o tronco do baobá. Tanta pureza! Tão distante, como um sonho que ia desvanecendo...

Nesse momento percebeu ainda mais tristeza em seus olhos.

– Não quero que aconteça nada a você!

Ela descansou a mão de leve nos lábios do músico para que ele não continuasse falando, e começou a cantar a melodia. Por que naquele momento? Matthieu teve um trágico pressentimento e foi tentado a pedir-lhe que não fizesse aquilo. Algo lhe dizia que jamais voltaria a escutá-la. Mas tentou relaxar. Tudo estava bem, Newton logo terminaria o experimento e poderiam desaparecer em... A que lugar eles pertenciam? Onde estava o universo imaginado, em que submergiram na manhã que fizeram amor na casa de Misson? Por fim, deixou-se levar e fechou os olhos. A melodia penetrou até os confins de sua alma, que estava composta das mesmas notas e silêncios, e, após buscar uma forma de sair da saleta, infiltrou-se pela pequena grade junto ao teto. Já livre pelos jardins, brincou com o vento que fazia sussurrar as pequenas pedras no chão, deslizou entre as cercas e as flores, desenhou círculos sobre as copas das árvores e roçou a superfície dos tanques, formando círculos concêntricos na água. O canto de Luna fluía de uma única garganta, mas soava como um coral completo ao fundir-se com o trinar dos pássaros, com o jorro das duas mil fontes de Versalhes, com o golpear dos cascos dos cavalos sobre os paralelepípedos da entrada leste, com as histórias da Grécia e Roma que narravam as figuras de bronze recostadas nos canteiros. Matthieu compreendeu que Luna contava de antemão com aquela orquestra mágica como acompanhamento. Utilizava todos os sons que a envolviam, os objetos que a rodeavam e os sentimentos daqueles que a escutavam. Por isso seu canto se apoderava dos corações e os fazia estremecer.

Enquanto isso, o rei, alheio ao canto que emergia do porão e sobrevoava seus jardins, seguia em seu trono saboreando a chegada do momento culminante da cerimônia. Observava com atenção como os raios da tarde atravessavam as janelas da galeria e iam adotando o ângulo propício que, em segundos, os faria refletir de frente contra a parede. Todos os convidados esperavam por esse momento, quietos como estátuas gregas, suspendendo a respiração sob suas túnicas e guirlandas.

– Descubram os espelhos! – ordenou.

Um grupo de serviçais, dispostos ao longo de toda a galeria, tirou ao mesmo tempo os tecidos que os cobriam. Num primeiro momento, não se ouviram exclamações de assombro. Os nobres contemplavam boquiabertos como os raios do equinócio se refletiam nas centenas de espelhos da galeria, como uma constelação inteira de estrelas.

– Absorvam o esplendor da Coroa! – exclamou o rei, satisfeito.

Os cavalheiros explodiram por fim num burburinho e se amontoaram tentando encontrar um vão para se ver refletidos de corpo inteiro. Apontavam suas próprias imagens e riam enquanto os espelhos lhes devolviam uma gigantesca e desgastada imagem do seu mundo fictício: os rostos maquiados, envoltos em túnicas de épocas passadas, rodeados de esculturas de marzipã e de uma legião de serviçais que dançavam em uníssono, trazendo e levando as bandejas numa emaranhada coreografia.

No mesmo instante, a melodia que Luna continuava no porão fez um serpenteio sobre a fonte de Latona e se encaminhou com discrição até a galeria. Atravessou as janelas entreabertas e foi se apoderando dos alienados nobres. Antes que sequer percebessem o que estavam escutando, começaram a sentir um formigamento e logo em seguida um nó no estômago e desejos irremediáveis de chorar. Não entendiam o que estava acontecendo, olhavam uns aos outros sem dizer uma palavra. Primeiro pensaram que era devido à tremenda impressão que lhes havia causado o descobrimento dos espelhos, mas logo adivinharam que se tratava de algo mais profundo. Pouco a pouco, foram notando a presença daquele canto cativante que os inundava por completo. De onde provinha? Lully repassava um a um os seus músicos, pensando que era algum deles quem interpretava. Le Brun levantava o olhar para o teto para certificar-se de que não eram os anjos de suas pinturas quem tocavam; e o cronista Félibien contemplava a cena sem saber como levar ao papel o que ocorria, por ser algo tão sublime que não poderia ser descrito em palavras, nem sequer com seus habituais superlativos. Chegou um momento em que os cavalheiros e damas não aguentaram mais e irromperam em choro. Derramaram rios de lágrimas diante dos espelhos. O rímel se misturava à pintura do rosto e desenhava máscaras trágicas. O rei, ainda sobre a plataforma do trono, era o único que conseguia resistir ao feitiço. Mas aquela melodia não deixava de fustigar o mais profundo do seu ser...

Foi quando percebeu um ruído. Em princípio, estava oculto atrás daquela melodia, mas se tornava presente cada vez mais. Lembrava ao rei o som que a crosta de gelo, que se formava no inverno nos tanques, fazia ao se partir. Tratou de aguçar os ouvidos para localizar de onde vinha.

Estremeceu.

Um dos espelhos estava trincando.

Como a crosta de gelo, seu espelho...

– Isso não pode estar acontecendo, só pode ser um pesadelo...

A rachadura se ramificou como uma rede e logo se apoderou dos espelhos seguintes, e pouco a pouco até os mais distantes, até que não sobrou nenhum intacto sequer. Os nobres, enfeitiçados pela melodia, que continuava crescendo em intensidade, não conseguiam afastar os olhos daquela visão ainda mais pungente de suas vidas esfarrapadas. Em certo momento, a tensão ficou insuportável, e, ante o desespero do rei, que nem sequer foi capaz de gritar, os quase quatrocentos espelhos da galeria estilhaçaram em uma apocalíptica chuva de cristais.

O rei saiu do trono e correu sobre os estilhaços. Os nobres gritavam aterrorizados, enquanto arrancavam do rosto e dos braços os cacos dos espelhos, salpicando tudo de sangue. O rei abandonou a galeria, jogando-se por cima dos convidados fora de si e dos conselheiros que, agoniados, temiam que ele estivesse com cortes graves, e se dirigiu até a porta secreta que se comunicava com o porão, onde estavam realizando o experimento. Arrancou uma adaga do cinto de um dos guardas suíços que vigiavam a porta e se lançou escada abaixo.

– O que você fez? – gritava do corredor.

Encontrou Newton sentado cabisbaixo junto ao forno. Charpentier estava encostado em um canto. Eles também tinham caído sob o jugo da melodia de Luna, perdida em uma espécie de êxtase, ainda cantando na saleta.

– Meus espelhos estão quebrados!

O cientista olhou para cima.

– Como?

– Qual é o problema? Por acaso não está ouvindo essa música maldita?

– Como poderíamos não ouvir? – Charpentier murmurou.

– Essa mulher é mesmo um demônio! – esganiçou, enquanto tapava os ouvidos e a procurava na saleta.

O rei foi até lá. Luna estava sentada na cama, abraçando Matthieu. O soberano ameaçava o músico com o punhal.

– Diga para ela calar a boca!
– Por que me pede isso?
Naquele momento, já eram todas as Grandes Mães da Voz que cantavam através de sua garganta.
– Diga a ela para parar! – insistiu, cego de raiva.
– Você não vê? – o músico o enfrentou. – Escute-a, senhor! Não sente a essência, *sire*? É o amor divino através da música!
– Ela destruiu a minha galeria de espelhos! Se ela cantar uma única nota a mais...!
Foi ela que gritou de repente:
– O que você vai fazer?
Fez-se um vazio na saleta.
– Não me provoque...
– Você acredita que é capaz de tirar algo que não me pertença? – continuou a desafiar Luna. – Quem é ingênuo o suficiente para acreditar que é dono da própria vida? Eu sou apenas um elo na cadeia infinita da Natureza.
Todos se calaram. O rei, ao invés de ficar com raiva de novo, pareceu acalmar-se e saborear finalmente o silêncio que havia se instalado a seu redor. Regressou lentamente para a sala vizinha.
– Já terminou seu experimento?
– O experimento... – Newton murmurou aborrecido, sentado na cadeira.
– Onde está minha Pedra?
– Não funcionou – murmurou o inglês.
– Como?
– Sinto muito, senhor.
O rei se lançou até o crisol. Não podia acreditar. Ali havia somente uma pasta queimada. Todo o ódio que abrigava voltou a ferver de súbito, e, gritando como um louco, varreu com o braço o instrumental que havia sobre a mesa, fazendo-o em

pedaços. O rei percebeu que Newton ainda tinha a partitura nas mãos. Arrancou-a com violência e a rasgou em mil pedaços, que espalhou pela sala.

– O que está fazendo?

– Pondo fim a esta farsa! Foi para isso que esperei durante meses?

– Como pôde não perceber que o verdadeiro tesouro é a melodia?

O rei empurrou Matthieu contra a parede, o que machucou ainda mais o ferimento. Luna se lançou para defendê-lo com a fúria de uma pantera, mas o rei a impediu, empurrando-a para trás e fazendo-a cair ao chão.

– Que tesouro? – ele gritou para o músico. – Será que eu posso tocá-lo? Você me enganou, e vai pagar por tudo e todos!

– O que o senhor vai fazer? – gritou Charpentier, horrorizado.

– Você nem mesmo conseguiu obter o tratado de comércio com essa ilha do diabo! – continuou o soberano. – Tudo era uma mentira! Como espera que eu me conforme com uma melodia insignificante?

Matthieu, sem se intimidar pela lâmina do punhal, falou com uma serenidade de tirar o fôlego.

– Essa melodia nos mostra a verdade. Talvez não transmute nada imediatamente, e certamente não irá proporcionar o conhecimento absoluto, nem o ouro que esperava conseguir com a Pedra. Mas diga-me: quando você a ouviu, não vislumbrou de relance os confins de sua alma, a essência divina que permanece inalterada, que ainda perdura, embora quase apagada, em todos nós? – Ele respirou e continuou falando suavemente, encarando o rei com um olhar onde depositou tudo o que havia aprendido. – É a sabedoria de que um mundo enfermo precisava. A música nos mostra o que fomos quando o Criador nos fez puros e nos indica o caminho pelo qual voltaremos a sê-lo novo. – Fez uma pausa. – Você não é o maior de todos os homens? Pois então seja o guia deste novo mundo que preconiza Newton. Guie a nós todos!

Por que os olhos daquele jovem o subjugavam? Por que escutava suas palavras como se fosse um profeta? Perguntou-se se não queria confundi-lo ainda mais. Matthieu se dirigia a ele como o guia, como o maior de todos os homens, mas o que na realidade fazia era o mesmo que a melodia fizera pouco antes, lembrá-lo de sua ínfima condição humana. Não suportava que o tratassem assim, que o vissem assim. Era um deus, era o Sol na Terra.

Apertou ainda mais a adaga sobre seu pescoço.

– Um momento... – saltou Newton.

– Majestade, ouça-o! – disse, esperançoso, Charpentier, vislumbrando um brilho conhecido após as palavras do cientista.

– O epigrama marca o momento em que se deve iniciar o experimento – começou a deduzir em voz alta –, e acreditávamos que seria o instante em que o sol se põe e contempla a lua no céu, mas...

– Continue! – implorou Charpentier, notando com pavor como a adaga que tremia na mão do rei fazia fluir as primeiras gotas de sangue sobre o pescoço de seu sobrinho.

– Mas o epigrama refere-se ao instante em que isso acontece na ilha da melodia!

– Em Madagascar?

– Claro! Ali o sol se põe horas antes de Paris!

O rei parecia atento, mas não se virou nem disse nada.

– Majestade! – Charpentier gritou. — Peço em nome de Deus para ouvi-lo!

– Meu Deus... – lamentou Newton. – Maldito erro repetido... Mais uma vez cometi o erro de medir tudo com nossos padrões daqui, de ver as coisas com meus próprios olhos já adulterados. Só preciso calcular com precisão a diferença horária e reiniciar o experimento! – Pegou uma folha e começou a anotar os números com pressa enquanto falava de forma atropelada... – Olhe, senhor, a solução é simples, o experimento irá funcionar...

– Veja, Majestade – soluçou Charpentier. – Terá sua Pedra, mas precisamos que Matthieu copie a partitura de novo. Solte-o, por Deus...

O rei parecia se acalmar. E se fosse verdade o que disse Newton? Talvez nem tudo estivesse perdido, talvez ainda conseguisse sua quimera alquímica. Finalmente, aliviou a pressão com que segurava o punhal. Mas, enquanto o fazia, sentiu bater sua ira, pedindo para ser saciada de alguma forma. Como era possível que aquele jovem o tivesse vencido de novo? Se não podia submetê-lo, tampouco terminar ali com sua vida, devia buscar algum modo de demonstrar-lhe que era ele, o Rei Sol, somente ele, quem dizia sempre a última palavra.

Sem separar os olhos dos de Matthieu, baixou lentamente a adaga.

Todos respiraram aliviados.

Luna se levantou do chão e foi correndo abraçar seu amado.

Nem sequer percebeu que o rei, com um sorriso macabro desenhado pela força do diabo, enfiava repentinamente o braço por trás e cravava a adaga em seu ventre.

O aço estava frio.

Luna fincou os joelhos nos ladrilhos de pedra.

Matthieu soltou um grito que fez vibrar todos os muros do palácio.

Afastou o soberano com um empurrão e se jogou sobre sua pequena sacerdotisa.

Pousou a mão sobre a ferida.

O sangue vermelho,
como a terra dos Anosy,
como o alento
do zebu
sacrificado.

– Não, não, não...

– Dê-me sua mão... – pediu ela.

– Meu amor...

– Matthieu...

– O que eu fiz? Meu Deus! O que eu fiz?

– Não se culpe. Eu me sinto bem...

Por um momento o jovem músico acreditou ver como Luna recuperava o firmamento que habitava no interior de seus olhos, mas ao mesmo tempo se apagava o brilho dourado de sua pele. Nublavam-se as maçãs de seu rosto, suas bochechas, os lóbulos de suas orelhas, distanciava-se, distanciava-se e quase não estava mais ali.

– Não tenha medo, irei logo atrás de você...

– Não, por favor... – rogou, enquanto tossia um fio de sangue que tingiu os lábios.

Matthieu grudou seu rosto no dela. Suas lágrimas também se tingiram de vermelho. De repente, só podia pensar no cemitério de Libertalia, na nativa jogando-se sobre a tumba de flores em que estava seu esposo. A felicidade de morrer com a pessoa amada dissipa o horror da travessia, dizia o irmão de Amadis de Gaula no texto da ópera. Por que ele não podia desfrutar desse privilégio?

– O que me impede?

Abraçou Luna. Um abraço escarlate, seus sangues se fundiram e tratou de sorver seu alento para que não entrasse em contato com o ar corrompido do porão, mantendo-o dentro de si para voltar a exalá-lo.

– Você deve ficar aqui para tocar minha música – ela suplicou. – Quem mais vai interpretá-la para mim? Preciso encontrar o caminho de volta para a ilha da lua...

– Para Madagascar? – soluçou ele.

– Madagascar é apenas o reflexo.

– O reflexo...

– O reflexo nesta Terra. A ilha que existe antes do tempo e perdurará para sempre está além do Sol.

– Não vá, por favor... Nunca vou te encontrar...

– Toque a melodia e estarei contida nela. Se você tocar, poderá roçar minha mão. E chegará um dia em que, sem que se tenha dado conta, terá se separado para sempre deste mundo e nós dois seremos um. Tudo vai ser música, de novo uma única melodia, como no princípio dos tempos, livre e eterno...

Luna fechou os olhos.

Toda música se desvaneceu.

Em cada canto do mundo.

– Luna, meu amor...

Silêncio.

Muito longe dali, nas praias do reino dos Anosy, o fluxo das ondas se interrompeu e o vento deixou de soprar. A criança que tocava a cítara de terra olhou para o céu. Sorriu e ergueu as duas ramas com as quais golpeava as cordas de sisal. Respirou fundo e retomou o ritmo que havia aprendido, primeiro com

suavidade, um pouco depois com mais firmeza do que nunca, acompanhando o compasso do pulsar da Terra.
Tam...
Tam...
Tam...

Nathalie

Nathalie passava horas junto à janela. A brisa que corria pelas Tulherias era a única coisa que a fazia entender-se unida a este mundo. Charpentier lhe havia contado o que ocorrera no porão e também que seu sobrinho desaparecera desde então, sem que ninguém tivesse tido notícias dele. Paris estava órfã. A vida no palácio se apagou na noite dos espelhos. As fontes seguiam funcionando e os pássaros, alheios ao ocorrido, bebiam ali, mas a tristeza que se apoderou da região havia feito desaparecer a música dos jardins. Já fazia semanas que não havia violinistas nas gôndolas.

No primeiro domingo de maio ela despertou mais cedo que o habitual. Mal tinha amanhecido e já estava encostada no parapeito da janela, ouvindo como se espreguiçava o parque enquanto o sol primaveril aquecia seus braços nus. Ela sentiu algo. Um chamado? Não vinha de fora. Pensou no caracol que Matthieu lhe tinha dado. O caracol de Luna, que desprendia sons com desejos. Estava frio. Ao retirar a mão, escutou um eco sutil. Rochas, peixes, verde, azul, céu, sal...

Era o próprio anseio do caracol, ou talvez o de uma Luna refugiada em seu interior.

Ela se sentiu mal. Como poderia tê-lo considerado seu, por qualquer instante que fosse? Não era um fetiche vulgar, nascido para acumular pó no fundo da gaveta. Era um tesouro, um legado, e como tal não pertencia a ninguém, mas a todos. Matthieu não a tinha presenteado. Ele confiara o caracol a ela. Será que, por acaso, no dia em que se reencontraram ele já intuía como as coisas iriam acontecer? Ele pedira um favor, pretendia preservar o legado de sua sacerdotisa. Ela estremecera com a responsabilidade, mas de repente visualizou um lugar seguro para guardá-lo. Um lugar predestinado, se acaso cabia um destino tão cruel a ponto de permitir tamanha dor que lhes coubera viver.

Chamou seu tio com insistência.

Le Nôtre estava na frente da casa, retirando as folhas secas de umas plantas que adornavam a entrada. Subiu com pressa, temendo que algo tivesse ocorrido com sua sobrinha. Encontrou-a de pé junto à penteadeira, olhando para a porta com uma expressão desvalida.

– Pequena...
– Tio André...
– Você está bem?
– Ninguém mais, somente você pode entender-me.

Ele a abraçou.

– Que posso fazer por você?
– Leve-me a Versalhes.
– Agora?
– Agora – ela assentiu.
– Para que quer ir ao palácio?
– Quero que me acompanhe ao Jardim das Pedras.

Ela se referia à obra-prima de André le Nôtre, um pequeno anfiteatro para espetáculos de dança ao ar livre que o paisagista acabara de levantar dentro de um arvoredo localizado na parte meridional dos jardins, perto da Orangerie. Era conhecido como o Salão de Música, mas preferia chamá-lo de Jardim das Pedras pelos materiais utilizados em sua construção: arenito de Fontainebleau e milhares de conchas de Madagascar, trazidas um dia pelos primeiros exploradores que tentaram fundar uma colônia na ilha.

Aquele era o lugar. O leito do caracol.

– Vista a capa – sussurrou o tio com extremo carinho, oferecendo-lhe uma capa azul-céu que combinava com seus olhos.

Ordenou que preparassem a carruagem imediatamente. O cocheiro fustigou os cavalos, que partiram em boa velocidade em direção ao palácio. Uma vez ali, entraram a pé nos jardins e caminharam até a fonte de Latona, passando ao lado de um dos canteiros lilás e do imponente Labirinto, ilustrado com fábulas de Esopo em cada uma de suas encruzilhadas. Em Versalhes tudo era mágico. Porém, mais do que nenhum outro canto, havia de ser aquele Salão de Música oculto entre as bétulas. Seguiram o curso da trilha que corria sob os galhos, delimitada por tulipas.

– Aqui está, minha pequena ninfa – disse Le Nôtre quando chegaram. – Você ouve a água da cascata?

O anfiteatro tinha a forma ovalada. Uma ilhota circular de mármore ao centro servia de palco. De um lado estavam as arquibancadas, cobertas de grama para os nobres de Luís XIV sentarem-se confortavelmente e apreciar o balé, e do outro, uma fascinante cascata de pedras semipreciosas e conchas, cuidadosamente dispostas, formando uma rampa sobre a qual a água deslizava.

Le Nôtre não poderia estar mais orgulhoso de sua obra. Quando os dançarinos desciam do palco, prendiam os candelabros dourados que se distribuíam pelos suportes e começava então a tocar a orquestra, oculta atrás da cascata, e o público acreditava estar sendo transportado para outro mundo.

Le Nôtre conduziu sua sobrinha para a ilhota central. Uma vez lá, soltou sua mão. Nathalie deu uma volta em torno de si mesma. Sentia cada passo sobre o mármore, respirou as ervas aromáticas e a música suspensa. Imaginou o lugar tal como seu tio lhe havia explicado.

– Por que queria vir com tanta urgência?

Ela mostrou o caracol que trazia embrulhado em um pano.

– Vou deixá-lo aqui, que é seu lugar.

– Onde o conseguiu?

– Matthieu o confiou a mim.

O paisagista parou para saborear a ternura com que sua sobrinha envolvia cada palavra.

– Dê-me! – ele pediu, sem mais perguntas. – Encontrarei um vão na cascata.

– Posso colocá-lo eu mesma?

– Você vai molhar o vestido até os joelhos.

– Por favor...

Depois de pensar alguns segundos, ele a pegou pelo braço e ambos entraram na lagoa. Inclinaram-se, para depositá-lo cuidadosamente entre as outras conchas.

– Vou conseguir alguma coisa para fixá-lo nas pedras – disse Le Nôtre.

– Você se importa se eu ficar aqui mais um pouco?

– A água está fria.

– Mas quero fazer isso.

– Prometa-me que vai sair em breve.

Enquanto seu tio se distanciou pela trilha, Nathalie encostou em uma das bordas da cascata, como se fosse uma escultura a mais entre as que habitavam as lagoas de Versalhes. O tecido do vestido foi molhando até aderir por completo a seu corpo. Repousou a cabeça sobre as conchas e sentiu que Matthieu agradecia.

– Onde você está? – perguntou, em voz alta.

Sorriu. Nenhuma distância deste mundo poderia roubar a intimidade celestial que compartilhavam desde sempre, desde o dia em que escutaram o esvoaçar da borboleta.

Seu cabelo dourado brilhava sob a água.

Como os raios de um sol recém-nascido, verdadeiro e puro.

Matthieu se sentiu acariciado, como se um anjo o tivesse roçado. Fechou os olhos e respirou fundo. A quilha traçava uma impecável linha reta no oceano tranquilo. De novo o vento e o sal. Não lhe queimavam o rosto, como ocorreu na primeira viagem. Desde a noite dos espelhos, todo o seu corpo era de mármore.

Após o último suspiro de Luna, os sons à sua volta se transformaram em flechas, veneno, urtigas. Não suportava os sons que se filtravam através das grades que davam para os jardins, os cliques dos pedaços de espelhos pisoteados, o choro ansioso das Duquesas. Nem sequer podia escutar sem enlouquecer o mero lamento de uma cadeira sendo arrastada ou o guincho de uma porta ao abrir-se. Queria morrer para não mais ouvir, mas havia jurado não fazê-lo. Permaneceu abraçado a sua sacerdotisa, tratando de não perceber outro som que não fosse o eco da melodia ainda vibrando em seu peito. Até que seu tio Charpentier sussurrou que havia chegado o momento. Levantou-se, carregando-a como se fosse uma criança adormecida, e a deixou com suma delicadeza sobre a cama naquela saleta, sob o porão. Beijou sua testa, seus lábios carnudos e seus olhos, deu meia-volta e caminhou até a saída.

"Para onde será que ele está indo?", pensou Charpentier.

Para o silêncio das algas e dos corais.

Ele implorou ao tio para que cuidasse daquele corpo tão bonito, para limpar a pele acobreada e manter o cabelo alisado, e enterrá-la junto a Jean-Claude. E, sem dizer mais nada, entrou no corredor e subiu. Atravessou os salões para o exterior do palácio e pulou na traseira da primeira carruagem que saía para Paris. Uma vez lá, cavalgou até La Rochelle, onde embarcou no primeiro navio que procurava marinheiros. Desde que Matthieu zarpou, os albatrozes, os golfinhos que nadavam ao lado do casco e os peixes voadores, reais ou imaginários, tentaram chamar sua atenção, felizes por vê-lo novamente. Mas ele se limitava a realizar suas tarefas sem tirar os olhos do cabo esticando, salvo no instante antes do ocaso. Todos os dias, nessa mesma hora, Matthieu se aproximava da balaustrada e mantinha o olhar fixo no horizonte, esperando ver surgir o imponente *Victoire* quebrando as ondas, com o capitão Misson de pé no convés e a lua nova aparecendo por trás do mastro da mezena.

Opera Garnier, Paris
1º de setembro de 2010, 21h 08min

Michael Steiner contemplava fascinado o manuscrito que poucos minutos antes havia caído em suas mãos. Como poderia ser possível que coubesse tanta emoção em apenas quatro páginas? Jamais teria imaginado o Rei Sol morrendo sozinho, atormentado não por seu passado errático, mas por não ter tido a coragem de mudar o futuro.

O piso do arquivo vibrou com um rufar de tambores. Ressoavam os ecos do *Diálogo entre o vento e o mar*, de Claude Debussy, que, naquele mesmo instante alcançou o clímax no palco. Michael levantou a vista.

— O Rei Sol disse que, à beira da morte, só conseguia pensar na noite em que esse misterioso violinista compôs sua primeira tormenta. Quem é ele?

Fabien Rocher não pôde impedir um sorriso aberto.

— A verdade é que eu também não sei. Mas termine de ler o manuscrito e entenderá por que eu lhe mostrei. Garanto que não vai acreditar.

Michael recuou algumas linhas antes de prosseguir.

Que distinta haveria de ser a morte! Sei que me restam apenas algumas horas antes de converter-me em um fardo de pele ressequida sobre esta cama, e só penso na noite em que Matthieu compôs sua primeira tormenta...

Por que não me dei conta de que poderia ter reinado para sempre mais além do Sol? Como pude me cegar assim, até chegar ao ponto de impedir que divisasse a ilha da lua? Fui tão ingênuo ao pensar que o infinito cabia neste mundo minúsculo. Que deus digno de sê-lo teria interesse nas misérias que oferece esta vida tão breve, imperceptível diante da imensidão do cosmo? Maldito Matthieu! Apareceu no momento preciso para anunciar que estava por nascer uma nova era, e a mim, que acreditava poder tudo, faltou coragem para mudar o mundo. Ainda recordo a noite na Orangerie, quando você jogou ao solo minhas laranjas. Naquele instante, então, já percebi em seus olhos a grandeza dos eleitos. Estava tão vivo... Como um anjo que sobrevivera ao transe da morte. Mas eu afastei o olhar e segui obcecado em vestir-me com as melhores sedas, minha ambição criava demônios na pura África, nem sequer percebia que minhas possessões europeias estavam ameaçadas, derreti obras de arte para construir canhões que se oxidavam no campo de batalha... E depreciei sua melodia. Uma melodia sem nenhum sinal de chumbo, só ouro. Uma melodia que era somente amor. O que somos nós, isso agora eu sei, senão amor?

Amor
Amor
Amor

Queria escrever mil vezes, mas isso não me permitiria voltar atrás. Eu cortei o pescoço daquela que a entoava. Eu calei para sempre a melodia da alma.

Resta pouco tempo. Do outro lado da porta se amontoam os cavalheiros e damas esperando ouvir meu último suspiro. Eu os ouço ofegar ansiosos. O vento que se infiltra pelas grades das janelas move as cortinas, mas isso não importa mais, porque não sinto nem calor nem frio. Faz anos que não mereço sentir. Matei sua amada e você me castigou com seu olhar de clemência. Se você tivesse me odiado, tudo teria sido tão mais fácil... Mas se voltou para mim para que eu compreendesse o que havia feito, para contar-me sua história e gravar a fogo em minha testa a marca de minha imundície. Quanto tempo eu passei depois no Jardim das Pedras, tentando ouvir a melodia, procurando o caracol no qual, segundo você dizia, ela estava resguardada! Eu engatinhava pelo piso da cascata, aproximando a orelha de uma concha atrás da outra, e só conseguia parecer um demente aos olhos dos nobres. Isso também já não me importava mais. Minha verdadeira condenação foi sua compaixão, sua promessa de que, quando eu morresse, regressaria uma vez mais a este palácio para tocar a melodia com seu violino e traçar um caminho que me guiasse ao merecido paraíso.

A madrugada de 1º de setembro de 1715 me devora. Sei que não haverá outro amanhecer, que meus raios não poderão vencer a escuridão. Só confio que, escrevendo estas linhas, eu possa aplacar os gritos da culpa que me impede de conciliar o sono há anos. Sou um deus feito homem que só quer dormir uma noite, uma só antes de morrer, ainda que me veja aprisionado em um pavoroso pesadelo.

Assim terminava o manuscrito. Sem rubrica, nem um selo lacrado. Michael o deixou sobre a mesa. Afrouxou um pouco mais o colarinho do fraque e respirou fundo. Olhou para seu amigo.

– Ele fala em voltar a tocar essa melodia após a sua morte... É o mesmo que Rachel me fez prometer.

– Consegui perceber isso no mesmo instante – disse Fabien. – Por isso trouxe você até aqui.

Voltou a ler com mais vagar, agora em voz alta.

... sua promessa de que, quando eu morresse, regressaria uma vez mais a este palácio para tocar a melodia com seu violino e traçar um caminho que me guiasse ao merecido paraíso.

– O que você sente?

– Você acha que isso se refere à mesma melodia que eu acreditei ter composto anos atrás?
– É a melodia da alma.
– Você acredita mesmo que o mito da melodia original é real? Está me dizendo que alguém a descobriu há trezentos anos e que desde então ela tem vagado pelo além esperando que eu a recolhesse? Por que eu?
– Não percebe, Michael? Você não a compôs sozinho.
– Não entendo.
– Foi Rachel e você.
– Fabien...
– Acaso caberia um amor mais profundo que o de vocês? Não foi esse amor a sua melhor composição? Nenhuma música, salvo a melodia original, poderia descrevê-lo.

Michael estava confuso. Um sem fim de emoções estalava em seu peito ao mesmo tempo.

– Deus meu... Onde fica essa ilha da lua que o manuscrito menciona?
– Não sei, mas o que ele afirma com toda a clareza é que a melodia está resguardada entre as conchas e caracóis do Jardim das Pedras – Fabien recordou, com uma clara insinuação.
– Está falando sobre o Salão de Música que existe próximo à fonte de Latona?
– Sim. Aquela cascata foi construída com caracóis de Madagascar.
– É verdade.
– E é um dos poucos jardins do Rei Sol que se conservam intactos.
– Tenho de ir para lá agora mesmo.
– Telefonarei ao chefe de segurança para que deixem você passar aos jardins – resolveu Fabien imediatamente. – Vá direto à porta do lado sul, pela estrada de Saint-Cyr.

– Dê-me um abraço.

Fabien abrigou com cuidado o manuscrito numa pequena bolsa de tecido e voltou a guardá-lo em sua caixa. Colocou-o na mesma gaveta de onde o havia retirado e apagou a luz da luminária. Saíram do arquivo e desceram a escada de serviço que levava à parte traseira do palco do Palácio Garnier. Uma intensa onda de violas inundava os corredores. Michael parou em seu camarim para recolher seu Stradivarius. Passou junto ao pessoal do teatro que permanecia nos bastidores sem que ninguém se atrevesse a lhe dirigir uma só palavra. Despediu-se de seu amigo em frente à porta de vidro e correu ao estacionamento privado da rua Scribe. Estava começando a chover. Por um momento sentiu-se agredido pelo barulho da cidade, pelas luzes dos estabelecimentos comerciais, faiscando às primeiras gotas... Passou ao lado dos motoristas dos carros oficiais, cruzou a grade e parou um táxi.

– Leve-me ao Palácio de Versalhes.

– Agora?

– Depressa. Minha mulher está me esperando.

Enquanto rodavam o perímetro de Versalhes sob uma forte chuva, Michael não conseguia tirar da mente a imagem do Rei Sol inerte em sua cama. Perguntava-se de novo e de novo se, quando escreveu o manuscrito, já sabia que Michael iria lê-lo trezentos anos depois. Por que ele?. Como podia ser tão vaidoso a ponto de achar que era o escolhido? Mas as referências eram tão precisas... Ele lembrou as palavras cheias de angústia do soberano, anunciando o nascimento de uma nova era, implorando que alguém tivesse a coragem de entornar a melodia sobre o mundo corrompido, e estremecia só de perceber que, naquele mesmo momento, os líderes mais importantes do planeta estavam reunidos sob o teto do Palácio Garnier.

Não poderia ser apenas uma coincidência. Desde que tocou a melodia pela primeira vez para Rachel, viu sua grandeza. Era um fio de ouro, sem começo ou fim, depositado por algum deus em um universo paralelo. Um fio dourado que enlaçaria cada partícula deste mundo perdido...

O táxi parou na porta de acesso situada ao lado do Lago da Suíça. Ele pagou com uma cédula que superava com folga o valor da corrida. Dois guardas da segurança, cobertos com capas militares impermeáveis, estavam a sua espera. Eles abriram o portão para que entrasse e o cumprimentaram, enquanto lhe davam um guarda-chuva. Quando já estavam prontos para acompanhá-lo, o músico deu-lhes um olhar de súplica de dentro do fraque completamente encharcado, pedindo-lhes para deixá-lo ir sozinho.

– Nós o esperaremos na cabine da guarda – concordou o que parecia estar no comando.

O guarda indicou por onde ele deveria atravessar e emprestou-lhe uma lanterna. Michael começou a caminhar com determinação. Passou pelos canteiros externos da Orangerie. Não podia sequer imaginar que ali começara tudo, com outra tormenta que desatou repentinamente na noite da apresentação do *Amadis de Gaula*. Talvez não fosse outra tormenta, talvez fosse a mesma que agora se despejava com os primeiros trovões, a mesma que Matthieu copiou em sua partitura no meio do oceano, as mesmas nuvens carregadas de tempestade que Newton imaginava em suas predições apocalípticas. Rodeou o Bosque da Rainha, construído no mesmo lugar que um dia o Labirinto ocupou, e caminhou pela trilha curva que acessava o Jardim das Pedras. Prosseguiu sob as árvores até que aquele mágico anfiteatro se abriu para ele. A chuva chicoteava o cenário de mármore. Girou sobre si mesmo: as arquibancadas cobertas de grama, os candelabros dourados, a cascata. A cascata... Michael contemplou-a como nunca havia feito antes, procurando absorver o encantamento que se abrigava nos caracóis de Madagascar colados à pedra.

– Quanto tempo eu passei depois no Jardim das Pedras, tentando ouvir a melodia, procurando o caracol no qual, segundo você dizia, ela estava resguardada! – disse a si mesmo, recordando as palavras do Rei Sol.

A fonte estava desligada, mas a rocha negra talhada e as conchas molhadas pela chuva brilhavam sob o halo de luz da lanterna. Ele a colocou no chão. Aproximou-se e acariciou um dos caracóis. Qual deles teria sido mencionado no manuscrito? Voltou ao centro do cenário e tirou o violino da bolsa de pele. Afastou a franja molhada que lhe caía sobre o rosto e posicionou o instrumento. Respirou fundo e sentiu a essência de mandarina que ainda perdurava na lapela do fraque. Não precisou pensar no que ia tocar.

A melodia fluiu com suavidade.

Parecia elevar-se até o céu, esquivando-se das gotas.

O fio dourado, por fim liberado, apoderou-se do bosque, em seguida de todos os jardins de Versalhes, e, como na noite dos espelhos, patinou sobre os cascalhos, deslizou sobre as flores, desenhou círculos sobre as copas das árvores e deixou sua marca na água, ao roçar a superfície dos lagos. Quando reconheceu cada canto, seguiu pelo ar a via do trem das redondezas até as ruas da periferia de Paris e navegou pelo Sena a meia altura, até chegar a La Cité, passando entre as torres de Nôtre Dame; deslizou então sobre a cúpula da igreja de Saint-Louis antes de estender-se por todo o centro da cidade.

Naquela altura, o concerto do palácio Garnier havia terminado. Os líderes dos diferentes países estavam em seus hotéis. A melodia entrou por todos os cantos de todos os edifícios, pelos dutos de ventilação e grades de ventilação das cozinhas, por todas as janelas entreabertas e pelas chaminés sobre os átrios boêmios. E todos os que, naquela noite, se encontravam na Cidade Luz notaram um leve espasmo no coração. Alguns, movidos por um impulso inesperado, observaram-se longamente no espelho, outros se debruçaram nas janelas, sentindo que poderiam aspirar um pouco mais de ar em seus pulmões, outros ainda ficaram algum tempo sentados na beira da cama, perguntando o que acontecera, enquanto contemplavam com repentina serenidade a pessoa que tinham ao lado.

– O caminho secreto leva ao interior... – disse um, inclinando-se sobre a janela de seu quarto.

– A eternidade e seus mundos está em nós, e em nenhuma outra parte – dizia outro, que saía para a escada de incêndio.

– O passado e o que está por vir... – soluçava uma mulher, enquanto esperava que seu filho, em um país distante, colocasse o telefone no gancho.

Michael não parava de tocar. Deslizava as crinas de cavalo sobre as cordas e arrancava do violino palavras soltas que foram ordenadas conforme seu desejo: a origem, quando éramos apenas barro, e o Amor abriram os olhos e nasceu o dia, e, ao fechá-los, nasceu a noite, a compaixão de Matthieu, que desenhou além da morte um horizonte tingido de róseo, como os horizontes da África, a partitura da tormenta, a harmonia total, cada vez mais próxima...

Sentiu que a alma de Rachel se distanciava e ao mesmo tempo comprovou que não a perdia. Venha comigo!

Não podia ser mais feliz.

Os dois eram um, um para sempre um.

Parou de tocar. Os braços caíram. Levantou a vista para o céu, até a ilha da lua. A chuva batia em seu rosto.

"Não se esqueça de me esperar, meu amor..."

Sentou-se no chão, acocorado sobre o mármore frio. Colocou a seu lado o instrumento com todo o carinho e fechou os olhos. As vozes dos caracóis. O arrulho das folhas movidas pelo vento... Tam... Tam... Tam... escutou, enquanto o violino se enchia com a água da tormenta.

Agradecimentos

À Montse Yáñez, por acolher-me em sua agência literária durante anos e por não ter parado de trabalhar para que minhas histórias atravessassem o globo como fazem os protagonistas delas. Aos meus pais, pacientes revisores, sempre de caneta e coração em punho. Ao Michael e à Esther – e não por amor fraternal –, por me ajudarem a encontrar a atmosfera que envolveu Matthieu quando pisou na praia de Fort Dauphin.

Ao José Manuel, por seus ensinamentos de leão-marinho, romântico como os mestres do passado.

À Leticia, por suas traduções de textos antigos do governador Flacourt e do livreto de *Amadis de Gaula* com uma energia desenfreada que aparece antes de qualquer produção artística.

Ao Davi e à Marisa, que também me deram ajuda com as traduções.

Ao Paco, pelas impressões de Paris e os livros sobre o Rei Sol e a impressionante corte de Versalhes.

Ao Eduardo Aisa, por disponibilizar sua vasta coleção de ópera, e a Miguel Calvo pelos filmes e discografia da era barroca.

À Sabrina, pelos preparativos para a visita das locações francesas (especialmente por evitar as filas de Versalhes).

Ao Fabián, por me levar para conhecer Paris, transmitindo seu entusiasmo que produziram grandes coisas e também pequenos detalhes.

Ao *monsieur* Montier, diretor da Ópera Garnier, por permitir que conhecesse os cenários, e à Mohamed e Tramouille por me guiarem pelos corredores mais íntimos da fascinante Sala de Patinação.

À Jocelyn, Vololona e Vanila, por abrir a Cristina e a mim seu coração e sua bela casa em Antananarivo.

Ao Bodo, por seu apoio carinhoso durante minhas visitas a Madagascar.

Ao Gabriel Roantroandro, diretor do Departamento de História da Universidade de Antananarivo, por suas explicações sobre o passado do povo malgaxe.

Ao Jorge (o que faz um nicaraguense viver na praia de Anakao?), por dedicar uma noite inteira falando sobre tribos que habitam o sul da ilha da lua.

À Rachel, por ser minha guarda-costas no escritório mantendo todas as coisas funcionando desde o dia em que copiávamos os manuscritos do *Guardião da flor de lótus*.

Ao Daniel Defoe, onde estiver, por algumas peças retiradas de sua Libertalia; e Joscelyn Godwin, por desenterrar a lenda da criação da música da alma.

Ao Wim Mertens por seu *Comme en dormant*, sem dúvida o tema musical deste livro; à Lully e ao Charpentier pelos acordes barrocos que soam cada vez que aparecem em uma cena; e também ao Antonio Vega (continue cantando para aqueles que ficam aqui, não nos prive disso ...), à banda *Him*, aos *Héroes del Silencio* (resgatados depois do reencontro), ao *Linkin Park* por essa mudança no *pop*, a Dido e a Tracy sempre, e a outros artistas que compuseram a trilha sonora deste amontoado de páginas.

E para todos meus amigos não mencionados, porque vocês sabem que me deixam muito feliz por poder compartilhar com vocês este presente que é viver a literatura.

Este livro foi impresso pela Prol Editora Gráfica
para a Editora Prumo Ltda.